MIRA®

Der Preis dieses Bandes versteht sich einschließlich der
gesetzlichen Mehrwertsteuer.

Umwelthinweis:
Dieses Buch wurde auf chlor- und säurefreiem Papier gedruckt.

Susanne Schomann

Sophies Melodie

Roman

MIRA®

MIRA® TASCHENBUCH
Band 25620
1. Auflage: Oktober 2012

MIRA® TASCHENBÜCHER
erscheinen in der Harlequin Enterprises GmbH,
Valentinskamp 24, 20354 Hamburg
Geschäftsführer: Thomas Beckmann

Konzeption/Reihengestaltung: fredebold&partner gmbh, Köln
Umschlaggestaltung: pecher und soiron, Köln
Redaktion: Daniela Peter
Titelabbildung: Getty Images, München
Autorenfoto: © by Sabine Kayser, Fotostudio Blendenspiel, Hamburg
Satz: GGP Media GmbH, Pößneck
Druck und Bindearbeiten: CPI – Ebner & Spiegel, Ulm
Printed in Germany
Dieses Buch wurde auf FSC®-zertifiziertem Papier gedruckt.
ISBN 978-3-86278-462-2

www.mira-taschenbuch.de

Für Robin und Lennart, in Liebe.
Ihr seid fabelhafte Männer geworden,
aber Ihr werdet immer meine Babys bleiben.

PROLOG

Landsitz Kellan Manor, Schottland

Mit einer lässig anmutenden und schwungvollen Kopfbewegung warf Melanie Afra ihr schulterlanges goldblondes Haar zurück.

Es war nicht nur ihre auffallende Schönheit, sondern mehr noch ihre engelhafte Erscheinung, die bereits auf den ersten Blick bezauberte. Eine Art ewiger Lichtschimmer erzeugte die strahlende Aura, die sie stets einzuhüllen schien wie ein diamantenbesetzter hauchdünner Schleier.

Ihre wahre, weitaus weniger schöne Persönlichkeit blieb jedoch perfekt darunter verborgen. Auch deshalb war ihre Wirkung auf andere Menschen, vor allem aber auf Männer, in den allermeisten Fällen umfassend. Dessen war sie sich bewusst.

Mit geradem Rücken, stolzem Blick und erhobenem Kopf saß sie auf einem einfachen Küchenstuhl und schlug ihre langen braun gebrannten Beine übereinander, sodass der kurze hautenge Baumwollrock noch um einige Zentimeter höher rutschte. Gekonnt heftete sie den Blick aus ihren tiefblauen Augen unter den dichten Wimpern auf den Mund des dunkelhaarigen Mannes, der breitbeinig vor ihr stand und sie sichtlich erschüttert ansah.

Für jeden Unbeteiligten wäre es unverkennbar gewesen, dass er ein großes Maß an Energie aufbringen musste, um seine schwindende Beherrschung nicht doch noch gänzlich einzubüßen. Melanie Afra jedoch war wie üblich so sehr auf die eigene Wirkung konzentriert, dass sie seine Gefühle noch nicht einmal erahnte. Sie übersah einfach, dass seine ausdrucksstarken Augen zu schmalen Schlitzen zusammengezogen waren und er fast ein wenig bedrohlich wirkte, wie er so dastand, sie düster anstarrte und um Fassung rang.

„Das ändert alles, Melly! Du kennst meine Einstellung zu diesem Thema.“

„Ich weiß, Schatz. Ich habe gelernt, dass …“

„Versprich mir nichts mehr, Melanie. Handle lieber dementsprechend.“

„Wenn du ehrlich bist, haben wir beide doch schon vorher geahnt, worauf das hinauslaufen wird, oder? Du wusstest doch auch, dass diese Nacht vor zwei Monaten so oder so alles wieder über den Haufen geworfen hat. Ich liebe nur dich! Das weiß ich jetzt.“

Lägen die Dinge anders, hätte er jetzt wahrscheinlich laut aufgelacht. Ihre sehr eigene Auslegung der absurden Situation, in der sie sich befanden, war typisch für sie. Und was ihr Liebesgeständnis anging, nahm er ohnehin an, dass sie wieder einmal log. Dennoch nickte er nur. Es war im Grunde auch nicht wichtig, ob sie dieses Mal ausnahmsweise die Wahrheit sagte. Für ihn änderte es nichts, nicht das Geringste. Es ließ sich nichts schönreden – und in diesem besonderen Fall war es besser für ihn, wenn er ihr und sich etwas vormachte, solange es nur möglich war. Vielleicht würde er das nun auch sein Leben lang tun müssen. Dann war das eben der Preis für den größten Fehler, den er bisher begangen hatte.

In seinem Inneren verkrampfte sich etwas, und er fühlte wieder einmal diese bleierne Trostlosigkeit in sich aufsteigen, eine eisige Kälte, die sich so erschreckend endgültig anfühlte und ihm unterdessen schon entsetzlich vertraut war. Wie so oft kämpfte er auch dieses Mal mit all seiner Kraft dagegen an, denn jetzt konnte er nicht mehr von dem Weg abweichen, den das Schicksal für ihn gewählt hatte.

Mit gleichmäßigen Atemzügen gelang es ihm endlich, seine Nerven ein wenig zu beruhigen. Schließlich versuchte er sich sogar an einem angedeuteten Lächeln.

„Weißt du, Melly, das Verrückte ist, ich glaube dir.“ Das Seufzen, das ihm entfuhr, kam aus tiefster Seele. Es lag eben nicht in seiner Natur, zu lügen. In diesem speziellen Fall hatte er jedoch leider keine andere Wahl. Trotzdem fühlte er sich dabei miserabel. „Verdammt, vielleicht möchte ich dir auch einfach glauben. Schließlich bist du noch immer meine Frau."

Melanie erhob sich und flog förmlich in seine Arme. Es war ihr schon immer leichtgefallen, nur das zu hören, was sie hören wollte. Etwas zu hinterfragen oder gar der kalten Wahrheit ins Gesicht zu sehen war nicht ihre Art. Genüsslich ließ sie die schlanken Finger durch sein festes ebenholzfarbenes Haar gleiten. Ihr biegsamer Körper schien sich dem seinen in derselben Weise anzupassen, wie ein Puzzleteil sich in das andere fügte.

Zufrieden bemerkte sie, dass in seinen Augen ein flüchtiger Funke aufglomm, den sie sofort als eindeutigen Hinweis auf das Aufkeimen körperlichen Begehrens interpretierte. Erst jetzt konnte sie sehen, dass eine unterdrückte Wut in ihm nach und nach verrauchte. Sie wusste nur zu genau, was dieser Mann brauchte und was er jetzt von ihr hören wollte – zumindest glaubte sie, es zu wissen. „Es ist ja auch die Wahrheit, Conny. Ich habe wirklich dazugelernt. Ich will nicht mehr so weitermachen und nicht mehr leben ohne dich. Ich habe mich einfach nur dumm und unreif verhalten, aber das ist vorbei."

Sie schenkte ihm ein wie immer hinreißendes Lächeln und strich mit den vollen Lippen zart über seinen linken Mundwinkel. „Ich liebe nur dich allein", hauchte sie mit heiserer Stimme.

Constantin Afra drückte sein Rückgrat durch, und sein seltsam tiefgründiger Blick schien seine Ehefrau zu durchbohren. „Ich warne dich, Melly. Ich werde das alles nicht noch einmal hinnehmen, das solltest du wissen. Keine Drogen! Keinen einzigen Tropfen Alkohol! Und ich werde nicht noch einmal zulassen, dass du mich betrügst, egal mit wem. Wenn du es auch nur noch einmal versuchen solltest, werde ich …"

„Es wird niemals wieder passieren, Schatz. Ich bin restlos glücklich mit dir. Ich schwöre es." Wie zur Bestätigung ihrer Worte ließ sie ihre Hand zu seinem Gürtel gleiten, aber er rückte von ihr ab und entzog sich so ihrer Umarmung.

„Mir ist jetzt sicherlich nicht nach Sex." Sein Blick verschleierte sich, und er übersah geflissentlich, dass sie einen Schmollmund machte. Es war nicht neu für ihn, dass sie es kaum verwinden konnte, wenn ein Mann ihrer Verführungskunst widerstand. „Dir ist schon klar, dass wir zukünftig hier leben werden?"

Ihr schöner Mund verzog sich noch ein wenig mehr. „Ja … schon."

„Da lasse ich nicht mit mir reden, Melanie. Das Haus in Hamburg steht bereits zum Verkauf."

„Der Kasten hier ist riesig und uralt, Conny."

„Du wirst ihn nicht wiedererkennen, wenn ich damit fertig bin, das kann ich dir schon jetzt versprechen. Wie ich dich kenne, wird es dir gefallen, wie eine Königin zu leben." Sein Lächeln war bitter.

„Was wird … deine Familie sagen?", hörte er sie fragen.

„Das lass meine Sorge sein. Wie ich schon sagte, du bist noch immer meine Frau. Sie werden es akzeptieren müssen." Er zuckte mit den Schultern. „Aber hast du wenigstens schon mit Leo gesprochen?" Beim Gedanken an seinen Freund verspürte er eine Enge in der Brust.

„Nein, das habe ich noch nicht getan – und das ist auch besser so. Er ist zurzeit noch in Wien und kommt erst am Wochenende wieder zurück. Die Gespräche dort sind immens wichtig für seine Zukunft. Ich wollte nicht riskieren, dass er meinetwegen versagt. In der letzten Zeit hat er sich sowieso schon viel zu wenig um seine Karriere gekümmert. Wenn er zurück ist, werde ich sofort mit ihm reden."

„Erst am Wochenende? Dann kann ich dir nicht zur Seite stehen, Melly. Ich habe mehrere Shows hier auf den Inseln und fliege wegen der Vorbereitungen schon am Donnerstag nach London."

„Ja, ich weiß. Ich bekomme das schon hin, mein Süßer, mach dir keine Sorgen."

1. KAPITEL

Fünf Jahre später – Hamburg im Juni

Es war nur der winzige Ansatz zu einem Gedanken, noch kein richtiger Einfall.

Wie üblich streifte er Sophie eher wie ein flüchtiges Lächeln, eines von der Sorte, das sich Fremde manchmal im Vorübergehen zuwarfen. Aber der Gedanke formte sich aus – und sie hielt ihn für durchaus gut genug, um sich ihrem Willen unterzuordnen. Dieser kleine Einfall ließ sich mühelos schleifen und weiter ausarbeiten, damit sie ihn schließlich zu Papier bringen konnte. Und er war fruchtbar genug, um andere seiner Art folgen zu lassen.

So war es immer. Sophie von Wenningen kannte den Ablauf, der sich in ihrem Kopf abspielte, wenn sie ihre Arbeit tat.

Nur leider wurde dieses Mal diese so immens wichtige Entwicklung brutal im Keim erstickt, weil das Telefon auf ihrem Schreibtisch klingelte und jenen vielversprechenden Gedanken sofort wieder vertrieb. Die Erfahrung hatte sie gelehrt, dass er damit ein für alle Mal verloren war. Sie seufzte laut auf, hob den Hörer ab und meldete sich hörbar verärgert.

„Sophie, kannst du mal kurz zu mir rüberkommen … bitte?"

Die Stimme von Johannes Kramer, ihrem Chefredakteur, klang eine Nuance heller als üblich. Daran erkannte Sophie sofort, dass er mit einer leichten Nervosität zu kämpfen hatte.

Johannes Kramer war ein ausgezeichneter Journalist, aber er war leider nicht mehr ganz so nervenstark, wie er es sich selbst wohl am meisten wünschte. Mit seinem ganzen Herzblut hing er an seiner Arbeit, denn er war gleichzeitig auch Herausgeber und Eigentümer des Gesellschaftsmagazins „Diskurs", das alle zwei Wochen erschien. Die Zeitschrift genoss – selbst bei der Konkurrenz – einen hervorragenden Ruf. Der „Diskurs" deckte nahezu jedes Thema ab, das die Öffentlichkeit gerade brennend interessierte. Ob es nun um Politik, Wirtschaft oder

Unterhaltung ging, Johannes Kramer war es wichtig, immer am Puls der Zeit zu bleiben und dabei gleichzeitig eine Qualität abzuliefern, die unanfechtbar war. Seiner Meinung nach war ein fundiertes Hintergrundwissen, also vor allem eine gründliche und lückenlose Recherche, unerlässlich für jedwede Berichterstattung in seinem Blatt. Diese Einstellung versuchte er auch stets den Journalisten und Redakteuren zu vermitteln, die für ihn tätig waren.

„Was ist los, Hannes? Ich arbeite."

„Ich weiß, es tut mir auch leid, dass ich dich gerade jetzt stören muss, aber es ist wirklich wichtig, Sophie. Sehr wichtig, glaub mir."

Wieder seufzte sie. „Diesem neuen Senator müssen dringend ein bisschen die Flügel gestutzt werden, da ist es nicht so einfach, den richtigen Ton zu treffen." Ihr brüskes Verhalten tat ihr sofort leid, und sie ärgerte sich darüber, dass Johannes wieder einmal ihrem ungeduldigen Temperament zum Opfer gefallen war.

Er war nicht nur der langjährige Lebensgefährte ihrer Mutter und der beste Vaterersatz, den sie sich nur vorstellen konnte, sondern vor allem ihr Chef. Und er hatte jedes Recht, sie mitten in der Arbeit zu unterbrechen, wenn er ihr etwas zu sagen hatte. Ungehalten über sich selbst, rief sie sich innerlich zur Ordnung. Trotz der engen und liebevollen Freundschaft, die sie seit Jahren mit Johannes verband, sollte sie endlich lernen, ihre Grenzen nicht ständig zu überschreiten. Er ließ ihr sowieso schon genug Freiheiten. „Entschuldige, Hannes. Mir sollte es leidtun, dass ich dich so angefahren habe. Ich war nur wegen der Unterbrechung ein wenig sauer. Du kennst das ja. Ich bin gleich bei dir."

Bereits fünf Minuten später saß Sophie von Wenningen ihrem Chefredakteur in dessen Büro gegenüber und wartete darauf, dass er ein Telefonat mit einem anderen Mitarbeiter beendete. Es ging um irgendeine Demonstration in der Innenstadt, die heute stattfinden sollte. Sophie war in Gedanken jedoch noch immer mit der eigenen Arbeit beschäftigt, deshalb hörte sie nicht richtig zu. Endlich legte Johannes den Hörer auf und gab seiner Sekretärin über die Gegensprechanlage die kurze Anweisung, in der nächsten halben Stunde keine Telefonate mehr durchzustellen.

Dann lächelte er, nahm seine randlose Brille ab und rieb sich mit Zeigefinger und Daumen die Augen, während er sprach. „Wie lange arbeitest du jetzt schon für den ‚Diskurs', Sophie?"

Sie zog die Stirn kraus und sah ihn eine Weile nachdenklich an. „Hm, knapp zwei Jahre, schätze ich. Warum? Willst du mich entlassen, Chef?"

Er lachte kurz und laut auf. „Nein, sicherlich nicht. Mir steht beileibe nicht der Sinn danach, gerade meine beste Schreiberin rauszuschmeißen, nachdem sie endlich den Weg zu meinem Blatt gefunden hat. Außerdem würde mir deine Mutter bei lebendigem Leibe die Haut abziehen." Noch einmal lachte er. „Allerdings werde ich in der nächsten Zeit wohl oder übel auf dich verzichten müssen. Das heißt, wenn du mitziehst."

„Ich verstehe kein Wort."

„Sagt dir der Name Thomas Jenkins etwas?"

„Natürlich."

„Was weißt du über ihn?"

Sophie überlegte einen Moment, bevor sie antwortete: „Nun, er muss so um die sechzig sein, er ist Brite, lebt aber schon seit vielen Jahren überwiegend hier in Hamburg. Jenkins produziert und managt einige der bekanntesten Künstler und Popgruppen. Man sagt, er sei stinkreich, aber ein grundguter und außerordentlich großzügiger Kerl, der für seine Schützlinge einfach alles tun würde. Er hat wirklich einen extrem guten Ruf. Musst du noch mehr über ihn wissen? Du willst mir doch nicht etwa einen Artikel oder eine Serie über ihn aufs Auge drücken, oder? Du weißt doch, dass mich das Feuilleton nicht sonderlich interessiert."

Johannes winkte ab. „Nein, nein, keinen Artikel und auch

keine Serie. Jenkins hat sich persönlich an mich gewandt, weil ihm dein klarer, schnörkelloser Stil sehr gefällt." Er machte eine kleine, aber aussagekräftige Pause. „Er will, dass du für ihn ein Buch schreibst."

Sophie sprang überrascht auf, setzte sich aber gleich wieder hin. „Ein Buch?"

„Ja, ein Buch."

„Als Ghostwriter?"

„Nein, Sophie. Du wirst ganz allein die Lorbeeren einheimsen dürfen, ganz offiziell als Autorin. Jenkins ist nur Auftraggeber und der Agent."

Einige Minuten ließ er sie mit ihren Gedanken allein, bevor er weitersprach. „Er möchte, dass du eine Art Biografie schreibst, nein, nicht wirklich eine Biografie, mehr ein Buch für Fans, das gleichzeitig unterhält und informiert – und zwar über einen seiner erfolgreichsten Künstler."

„Über wen denn?"

Johannes Kramer holte tief Luft, bevor er antwortete: „Über Constantin Afra."

Sophie hob den Kopf und verzog ihren Mund. „Wie soll das denn gehen, bitte schön? Ich kenne mich in dem Metier überhaupt nicht aus, und außerdem gibt Afra seit Jahren keine Interviews mehr. Er hasst die schreibende Zunft wie kein anderer in der Glitzerwelt. Jeder Reporter auf unserem Kontinent, wenn nicht sogar darüber hinaus, weiß das. Selbst wenn ich ein Buch über den Mann schreiben sollte, wäre ich ja wohl in erster Linie auf seine Mitarbeit angewiesen."

Der Chefredakteur nickte, winkte aber gleichzeitig ab. „Constantin Afra hat bereits zugestimmt. Offensichtlich hat Thomas Jenkins ihn irgendwie davon überzeugen können, dass dieses Projekt eine gute Sache für ihn ist."

„Dennoch, ich bin keine Schriftstellerin, sondern Journalistin mit einer deutlichen Vorliebe für das politische Geschehen in unserer Stadt. Außerdem muss ich dich ja wohl nicht erst daran erinnern, dass ich bis jetzt auch nur in diesem Bereich ein paar Artikel und Kolumnen für dein Magazin geschrieben habe. Mit Künstlern oder gar Stars habe ich nun wirklich nichts am Hut."

Johannes lächelte nachsichtig, auch weil er von ihrem Gesicht ablesen konnte, wie sie schon jetzt mit sich rang. „Nun, du sollst ja auch keinen großen Roman schreiben, sondern ganz einfach das tun, was du am besten kannst: Informationen sammeln und sie auf unterhaltsame und verständliche Weise zu Papier bringen. Nicht mehr und auch nicht weniger. Nimm es wie einen Artikel, der halt etwas länger werden darf und ausnahmsweise mal nichts mit Politik zu tun hat. Ich sehe keinen unüberwindbaren Unterschied zu deiner üblichen Arbeit."

Unbewusst nickte Sophie, aber ihr Blick blieb skeptisch. „Rein handwerklich gesehen hast du natürlich recht, nur ..."

„Was passt dir daran nicht? Das ist eine große Chance für dich, Mädchen. Dein Name wird vorn auf dem Umschlag stehen."

„Ja, ich weiß." Sie ließ den Blick durchs Zimmer wandern, doch nach einer Weile sah sie ihren Chef wieder an. „Was hätte der ‚Diskurs' eigentlich davon?", fragte sie.

„Jenkins hat uns eine faire Beteiligung angeboten. Das ist gleichzeitig eine Art Entschädigung. Schließlich wirst du eine ganze Weile nicht für das Blatt arbeiten können. Wir unterstützen im Gegenzug natürlich das Projekt mit der passenden Promotion. Ich werde mich persönlich darum kümmern. Und ich brauche wohl nicht zu erwähnen, dass du den größten Batzen einkassieren wirst."

„Immer vorausgesetzt, das Buch wird ein Erfolg."

„Daran habe ich nicht den geringsten Zweifel, Sophie. Du weißt, was ich von deiner Arbeit halte. Außerdem spielen da noch eine ganze Menge anderer Faktoren eine Rolle. Denk nur an die unglaubliche Prominenz Afras. Er hat Millionen von Fans – nicht nur in Europa. Alle werden ganz wild nach dieser Biografie sein, Mädel. Dieses Buch, dein Buch, wäre für jeden Afrafan eine Sensation, gerade weil der Mann sich seit

Jahren so verschließt. Wenn du mich fragst, hat dieser Jenkins dich mit diesem Angebot direkt in eine Goldgrube gestoßen."

Sophie atmete tief und gründlich ein, dann legte sie den Kopf etwas schief. „Du weißt sehr gut, dass mich Geld allein nun wirklich nicht hinter dem Ofen hervorholen kann. Aber ich muss zugeben, dass die Geschichte ansonsten einen gewissen Reiz hat. Schließlich habe ich noch nie ein Buch geschrieben."

„Ich höre immer noch ein Aber."

Sie lächelte. „Constantin Afra ist tatsächlich damit einverstanden?"

„Ja, ist er."

„Man sagt ihm eine gehörige Portion Eigensinn nach. Ich kann mir irgendwie nicht vorstellen, dass er über Nacht seine Einstellung zu uns Journalisten geändert hat."

„Wenn ich ehrlich bin, hat mich das auch ziemlich überrascht. Jenkins hat mir allerdings versichert, dass Afra uneingeschränkt mitspielen wird. Ich nehme an, seine Abneigung gegen unseren Berufsstand hat nicht unerheblich mit jener schrecklichen Sache vor fünf Jahren zu tun. Die gesamte Presse hat ihn sich damals ganz schön zur Brust genommen. Erinnerst du dich daran? Nach dem Tod seiner Frau hat er sich fast ein ganzes Jahr lang völlig zurückgezogen."

„Ja, ich erinnere mich. Die Sache ist ja ausreichend durch sämtliche Medien gegangen. Sein bester Freund hat erst sie und dann sich selbst erschossen, richtig?"

„Stimmt. Furchtbare Geschichte. Weißt du, ich kann mich noch sehr gut an Melanie, seine Frau, erinnern. Sie war traumhaft schön, einfach atemberaubend. Afra und dieser leibhaftige Engel gaben ein wirklich interessantes Paar ab. Meine Güte, Sophie, überleg nicht länger! Millionen von Fans, besonders natürlich die Frauen, würden dich um diesen Job beneiden."

Sie lachte und winkte ab. „Wie ich schon sagte, ich stehe nicht besonders auf diese allürenbeladenen Popstars. Gib mir eine Nacht, okay?"

„Gut. Schlaf meinetwegen drüber, wenn es dir hilft. Sobald du deine Entscheidung getroffen hast, gib mir Bescheid. Ich kümmere mich dann um den Rest."

Sophies Hand lag bereits auf der Türklinke, als sie sich noch einmal zu Johannes Kramer umdrehte. „Sag mal, wer würde eigentlich meine Aufgaben übernehmen, solange ich ..."

„Brenner."

„Oh Hannes!"

„Ich weiß, du hältst nicht sehr viel von ihm, aber er ist der Einzige, der zurzeit noch Luft hat."

„Jürgen Brenner ist in meinen Augen nun mal ein karrieregeiler Schweinehund. Sollte ich diese Sache tatsächlich in Angriff nehmen, musst du ihn im Auge behalten. Es würde gerade noch fehlen, dass der Typ mir meine Kolumne kaputt schreibt oder sich gar mit meinen Informanten im Rathaus anlegt."

„Er mag zwar karrieregeil sein, wie du es ausdrückst, aber er ist ein erfahrener Journalist. Mach dir keine Sorgen, er wird dich ordentlich vertreten, glaub mir."

Sobald sie das Büro ihres Chefs verlassen hatte, marschierte Sophie auf direktem Weg zum Fahrstuhl und fuhr in den Keller des Hauses. Dort befand sich das Archiv des Magazins. Stefanie Bartels, die langjährige Archivarin, lächelte ihr erfreut entgegen. „Hallo, Sophie! Was verschlägt dich denn in meine dunklen Gefilde?"

„Hi, Steffi. Ich brauche sämtliche Unterlagen über Constantin Afra. Alles, was du über ihn auftreiben kannst. Wenn es dir nicht allzu viel Mühe macht, am liebsten noch heute Nachmittag."

Stefanie verdrehte theatralisch ihre himmelblauen Augen. „Ah, der süße Conny ... Warte einen Augenblick." Ihre Tastatur begann zu klappern. „Ist nicht sehr viel da, aber ... nun ja. Ich schicke dir den Kram rauf. Sagen wir, du hast ihn in spätestens zwanzig Minuten auf deinem Schreibtisch. Wie ich dich kenne, hättest du am liebsten CDs, oder?"

Sophie lächelte ihre Kollegin dankbar an. „Das wäre super. Du bist ein Engel, Steffi. Danke!"

Bereits nach einer knappen Viertelstunde kam der Botenjunge in Sophies kleines Büro und legte ihr die Datenträger auf den Schreibtisch. Es waren drei CDs, die der Reihe nach nummeriert und auch mit den entsprechenden Jahreszahlen versehen waren. Sobald sie wieder allein in ihrem Büro war, schob sie die erste CD in das Laufwerk ihres Rechners. Entspannt lehnte sie sich in ihrem Stuhl zurück und griff nach ihrem Kaffeebecher.

Die ersten, frühen Berichte überflog sie nur. Sie enthielten Informationen, die allgemein bekannt waren. Der blutjunge Constantin Afra wurde als Wahnsinnstalent mit einer angeborenen Musikalität und einer unverwechselbaren Stimme beschrieben. Es gab nicht eine einzige schlechte Kritik. Auftritte im Fernsehen, Konzerte und Aufnahmen – alles wurde sehr bejubelt. So ging es zunächst auch auf der zweiten CD weiter. Sophie fand Fotos, die Afra mit diversen Frauen zeigten. Sie alle waren damals bekannte Fotomodelle oder junge aufstrebende Schauspielerinnen. Schließlich sah man ihn dann nur noch in Begleitung seiner späteren Ehefrau. Es gab Bilder von Konzerten und sogar einige Interviews. Dann folgten zwei Fotos von Afras Hochzeit. Sophie betrachtete eine Weile die beiden Bilder, die das Brautpaar direkt nach der Trauung vor einem riesigen Kirchenportal zeigten.

Melanie Afra war auf den Aufnahmen in der Tat wunderschön. Hochgewachsen, fast so groß wie ihr frischgebackener Ehemann. Sie hatte die Figur einer Fitnesstrainerin und die nahezu hüftlangen blonden Rauschgoldlocken eines klassischen Weihnachtsengels. Glücklich lachend blickte sie Constantin Afra an, und unter halb gesenkten Lidern erwiderte er ihren Blick auf die gleiche Weise.

Perfekt wie Barbie, dachte Sophie mit einem Anflug von Sarkasmus, während sie die Braut betrachtete. Sie vergrößerte den Bildausschnitt, damit sie die Gesichter noch genauer betrachten konnte. Ja, Melanie Afra in ihrem prächtigen schneeweißen Kleid war wirklich hinreißend, doch der Bräutigam stand ihr in nichts nach. Constantin Afra trug ebenfalls Weiß. Das war nicht nur für den Anlass ungewöhnlich, sondern auch, weil der Sänger dafür bekannt war, dass er sich üblicherweise schwarz kleidete. Sein perfekt sitzender Anzug strahlte mit dem Brautkleid um die Wette und entsprach vollkommen der Mode der damaligen Zeit. Seine bronzefarbene Haut, die tiefschwarzen Haare und die dunkelrote voll erblühte Rose an seinem Revers bildeten neben dem herrlichen Brautstrauß den stärksten Kontrast auf dem Foto.

Natürlich hatte Sophie schon vorher gewusst, wie Constantin Afra aussah. In ganz Europa gab es wohl kaum einen Menschen, dem dieses Gesicht unbekannt war. Sie schmunzelte leicht und fuhr sich mit beiden Händen durch ihre kurzen dunkelbraunen Locken. „Fast zu schön, um wahr zu sein", sagte sie leise zu sich selbst. Schöne Männer waren ihr schon immer suspekt gewesen. Dennoch verweilte ihr Blick eine ganze Weile, glitt dann auch noch einmal über das liebreizende Gesicht der jungen Frau an seiner Seite. Beiden Menschen konnte man ohne große Anstrengung die Liebe und das Glück von den Gesichtern ablesen. Ein heftiger Anflug von Mitleid durchfuhr Sophie unerwartet. Schon zwei Jahre nach diesen perfekten Aufnahmen hatte Constantin Afra seine bildschöne Frau bereits wieder verloren – und zu allem Überfluss verlor er am gleichen Tag auch noch einen guten Freund.

Die zweite CD endete hier, und Sophie wechselte abermals die Datenträger aus. Wie sie es bereits erwartet hatte, enthielt die dritte und letzte CD hauptsächlich Informationen zu genau diesem schrecklichen Tag.

An ihrem Todestag hielt sich Melanie Afra zusammen mit einem der besten Freunde ihres Mannes, Leonard Kampmann, in dessen Wochenendhaus auf. In fast jedem der vorliegenden Berichte war von einer Affäre der beiden die Rede. Viel wusste man jedoch nicht. Es hatte keinen Abschiedsbrief gegeben und offensichtlich auch niemanden in der Öffentlichkeit, der von dieser Beziehung gewusst hatte. Fest stand offenbar nur, dass Leonard Kampmann seine Geliebte erschossen hatte. Danach hatte er sich auf die gleiche Weise das Leben genommen. Den Berichten zufolge fand man die Leiche von Melanie Afra wie aufgebahrt im Schlafzimmer auf dem Bett vor. Kampmann hockte zusammengesunken auf dem Fußboden. Die Tatwaffe, eine kleine Pistole, lag direkt neben seiner halb geöffneten Hand.

Johannes Kramer hat recht, dachte Sophie. Für die Presse ist diese Geschichte tatsächlich ein gefundenes Fressen gewesen. Die Journalisten hatten sich auf den prominenten Witwer gestürzt wie eine Meute gieriger Hyänen auf eine fluchtunfähige und bereits blutende Beute. Es wurden die schlimmsten Vermutungen angestellt, und sein gesamtes Privatleben wurde in die Öffentlichkeit gezerrt. Man erlaubte ihm keine ruhige Minute mehr und ließ ihn sogar am Tag der Beerdigung nicht in Ruhe Abschied nehmen. Die letzten privaten Fotos, die existierten, zeigten somit einen sichtbar gebrochenen Constantin Afra am Grab seiner Frau.

Direkt nach der Beisetzung verschwand der Sänger von der Bildfläche und blieb fast ein ganzes Jahr lang wie vom Erdboden verschluckt.

Dann kam er plötzlich zurück – doch die Öffentlichkeit erfuhr nur, dass er sich vollkommen allein irgendwo in der Wildnis von Kanada aufgehalten hatte, um in Ruhe trauern zu können. Außerdem wurde bekannt, dass der einflussreiche Thomas Jenkins ihn inzwischen unter seine Fittiche genommen hatte.

Kurze Zeit später brachten Afra und seine alte Band bereits ein neues Album heraus. Erwartungsgemäß wurde es ein grandioser Erfolg. Allerdings lehnte der Sänger von nun an jede Anfrage nach einem Interview konsequent ab und begründete dies nur ein einziges Mal mit seiner tiefen Abneigung gegen jede

Art von Reportern. Den Privatmann Constantin Afra schien es nicht mehr zu geben. Sein Anwesen vor den Toren Hamburgs wurde verkauft. Niemand wusste genau, wo Afra nun seinen Hauptwohnsitz hatte. Es kursierten die wildesten Gerüchte. Manche meinten, er wohne in einer luxuriösen Penthousewohnung hoch über der Stadt, andere waren davon überzeugt, dass er irgendwo auf einer kleinen britischen oder skandinavischen Insel lebte.

Wenn er Konzerte gab, ließ er sich von einem wahren Tross von Sicherheitsleuten abschirmen, und wenn er Preise bekam, holte er diese persönlich ab, bedankte sich höflich bei seinen Fans und verschwand direkt nach der Verleihung. Einladungen zu Partys, egal welcher Art, lehnte er stets freundlich, aber bestimmt ab.

Doch je weniger man über ihn erfuhr, desto erfolgreicher wurde er. Dem makellosen, unnahbaren und geheimnisvollen Constantin Afra haftete nun auch noch eine mitleiderregende Aura von unheilbarer Traurigkeit an. Das machte ihn endgültig zum Protagonisten in der Welt der modernen Musik und natürlich zum absoluten Liebling der Frauen. Sämtliche Experten waren sich darüber hinaus einig, dass Constantin Afra durch seine persönliche Tragödie musikalisch reifer und noch besser geworden war.

Seither heimste er Jahr um Jahr die wichtigsten Musikpreise ein – und Jahr um Jahr schien er noch ein kleines bisschen besser zu werden.

Inzwischen war Constantin Afra fast fünfunddreißig Jahre alt, und noch immer gehörte er zur absoluten Spitze.

Ja, er war tatsächlich sehr gut. Auch Sophie bewunderte durchaus sein Können. Es war bekannt, dass er mehrere Instrumente perfekt beherrschte, und seine dunkle und kraftvolle Stimme konnte man nicht wieder vergessen, wenn man sie einmal gehört hatte. Einige seiner schönsten Balladen gehörten auch zu ihren Lieblingsliedern.

Sophie lehnte sich zurück und blies nachdenklich ihre Wangen auf. „Du willst also tatsächlich mitspielen, Afra?“, fragte sie leise in die Einsamkeit ihres kleinen Büros hinein. Noch ein weiteres Mal holte sie sich das Bild von Melanies Beerdigung auf ihren Bildschirm zurück und vergrößerte es.

Obwohl er eine dunkle Sonnenbrille trug und den Kragen seines schwarzen wadenlangen Mantels hochgeschlagen hatte, erfasste man ohne Schwierigkeiten den immensen Kummer und die unendliche Trauer, die dieser Mann ausstrahlte. Seinen Kopf hielt er leicht gesenkt, und die dunklen Haare fielen ihm in die Stirn, sodass ein Teil seines Gesichts halb im Schatten lag. Dennoch erkannte Sophie die schmerzvoll zusammengepressten Lippen und den harten gepeinigten Ausdruck in seinem Gesicht. Seine breiten Schultern schienen ein wenig nach vorn gesackt zu sein, und in der rechten Hand, an der er noch immer den auffallend breiten Ehering trug, hielt er eine dunkelrote voll erblühte Rose.

Genau so eine Rose trug er am Tag seiner Hochzeit am Revers, dachte Sophie wehmütig. Und plötzlich ging ihr ein abstruser Gedanke durch den Kopf: So einen Mann betrügt man doch nicht!

Zwei Minuten später ließ sie sich bereits mit Johannes Kramer verbinden. „Hannes, ich bin dabei.“

2. KAPITEL

Ah, Sie sind also Sophie von Wenningen!", rief der große stämmige Mann mit dröhnender Stimme aus, der in der Mitte von Johannes' Büro stand und den ganzen Raum mit seiner Präsenz zu füllen schien.

Sophie blieb kurz in der Bürotür stehen, lächelte dann aber freundlich. „Ich freue mich sehr, Sie endlich persönlich kennenzulernen, Herr Jenkins."

„Die Freude ist ganz auf meiner Seite, mein Kind. Kommen Sie, setzen Sie sich zu uns. Ich habe Ihnen die letzten Informationen mitgebracht, die Ihnen noch fehlen."

Vor einer Woche hatte Sophie ihren persönlichen Vertrag von Thomas Jenkins erhalten. Es handelte sich dabei um ein erfreulich übersichtliches und verständliches Schriftstück, das Sophie gern und mit einem guten Gefühl unterschrieben hatte. Jenkins garantierte ihr darin eine Beteiligung von siebzig Prozent. Das war weit mehr, als sie zu hoffen gewagt hatte.

„Wissen Sie eigentlich, dass Sie einen alten Haudegen ziemlich glücklich gemacht haben mit Ihrer Entscheidung, Frau von Wenningen?"

Sophie schaute fragend drein, und der ältere Mann lachte dröhnend. „Ja, ja, es stimmt. Ich halte verdammt viel von Conny Afra, müssen Sie wissen. Und ich glaube, ich habe einen nicht ganz unerheblichen Anteil daran, dass er überhaupt wieder angefangen hat, uns alle mit seiner beeindruckenden Stimme zu erfreuen. Ich meine, nach dem furchtbaren Tod seiner Frau."

Thomas Jenkins machte eine kurze Pause, um sich eine dicke Zigarre anzuzünden. Bald stieg dichter, aber erstaunlich wohlriechender Rauch auf. „Die Jungs, ich meine, Conny und seine Band, feiern nächstes Jahr ihr Jubiläum. Seit zwanzig Jahren stehen sie dann schon zusammen auf der Bühne. Man stelle sich das vor! Auch deshalb hielt ich die Idee mit dem Buch für eine hervorragende Idee."

Sophie räusperte sich lächelnd. „Und Herr Afra wird mir tatsächlich uneingeschränkt Rede und Antwort stehen?"

„Ja, das wird er. Verdammt, ich kann es selber kaum fassen, aber das wird er."

Irgendwie ließ die Art und Weise, wie Thomas Jenkins das sagte, Sophie wieder zweifeln. „Sie sind sich da auch wirklich sicher?"

„Er hat es mir versprochen, und was dieser Mann verspricht, das hält er auch."

„Hmm."

„Hören Sie zu, Sophie. Am kommenden Montag um Punkt fünfzehn Uhr holt Connys Fahrer Sie von zu Hause ab und bringt Sie zum Flughafen. Es ist bereits alles organisiert."

Sophie sprang wie ferngesteuert auf. „Zum Flughafen?", fragte sie alarmiert.

„Ja, und stellen Sie sich darauf ein, dass Sie für einige Wochen nicht in Deutschland sein werden. Wenn ich Sie wäre, würde ich vor allem bequeme Kleidung und eine Regenjacke einpacken, Mädchen."

„Moment mal, trotz aller Spekulationen bin ich davon ausgegangen, Herr Afra habe seinen Wohnsitz in Hamburg. Er könnte doch zumindest für die Zeit der Interviews herkommen. Das wäre dann doch …"

Jenkins lachte laut auf. „Constantin hat schon vor einigen Jahren seine Hamburger Villa verkauft. Wenn er in der Stadt ist, wohnt er normalerweise in einer Suite des Brehlow-Hotels, direkt an der Alster. Clemens Brehlow, Eigentümer und Direktor des Hauses, ist ein alter Freund von mir, und auch Conny versteht sich prächtig mit ihm. Die meiste Zeit des Jahres hält sich mein Schützling allerdings in seinem Landhaus in Schottland auf. Dort erwartet er Sie, und darüber wird er auch nicht mit sich reden lassen."

Sophie schnappte nach Luft. „In Schottland?"

„Ja, das Haus ist wirklich wunderschön. Sie werden es lieben, das kann ich Ihnen schon jetzt versprechen. So, und nun machen Sie mal nicht so ein Gesicht. Für Ihre Arbeit ist es ohnehin deutlich einfacher, wenn Sie ständig in Connys Nähe sind. So können Sie beide Ihre Zeit frei einteilen und selbst entscheiden, wann Sie zusammen an dem Buch arbeiten. Und so ganz nebenbei können Sie auch noch die atemberaubende Landschaft der Highlands genießen."

„Ich soll dort wohnen? Im Haus von Constantin Afra? Himmel noch mal, das kommt gar nicht infrage! Besorgen Sie mir wenigstens ein Hotel in der Nähe."

Erneut ließ Thomas Jenkins sein dröhnendes Lachen hören. „Ein Hotel? Dort gibt es weit und breit kein Hotel! Die nächste Stadt wäre Inverness, aber selbst die ist über zwei Autostunden entfernt. Und diese einspurigen Sandpisten dorthin würden Sie sicherlich noch nicht einmal als Straßen bezeichnen, meine Liebe. Was glauben Sie, warum sich Conny dort so wohlfühlt? Weit und breit kaum Zivilisation. Nein, nein, Sie werden natürlich im Haus wohnen. Das Anwesen ist riesig, und Sie werden Ihre Privatsphäre sicherlich nicht völlig einbüßen müssen."

Amüsiert sah er sie an, ehe er fortfuhr: „Außerdem sind Sie nicht die einzige weibliche Person dort. Nebenbei bemerkt ist das sowieso die beste Lösung für uns alle, besonders für Conny und für Sie. Stellen Sie sich vor, Sie müssten Constantin über längere Zeit hier in der Stadt interviewen. Sie kennen doch die Branche. Diese verdammten Paparazzi haben überall ihre Spione sitzen. Irgendwann würde die Meute Lunte riechen. Wie gesagt, Sie werden sich dort sicherlich wohlfühlen. Also packen Sie ein oder zwei Koffer, und ab geht die Post."

Nach einem langen Blickwechsel mit Johannes Kramer, der sich während des Gesprächs nur stumm in seinem Bürostuhl zurückgelehnt hatte, ihr jetzt aber aufmunternd zunickte, gab sie schließlich seufzend nach. „Okay, dann eben auf nach Schottland."

Am Sonntagmorgen stand Sophie etwas ratlos vor ihrem Kleiderschrank und ärgerte sich wieder einmal heftig über sich selbst. Normalerweise machte sie sich nur wenige Gedanken über ihre Garderobe. In ihren Augen war sie sowieso der klassische Jeanstyp. Ihr Beruf machte es zwar manchmal notwendig, dass sie zu bestimmten Anlässen Röcke oder edlere Hosen und Blusen tragen musste, aber das kam zum Glück nur selten vor. Wirklich elegante Kleidung besaß sie eigentlich kaum. Ein oder zwei Ensembles für den Notfall, das war es auch schon. Mehr gab ihr Schrank derzeit nicht her. Jetzt ärgerte sie sich, dass sie sich nicht doch noch ein paar neue Sachen zugelegt hatte.

Nachdenklich blähte Sophie die Wangen auf, doch dann warf sie trotzig einige T-Shirts, Pullis, Jeans und ein paar lässig geschnittene Blusen in den bereitstehenden Koffer. Den Gedanken an einen schnellen Einkauf am morgigen Vormittag verwarf sie sofort wieder. Sie hatte bis zum Mittagessen einfach noch zu viel im Büro zu tun. Also würde die Garderobe reichen müssen, die sie besaß.

Wie die meisten Frauen, so war auch sie eher unzufrieden mit ihrer Figur. Sie war klein, knapp eins sechzig, und fand ihren vollen Busen zu groß und ihre wohlgerundeten Hüften und Oberschenkel viel zu kräftig. Jeans und weite Blusen waren unauffällig und kamen ihr daher sehr entgegen.

Erst kurz bevor sie den Koffer schließen wollte, überlegte sie es sich noch einmal anders und legte auch noch ihren kniekurzen schwarzen Rock mit hinein. Die einzigen hochhackigen Sandaletten, die sie besaß, wanderten in den Schuhbeutel zu ihren Ersatzturnschuhen und den ausgetretenen schwarzen Pumps, die sie so liebte, zumal diese nur einen kleinen Absatz hatten. Endlich klappte sie den Koffer zu und schloss den Kleiderschrank. Dabei fiel ihr Blick in den mannshohen Spiegel der Schranktür. Für einen Moment stutzte sie, doch dann lachte sie laut auf. In ihrer schwarzen ausgebeulten Jogginghose aus Nickistoff, dem viel zu weiten T-Shirt und den dicken Socken sah sie wirklich zum Weglaufen aus.

„Du bist ein unmögliches Weib, Sophie von Wenningen!“,

imitierte sie die helle Stimme ihrer Mutter. „Von mir hast du das nicht, Kind! So bekommst du niemals einen Mann!“ Noch einmal musste Sophie lachen. Ihre Mutter würde niemals verstehen, dass sie vollkommen zufrieden mit ihrem Leben war – auch ohne Mann.

Wie versprochen stand pünktlich zur verabredeten Zeit am Montagnachmittag eine dunkle Limousine mit einem sehr freundlich dreinblickenden Fahrer vor Sophies Wohnung, um sie abzuholen. Er brachte sie direkt zum Flughafen, wo sie bereits von einer ebenfalls ausgesucht liebenswürdigen Stewardess namens Harriet erwartet wurde, die sie sogleich zu einem abgelegenen Gate begleitete und mit ihr den startbereiten Privatjet von Constantin Afra betrat.

Ein Flugzeug dieser Art hatte Sophie noch niemals gesehen, und sie betrachtete neugierig die luxuriöse Innenausstattung der Maschine. Es gab insgesamt zwölf Plätze mit dazugehörigen kleinen Tischen im Passagierraum. Die Sitze waren bequem wie Fernsehsessel und mit schwarzem Leder bezogen. Im hinteren Teil der Kabine befand sich sogar eine kleine Bar mit zwei Hockern davor.

Harriet führte sie zu einem einzeln gelegenen Platz. „Sobald wir in der Luft sind, serviere ich Ihnen gern einen kleinen Imbiss“, bot sie an.

Sophie bedankte sich höflich und wollte sich gerade anschnallen, als sich die Schiebetür zum Cockpit öffnete. Der Pilot, ein sehr schlanker Mann mit feuerrotem Haar, kam mit einem strahlenden Lächeln auf den Lippen zu ihr und reichte ihr die Hand. „Mein Name ist Peter Gordan, *Madam*“, stellte er sich mit einem deutlich englischen Akzent vor. „Ich bin Ihr Pilot und werde Sie direkt nach Kellan Manor bringen. Sollten Sie irgendwelche Wünsche haben, wenden Sie sich ruhig jederzeit an Harriet. Sie wird alles tun, damit Sie sich an Bord unserer Maschine wie zu Hause fühlen können.“

„Vielen Dank, Mr Gordan“, erwiderte Sophie lächelnd. Der

Pilot deutete eine Verbeugung an und zog sich dann wieder an seinen Arbeitsplatz zurück.

Während des Fluges fand Sophie endlich die Ruhe, um noch einmal über das nachzudenken, was sie inzwischen über Constantin Afra in Erfahrung hatte bringen können. Es gab tatsächlich nicht sehr viel Material und Informationen über ihn. Dennoch hatte sie sich eingehend mit seinen frühen Jahren beschäftigt, denn aus dieser Zeit lagen zumindest einige wenige Berichte vor. Sie musste zugeben, dass sie die Zielstrebigkeit, die Afra schon als junger Mensch an den Tag gelegt hatte, bewunderte. Offenbar hatte der Mann schon sehr früh beschlossen, wohin sein Weg ihn führen sollte. Er hatte an die Spitze gewollt – und genau dort war er auch gelandet.

Afra und seine Band, zu der auch sein älterer Bruder Fabian gehörte, spielten schon seit der gemeinsamen Schulzeit zusammen. Sophie wusste unterdessen auch, dass Constantin Afra vorzeitig die Schule verlassen hatte, um sich ganz auf seine Karriere als Sänger und Musiker konzentrieren zu können. Bei seinen Lehrern war er, im Gegensatz zu seinem Bruder Fabian, ohnehin nicht besonders beliebt gewesen. Er galt anscheinend schon damals als äußerst schwierig und aufsässig. Während Constantin bei einem Privatlehrer Gesang studierte, brachten seine Freunde allesamt die Schule zu Ende. Bis auf eine Ausnahme blieb die Begleitband von Constantin Afra in ihrer ursprünglichen Zusammensetzung bis heute bestehen. Nur Leonard Kampmann hatte einige Zeit nach dem Abitur die Band verlassen und sich ganz der klassischen Musik gewidmet.

Es war schon dunkel, als die Maschine aufsetzte. Harriet hatte Sophie während des Fluges erzählt, dass das Anwesen von Constantin Afra, Kellan Manor, ein eigenes kleines Flugfeld besitze. Als Sophie die Gangway hinunterstieg, schlug ihr ein eisiger Wind entgegen. Sie zog ihren leichten Schal etwas fester und schloss den Reißverschluss ihrer Jacke. Unten angekommen, erkannte sie eine beleuchtete Start- und Landebahn und in unmittelbarer Nähe sogar einen kleinen Tower und einen Hangar, vor dem ein Hubschrauber stand.

Als Harriet – nun in eine feste Wetterjacke gekleidet – Sophies fragende Blicke sah, seufzte sie leise. „Das gehört alles ihm. Toll, oder? Wenn wir fliegen, ist unser Tower direkt mit dem Flughafen in Inverness verbunden. Von dort bekommen wir auch unsere Start- und Landegenehmigungen, müssen Sie wissen."

„Wo ist denn das Haus?", fragte Sophie und blickte sich um. Sie konnte in der Dunkelheit kaum etwas erkennen.

„Das Domizil von Herrn Afra befindet sich hinter dem Hügel dort. Der Fahrer wird gleich hier sein und Sie hinbringen, Frau von Wenningen."

Kaum hatte Harriet ihren Satz beendet, hörten sie auch schon das Motorengeräusch eines nahenden Autos. Ein großer Geländewagen rollte heran, und ein junger Mann in Jeans und Lederjacke sprang heraus.

„Hallo, ich bin Jesse. Ich bin hier sozusagen das Mädchen für alles." Er grinste. „Guten Abend, Frau von Wenningen."

Sophie hatte sich zuvor geschworen, nicht beeindruckt zu sein, egal, was sie erwartete, aber sie war es trotzdem. Als Jesse den Geländewagen an mindestens drei Meter hohen Hecken vorbeigelenkt hatte und durch ein Eisentor fuhr, das sich automatisch öffnete, erhob sich plötzlich das riesige Haus wie aus dem Nebel vor ihren Augen.

„Willkommen auf Kellan Manor", sagte Jesse und grinste ihr aufmunternd zu.

Graue Steinquader, typisch für englische Landhäuser, dachte Sophie. Die Fenster waren hoch und schmal, und an beiden Seiten des Gebäudes ragten Türme in den Nachthimmel. Viele der Fenster waren erleuchtet. Das Haus selbst wurde von außen angestrahlt.

Sehr langsam, fast ehrfürchtig, ließ der junge Fahrer den

Wagen die lange, von alten Kiefern gesäumte Auffahrt hinaufrollen, bis sie direkt vor dem Eingang des mächtigen Gebäudes anhielten. Während Jesse ihr Gepäck aus dem Wagen lud und zur Tür brachte, folgte Sophie ihm wortlos. Irgendwie fühlte sie sich plötzlich unbehaglich und unpassend angezogen in ihrer engen Jeans, der taillenkurzen Jacke, ihrem leicht verschlissenen Baumwollschal und den einfachen Turnschuhen.

Der Fahrer verabschiedete sich mit einem höflichen Lächeln und wünschte ihr einen angenehmen Aufenthalt, bevor er sich wieder hinter das Steuer des Geländewagens schwang und davonfuhr. Der Wagen rollte langsam um ein großes Rundbeet herum und verschwand schließlich in der Dunkelheit.

Sophie starrte eine Sekunde lang die hohe Doppeltür an, durch die wahrscheinlich ein ganzer Güterzug gepasst hätte, und suchte so etwas Ähnliches wie eine Türklingel. Doch schon im nächsten Moment wurde eine Seite der Tür geöffnet.

Beim Anblick der hübschen Frau, die ihr unbefangen entgegenlächelte, fühlte sich Sophie sofort besser. Die Frau war ungefähr in ihrem Alter, hatte strahlende azurblaue Augen, und auch sie trug – zu Sophies großer Erleichterung – Jeans und ein einfaches limettengrünes T-Shirt. Ihre dunkelblonden glatten Haare umrahmten ein zartes Gesicht und fielen ihr locker auf die schmalen Schultern.

„Herzlich willkommen! Sie müssen Frau von Wenningen sein, richtig?"

Sophie nickte lächelnd. „Genau die bin ich." Sie streckte der Frau ihre Hand entgegen. „Sophie von Wenningen."

„Helen Afra. Ich bin mit Fabian verheiratet, Constantins Bruder. Es freut mich wirklich sehr, Sie endlich persönlich kennenzulernen, Frau von Wenningen. Wann immer wir in Deutschland sind, kaufen wir den ‚Diskurs'. Ich liebe Ihre Rathaus-Kolumne."

„Oh, vielen Dank."

„Aber bitte, kommen Sie doch herein."

Während sie Helen Afra in die prächtige Eingangshalle folgte, sortierte Sophie ein wenig ihre Gedanken. Sie wusste, dass Fabian Afra, Helens Ehemann, der ältere Bruder von Constantin war. Nicht nur als Schlagzeuger der Band hatte er sich einen Namen gemacht, sondern auch als Komponist. Er schrieb äußerst erfolgreich auch für andere Künstler und hatte unterdessen fast so viele Preise eingeheimst wie sein Bruder als Sänger.

„Mein Schwager hat mich gebeten, das Empfangskomitee für Sie zu spielen, und das mache ich natürlich sehr gern. Was halten Sie von einer guten Tasse Tee und einem kleinen Plausch in der Küche? Die Männer sind im Augenblick noch unten im Tonstudio, und es kann noch eine ganze Weile dauern, bis sie wieder hier oben erscheinen werden. Die ganze Band ist zurzeit hier, um dem nächsten Album noch den letzten Schliff zu geben. Wir hätten also noch genügend Zeit für den Tee. Ihr Zimmer kann ich Ihnen ja später auch noch zeigen. Sie sind sicherlich noch ein wenig erschöpft von der Reise, nicht wahr?"

„Besonders erschöpft bin ich eigentlich nicht. Der Flug war sehr angenehm, aber Tee wäre wirklich fantastisch", antwortete Sophie dankbar.

Helen Afra lächelte warm und machte eine einladende Handbewegung. „Maria, Haushälterin und Köchin in einer Person, wird sich in der Zwischenzeit um Ihr Gepäck kümmern. Sie sorgt hier im Haus für alles, was so anfällt. Wenn Ihnen irgendetwas fehlen sollte, wenden Sie sich ruhig vertrauensvoll an sie. Sie spricht wenig, vollbringt aber wahre Wunder in der Küche. Wir alle sind ihrer Kochkunst restlos verfallen."

Nickend erwiderte Sophie das höfliche, aber sehr distanzierte Lächeln der hochgewachsenen, südländisch wirkenden Frau mittleren Alters, die inzwischen lautlos von irgendwoher erschienen war. Sie wechselte mit der Haushälterin noch ein paar Begrüßungsfloskeln und registrierte nebenbei, dass die ältere Frau sie eingehend musterte, während sie sich miteinander bekannt machten. Schließlich griff Maria nach dem Gepäck, und Sophie folgte Helen Afra durch einen kurzen Flur in die

Küche. Der Raum war riesig, aber urgemütlich. Begeistert blieb Sophie in der Tür stehen und sah sich um.

„Schön, nicht wahr?", fragte Helen.

„Oh ja. Sogar sehr, sehr schön!"

In der Mitte des Raumes stand ein übergroßer blank gescheuerter Esstisch aus naturbelassenem Kiefernholz mit passend gepolsterten Lehnstühlen. Die Küchenschränke waren aus der gleichen Holzart gearbeitet, und mit ihrer offensichtlichen Massivität erzeugten sie eine Atmosphäre von Verlässlichkeit und Stärke. Alles fügte sich perfekt ineinander. Der alte Kachelofen in der Ecke, die herrlichen karamellfarbenen Fliesen mit ihrem mattroten Muster und auch der große Tonkrug mit den weißen Margeriten auf dem Tisch. Der Raum wirkte auf den ersten Blick fast wie eine alte Bauernküche, aber Sophie bemerkte auch die modernen Geräte und den beeindruckenden Herd an der Stirnseite. „Wirklich wunderschön", wiederholte sie.

Helen lächelte. „Sie werden aus dem Staunen nicht herauskommen. Das ganze Haus ist großartig."

„Nach allem, was ich bisher gesehen habe, glaube ich Ihnen das aufs Wort", sagte Sophie lachend. „Wenn ich dagegen an meine kleine Zweizimmermansarde denke …"

„Ah, das ist ja ein bezauberndes Klischee – die junge Reporterin in der Zweizimmermansarde. Aber bitte, setzen Sie sich doch."

Helen Afra war offenbar vorbereitet gewesen. Der Tee war bereits fertig. Nachdem sie zwei Tassen und einen kleinen Teller mit etwas Gebäck auf den Tisch gestellt hatte, schenkte sie ein und setzte sich ebenfalls. „Ja, das Haus ist wirklich prächtig. Conny hat fast alles selbst entworfen, müssen Sie wissen. Das Anwesen war recht verfallen, als er es vor ein paar Jahren kaufte. Heute stehen eigentlich nur noch die Grundmauern. Der gesamte Innenausbau ist hochmodern, also lassen Sie sich von dem alten Gemäuer nicht täuschen."

„Und Sie und Ihr Mann leben auch ständig hier?“

Helen nippte an ihrer Tasse und schüttelte ihren dunkelblonden Kopf. „Oh nein, ganz und gar nicht. Wir leben eigentlich den größten Teil des Jahres in der Nähe von London, allerdings auch eher ländlich. Wir haben zwei süße Töchter. Charlene ist fünf, und Chrissy ist gerade drei Jahre alt geworden. Meine Eltern leben mittlerweile ganz bei uns und passen auf sie auf, wenn wir nicht zu Hause sein können. Fabian reist zwar sehr gern und oft, aber seit ein paar Jahren besteht er doch immer häufiger darauf, dass ich ihn begleite. Zwei- oder auch dreimal im Jahr kommen wir für einige Wochen hier rauf, damit die Männer in Ruhe arbeiten können. Abgesehen natürlich von den gemeinsamen Auftritten sehen wir Conny allerdings nicht mehr so häufig wie früher. Er lebt ziemlich … zurückgezogen.“

Sophie nickte. „Ja, das ist allgemein bekannt.“ Sie zögerte. „Helen, glauben Sie wirklich, dass er ohne Vorbehalte mit mir zusammenarbeiten wird? Ich habe da so einiges gehört und …“

„Er wird, Sophie. Ich glaube, dieses Buch ist auch für ihn nicht ganz unwichtig. Vielleicht hilft es ihm sogar.“

„Was meinen Sie damit?“

„Ich weiß nicht so recht … Es ist nur … Er hat sich nach dem Tod von Melanie ziemlich verändert. Und er hat sich niemals wirklich über diese Geschichte ausgesprochen. Noch nicht einmal bei meinem Mann, verstehen Sie, was ich damit sagen will?“

Sophie nickte erneut. Die freundliche Offenheit, die Helen Afra ihr entgegenbrachte, ließ sie etwas leichter atmen. „Ich denke schon. Hat er … hat er Ihnen …“

„Sie wollen mich sicherlich fragen, ob es ihm überhaupt recht ist, wenn auch ich mit Ihnen rede?“ Helens himmelblaue Augen blitzten auf.

„Genau.“

„Ich lasse mir von ihm grundsätzlich nichts verbieten, Sophie. Das habe ich noch nie getan. Wir sind schon seit unserer frühesten Jugend eng miteinander befreundet. Aber, wenn es Sie beruhigt, er hat es auch gar nicht erst versucht. Wir haben uns alle gemeinsam darauf geeinigt, Ihre Arbeit an diesem Buch zu unterstützen, und das werden wir auch tun. Conny weiß, dass ich Ihre Fragen beantworten werde, wenn ich es kann und will."

„Ich danke Ihnen sehr für Ihre offenen Worte, Helen."

„Mhm, noch etwas, Sophie. Es ist hier allgemein üblich ... Nun ja, vielleicht sollten wir uns von Anfang an besser darauf einigen, uns zu duzen. Ich meine, natürlich nur, wenn Sie nichts dagegen einzuwenden haben. Es vereinfacht ja auch Ihre Arbeit, finden Sie nicht? Immerhin werden wir in der nächsten Zeit hier zusammen wohnen. Fabian und ich sind erst vorgestern hier angekommen und werden bestimmt noch zwei Wochen bleiben."

Sophie lächelte erfreut und reichte ihrem Gegenüber die Hand. „Ich bin ganz deiner Meinung. Also, Helen, meinen Vornamen kennst du ja. Auch in meiner Branche ist das Du durchaus die Regel. Ich habe also absolut kein Problem damit."

Helen Afra erwiderte Sophies Lächeln voller Wärme.

Sie tranken ihren Tee und plauderten noch eine Weile über Sophies Beruf, an dem Helen offensichtlich sehr interessiert war. Schließlich erhob sie sich. „Ich denke, ich werde dir jetzt dein Zimmer zeigen. Die Männer scheinen heute schon wieder nicht den Weg aus ihrer Höhle zu finden."

„Man hört sie gar nicht", bemerkte Sophie, während sie gemeinsam die breite geschwungene Marmortreppe nach oben stiegen.

„Nein, die Wände des Studios sind Spezialanfertigungen. Aber glaub mir, da unten ist gerade die Hölle los. Kein Mensch, der diesen Krach jemals gehört hat, kann sich vorstellen, dass hinterher so wundervolle Musik dabei herauskommt", erklärte Helen lachend.

Auch der obere Bereich des Hauses war äußerst imposant. Die beeindruckende Treppe führte nacheinander auf zwei offene Galerien, von denen mehrere Flure und Türen abgingen. An den Wänden hingen wunderschöne Gemälde verschiedenster Epochen und Stile, ganz allein nach ihrer Schönheit und der Harmonie der Farben ausgewählt. Sophie gefiel das. Doch als Helen ihr im ersten Stockwerk die Tür zu dem Zimmer öffnete, in dem sie wohnen sollte, blieb ihr fast die Luft weg. „Meine Güte! Dieser Raum ist ja größer als meine gesamte Wohnung!"

„Das Zimmer hat übrigens ein eigenes Bad." Helen lächelte über Sophies offene Begeisterung. „Sieh dich nur in Ruhe um. Wir treffen uns normalerweise gegen zwanzig Uhr zum Essen alle unten in der Küche. Heute wird aber erst eine Stunde später gegessen, weil die Männer noch arbeiten wollten und natürlich auch wegen deiner Ankunft. Du hast also noch eine knappe Stunde Zeit. Wir sehen uns dann unten. Ach ja, frühstücken kannst du natürlich, wie es dir beliebt. Maria ist darauf eingestellt, dass morgens einer nach dem anderen eintrudelt. Also, komm einfach wieder runter, wenn du dich eingerichtet hast."

„Ich danke dir, Helen."

„Wenn du mich suchst, ich bin im Erdgeschoss. Entweder findest du mich in der Küche oder irgendwo vorn im Wohnbereich. Die Küche kennst du ja schon. Um ins Wohnzimmer zu kommen, musst du einfach nur nach rechts gehen, wenn du die Treppe runterkommst. Sieh dir ruhig alles an."

Ehe sie ging, drehte sie sich noch einmal um. „Bevor ich es vergesse – ich soll dir von Conny ausrichten, im unteren Bereich des Hauses brauchst du keinerlei Hemmungen zu haben. Selbstverständlich kannst du auch jederzeit die Bibliothek und den Pool benutzen, wenn dir danach sein sollte. Das gilt natürlich auch für den Fitnessraum, den du im Keller findest, und den Tennisplatz, der hinter dem Haus liegt. Morgen werde ich dir alles zeigen. Hier oben wäre ich allerdings vorsichtig. Connys persönliche Räume sind sogar für uns tabu. Es grenzt schon an ein Wunder, dass er dich hier im ersten Stock wohnen lässt und nicht in eines der kleineren Gästezimmer unter dem Dach verbannt hat.“ Mit ihrem warmen Lächeln auf den Lippen verabschiedete sich Helen Afra und ließ Sophie allein.

Erneut blickte Sophie sich staunend um. Noch niemals in ihrem Leben hatte sie ein vergleichbares Zimmer gesehen. Der gesamte Raum war in den Farben Gelb und Weiß gehalten. Die Wände waren cremeweiß und die bauschigen Vorhänge zartgelb. Das feminine Muster auf dem Sofa setzte sich aus lauter winzigen weißen und gelben Blüten zusammen. Jede Blüte für sich war so zart, dass das Gesamtbild dennoch nicht überladen wirkte, sondern eine ruhige Einheit bildete. Das gleiche unaufdringliche Muster fand sich auch auf der edlen Bettwäsche und den überall im Raum verteilten Kissen wieder. Das hölzerne weiße Himmelbett selbst war offensichtlich eine antike Kostbarkeit. Es stand auf einem zweistufigen Podest in der Mitte des Zimmers. Der schneeweiße Himmel aus zartem Chiffon wirkte tatsächlich wie eine duftige Wolke und machte damit seinem Namen alle Ehre.

Sophie schlüpfte aus ihren Turnschuhen und den Strümpfen. Ihre nackten Füße versanken regelrecht in dem dicken vanillegelben Teppichboden. Sie atmete tief ein und öffnete die Tür zum angrenzenden Badezimmer. Auch hier blieb sie zunächst wie angewurzelt stehen und blickte sich überwältigt um. Das Badezimmer war ausgesprochen luxuriös und sehr geschmackvoll in Weiß und Flieder eingerichtet.

„Na klar, ein Whirlpool! Meine Güte, in diesem Märchenschloss haben die Gästezimmer tatsächlich eigene Whirlpools, man glaubt es ja nicht“, sagte sie leise zu sich selbst.

Erst dann bemerkte sie, dass bereits ihre gesamten Kosmetikutensilien wohlgeordnet auf dem Regal neben dem Waschbecken standen. Irgendjemand hatte sogar schon für sie ausgepackt. Sophie ging zurück in ihr Schlafzimmer. Die beiden Koffer waren verschwunden, und ihre Kleidung hing bereits ordentlich im Schrank. Einen Moment lang überlegte sie ernsthaft, ob ihr das jetzt gefallen sollte oder nicht, beschloss dann aber, es einfach nur albern zu finden. Amüsiert über diesen Gedanken lachte sie kurz auf und sah sich weiter um.

Neben dem zierlichen Sofa gab es eine weitere Tür, schmal und weiß lackiert, aber als Sophie die Klinke herunterdrückte, fand sie sie verschlossen vor. Also wandte sie sich schulterzuckend ab. In der kleinen Kommode entdeckte sie schließlich auch ihre Wäsche, und auf einem hübschen, ebenfalls weißen Schreibtisch lag ihre Aktentasche. Sophie öffnete sie und zog ihren Laptop, ein altes Diktiergerät und ihre unvermeidlichen Notizbücher hervor. Danach warf sie einen schnellen Blick auf ihre Armbanduhr.

„Ein paar Minuten habe ich noch. Vielleicht sollte ich mich ein bisschen ‚frisch machen'. Das tut man doch üblicherweise bei den Stinkreichen vor dem Abendessen, oder?" Übermütig warf sie ihre Jeansjacke und ihren Schal auf das prächtige Bett und grinste in sich hinein. „Okay", setzte sie ihr kleines Selbstgespräch fort, „warum sollte ich diesen unerwarteten Luxus nicht genießen? Versuchen wir doch zunächst mal diese beeindruckende Dusche mit den zahllosen vielversprechenden Düsen ringsherum in der Wand. Der Whirlpool läuft mir ja nicht weg."

Doch dann fiel ihr Blick auf einen der halb geöffneten Vorhänge, hinter dem sich eine Art Balkontür verbarg. „Oh, ich habe sogar einen Balkon, wie wunderbar!" Sophie schob den duftigen Vorhang ganz beiseite, öffnete die Tür und blieb zunächst an Ort und Stelle stehen.

Der Ausblick war – obwohl durch die Dunkelheit begrenzt – schlichtweg einzigartig. Vom Haus und einigen Strahlern an den Wegen fiel Licht auf die Außenanlage, und so konnte sie erkennen, dass es hinter dem Gebäude eine Art Park gab, der offenbar herrlich angelegt war. Um noch mehr sehen zu können, trat sie aus dem Zimmer heraus und näher an das steinerne Geländer des Balkons heran. Es war lausig kalt, und ihre Füße waren noch immer nackt, aber nun konnte sie sogar ein Stückchen entfernt Wasser ausmachen, vielleicht einen See oder einen kleinen Bach. Links und rechts vom Anwesen war die Landschaft allerdings in tiefe Dunkelheit gehüllt. Sophie vermutete einen Wald oder Ähnliches. Sie freute sich schon auf das Licht des nächsten Tages, damit sie sich alles ganz genau ansehen konnte.

„Sind Sie auf eine Erkältung aus?“

Die volltönende dunkle Stimme schien aus dem Nichts zu kommen. Der Schreck erschütterte Sophie bis ins Mark. Sie fuhr heftig zusammen und drehte sich ruckartig um. Nur ein paar Schritte entfernt stand Constantin Afra im Halbdunkel.

Mit weit aufgerissenen Augen starrte sie ihn stumm an.

„Oh, ich habe Sie erschreckt, das war nicht meine Absicht. Ich bitte um Verzeihung.“ Zögernd kam er einige Schritte näher, und Sophie bemerkte erst jetzt, dass sich der überdachte Balkon ohne Zwischenbegrenzungen über die gesamte Gebäudeseite erstreckte. Offensichtlich war er von jedem der hinteren Zimmer aus begehbar und bildete somit eine Art Laubengang. Constantin Afra betätigte einen Lichtschalter neben ihrer Tür, sodass sie jetzt beide im hellen Schein einer kleinen Leuchte standen, die direkt über ihren Köpfen angebracht war. Dann reichte er ihr eine Hand zur Begrüßung.

„Constantin Afra“, stellte er sich unnötigerweise vor.

Da Sophie ihm gerade einmal bis zur Brust reichte, musste sie den Kopf in den Nacken legen, um ihm ins Gesicht sehen zu können. Sie räusperte sich, brachte aber noch immer kein Wort hervor, als sich seine Finger fest um ihre schlossen. Im Augenblick war sie einfach nur erleichtert darüber, dass sie ihr peinliches Selbstgespräch nicht auch noch auf dem Balkon fortgeführt hatte. Die Hitze, die seine Hand ausstrahlte, lief ihr den Arm hinauf und über ihre Schulter hinweg und hinterließ ein sanftes und warmes Kribbeln in ihrem Nacken.

Als er ihre Hand wieder freigab, deutete er ein schwaches Lächeln an. „Sophie von Wenningen, nehme ich an?“

„Äh … ja.“

„Geht’s wieder?“

„Ja." Gegen ihren Willen war sie fasziniert. Sie blickte gerade einen vollkommen Fremden an, und doch war ihr alles an seinem Gesicht vertraut. Natürlich hatte sie ihn bereits auf etlichen Fotos gesehen – und selbstverständlich kannte sie ihn auch aus dem Fernsehen, aber es war eine ganz andere Sache, diesem Mann direkt gegenüberzustehen.

Constantin Afra war auf den ersten Blick ein klassisch dunkler Typ mit bronzefarbener Haut, scharf geschnittenen Gesichtszügen und tiefschwarzem Haar. Sein leicht kantiges Kinn und die hoch angesetzten ausgeprägten Wangenknochen verliehen ihm allerdings etwas Wildes, Unberechenbares. Sophie kam unwillkürlich die klischeehafte Vorstellung eines heißblütigen Zigeuners aus einer dieser albernen Operetten in den Sinn. Die vollkommen schwarze Kleidung, die er trug, unterstrich diesen Eindruck nur noch mehr. Seine ungewöhnlichen Augen wirkten vor dieser dunklen Kulisse allerdings fast irritierend hell, ja geradezu blendend.

Mit diesen eigenartigen Augen blickte er jetzt eher abschätzig auf sie herab. Kein Foto würde ihnen jemals gerecht werden können, schoss es Sophie durch den Kopf. Auf jedem Bild, das sie von Constantin Afra gesehen hatte, hatte es ausgesehen, als habe er zwar überaus schöne, aber eben hellblaue Augen. In Wirklichkeit schwankte die Farbe seiner Iris jedoch irgendwo zwischen Türkisblau und Seegrün. Sophie hatte noch niemals zuvor so ausdrucksstarke Augen gesehen.

Noch einmal räusperte sie sich. „Entschuldigen Sie, Herr Afra. Ich war ganz in Gedanken versunken, tut mir leid." Sie lächelte bewusst herzlich. „Normalerweise bin ich nicht so schreckhaft."

„Ich sagte ja schon, mir muss es leidtun." Sein gleißender Blick fiel kurz nach unten auf ihre nackten Füße, dann wandte er den Kopf in Richtung ihres Zimmers. „Sie sollten endlich wieder hineingehen. Sonst holen Sie sich hier noch den Tod. Sind Sie mit Ihrer Unterbringung zufrieden?"

„Oh ja, das Zimmer ist wunderschön. Ein wahrer Traum.

Das ganze Haus ist wirklich ... ausgesprochen prächtig. Ich freue mich schon darauf, die Aussicht bei Tageslicht genießen zu dürfen."

Wieder huschte dieses leichte Lächeln über sein Gesicht, angedeutet nur und seltsam distanziert. „Ja, ich bin auch sehr stolz darauf." Nun räusperte er sich. „Ich möchte, dass Sie sich hier wie zu Hause fühlen, Sophie. Solange Sie hier sein werden, meine ich."

„Danke. Ich weiß Ihr Entgegenkommen und Ihre Gastfreundschaft wirklich zu schätzen. Und ich freue mich auch schon sehr auf die Arbeit."

Als sie erneut seinem Blick begegnete, intensivierte sich das Grün in seinen Augen, und sie erkannte auf Anhieb einen gewissen Unwillen darin.

„Wann haben Sie vor, mit Ihrer ... Arbeit zu beginnen?"

Ich hab es doch geahnt. Die Sache geht ihm gehörig gegen den Strich.

„Sobald Sie dazu bereit sind, Herr Afra."

Sein Gesichtsausdruck wurde noch eine Spur finsterer. „Gut, dann eben gleich morgen nach dem Frühstück. Wie heißt es doch so schön? Je eher daran, je eher davon." Er wandte sich ab und machte zwei Schritte, dann drehte er sich abrupt noch einmal zu ihr herum.

Über seiner Nase erkannte sie nun zwei steile senkrechte Falten, und seine ungewöhnlichen Augen schienen türkisfarbene Funken auf sie abzufeuern. Wenn Sophie nicht genau gewusst hätte, dass es eigentlich keinen Anlass dafür gab, hätte sie schwören können, dass der Mann buchstäblich vor unterdrückter Wut kochte. Seine düstere Miene ließ keinen anderen Schluss zu.

„In den nächsten Tagen wird es hier wahrscheinlich ein bisschen turbulent zugehen. Die gesamte Band ist noch für einige Tage im Haus. Wir arbeiten an einem neuen Album, deshalb werde ich nicht viel Zeit für dieses ... Buch haben. Das ganze Theater kann sich also ein paar Tage länger hinziehen." Noch einmal warf er einen kurzen Blick auf ihre Füße. „Ich heiße Constantin. Nenn mich einfach Conny, wenn es dir gefällt, das tun hier alle. Ich hasse dieses förmliche Gequatsche, okay?"

„Okay." Ihre kurze, ein wenig atemlos hervorgebrachte Antwort hörte er gar nicht mehr, denn er war bereits in dem Zimmer verschwunden, das direkt neben ihrem lag. Sophie atmete einige Male tief und gründlich ein und wieder aus, als seine Balkontür hinter ihm ins Schloss fiel.

„Na klasse! Das kann ja heiter werden", murmelte sie, während sie ebenfalls zurück in ihr Zimmer marschierte und die Tür zusperrte. „Blasiert und launisch, herrisch, arrogant, irgendwie chronisch wütend und ziemlich unnahbar. Bravo, Sophie! Es wird eine wahre Freude sein, diesem herzallerliebsten Typen etwas aus seiner hübschen Nase zu ziehen."

Das Abendessen verlief außerordentlich unterhaltsam.

Wenn man einmal von dem Hausherrn absah, waren alle Anwesenden bester Laune und erfreulich aufgeschlossen. Sophie wurde ohne große Umstände in die kleine Gemeinschaft aufgenommen.

So lernte sie Fabian Afra, Helens Ehemann, und auch den Rest der Band kennen. Die beiden Afrabrüder hätten verschiedener kaum sein können. Nur beim näheren Hinsehen erkannte man eine gewisse äußere Ähnlichkeit. Fabians Haar war einen ganzen Ton heller und seine Augen kornblumenblau. Auch er war ein sehr attraktiver Mann, doch im Wesen unterschied er sich extrem von seinem Bruder. Constantin blieb den ganzen Abend still und in sich gekehrt. Er wirkte brummig und missmutig, während Fabian lustige Gesprächsbeiträge lieferte und herrlich verliebt mit seiner Frau flirtete. Sophie mochte Fabian Afra sofort.

Dann waren da noch Lutz Wölfer, Hans-Jürgen Aumann und Dirk Burkhard.

Lutz, offenkundig eine wahre Stimmungskanone, hatte ein fein geschnittenes Gesicht und samtbraune Augen. Diese

Kombination ließ ihn ungefähr zehn Jahre jünger aussehen, als er in Wirklichkeit war. Er spielte das Keyboard und sang auch oft im Background.

Hans-Jürgen, ein großer Mann mit strohblonder Mähne, die ihm bis auf die breiten Schultern reichte, hätte gut und gerne einem alten Film über die Wikinger entsprungen sein können. Er war für den Bass zuständig, und Sophie dachte bei sich, dass dieses Instrument hervorragend zu ihm passte.

Der hochgewachsene schlaksige Dirk mit seinem sandfarbenen Stoppelhaar und den stahlblauen Augen wirkte verlässlich und gutmütig. Er spielte normalerweise die Leadgitarre, aber auch noch diverse andere Instrumente, wenn es nötig war. Die anderen Männer bezeichneten ihn neidlos als wahres Musikgenie.

Fabian Afra komponierte und war mit Leib und Seele Schlagzeuger der Band, spielte aber auch Klavier, das er jedoch überwiegend für seine Kompositionen nutzte, wie er betonte. Bei Konzerten oder Auftritten blieben Fabian, Lutz, Hans-Jürgen und Dirk stets im Hintergrund. Sie hatten bewusst diesen Weg der namenlosen Begleitband gewählt, ließen sie Sophie wissen.

Schließlich saß auch noch Jana Burkhard, Dirks Frau, mit am Tisch. Sie war wasserstoffblond und perfekt gestylt. Obwohl sie die dreißig schon sichtlich überschritten hatte, war sie wie ein Teenager gekleidet und kicherte ständig. Sophie fragte sich insgeheim, wie ein talentierter und offensichtlich auch intelligenter Mann wie Dirk Burkhard nur an eine derart oberflächliche Person geraten sein konnte. Helen schien sich das ebenfalls zu fragen. Man konnte deutlich spüren, dass die beiden Frauen sich nicht besonders viel zu sagen hatten.

Constantin Afra blieb den ganzen Abend über wortkarg. Die meiste Zeit schien er mit seinen Gedanken ganz woanders zu sein. Er lachte nicht ein einziges Mal mit, und er übersah vor allem Sophie geflissentlich. Sie fand sein Verhalten ihr gegenüber zwar fast schon ein wenig unhöflich – schließlich war sie ja Gast in seinem Haus –, versuchte aber, sich nicht darüber zu ärgern. Stattdessen begann sie ihn möglichst unauffällig zu beobachten. Schließlich sollte sie ja ein Buch über den Mann schreiben.

Er saß an seinem Platz, aß und trank schweigend und blieb bei allen Gesprächen eher unbeteiligt. Eigenartigerweise schienen sich alle am Tisch perfekt darauf einzustellen. Niemand stellte ihm eine Frage oder bezog ihn auf andere Weise direkt in ein Gespräch mit ein. Man schien ihn einfach als stillen Zuhörer und Beobachter zu akzeptieren – und doch wirkte er nicht ausgeschlossen, ganz im Gegenteil! Es kam Sophie sogar viel eher so vor, als würde gerade er den Mittelpunkt der Gemeinschaft darstellen.

Eine Weile versuchte sie herauszufinden, woran das lag, kam aber zunächst zu keinem befriedigenden Ergebnis. Alles, was sie registrierte, war seine unglaubliche Präsenz. Constantin Afra hatte ohne Frage nicht nur auf der Bühne eine äußerst charismatische Ausstrahlung. Vielleicht lag darin sein Geheimnis. Zu ihrer Überraschung glaubte Sophie an ihm eine Art Erleichterung zu erkennen, als das gemeinsame Essen schließlich beendet war und sich die Mitglieder der Band bis auf Fabian und Helen verabschiedeten und in ihre Zimmer zurückzogen.

Helen griff nach Sophies Hand und zog sie hinter sich her in den Wohnbereich. Auch dieser Raum war alles andere als gewöhnlich. Obwohl er die enorme Größe eines Ballsaals aufwies, wirkte er absolut nicht ungemütlich. Unter einer beeindruckenden schwarzen Ledercouch, auf der mindestens zwanzig Personen bequem Platz nehmen konnten, lag ein dicker champagnerfarbener Teppich. Wenn man auf der Couch saß, betrachtete man unvermeidlich einen gemauerten Kamin aus dunkelrotem Backstein, dessen Sims aus spiegelndem Onyx bestand. Ausdrucksstarke Antiquitäten und schlichte, moderne Möbel waren hier geschickt aufeinander abgestimmt worden. Abermals fielen Sophie auch hier die geschmackvollen Gemälde auf.

Vor einer gewaltigen Fensterfront stand ein schneeweißer Flügel, und direkt dahinter ging der Raum in eine Art Esszimmer über. Dort dominierte ein überdimensionaler Rauchglastisch, umstanden von etwa zwanzig schlichten Stühlen, die genau wie die Couch mit schwarzem Leder bezogen waren. Links daneben führte ein breiter, offener Bogengang in die angrenzende Bibliothek. Sophie konnte es kaum abwarten, einen Blick hineinzuwerfen.

Der eigentliche Clou des Wohnbereichs war wohl der Blick durch die raumhohe Glasfront auf der gesamten rechten Seite. Hinter einem großen Teil dieser Fenster dampfte das Wasser eines Swimmingpools, der dort unter einer gläsernen Kuppel lag. Sophie sah erst beim genaueren Hinschauen, dass der Pool nicht im Freien lag, sondern in einer Art Wintergarten regelrecht eingebettet war. Der andere Teil der Panoramascheiben gab den Blick auf eine beleuchtete, wunderschöne Terrasse frei.

Constantin und Fabian unterhielten sich leise miteinander. Sie standen, jeder ein Getränk in der Hand, vor dem gläsernen Eingang zum Pool.

Sophie registrierte nur nebenbei, dass Fabian offenbar Whiskey trank, während sich in Constantins Glas nur Wasser befand. Auch während des Essens hatte er keinen Wein getrunken wie all die anderen am Tisch, das war ihr vorhin bereits aufgefallen.

Die Frauen machten es sich auf der Couch gemütlich. Ihre frisch gefüllten Weinkelche standen auf dem niedrigen Glastisch vor ihnen. Sophie blickte aus dem Fenster. Die Terrasse und ein großer Teil des Gartens wurden durch gedämpftes künstliches Licht beleuchtet, dessen Farbe warm und angenehm beruhigend wirkte.

„Und? Fühlst du dich schon ein bisschen wohl bei uns? Alles halb so schlimm, oder?“, fragte Helen schmunzelnd.

„Hm, ihr seid alle sehr nett. Da fällt es leicht, sich wohlzufühlen.“ Sophie seufzte leise auf und riss ihren Blick von einem der üppig blühenden Rosenbüsche los, die neben der Terrasse standen. „Von diesem traumhaften Haus ganz zu schweigen. Die Räume, die ich bis jetzt gesehen habe, sind unglaublich geschmackvoll und stilsicher ausgestattet."

„Ich habe es dir ja schon gesagt, das Haus ist Connys Steckenpferd. Er liebt es. Die Innenausstattung hat er entweder selbst entworfen oder eigenhändig ausgewählt und Stück für Stück zusammengetragen."

„Die Bilder sind toll. Er hat ein gutes Auge."

„Ja, er ist schließlich selbst ein Künstler. Wenn auch auf einem anderen Gebiet."

„Nun, bis jetzt fühle ich mich jedenfalls ein bisschen so, als sei ich aus Versehen in irgendeinem Luxusurlaub gelandet", gab Sophie mit einem leisen Lachen offen zu.

Helen schmunzelte. „Na, dann genieß es doch einfach."

Fabian kam lächelnd zu ihnen und streichelte seiner Frau übers Haar. „Wollt ihr vielleicht noch ein bisschen schwimmen?"

„Nein, heute nicht mehr, Schatz", sagte Helen. „Ehrlich gesagt bin ich sogar ziemlich müde."

Ihr Ehemann stellte mit einem vielsagenden Lächeln sein leeres Glas auf dem Tisch ab. „Dann lass uns mal schnell unter unsere Bettdecke schlüpfen, mein Herz."

Helen lachte verlegen in sich hinein, erhob sich jedoch sofort. „Können wir euch denn schon bedenkenlos allein lassen, Conny?", wandte sie sich an ihren Schwager, der ebenfalls mit hereingekommen war.

Constantin blickte irritiert auf. Offenbar war er vollkommen in seiner eigenen Gedankenwelt versunken gewesen. „Äh … ja, ja klar. Geht nur schlafen."

„Vielleicht könntest du dir ja ausnahmsweise mal die Bereitschaft zu einem Gespräch abringen, liebster Schwager." Der anklagende Unterton in Helens Stimme war nicht zu überhören, und Sophie war das etwas peinlich. Am liebsten wäre auch sie sofort nach oben in ihr hübsches Zimmer geflüchtet, statt der aufgesetzten Freundlichkeit ihres mürrischen Gastgebers ausgesetzt zu sein. Insgeheim nahm sie sich vor, genau das auch so bald wie nur möglich zu tun.

Nachdem Helen und Fabian gegangen waren, griff sie unsicher nach ihrem Glas und erhob sich, da Constantin Afra offenkundig keinen Wert darauf legte, sich zu ihr zu setzen. Unverändert stand er vor dem Fenster und blickte auf das ruhige Wasser seines Swimmingpools. Als sie einige Schritte näher kam, versuchte er sich sogar an einem Lächeln. „Tut mir leid, meine Schwägerin hat recht. Ich bin nicht unbedingt der unterhaltsame Typ", murmelte er.

„Kein Problem. Wir können auch einfach nur still unsere Gläser leeren, wenn Ihnen … ich meine, wenn dir das lieber ist." Es fiel ihr unerwartet schwer, ihn zu duzen, auch wenn er es vorhin so brüsk von ihr verlangt hatte. Sein eigenartiger Laserblick schien sie geradewegs zu durchbohren, und Sophie wunderte sich fast darüber, dass dieser tödlich scheinende Blick sie am Leben ließ.

„Bist du müde?" Seine Frage, übergangslos und wie hingeworfen hervorgebracht, verunsicherte sie ebenso wie der rätselhafte Ausdruck in seinen Augen. Sie zögerte kurz, beschloss dann aber doch, die günstige Gelegenheit zu Flucht verstreichen zu lassen und stattdessen die Wahrheit zu sagen. Früher oder später musste sie sich ja doch mit diesem schwierigen Mann befassen.

„Nein, ehrlich gesagt nicht sehr. Ich gehe selten vor Mitternacht schlafen."

„Gut. Dann erzähl von dir."

Sophie schluckte. Sie war schließlich hier, um ihn zu interviewen, nicht umgekehrt. Außerdem gefiel ihr sein gebieterischer Ton ganz und gar nicht. Alles, was er sagte, klang in ihren Ohren wie ein Befehl. Sie wollte ihn deshalb schon zurechtweisen, als sie es sich plötzlich anders überlegte. Ihre Neugier war offenbar doch stärker ausgeprägt als ihr Stolz. „Was willst du von mir wissen?"

„Wie alt bist du eigentlich?"

„In zwei Monaten werde ich dreißig."

„Dreißig, soso, du siehst eher aus wie ein Teenager."

Warum nur klang das aus seinem Mund wie eine Beleidigung? „Bitte?"

„Und was ist das überhaupt für eine Frisur?"

Für einen winzigen Augenblick war sie tatsächlich so baff, dass sie keinen einzigen Ton herausbrachte, um angemessen auf diese unglaubliche Frechheit zu reagieren. Natürlich konnte er nicht wissen, dass sie sich erst vor einigen Tagen aus lauter Bequemlichkeit dazu entschlossen hatte, ihre vorher schulterlangen Haare abschneiden zu lassen. Und er konnte auch nicht wissen, dass sie sich seither furchtbar darüber ärgerte, vor allem weil sich ihre leidigen Naturlocken so nur noch mehr kringelten.

Constantin blickte ungerührt in ihr fassungsloses Gesicht und holte in aller Ruhe zum nächsten Schlag aus. „Na dieser kurze Wuschelkopf! Das ist doch nun wirklich keine Frisur für eine erwachsene Frau."

Sophie holte schnaubend Luft. „Ich denke, mein Aussehen ist hier wohl nicht von Belang, oder?"

„Nun, ich muss dich bei unseren Interviews ja schließlich ansehen."

Das war ja wohl der Gipfel! Was bildete sich dieser selbstgefällige Mensch eigentlich ein? Ihr blieb fast die Luft weg, so wütend war sie jetzt.

„Warum haben Sie dieser ganzen Sache überhaupt zugestimmt?", fragte sie gepresst. Dieses Mal benutzte sie die förmliche Anrede mit voller Absicht.

„Ich glaube kaum, dass dich das etwas angeht, Schreiberling. Warum hast du dir diesen Scheißberuf ausgesucht?"

Sie unterdrückte den dringlichen Wunsch, ihm in sein attraktives Gesicht zu schlagen, und blieb äußerlich vollkommen ruhig. Stattdessen hob sie ihr Kinn in die Höhe und erwiderte voller Stolz seinen herausfordernden Blick. Das war nicht ganz leicht, weil er so viel größer war als sie. „Ich denke, ich werde jetzt nach oben gehen und meine Sachen wieder einpacken, Herr Afra! Es wäre nett, wenn Sie dafür Sorge tragen könnten, dass ich morgen wieder abreisen kann. Unsere Zusammenarbeit ist offensichtlich gescheitert, bevor sie überhaupt begonnen hat."

Er lachte trocken auf. „Du hast einen Vertrag, Sophie."

Sie schnaubte. „Verträge kann man auflösen ... Herr Afra." Sie wollte sich abwenden und hoch erhobenen Hauptes den Raum verlassen, da packte er sie am Arm und drehte sie mit einem Schwung wieder zu sich herum. Fast wäre sie in voller Länge gegen ihn geprallt, wenn sie sich nicht selbst gerade noch rechtzeitig abgefangen hätte.

„Hey, nun mal langsam. Tut mir leid. Ich bin wahrscheinlich ... ein Idiot", entfuhr es ihm rau.

Einen Moment lang sah sie ihn anklagend an, doch dann ertrug sie seine leuchtenden Augen nicht mehr und senkte ihren Blick auf seine Brust. Betont langsam gab er ihren Arm frei.

„Es tut mir wirklich aufrichtig leid", wiederholte er leise. Seine tiefe Stimme klang plötzlich vollkommen anders. Sie war sanft, einschmeichelnd, ja fast zärtlich. Es war das gleiche schmelzend weiche Timbre, das auch seine Lieder so unverwechselbar und unwiderstehlich machte.

„Es ist ... okay." Sophie erschauerte leicht und rückte ein Stück von ihm ab. „Ja, es ist okay." Angestrengt holte sie Luft. Dieser launenhafte, halsstarrige und mürrische Mann zerrte eindeutig an ihren Nerven. Aber er brachte es auf eine geheimnisvolle Weise auch fertig, ihr berufliches Interesse zu wecken und ihre Neugier noch stärker zu befeuern.

„Thomas Jenkins ist mein Freund, und ich habe ihm eine ganze Menge zu verdanken", erklärte Constantin ihr nun. „Es war in erster Linie sein Wunsch, dass ich dir helfe, dieses Buch zu schreiben, also werde ich das auch tun. Aber wie ich schon sagte, ich bin kein besonders umgänglicher Mensch. Damit wirst du wohl in den nächsten Wochen leben müssen."

„Ich möchte mich nicht ständig für meine Arbeit entschuldigen müssen. Sie macht mir nämlich Spaß. Und ich bin verdammt gut in meinem Job."

Seine Lider mit den dichten schwarzen Wimpern senkten sich kurz, und Sophie fühlte deutlich eine seltsame Art von Erleichterung.

„Schon gut. Ich werde mich in Zukunft ehrlich bemühen, diese Tatsache zu respektieren", versicherte er. Sein türkisfarbener Blick glitt kurz über ihr Gesicht. „Trink noch ein Glas mit mir, Wuschelkopf. Wir sollten uns noch ein wenig besser kennenlernen, denke ich."

Nur weil sie sofort durchschaute, dass ihm dieses Friedensangebot ungeheuer schwerfiel, und auch, weil sie nicht allzu zickig erscheinen wollte, brachte sie ein unsicheres Lächeln zustande und nickte leicht. „Gut, aber nur um des lieben Friedens willen."

3. KAPITEL

Die erste Woche im Hause von Constantin Afra verging für Sophie nahezu wie im Fluge. Trotz des ungewohnten Luxus, der sie umgab und ihr noch immer sehr fremd und dekadent erschien, fühlte sie sich mittlerweile verhältnismäßig wohl. Sie verstand sich weiterhin hervorragend mit Helen Afra, und sie mochte auch deren Ehemann sehr, der sich im Gegensatz zu seinem jüngeren Bruder stets freundlich und zugänglich verhielt.

Da sich zu dieser Zeit auch noch der Rest der Band im Haus aufhielt, nutzte Sophie die günstige Gelegenheit und führte auch mit Constantins Musikern einige Gespräche, wenn sich die Gelegenheit dazu ergab. Die Eindrücke, die sie von den Männern an ihrem ersten Abend gewonnen hatte, bestätigten sich nachhaltig. Während einer kurzen Mittagspause der Band erzählte ihr Hans-Jürgen Aumann in seiner ruhigen, sehr ausgeglichenen Art von der ersten gemeinsamen Zeit als Schulband. Seine hellblauen Augen leuchteten, während er mit sonorer Stimme alte Geschichten zum Besten gab.

Auch Dirk Burkhard wusste aus der Gründerzeit der Band einiges zu erzählen und brachte sie immer wieder zum Lachen. Und Lutz Wölfer, der hübsche samtäugige Casanova, flirtete mit ihr auf Teufel komm raus, während sie versuchte, ihn zu interviewen.

„Gehst du heute Nacht allein mit mir schwimmen, Sophie?"

„Nein, Lutz. Ich werde bis spät in die Nacht arbeiten, und dann muss ich schlafen."

„Ach, du hast ja noch gar nicht richtig angefangen. Komm schon, meine Schöne, brenn mit mir durch. Wir könnten nach Inverness abhauen. Raus aus der Höhle des Löwen – nur für eine Nacht voller Abenteuer. Du wirst es nicht bereuen. Pianisten und Keyboarder haben sehr sensible Hände, das solltest du bedenken." Lutz' jungenhaft freches Grinsen war enorm einnehmend, das musste Sophie zugeben. Es wurde ihr sehr schnell klar, warum er der besondere Liebling der jüngeren weiblichen Fans war.

„Stell deinen Dackelblick ab, Lutz!"

„Du brichst mir das Herz, mein Püppchen." Er lachte sie fröhlich an, schenkte ihr noch einen weiteren samtigen Blick aus seinen haselnussbraunen Augen und brachte damit auch sie zum Lachen.

Sophie hatte wirklich ihren Spaß, während sie die Mitglieder der Band interviewte, aber natürlich waren diese Gespräche nur ein angenehmes Beiwerk zu ihrer eigentlichen Arbeit, denn die bestand ja nach wie vor darin, den äußerst eigensinnigen Protagonisten zu befragen.

Constantin und sie hatten sich darauf geeinigt, jeden Morgen direkt nach dem Frühstück ihre Sitzungen abzuhalten. Der Einfachheit halber blieben sie dann gleich am Tisch sitzen, nachdem die anderen die Küche verlassen hatten.

Sophie machte sich nur wenige Notizen, denn bei jeder Sitzung lief ihr altes Diktiergerät mit und nahm die Gespräche auf. Nach anfänglichen Verständigungsschwierigkeiten klappte das sogar ganz gut. Es war nicht immer leicht, Constantin Afra zum Reden zu bringen, aber nach einer Weile taute er immer mehr auf. Er gab sich außerdem redlich Mühe, nicht mehr allzu griesgrämig zu sein. Manchmal lachten sie jetzt sogar zusammen und Sophie stellte fest, dass sein Lachen ungemein anziehend war. Sie war davon überzeugt, dass sie diese positive Entwicklung vor allem Helen zu verdanken hatte. Offenkundig war sie als Einzige wirklich in der Lage, Constantin Afra gehörig die Meinung zu sagen.

Fabian hingegen bot seinem jüngeren Bruder niemals wirklich die Stirn, auch das hatte Sophie unterdessen schon mehrmals festgestellt. Im Verlauf der Gespräche, die sie inzwischen auch mit ihm geführt hatte, war ihr sehr schnell klar geworden, dass Fabian mit einer schier unerschütterlichen Liebe an seinem Bruder hing. Er schien stets ein wenig besorgt um ihn zu sein, aber er ordnete sich Constantins Willen auch immer sehr schnell unter.

Eines Morgens sprachen Sophie und Constantin zum ersten Mal eingehender über seine Kindheit, die er zusammen mit seinem Bruder in einer Pflegefamilie verbracht hatte. Ihre wahre Herkunft kannten die Geschwister bis heute nicht.

„Wir sind an einem kalten Aprilmorgen auf den Stufen einer Polizeiwache gefunden worden“, begann er seinen Bericht. „Natürlich haben wir die Einzelheiten erst viel später erfahren, denn wir waren damals beide noch zu klein für eigene Erinnerungen. Fabian war gerade mal drei Jahre alt. Er war verängstigt und schmutzig. Die ganze Zeit hielt er ein Stoffbündel in den Armen, das er unablässig an seine kleine Brust presste und nicht hergeben wollte. Erst später haben die Beamten dann bemerkt, dass es sich bei dem Bündel um ein Baby handelte.“

Er schluckte, dann erzählte er weiter. „Ich war zu dem Zeitpunkt wohl mehr tot als lebendig, erst ein paar Wochen alt und kurz vor dem Verhungern. Meine Pflegemutter meinte später einmal, ich sei damals sogar zu schwach gewesen, um zu schreien.“

Verwundert über seine plötzliche Offenheit wagte Sophie kaum zu atmen, um ihn nicht zu unterbrechen. Sie konnte kaum fassen, dass Constantin ihr freiwillig davon erzählte.

„Wir kamen zunächst in ein Krankenhaus und wurden dort mühevoll aufgepäppelt“, fuhr er fort. „Die ganze Stadt schien sich darum zu bemühen, unsere Mutter zu finden. Doch die Suche lief immer wieder ins Leere. Fabian sprach zu dieser Zeit kein Wort. Lange Zeit glaubten alle, er sei stumm.

Ich erholte mich indessen erstaunlich schnell, nachdem die Ärzte zuerst einmal angenommen hatten, ich hätte kaum eine Chance, am Leben zu bleiben. Wahrscheinlich habe ich tatsächlich verbissen um das bisschen Leben gekämpft, das noch in mir war.“

Sophie konnte nur ahnen, was in Constantin vorging, denn seine Miene gab keine Gefühle preis.

„Mein Bruder begann erst zwei Jahre später zu sprechen, aber da lebten wir schon in unserer Pflegefamilie. Ein nicht mehr ganz junges Lehrerehepaar hat uns bei sich aufgenommen. Sie waren es auch, die unsere musikalischen Talente entdeckten und förderten. Wir hatten es sehr gut bei ihnen. Vor zehn Jahren starb dann leider unsere Pflegemutter nach mehreren Schlaganfällen, und ihr Mann folgte ihr nur wenige Monate später. Der Kummer und die Trauer waren zu viel für ihn, sein Herz gab einfach auf. Sie gingen immer nur liebevoll miteinander und auch mit uns um. Fabian und ich hatten wirklich Glück, bei so wunderbaren Menschen aufwachsen zur dürfen."

Constantin machte eine Pause und goss sich Kaffee nach.

„Habt ihr später jemals versucht, eure wirklichen Eltern zu finden?"

Sein Blick wurde hart. „Natürlich haben wir das versucht! Was glaubst du wohl? Ich war über zwanzig, als ich es endlich aufgegeben habe, nach unserer leiblichen Mutter zu suchen."

„Und?"

„Auch ich hatte nicht den geringsten Erfolg. Als wir klein waren, haben auch die Behörden alles getan, um unsere Mutter zu finden, aber … nun ja, dann waren irgendwann auch unsere Pflegeeltern da, und wir waren gut untergebracht. Ich denke, für die offiziellen Stellen war die Sache damit erledigt."

„Habt ihr … eure Namen und Nachnamen von ihnen? Ich meine, Afra – war das der Nachname eurer Pflegeeltern?"

„Nein." Constantins Augen veränderten sich wieder, sodass Sophie sich sofort ein wenig entspannte. „In Fabians Hosentasche fanden die Polizisten damals einen abgegriffenen Zettel, darauf standen unsere Namen und Geburtsdaten. Natürlich überprüfte man die wenigen Leute, die den wohl eher ungewöhnlichen Namen Afra trugen, genau, aber auch das verlief ohne Ergebnis. Sie kamen allesamt nicht als unsere leiblichen Eltern infrage."

Sophie erschauerte leicht. Die bedrückende Vorstellung, die sie sich von den beiden verlassenen Kindern machte, ging ihr unter die Haut. „Der Name klingt irgendwie …"

„… nicht unbedingt deutsch, oder?", unterbrach er sie.

Prüfend sah sie ihn an, um sicherzugehen, ihn nicht schon wieder verärgert zu haben, aber seine Miene blieb ausdruckslos.

„Stimmt." Sie versuchte sich an einem verhaltenen Lächeln. Wieder tauchte das Bild eines wilden Zigeuners vor ihrem inneren Auge auf.

Auch er lächelte jetzt leicht, aber sie kannte ihn letztlich noch zu wenig, um sicher sagen zu können, ob sein Blick nun Traurigkeit oder einfach nur Nachsicht mit ihr ausdrückte.

„Jeder, der damals mit dem Fall zu tun hatte, nahm schließlich an, dass das überhaupt nicht der richtige Name unserer Mutter war. Wenn man ein wenig darüber nachdenkt, ist es sogar höchst unwahrscheinlich. Dennoch ließ man uns diesen Namen, denn es gab ja keine anderen Hinweise. Wir bekamen ordentliche Papiere und so weiter – alles, was so dazugehört. Wer auch immer unsere Mutter gewesen ist, sie gab uns zumindest unsere Namen. Ich hatte immer …" Er brach ab und senkte seine Lider.

„Ja?"

„Häufig dachte ich … Hm, ich würde ihr halt gerne einmal sagen und zeigen, was so aus uns geworden ist. Heute denke ich, sie muss damals wirklich in grauenvollen Schwierigkeiten gewesen sein, um das tun zu können, was sie getan hat. Ehrlich gesagt, all die Jahre habe ich mich an diesem Gedanken festgehalten. Sie hat uns geliebt, daran habe ich nicht den geringsten Zweifel. Eine Frau bekommt vielleicht ein ungewolltes Kind, aber doch nicht gleich zwei. Herrgott, ich war gerade zwei Wochen alt! Dennoch, bei all diesen Überlegungen kann ich ihr nicht vollkommen verzeihen. Sie hat uns allein gelassen, das sollte keinem Kind widerfahren. Ich habe immer wieder versucht, mir selbst ihre Tat irgendwie zu erklären, und das hat auch geholfen. Verstehen kann ich es letztlich nicht."

Sophie nickte. Es ging ihr nahe, dass der sonst so verschlossene Mann so unerwartet offen über diese sehr persönlichen Dinge mit ihr sprach. Die Gefühle und Gedanken, die er seiner unbekannten leiblichen Mutter entgegenbrachte, überraschten sie ein wenig. So wie sie ihn bisher kennengelernt hatte, hätte sie eher erwartet, dass er wütend und voller Hass über diese Frau urteilen würde. Doch das tat er nicht, obwohl er ihre Vorgehensweise nicht verstand. Sie fand das sehr beeindruckend.

„Ich würde es am liebsten genau so schreiben, wie du es mir eben berichtet hast, Conny. Natürlich nicht aus deiner Perspektive, sondern als Erzählerin."

„Keine Einwände", erwiderte er knapp.

Nachdem er sich Sophie immer mehr geöffnet hatte, bemerkte sie sehr bald, dass Constantin Afra zwar ein äußerst komplizierter, aber auch sehr sensibler Mensch war – also stellte sie sich darauf ein. Insgeheim korrigierte sie den ersten, wenig schmeichelhaften Eindruck etwas. Er hatte ohne Frage einige seelische Verwundungen, die nicht heilen wollten. Man musste kein Psychologe sein, um das zu erkennen.

Das Wetter war in den vergangenen Tagen immer besser geworden, und Sophie genoss nun in vollen Zügen den herrlichen Ausblick auf die umliegende Landschaft und kurze, gelegentliche Ausflüge in die nähere Umgebung.

Zu ihrer großen Überraschung schlug Constantin eines Morgens sogar vor, sie auf einem ihrer Spaziergänge zu begleiten. Eine Weile schlenderten sie stumm nebeneinanderher und hingen, jeder für sich, ihren Gedanken nach. Als sie jedoch das Ufer des kleinen Gewässers erreichten, das sie bereits von ihrem Balkon aus gesehen hatte, stellte Sophie einige Fragen. Constantin erklärte ihr, dass der kleine See Loch Kellan hieß und ein Ausläufer des berühmten Loch Ness war. Nun wusste sie auch, wie das Anwesen zu seinem Namen gekommen war.

Kellan Manor lag ein gutes Stück nordwestlich von Inverness entfernt, inmitten der Highlands, einer wilden, aber beeindruckend schönen Landschaft. Berge, Wälder und weite grüne Täler – all das fand sich hier in einer atemberaubenden Kombination zusammen. Sophie liebte besonders den Ausblick auf einen sanften Hügel, der sich direkt an den wunderschönen Garten von Kellan Manor anschloss. Die Anhöhe war mit herrlich blühendem Stechginster bewachsen, und das leuchtende Gelb fügte sich ebenso in das Gesamtbild ein wie Loch Kellan, dessen tiefblaues Wasser im Sonnenlicht glitzerte.

Während sie langsam zurück zum Haus gingen, erzählte Constantin ihr ein wenig von der Geschichte des Landes, und sie hörte ihm fasziniert zu.

„Solange du hier bist, solltest du dir unbedingt einige Sehenswürdigkeiten ansehen", riet er ihr, nachdem sie ihm gestanden hatte, dass sie zum ersten Mal in Schottland war. „Ich würde dich gerne beraten, welche Ziele sich wirklich lohnen. Natürlich gibt es auch einige sehenswerte Burgen und Ruinen, aber der Weg über das Schlachtfeld von Culloden ist zum Beispiel außerordentlich beeindruckend. Fort George ist auch nicht weit. Dort gibt es ein Museum, das sehr interessant ist. Man kann viel über die berühmtesten Clans und ihre Geschichte lernen. Vielleicht lässt du dich davon ja ebenso einfangen wie ich. Ja, und dann könnte man noch eine Tagesreise zum Loch Lomond machen. Es ist herrlich dort. Man sagt, dass Loch Lomond der schönste aller Seen in Schottland sei. Ich habe niemals ein vergleichbares Blau gesehen."

„Loch Lomond? Da gibt es doch dieses berühmte Lied, nicht wahr? Davon habe ich schon gehört."

„Jedes Kind in Schottland kennt die Ballade und die Legenden, die sich um die Entstehung ranken. *The Bonnie Banks o' Loch Lomond* ist das wohl berühmteste schottische Volkslied. Ich habe es selbst auch schon einmal interpretiert. Aber das war mehr ein kleiner Spaß." Er lächelte. „In der Bibliothek findest du übrigens genug Lesestoff darüber. Eine Weile habe ich alles über Schottland gesammelt, was ich finden konnte. Wenn es dich also interessiert und du ein paar Anregungen brauchst, kannst du dich dort gerne bedienen."

Sie waren unterdessen wieder am Haus angekommen, und Constantin hielt ihr eine der großen Terrassentüren auf. Sophie erwiderte sein Lächeln. „Das ist wirklich nett von dir, Conny. Natürlich nehme ich das Angebot nur zu gern an."

„Kein Problem."

„Und wann machen wir den ersten Ausflug?"

Wieder einmal veränderte sich innerhalb von Sekundenbruchteilen sein Gesichtsausdruck. „Ähm ... Jesse wird dich sicherlich gerne begleiten. Er kann dich fahren, wann immer du willst."

„Oh, ich hatte dich vorhin anders verstanden, ich dachte ..."

„Schon gut", unterbrach er sie. Dann wandte er sich ab und ließ sie stehen.

An den stillen Nachmittagen saß Sophie häufig bei halb geöffneter Balkontür in ihrem Zimmer und beugte sich über ihren Laptop, um das aufzuschreiben, was sie von und über Constantin Afra erfahren hatte. Sie bemerkte ihn niemals, wenn er hinter ihr in der geöffneten Balkontür stand und sie beobachtete.

Immer häufiger tat er das, reglos, kaum Atem holend und stets darauf bedacht, dass sie ihn ja nicht dabei erwischte. Die Frage, warum es ihn immer wieder dorthin zog, hätte er sich allerdings noch nicht einmal selbst beantworten können.

Constantin Afra befand sich in einem Zustand, den er verabscheute. Die Anwesenheit dieser Frau brachte sein mühsam aufgebautes Lebensgebäude gehörig ins Wanken.

Während ihrer gemeinsamen Sitzungen schaffte sie es immer häufiger, in gerade jene Tiefen seiner Seele vorzudringen, die er schon sehr lange unter Verschluss hielt. Er war normalerweise nicht der Typ, der sich so leicht aus der Ruhe bringen ließ. Aber Sophie von Wenningen hatte eine Art an sich, die ihn innerlich aufrüttelte und Gedanken und Gefühle in ihm wachrief, die er längst verschüttet geglaubt hatte. Wenn sie ihn mit ihren großen wachen Augen fixierte, schien alles in ihm weicher und nachgiebiger zu werden – und das machte ihn wiederum wütend, sodass er oft gegenteilig auf sie reagierte. Auch verblüffte ihn, dass er offensichtlich sexuell an ihr interessiert war, ja manchmal sogar recht heftige Wellen der Begierde in sich aufsteigen fühlte, sobald sie ihn auch nur ansah. Sophie entsprach nicht unbedingt dem Typ Frau, der ihn bisher gereizt hatte. Sie war bildhübsch mit ihrem Puppengesicht und den frechen, leicht aufgeworfenen Lippen, keine Frage, aber sie war auch ... anders.

Sophies zweite Woche auf Kellan Manor war nun schon fast vorbei, und die Gespräche näherten sich zusehends dem Thema Melanie. Auch wenn Constantin bereitwillig über seine Kindheit gesprochen hatte, scheute Sophie davor zurück, ihn über seine Liebe zu befragen. Die Anweisungen von Jenkins waren allerdings klar formuliert. Es sollte ein ehrliches Buch für echte Fans werden. Und die Fans erwarteten natürlich auch Privates, etwas, das ihnen einen gewissen Einblick in das reale Leben ihres Stars gewährte – und damit etwas, das Constantin Afra seit Jahren nicht mehr zu geben bereit gewesen war. Die Journalistin in Sophie wusste, wie wichtig es für den Erfolg des Buches war, eben genau diese kleinen Enthüllungen hineinzubringen, doch als sensible Frau schreckte sie eher davor zurück. Das Bild des trauernden Constantin Afra am Grab seiner jungen Frau stand ihr noch immer allzu deutlich vor Augen.

Es hatte keinen Sinn, sie konnte diesem Thema nicht ausweichen, also stellte sie wie an jedem Morgen ihren Kassettenrekorder in die Mitte des Küchentischs und sah ihrem Gegenüber in die türkisfarbenen Augen, die sie noch immer irritierten.

„Wann hast du deine Frau kennengelernt?"

„Mhm, ich war fünfundzwanzig, glaube ich ... ja."

Sophie wartete, aber er blieb stumm. „Und? Erzähl weiter, Conny."

„Ganz banal. Irgendeine Party." Wieder Stille.

Sophie schnaubte. „Conny!"

Er schloss kurz die Augen. Wie immer fühlte sie einen seltsamen Anflug von Erleichterung, wenn er das tat. Nicht nur, weil es ein typisches Zeichen von Nachgeben bei ihm war, wie sie inzwischen wusste, sondern auch, weil sie dann für einen kurzen Moment seinem Röntgenblick nicht ausgesetzt war.

Nervös fuhr er sich mit beiden Händen durchs dunkle Haar. „Sie war die Freundin von irgendeiner Tontechnikerin. Melanie war hinreißend schön und atemberaubend sexy. Ich war sofort fasziniert von ihr."

Seine dunkle Stimme vibrierte nur ganz leicht, aber Sophie bemerkte es und musste schlucken. „Ja, sie war wirklich sehr schön. Ich habe einige Fotos von ihr gesehen."

„Ach ja?" Auf seiner Stirn erschienen prompt die beiden senkrechten Linien, die seinem anziehenden Gesicht jedes Mal wieder diesen zutiefst mürrischen Ausdruck verliehen.

„Eure offiziellen Hochzeitsfotos."

„Ja, die ..."

„Du hast sie sicherlich sehr geliebt, oder?"

„Melanie geliebt? Ja ... ja, das habe ich wohl." Einen Augenblick lang schien er seinen düsteren Gedanken nachzuhängen. Dann sah er Sophie plötzlich wieder an, als hätte er sich gerade selbst daran erinnern müssen, dass er hier nicht allein saß. „Wir hatten trotzdem eine miese Ehe."

Sophie wusste nicht genau, was sie erwartet hatte, aber das ganz sicher nicht. Die Ehe der Afras war, einmal abgesehen von ihrem grauenvollen Ende und den Gerüchten, die damit einhergegangen waren, in der Öffentlichkeit stets und überall als auffallend glücklich bezeichnet worden.

„Wir hatten eine miserable Ehe. Bislang war es wohl der größte Fehler meines Lebens, diese Frau zu heiraten." Sein Gesicht blieb vollkommen regungslos. „Am Anfang war ich ... verrückt nach ihr. Ziemlich sogar, denke ich. Verflucht, sie sah wirklich makellos aus, oder?"

Das leichte Nicken, das Sophie zustande brachte, bemerkte er noch nicht einmal.

„Und sie war eine Wucht im Bett, wickelte mich damit ein, mir dauernd ins Ohr zu säuseln, was für ein toller Hecht ich doch sei, dass ich der erste Mann gewesen sei, der sie …" Abrupt brach er mitten im Satz ab. „Was rede ich denn da? Du bist auch eine Frau. So was kann ich dir nicht erzählen!" Er schluckte trocken, und sein Blick ließ plötzlich tiefes Erstaunen erkennen. „Und ich wollte es auch nicht."

„Ist schon gut, das … das musst du mir auch nicht erzählen." Sophie wurde es auf einmal unnatürlich heiß. „Dein Intimleben ist nun wirklich deine Privatsache." Sie stand auf, um sich ein Glas Wasser zu holen, und spürte, dass der Blick aus seinen leuchtenden Augen sie verfolgte.

„Vielleicht sollten wir zwei endlich miteinander ins Bett gehen, süße Sophie."

Es hätte nicht viel gefehlt, und das Glas wäre ihr aus der Hand geglitten. Aufgebracht starrte sie ihn an. „Sag mal, spinnst du?"

„Nein, ich meine das ganz ernst. Sex löst bekanntlich eine Menge Anspannungen. Irgendwie sind wir beide doch dauernd verkrampft, wenn wir miteinander zu tun haben. Das hast du doch auch schon gemerkt." Das unverschämte Grinsen, das er aufsetzte, geriet etwas schief. „Könnte doch sein, dass es dir sogar gefällt."

Irritiert schüttelte sie den Kopf, beschloss jedoch, seine unerwartete Anzüglichkeit als schlechten Witz abzutun. Immer noch kopfschüttelnd setzte sie sich zurück an ihren Platz. „Lass diesen Mist, Conny. Kommen wir zum Thema zurück."

Langsam beugte er sich über den Tisch hinweg zu ihr. „Und dir ist wirklich nicht nach einer entspannenden Runde heißem Sex, Wuschelkopf?"

Seine dunkle Stimme klang ungeheuer sinnlich und jagte zu ihrem großen Ärger warme Schauer über ihren Rücken. „Nein, zum Teufel! Ich bin nicht interessiert, kapiert?"

Constantin lehnte sich wieder zurück. „Na, na, warum denn

gleich so bissig? Ich habe dich doch schließlich nicht gefragt, ob du mir deine Unschuld opferst. Dafür ist es ja wohl ein bisschen spät."

„Du bist ein eingebildeter Fatzke mit ekelhaften Starallüren, Conny Afra! Schade eigentlich, ich fing nämlich gerade an, dich ein bisschen zu mögen."

„Autsch!"

„Du hast es verdient. Können wir jetzt endlich weitermachen?"

Die herausfordernde Art, wie er sie daraufhin anlächelte, kannte sie von ihm noch nicht.

„Leg los. Frag mich was, Schreiberling. Wir wollen ja schließlich beide, dass du deine einträgliche Story bekommst, nicht wahr?"

Sophie folgte ihrer Vernunft und ignorierte seine letzte, bissige Anspielung. „Was war also mit eurer Ehe?"

Das kurze Lachen, das er ausstieß, klang recht bitter. „Okay, wenden wir uns also wieder den unerfreulicheren Themen zu. Viel gibt es da nicht zu sagen. Wie schon erwähnt war ich ziemlich verknallt in sie. Wir heirateten kurz nach meinem siebenundzwanzigsten Geburtstag. Bis dahin war eigentlich alles in Ordnung. Der Ärger begann allerdings schon einige Tage nach der Hochzeit. Vorher hatten wir kaum zusammengelebt – und wir versagten in dieser Hinsicht sozusagen auf ganzer Linie. Ja, so muss man es wohl ausdrücken. Es ging einfach nicht gut mit uns. Wir passten nicht die Bohne zusammen. Sie war … hmm, irgendwie ein bisschen so wie Jana, Dirks Frau, wenn du weißt, was ich meine. Komischerweise hatte ich es bis dahin nie bemerkt."

Er räusperte sich kurz. „Ich schätze, ich habe wohl vor unserer Hochzeit meinen Verstand hauptsächlich in der Hose mit mir herumgetragen. Ich kam mit ihren Launen nicht zurecht. Auf der einen Seite machte sie mir das Leben mit ihrer nervtötenden Eifersucht zur Hölle, und auf der anderen Seite schien ich ihr dann wochenlang wieder völlig gleichgültig zu sein.

Es begann schleichend, aber irgendwann wurde mir schmerzlich klar, dass meine Liebe – oder besser, mein Verlangen nach ihr – immer mehr verloren ging. Sie selbst trieb sie mir regelrecht aus. Melanie war unglaublich exzentrisch, zickig und in jeder Hinsicht unberechenbar. An manchen Tagen gab sie auf einen Schlag hunderttausend Mäuse für Klamotten und Makeup aus, nur um mich zu provozieren. Sie tat all die Dinge, von denen sie wusste, dass ich sie aus tiefstem Herzen verachtete. Kokain schnupfte sie in Mengen, und schließlich begann sie auch noch viel zu viel zu trinken. Manchmal köpfte sie schon zum Frühstück eine Flasche Schampus. Wenn sie dann betrunken oder high war, und das war sie damals sehr oft, unterstellte sie mir kreischend und tobend alle möglichen Affären."

Constantin lachte bitter auf. „Das wirklich Komische daran ist, dass ich ihr noch immer treu war, aber natürlich glaubte sie mir das nicht. Wir … nein, das heißt eher ich allein versuchte es noch fast ein Jahr. Ich hatte mir in den Kopf gesetzt, das mit ihr irgendwie auf die Reihe zu bekommen, doch dann fiel die Tür endgültig zu. Eines Morgens wachte ich tatsächlich in einem fremden Bett auf. Ich wollte und konnte nicht mehr an dieser erbärmlichen Ehe festhalten. Wahrscheinlich habe ich sie einfach nicht genug geliebt, um weiterzukämpfen. Es war ziemlich schlimm für mich, diese Tatsache zu akzeptieren, denn ich hatte mir all die Zeit selbst etwas vorgemacht. Wie ich schon sagte, ich hätte Melanie niemals heiraten dürfen."

Als ihm klar wurde, in welchen Redefluss er gerade geraten war, stockte er plötzlich. „Du willst das doch nicht etwa in allen Einzelheiten aufschreiben und veröffentlichen, oder?"

„Keine Bange, Conny. Ich werde sehr gut aussortieren und abwägen. Außerdem kommen ins Buch nur die Details, die du persönlich vorher absegnest. Du wirst der erste Leser des fertigen Manuskripts sein."

„Gut."

„Und dein Freund? Was war dran an den Gerüchten?"

Sein Blick verschleierte sich und ging für mehrere Sekunden

ins Leere. „Leonard hat sie geliebt, das war für jeden, der ihn etwas besser kannte, offensichtlich. Ich meine, er hat sie wirklich und wahrhaftig geliebt. Mit all ihren Fehlern, Launen und Zicken. Zu Melanies Empfindungen für ihn kann ich allerdings nichts sagen. Sie sprach sehr selten über ihre Gefühle. Es war ihr immer nur wichtig, dass man ihr welche entgegenbrachte."

„Du hast also von der Affäre der beiden gewusst?"

„Ja."

Sophie hatte einen riesigen Kloß im Hals. Noch immer schwebte das anrührende Bild von Melanies Beerdigung in ihrem Kopf herum. Das, was er sagte, wollte einfach nicht so recht dazu passen. „Entschuldige, Conny, du erzählst das, als ob …"

„Ich weiß, das ist für Außenstehende nicht einfach zu verstehen, aber als sie mit Leonard zusammenkam, waren wir ja schon einige Zeit getrennt. Es war eher so … Weißt du, Sophie, nachdem Melanie und ich beschlossen hatten, dass unsere Ehe nur noch auf dem Papier bestehen sollte, gerieten wir kaum noch aneinander. Ich ertrug sie und ihre Eskapaden viel besser, nachdem sie für mich nicht mehr die Frau an meiner Seite war. Auch ihre Szenen hatten jetzt ein Ende, denn sie bekam ihr Leben irgendwie besser in den Griff. Später, als sie dann mit Leo zusammen war, ließ sie sogar die Finger von den Drogen und dem Alkohol. Leo wirkte sich ausgleichend auf ihre verkorkste Persönlichkeit aus."

Er hielt inne und suchte nach den richtigen Worten, um seine Empfindungen zu beschreiben. „Es kehrte Ruhe ein, verstehst du? In meinem Leben herrschte endlich wieder himmlische Ruhe. Nicht dass du mich falsch verstehst, direkt nach unserer Trennung gingen wir uns natürlich noch eine ganze Zeit lang aus dem Weg, aber dann fanden wir eine Basis, die für uns beide in Ordnung war. Und da wir uns plötzlich sogar ganz gut verstanden, beschlossen wir, zunächst einmal nichts an diesem Zustand zu verändern. Unser Haus in der Nähe von Hamburg, wo wir damals wohnten, war groß genug für uns beide. Und

Melanie spielte in der Öffentlichkeit nur allzu gerne die viel beneidete Frau des umschwärmten Popstars." Er zwinkerte ihr amüsiert zu. „Pardon, Sophie, aber ich sehe das ganz sachlich."

Sie lächelte. „Erzähl nur weiter, ich verstehe dich schon richtig."

„Ja, und für mich war es ohnehin viel leichter geworden, seit meine weiblichen Fans annahmen, dass ich sozusagen aus dem Rennen war und dazu auch noch eine so bildschöne Frau an meiner Seite hatte. Wenn wir auf Tour waren, fanden sich jedenfalls nur noch sehr selten irgendwelche nackten Groupies in meinem Hotelbett ein. Das war äußerst … befreiend."

Er lachte dunkel auf, als er ihren ungläubigen Blick sah. „Du würdest nicht glauben, wozu einige dieser Mädchen fähig sind. Jedenfalls brachte das Aufrechterhalten der Ehe mit Melanie auch für mich gewisse Vorteile mit sich. Natürlich achteten wir beide auf strikte Diskretion, wenn es um andere Partner ging, das war meine Bedingung. Im Übrigen hatten wir enormes Glück, dass unsere jeweiligen Affären uns da keinen Strich durch die Rechnung machten. Es war nicht immer ganz einfach, das sicherzustellen, das kannst du mir glauben."

Er schnaubte. „Offiziell blieben wir also das glückliche Ehepaar Afra. Das ging so lange gut, bis mein Freund Leonard mich für längere Zeit besuchte und sie ihn sich … sagen wir mal … einverleibte. Wie schon erwähnt, hatte es Leo voll erwischt. Er schlug all meine Warnungen in den Wind und verlangte bald von ihr, sich von mir scheiden zu lassen. Ich hätte mich auch sofort damit einverstanden erklärt, das wusste Melanie, aber sie selbst lehnte eine Auflösung unserer Ehe rigoros ab. Leo wurde verständlicherweise stinkwütend. An ihrer Entscheidung hat das allerdings nichts geändert. Sie war viel zu gerne Frau Afra. Leonard war durchaus kein armer Mann, aber … nun ja … Melanies Ansprüche waren enorm, und wir hatten einen Ehevertrag. Sie wusste genau, dass nach einer Scheidung von mir die maßlosen Zeiten für sie ein Ende haben würden. Ich denke, auch damit hatte ihre Entschlossenheit zu tun, unsere Ehe unter allen Umständen fortzuführen. Ich selbst zog es im Übrigen vor, mich völlig herauszuhalten. Allerdings machte ich deutlich, dass ich allein Melanie die Entscheidung überlassen würde." Constantin schnappte sich die Kaffeekanne und schenkte seinen Becher bis zum Rand voll.

Sophie schüttelte leicht den Kopf und hob ihre Hand, als er auch ihr nachschenken wollte. „Du sagtest gerade, du hast es vorgezogen, dich herauszuhalten. War es dir denn wirklich so einerlei, ob eure Ehe weiter bestand oder nicht?"

„Ja. Zum damaligen Zeitpunkt war es mir tatsächlich verflucht egal – und eine andere Frau, die irgendwelche Forderungen hätte stellen können, gab es ohnehin nicht in meinem Leben. Außerdem wollte ich meine Freundschaft zu Leo nicht gefährden. Wie gesagt, ich machte ihm klar, dass ich jede Entscheidung von Melanie mittragen würde, und hielt mich ansonsten zurück."

„Und dann? Wie ist es weitergegangen?"

„Ein halbes Jahr später hat er zuerst sie und dann sich selbst erschossen. Die Geschichte ist doch hinreichend bekannt."

„Du willst mir sagen, du hast wirklich keine Ahnung, warum er das getan hat?"

„Nein." Constantin schüttelte nachdrücklich den Kopf. „Melanie und ich lebten zwar den größten Teil des Jahres noch immer in einem Haus zusammen, aber wir sahen uns nicht mehr sehr oft. Dazu kam noch, dass ich unterdessen dieses Anwesen gekauft hatte. Ich verbrachte immer mal wieder einige Wochen hier, um die Umbauten im Auge zu behalten. Doch selbst wenn ich mich in Hamburg aufhielt, hatten wir vollkommen unterschiedliche Lebensweisen und Tagesabläufe. Das ist alles, was ich zum Thema Melanie beitragen kann."

Sophie raufte sich ihre kurzen Locken. „Verdammt noch mal, das ist doch kein ausreichender Grund, zwei so junge Leben zu beenden. Ich meine, nur weil sie sich nicht von dir scheiden lassen wollte. Die Beziehung der beiden hatte zum Zeitpunkt ihres Todes doch noch Bestand, oder?"

„Soweit ich weiß, ja. Allerdings muss ich auch erwähnen, dass ich an dem besagten Wochenende gerade diverse Auftritte auf den britischen Inseln absolviert habe. Du hast herrliche Augen, weißt du das?“

Vollkommen irritiert von seiner Übergangslosigkeit blickte sie ihn an. „Conny, was soll das denn jetzt schon wieder?“

Er lachte verschmitzt. „Darf ich dir keine Komplimente machen?“

„Nein!“

„Warum nicht, wenn es die Wahrheit ist? Ich finde deine Augen toll. Ich habe überhaupt noch nie so riesige Augen gesehen. Manchmal sind sie richtig kohlrabenschwarz, das ist … faszinierend.“

„Ich habe ganz normale braune Augen, basta.“

Fast gemächlich stand er auf und kam um den Tisch herum auf sie zu. Sophies Magen machte einen kleinen Satz. Sie dachte spontan an Flucht, blieb aber wie gelähmt auf ihrem Stuhl sitzen.

Er bewegte sich auffallend langsam, kam jedoch immer näher, während er weitersprach. „Riesengroß sind sie, samtig glitzernd und wunderschön. Besonders, wenn du ein bisschen böse mit mir bist, so wie jetzt gerade. Dein Gesicht erinnert mich irgendwie … ja, an diese entzückenden Comicgirls aus Japan. Die haben auch immer solche Kulleraugen und …“ Sein Blick heftete sich vielsagend auf ihren Mund, und er befeuchtete seine Lippen mit der Zungenspitze.

Als er schon fast neben ihrem Stuhl stand, erhob sie sich ruckartig, stellte den Rekorder ab und raffte ihre Sachen zusammen. Aber sie hatte einen Moment zu lange gezögert, und als sie sich umdrehte, sah sie sich ihm unerwartet nah gegenüber. Bestürzt bemerkte sie, dass ihre Knie nachzugeben drohten und damit erneut diese eigenartige Lähmung von ihr Besitz ergriff. Sein Blick war eindringlich, und sie hörte ihn tief einatmen. Bedächtig zog er mit seinem Zeigefinger die Linie ihrer Lippen nach. Die kleine Berührung ließ sie erschauern.

„Du machst mich wahnsinnig", flüsterte er, während er in eindeutiger Absicht bereits den Kopf senkte.

„Bitte nicht!", brachte sie krächzend hervor. „Ich will das nicht."

Er hielt mitten in der Bewegung inne und stieß einen langen Atemzug aus. „Das glaube ich dir nicht."

Mit dieser Bemerkung brach er endgültig den Bann. In ihrem Magen schien noch immer ein glühend heißer, tonnenschwerer Stein zu liegen, dennoch erlangte sie ein wenig von ihrer alten Selbstsicherheit zurück. „Eingebildete Männer, die an chronischer Selbstüberschätzung leiden, waren mir schon immer ein Graus", fauchte sie.

Constantin zog die Augenbrauen hoch und ging einen Schritt auf Abstand. Erleichtert holte sie tief Luft, um das drückende Gefühl in ihrer Brust loszuwerden.

Sein überhebliches Grinsen sprach Bände. „Glaub mir, ich kann sehr genau beurteilen, wann bei einer Frau das Höschen feucht wird, Schreiberling."

Vor Empörung blieb ihr für eine Sekunde der Mund offen stehen, dann stieß sie ein entrüstetes Schnauben aus. „Du bist wirklich ekelhaft anmaßend."

Er lachte leise und dunkel in sich hinein, als sie ihm den Rücken zuwandte und mit zornigen Schritten aus der Küche stürmte.

Am späten Nachmittag saß Sophie zusammen mit Helen im Wohnzimmer. Zwischen den Frauen hatte sich erstaunlich schnell eine Freundschaft entwickelt, und sie waren beide davon überzeugt, dass diese auch in ihrem weiteren Leben Bestand haben würde.

Da Sophie noch immer ziemlich wütend auf Constantin war, erzählte sie Helen von dem Gespräch, das sie mit ihm geführt hatte.

„Er verunsichert mich, Helen. Ich weiß wirklich nicht, warum er plötzlich so dämliche Andeutungen macht. Ich bin enttäuscht davon, dass er offenbar doch das bekannte Popstar-Klischee erfüllt. Jedenfalls hält er sich wohl wirklich für unwiderstehlich. Ich nehme an, er muss einfach mit jeder Frau flirten, um sein hungriges Ego zu streicheln."

Helen schüttelte nachdenklich ihren Kopf. „Diesen Teil des Klischees erfüllt er eigentlich schon lange nicht mehr. Früher war er wild und ein echter Weiberheld, ja, aber diese Zeiten sind vorbei. Okay, er ist manchmal enorm von sich eingenommen, dennoch ... Nein, ich glaube nicht, dass er sich an dir ... ausprobiert."

Ratlos erwiderte Sophie den eindringlichen Blick ihrer neuen Freundin. „Und warum flirtet er dann auf einmal so ungehemmt mit mir?"

„Keine Ahnung." Helen zuckte mit ihren Schultern, hob dann aber sofort erschrocken ihre Hände. „Oh, versteh mich jetzt nicht falsch. Du bist natürlich eine sehr attraktive Frau, aber das ist ... wirklich nicht seine Art. Ehrlich gesagt überfordert mich das jetzt sogar ein bisschen. Ich weiß gar nicht, was ich dazu sagen soll." Plötzlich lächelte sie. „Und er hat tatsächlich gesagt, du hättest herrliche Augen? Conny hat das gesagt? Unser griesgrämiger, ewig in sich gekehrter Constantin?"

„Ja, das hat er gesagt. Er meinte sogar, sie wären ... samtig glitzernd und wunderschön." Sophie lachte verlegen auf, weil sie spürte, dass sie errötete. „Ich könnte es dir sogar vorspielen. Mein Rekorder lief noch."

„Meine Güte, Sophie! So was Hübsches schreibt er höchstens mal ansatzweise in seine Liedertexte."

„Allerdings hat er sich nur Sekunden später wieder ziemlich danebenbenommen." In Sophies Bauch und tief in ihrer Brust breitete sich jäh eine Mischung aus Schmerz und Wärme aus – und sie konnte mit dieser neuen Empfindung überhaupt nichts anfangen. Constantin Afra machte sie tatsächlich nervöser, als es ihr lieb war.

„Magst du ihn denn?", fragte Helen nach einer Weile. „Ich meine, so als Mann."

„Nein! Wenn du es genau wissen willst, er ist überhaupt nicht mein Typ."

„Ach so, hm ... das war auch nur so eine Frage. Entschuldige, aber Conny ist schließlich ein ausnehmend anziehender Mann. Die meisten Frauen, die ich kenne, würden ..."

„Schon gut, Helen. Ich weiß das alles. Und was noch viel schlimmer ist, er weiß es auch." Das unangenehme Gefühl in ihrer Magengegend intensivierte sich.

„Hast du eigentlich einen Freund, Sophie?"

„Nein! Verdammt, Helen, warum fragst du mich das gerade jetzt?"

„Tut mir leid, aber ich bin immer noch ganz erschlagen. Tzzz ... herrliche Augen! Samtig glitzernd! Herrje!" Helen schüttelte sichtlich fassungslos ihren Kopf. „Entweder, unser Conny hat sich tüchtig in dich verguckt, oder er will dich tatsächlich einfach nur auf dem schnellsten Wege in sein Bettchen bugsieren und hat seine Taktik vollkommen geändert. Dann hätte ich mich allerdings wohl all die vielen Jahre gründlich in ihm getäuscht. Nein, wenn ich darüber nachdenke ... Ich kenne ihn zu gut, Sophie. Er muss einfach ernsthaft an dir interessiert sein, sonst würde er sich nicht so verhalten, glaub mir."

Sophie erhob sich. Aus irgendeinem Grund war ihr nun auch noch ein bisschen übel, und sie hatte das dringende Bedürfnis, allein zu sein. „Bis zum Abendessen ist nicht mehr viel Zeit. Ich gehe jetzt besser an meine Arbeit."

„Ja, ja, mach das." Helen Afra blickte ihr nachdenklich hinterher.

In ihrem Zimmer angekommen, öffnete Sophie sofort die Balkontür, denn sie brauchte unbedingt ein bisschen frische Luft. Unwillkürlich zuckte sie zusammen, als sie Constantin dort stehen sah.

Vorgebeugt, beide Unterarme auf der Balustrade abgestützt, stand er da und rauchte eine Zigarette. Als er ihre Schritte hörte, drehte er sich um. „Hallo, Schreiberling."

Sophie beschloss sofort, einfach so zu tun, als wäre nichts zwischen ihnen passiert. Sie atmete tief ein und versuchte sich an einem betont selbstbewussten Lächeln. „Ich bin jetzt seit fast zwei Wochen hier, aber ich habe dich noch niemals mit einer Zigarette in der Hand gesehen."

„Gute Beobachtungsgabe, Frau Journalistin. Es passiert auch nur äußerst selten." Mit unbewegtem Gesicht wandte er sich wieder von ihr ab und nahm einen weiteren sehr tiefen Zug.

Sophie starrte seinen Rücken an. Unter seinem schwarzen Baumwollhemd zeichnete sich die straffe Muskulatur deutlich ab. „Ich werde jetzt arbeiten", sagte sie und kam sich schon im nächsten Moment ziemlich dumm dabei vor, denn sie bewegte sich nicht einen Zentimeter von der Stelle.

Die Luft flirrte, es duftete intensiv nach Rosen, und irgendwo sang eindringlich ein Vogel. In Sophies Ohren klang dieser Gesang nicht gerade fröhlich, sondern eher verzweifelt und wehklagend. Aus irgendeinem Grund schien sich die Empfindsamkeit ihrer Sinne jäh zu verschärfen.

„Gibt es einen Mann in deinem Leben?", fragte Constantin mit ruhiger Stimme, aber noch immer von ihr abgewandt.

Sophie hustete trocken. „Was soll das jetzt wieder, Conny?"

„Zur Abwechslung könntest du auch mal meine Fragen beantworten. Es war doch eine recht einfache Frage, oder?" Er sah sie noch immer nicht an.

Sophies Lippen wurden trocken, und sie musste sie mit der Zunge befeuchten, bevor sie antwortete. Merkwürdigerweise war sie erleichtert darüber, dass er es nicht sehen konnte. „Es gibt niemanden", flüsterte sie, während eine leise Stimme in ihrem Kopf sie warnend ermahnte, so schnell wie möglich zurück in ihr Zimmer zu flüchten und die Tür zu verriegeln. Sie ignorierte die Warnung und blieb an Ort und Stelle stehen.

Fast gemächlich richtete er sich auf und wandte sich ihr voll zu. Sein Laserblick glitt kurz über ihr Gesicht hinweg und senkte sich schließlich, nahm eingehend und ohne Hemmungen jede Einzelheit ihrer Erscheinung auf.

Unter seinen Blicken spürte Sophie ein leises Kribbeln tief in ihrem Bauch und gleich darauf einen flüchtigen Schrecken, als er den Rest seiner Zigarette in einen leeren Pflanzenkübel warf. Die heftige Bewegung drückte viel zu viel Entschlossenheit aus.

In diesem Moment wurde ihr nicht nur schlagartig klar, was gleich geschehen würde, sondern auch, dass wiederum jede Möglichkeit zur Flucht vertan war. Ihre Empfindungen hatten ihr einen Streich gespielt und erfolgreich ihre Vernunft außer Kraft gesetzt. Ein Zittern erschütterte ihren Körper. Heiße Erwartung und kalte Furcht begannen unvermittelt, miteinander zu ringen in ihr, und sie konnte sich nicht daran erinnern, schon jemals so aufgewühlt gewesen zu sein wie in diesem Augenblick.

Constantin machte einen Schritt auf sie zu, blieb dann jedoch stehen und holte eingehend und hörbar Luft. „Ich werde dich jetzt küssen."

Seine dunkle Stimme klang ein wenig fremd, irgendwie sogar ein bisschen bedrohlich, und ließ gleichermaßen die Vermutung zu, dass er sich selbst über sein Vorhaben ärgerte. Trotzdem löste sich Sophies kalte Furcht in der Hitze ihrer Erwartung auf, verlor sich wie eine frühe Nebelschwade in der aufgehenden Sommersonne. Auf ihrer Haut breitete sich ein angenehmes Prickeln aus. „Ja, ich weiß", entgegnete sie leise.

„Du könntest jetzt erneut laut und deutlich Nein sagen, oder … noch einmal weglaufen. Vielleicht wäre das sogar besser – für uns beide", sagte er, so als hätte er zuvor ihre Gedanken gelesen. Wieder kam er näher, bis er schließlich direkt vor ihr stand. „Wenn es nach mir geht, sollten wir aber einfach da weitermachen, wo wir vorhin aufgehört haben, okay?"

Sie rührte sich noch immer nicht, fühlte nur allzu deutlich, wie ihr Atem sich immer mehr beschleunigte, erkannte aber auch, dass es ihm ebenso erging. Er war ganz und gar nicht so beherrscht, wie sie bis eben noch angenommen hatte. Warm und ganz sanft schob er die rechte Hand auf ihre linke Wange und streichelte sie dort mit dem Daumen. Wie in Trance legte Sophie den Kopf auf die Seite, kam seiner zärtlichen Berührung entgegen und machte ihm auf diese Weise unmissverständlich klar, dass sie ganz und gar nicht vorhatte, noch einmal wegzulaufen.

Aus irgendeinem Grund hatte sie erwartet, dieser Mann würde eher grob sein, unsanft und rücksichtslos, aber er war es nicht. Diese Erkenntnis war es auch, die sie begreifen ließ, dass er vorhin recht gehabt hatte und sie seiner Annäherung schon seit Tagen entgegenfieberte, ohne es sich selbst einzugestehen. Sie wollte ihn plötzlich sogar so sehr, dass es fast wehtat.

„Du hast dich also dazu entschlossen, nicht wieder wegzurennen?“, fragte er heiser, während sein Daumen zart der Kontur ihrer Unterlippe folgte.

„Ja.“ Ihre Stimme glich nur noch einem erbarmungswürdigen Wispern.

„Es wäre auch sinnlos gewesen.“ Er beugte sich zu ihr herab und berührte nur ganz leicht ihre Lippen mit den seinen, seine Bewegungen blieben verhalten und sanft. Gleichzeitig legte er seine Hände um ihre Taille und zog sie bedächtig näher zu sich heran.

Für einen kurzen Moment unterbrach er noch einmal den Kontakt ihrer Lippen. „Wow!“, flüsterte er, bevor er sie weiterküsste.

Sophie zitterte erneut, und all ihre Sinne schienen nur noch auf ihn gerichtet zu sein. Sein Geschmack war prickelnder als alles, was sie jemals gekostet hatte. Geradezu gierig nahm sie seinen Duft nach Seife und Tabak in sich auf, während sein Griff um ihre Taille fester wurde. Sophie lehnte sich an seinen harten Brustkorb, spürte die Unnachgiebigkeit und berauschte sich an seinen immer schneller werdenden Atemzügen. Dennoch legte sie zunächst nur zögerlich die Arme um seinen Nacken, doch schon wenige Sekunden später gab auch sie ihren aufschäumenden Gefühlen nach. Jeder einzelne Knochen in ihrem Körper schien sich regelrecht aufzulösen, während sie in seinen Armen lag.

Ein kaum hörbares Stöhnen entfuhr ihm, und sein Kuss wurde hungriger. Erst nach einer kleinen Ewigkeit unterbrach er ein weiteres Mal diese verzehrende Verbindung mit einer beinahe gewaltsam anmutenden Entschlossenheit. Er murmelte etwas an ihrem Mund, das sie nicht verstehen konnte, aber in ihren Ohren klang es fast ein wenig verzweifelt. Einige endlose Sekunden lang verschmolzen ihre Blicke miteinander, doch dann war es an Sophie, die Initiative zu ergreifen. Sie seufzte leise, als ihre Lippen erneut auf seine trafen.

Jede Zurückhaltung verging, und ihre Zungenspitzen fanden sich zu einem wilden, erregenden Tanz, während ihre Körper voller Sehnsucht zueinanderdrängten. Beide gingen vollkommen in ihrer ersten Umarmung auf. Fast krampfhaft presste Sophie die Finger an seine harten Schultern, nicht zuletzt auch, um irgendwo Halt zu finden. Sie fühlte Constantins Hände ihren Rücken herabgleiten, bis sie schließlich auf ihren Hüften zur Ruhe kamen. Mit sanftem Druck presste er den Unterleib an ihren Bauch, sodass sie sein Begehren fühlte. Mit langsam kreisenden Bewegungen rieb er sich an ihr.

Sie stöhnte auf, als sein Mund sich ein weiteres Mal von ihren Lippen löste.

„Du bringst mich vollkommen durcheinander“, flüsterte er schwer atmend. „Bis eben dachte ich noch, das würde mir erst einmal genügen, aber ... das tut es nicht, Sophie. Ich begehre dich so sehr. Mein Gehirn funktioniert nicht mehr. Ich sollte jetzt besser gehen.“

„Ja.“ Es war ihr einfach nicht mehr möglich, der warnenden Stimme zu folgen, die noch immer irgendwo in ihr war. Seine atemlos hervorgebrachten Sätze ließen sie erkennen, dass auch ihm nicht ganz geheuer war, was hier gerade zwischen ihnen passierte. Noch nie hatte ein Mann solche Worte zu ihr gesagt, Worte, die verführerisch und sinnlich in ihr nachklangen. Außerdem war es einfach viel zu herrlich, von ihm gehalten und geküsst zu werden. Entgegen seiner Ankündigung entließ er sie nicht aus seiner festen Umarmung. Mit seinen glühenden Augen schien er sie zu verschlingen.

„Ich kann nicht … Gott, ich kann nicht mehr warten! Halt mich auf …" Seine dunkle Stimme war pure Sinnlichkeit. In Sophies Kopf und in ihrem Körper schienen Wirbelstürme zu toben, die jeden vernünftigen Gedanken unmöglich machten. Nie zuvor hatte sie etwas Vergleichbares gefühlt. Zu keiner Zeit hatte sie einen Mann so sehr begehrt. Alles, wonach sie noch verlangen konnte, hatte mit ihm zu tun. Nur mit ihm! Sie wollte seinen Atem, seinen Mund und seine Hände auf ihrer nackten Haut. Hatte sie sich überhaupt jemals einem anderen Mann hingegeben? Sie wusste es nicht mehr. Jede Erinnerung, alles, was jemals vor ihm gewesen war, verblasste und wurde zu einem einzigen nebligen Nichts, durch das sie nur noch eines sehen konnte: Constantin Afras faszinierendes Gesicht.

Sie fühlte noch immer seine Härte an ihrem Bauch. Selbst durch den kräftigen Stoff seiner und ihrer Jeans erreichte die pulsierende Hitze sie.

Constantin hielt seinen Körper hart an ihren gedrückt, während er sie ganz zurück in ihr Zimmer und die zwei Stufen hinauf bis zu ihrem Bett drängte. Doch plötzlich, so als hätte für einen kurzen Moment sein Verstand wieder eingesetzt, zögerte er und sah sie aus fiebrig glänzenden Augen noch einmal fragend an. „Ich meine … ich könnte dich auch noch wochenlang umwerben, aber … verdammt noch mal, ich hasse Zeitverschwendung." Er holte tief Luft. „Sophie?"

„Ja! Ja! Ja!"

„Oh Sophie!" Jetzt war es nur noch ein erleichtertes, fast dankbares und leidenschaftliches Flüstern.

Mit zitternden Fingern zerrte sie an seiner Gürtelschnalle und zog ihn gleichzeitig mit sich auf das Bett. Als sie schließlich beieinanderlagen, küsste er sie erneut. Sophie glaubte zu fühlen, wie sie sich vor lauter Verlangen Stück für Stück aufzulösen begann. Langsam schob er die Hände unter ihr T-Shirt und streichelte sanft und voller Zärtlichkeit ihren nackten Bauch. Sie spürte, wie in wilder Erwartung ihre Brustwarzen hart wurden. Schnell, jedoch nicht überstürzt, zog er sie nach und nach aus und versicherte ihr dabei ein weiteres Mal flüsternd, wie sehr er sie begehrte. Glühend küsste er ihre Kehle, ihr Dekolleté und den Ansatz ihrer Brüste, bevor er sich endlich mit ihrer Hilfe hastig von seinen Kleidungsstücken befreite. Noch heftigeres Begehren durchflutete sie, als sie ihn nackt vor sich sah.

„Conny!"

„Mhm." Mit wildem Blick betrachtete er sie. „Du bist so schön, Sophie."

Die Wahl seiner Worte ließ sie erschauern. Sie war es gewohnt, mit Worten umzugehen – und der Ausdruck „schön" stand für Sophie schlichtweg für optische Perfektion. „Himmel, nein, du bist schön", stieß sie flüsternd hervor.

Endlich umfasste er mit beiden Händen ihre vollen Brüste. Sie stöhnte lustvoll auf und wölbte sich ihm entgegen. Er streichelte sie, reizte ihre Brustspitzen schließlich auch mit seinen Lippen und mit seiner Zunge. Ihr Stöhnen wurde lauter, ihr Körper bewegte sich immer ungestümer unter seinen Händen und den herrlichen Liebkosungen seines Mundes.

Fast gierig ließ sie die Finger durch das tiefschwarze Haar auf seiner Brust und dann immer weiter abwärts gleiten. Sie war nicht sonderlich erfahren in diesen Dingen, aber sie wollte ihn so sehr reizen, bis er sich nicht mehr zurückhalten konnte und ganz zu ihr kam. Doch dann schob er die Hand über ihren Venushügel und ließ Sophie schlagartig alles andere vergessen.

Obwohl er vor Erregung und Anspannung bebte, bewegte er seine Finger nur ganz sanft, während er sie mit dem Mund weiterhin ergötzte. Der klägliche Rest ihres Denkvermögens wurde regelrecht fortgespült von der Stärke ihrer Empfindungen.

„Du bist bezaubernd“, hörte sie ihn heiser flüstern, während er sich voller Lust an ihr rieb. „So unglaublich bezaubernd. Ich wusste es.“

Wie eine Ertrinkende klammerte sie sich jetzt an ihm fest. Es gab nur noch diese unbeschreibliche Wonne, überwältigend und vollkommen. Tief in ihrem Bauch fühlte sie bereits jetzt die herannahende Erfüllung, und ihr ganzer Körper spannte sich an, weil etwas in ihr sie drängte, auf ihn zu warten. So lange, bis er endlich in ihr war.

„Conny, bitte!“

Sie atmete heftiger, und für einen Augenblick drang auch sein Stöhnen zu ihr vor. Sie hörte, wie er inbrünstig ihren Namen flüsterte, und sie fühlte, wie er sich über sie schob. Mit beiden Händen umfasste er ihren Kopf, und sein raues dunkles Flüstern wirkte sich verheerender auf ihre Selbstbeherrschung aus als jede einzelne seiner wilden Liebkosungen.

„Ich will dich ganz, Sophie, gib dich mir ganz.“ Dann tauchte er tief in sie ein, und eine gewaltige Flutwelle der Erlösung überschwemmte sie beide nur wenige Sekunden später.

„Sophie.“ Langsam hob er den Kopf und beugte sich über sie, aber ihre Augen waren noch immer fest geschlossen. „Sieh mich an“, verlangte er.

Nur zögernd hob sie ihre Lider. „Conny, ich …“

„Sch… Ich will nur, dass du mich ansiehst. Ich habe wirklich noch nie solche Augen gesehen.“

Sophie lächelte milde. Sie fand es rührend, dass gerade er das sagte. Er, der doch die ungewöhnlichsten und schönsten Augen besaß, die es auf dieser Erde geben konnte. Noch einmal küsste er sie. Abermals tat er es voller Zärtlichkeit und Hingabe. Zum zweiten Mal an diesem Tag ging ihr der Gedanke durch den Kopf, dass die aufopfernde Sanftheit, mit der er sie bedachte, eigentlich gar nicht so recht zu seinem wilden Äußeren und vor allem nicht zu seinem bisherigen Auftreten passen wollte. Sie lächelte erneut und strich ihm liebevoll über das dichte Haar, als er den süßen Kuss beendete. Leise seufzend erwiderte er ihr Lächeln.

„Das eben war … schnell", stellte er flüsternd und mit glitzernden Augen fest.

„Ja."

„Hitzig."

„Und wie."

„Aber fantastisch!" Er grinste.

„Oh ja, das war es."

Sein dunkles kollerndes Lachen kitzelte ihre Bauchwand, doch nach einer kleinen Weile wurde seine Miene wieder ganz ernst. „Schon als wir uns zum ersten Mal begegnet sind, als ich dich dort draußen stehen sah, mit deinen großen Augen und diesen süßen nackten Füßen, fühlte ich den Drang, dich anzufassen", gab er leise zu. „Dabei bist du eigentlich überhaupt nicht mein Typ."

„So? Was ist denn dein Typ?"

„Hmm, ich mag große, langhaarige, möglichst blonde Frauen, die sich elegant und sehr feminin kleiden."

„Oh!" Sophie dachte sofort an die engelsgleiche Melanie und spürte einen kleinen, aber schmerzhaften Stich im Herzen. Es dauerte einige Sekunden, bis ihr gesundes Selbstbewusstsein wieder die Oberhand gewann. „In dieses Muster passe ich tatsächlich überhaupt nicht, was?"

Wieder lachte er dunkel auf. „Nein. Du bist klein, kurzhaarig und absolut nicht blond. Vor allem trägst du ständig Jeans und Turnschuhe. Sag mal, besitzt du überhaupt ein Kleid oder etwas in der Art?"

„Zwei sogar, du würdest dich wundern."

„Ach tatsächlich? Zwei ganze Kleider?" Er grinste frech und ließ sich zurück in die Kissen fallen.

„Ja." Sie boxte ihn leicht in die Seite. „Privat hab ich es halt gern bequem. Warum soll ich in einem Kleid und auf hohen Stöckelschuhen herumspazieren, wenn es die Situation nicht erfordert?"

„Schon gut, schon gut. Du gefällst mir ja. Ich habe auch nichts gegen Jeans. Ich trage sie ja selber dauernd. Du gefällst mir“, wiederholte er mit ernstem Blick. „Und das ist die Wahrheit.“

„Ach ja? Das hörte sich für mich aber gerade nicht so an.“ Sie setzte sich grinsend auf und sah ihn an. Bevor sie sich darauf einstellen konnte, zog er sie an sich und küsste sie noch ein weiteres Mal.

„Du gefällst mir sogar außerordentlich, mein süßer Wuschelkopf“, flüsterte er an ihrem Mund. „Die Wahrheit ist, noch nie habe ich eine Frau so rasend begehrt wie dich.“

Sie atmete zitternd ein, glaubte ihm aber nicht wirklich. Nach ihrem gemeinsamen Erlebnis wollte er ihr sicherlich nur ein nettes Kompliment machen. Seine Schmeichelei machte sie dennoch verlegen, und sie spürte gleichzeitig neue Erregung in sich aufsteigen. „Na dann.“

Sie verzichteten auf das Abendessen – und sie machten sich auch keinerlei Gedanken darüber, was Fabian und Helen wohl denken mochten. Constantin blieb die ganze Nacht bei Sophie. Sie liebten sich erneut, dieses Mal langsam, voller Zärtlichkeit und Ausdauer. Ein gemeinsames und sehr erregendes Bad im Whirlpool führte zu einer weiteren hitzigen Vereinigung auf dem Teppich, weil sie es einfach nicht mehr bis ins Bett schafften. Schließlich schliefen sie gegen Morgen vollkommen erschöpft und eng umschlungen ein.

Als Sophie erwachte, blickte sie geradewegs in seine Augen.

„Hallo du.“

„Guten Morgen“, murmelte sie und unterdrückte ein Gähnen.

„Gut geschlafen?“

„Mhm, wohl eher zu wenig.“ Sie lachte leise. „Bist du schon lange wach?“

„Geht so. Du siehst übrigens niedlich aus, wenn du schläfst. Wie ein unschuldiges kleines Mädchen. Du hast ein richtiges

Puppengesicht, weißt du das?" Er lächelte einnehmend, rückte dann aber von ihr ab und setzte sich auf. „Ich denke, ich sollte jetzt besser verschwinden, um zu duschen und mich anzuziehen. Frühstück wäre auch gut. Ehrlich gesagt bin ich ziemlich ausgepumpt."

„Ach ja?" Sie betrachtete ihn eingehend und genoss es, während er, noch immer grinsend, in seinen knappen Slip stieg und den Rest seiner Sachen zusammenklaubte. Sie fühlte sich großartig, aber ihr Verstand weigerte sich noch, diesem herrlichen Gefühl vollends zu trauen. „Conny?"

„Ja?"

„Krieg ich noch einen Kuss?"

„Klar." Kurzerhand ließ er den Kleiderhaufen zurück auf den Boden fallen und warf sich lachend zurück auf das Bett, um ihrem Wunsch nachzukommen.

Als Sophie eine Dreiviertelstunde später hinunter in die Küche kam, saß er bereits am Tisch und frühstückte. Sie waren spät dran, und natürlich war von Helen und Fabian nichts zu sehen. Die beiden hatten sicherlich schon vor Stunden gefrühstückt.

Ungewohnt gelöst lächelte Constantin ihr entgegen. „Kaffee?"

„Gerne." Außerhalb der Abgeschiedenheit ihres Zimmers überfiel Sophie plötzlich eine heftige Verlegenheit. Eher zögernd setzte sie sich auf ihren gewohnten Platz, ihm direkt gegenüber. Constantin schenkte ihr Kaffee ein und reichte ihr den Korb mit den Brötchen.

„Geht es dir gut?", fragte er leise, während er vergeblich versuchte, ihren rastlosen Blick einzufangen.

„Ja. Ja, mir geht es gut."

„Warum bist du dann plötzlich so nervös?"

„Bin ich das?"

„Ja, das bist du. Du guckst wie ein ängstliches Reh und weichst meinem Blick aus." Er griff nach seiner Tasse und nahm einen Schluck Kaffee. „Bereust du es schon, Sophie?"

Endlich hob sie ihren Blick und sah ihn an. „Natürlich nicht."

„Gut. Ich habe nämlich nicht vor, es bei dieser einen Nacht zu belassen."

In Sophie stieg eine Art Unbehagen auf. Eine unangenehme Vorahnung, die sie selbst noch nicht wirklich einordnen konnte. Vielleicht später, dachte sie, wenn sie wieder klarer denken konnte. „Conny, ich …"

„Ah, guten Morgen, das heißt, wenn man das um diese Zeit noch wünschen kann." Fabian Afra stand in der Küchentür. Sein attraktives Gesicht wurde von einem breiten Lächeln erhellt. „Habt ihr etwas dagegen, wenn ich mich noch einen Moment zu euch setze und dabei einen Kaffee schlürfe?"

„Nein, tu dir keinen Zwang an", brummte Constantin. „Wo ist denn dein holdes Weib?"

„Helen ist schon in aller Herrgottsfrühe los und lässt sich von Jesse nach Inverness kutschieren. Sie wollte noch ein paar Kleinigkeiten für die Mädchen einkaufen und wird wohl erst am Nachmittag wieder hier sein."

Sophie blickte alarmiert auf. „Ihr reist ab?"

„Ja, hat Helen dir das gestern nicht erzählt, Sophie?"

„Nein, ich …" Sie dachte an das Gespräch vom vergangenen Nachmittag zurück und unterdrückte schließlich ein Schmunzeln. Es war so typisch für Freundinnen, über Gefühlsdinge zu sprechen und dabei die normalen Alltagsdinge einfach auszuklammern. Männer würden so etwas wohl nie verstehen. „Ich schätze, wir sind irgendwie nicht dazu gekommen."

Fabian Afra allerdings war ein erfahrener Ehemann und überging Sophies fadenscheinige Erklärung wohlweislich. „Es wird einfach Zeit für uns. Wir sind jetzt seit fast drei Wochen hier und haben beide Sehnsucht nach den Kindern."

„Ja, das kann ich verstehen. Wann fliegt ihr denn?"

„Heute, am frühen Abend, geht es los." Fabian Afra wandte sich seinem Bruder zu. „Wirst du die neuen Texte bis Anfang nächsten Monats hinbekommen?"

Constantin nickte. „Ich denke, das dürfte kein Problem sein." Sein Blick fixierte Sophie. „Ich habe da durchaus schon die eine oder andere Inspiration gehabt."

„Hmm, verstehe", sagte Fabian und lächelte leicht.

Sophie fühlte, dass sie errötete, und erhob sich abrupt. „Entschuldigt mich bitte, ich sollte wirklich langsam arbeiten gehen." Bewusst vermied sie es, Constantin noch einmal anzusehen, bevor sie aus der Küche verschwand.

„Ich denke, meine kluge Ehefrau hat mal wieder ins Schwarze getroffen", bemerkte Fabian grinsend.

„Was?" Constantin fuhr herum. Ganz in Gedanken hatte er noch eine Weile die Küchentür angestarrt, nachdem Sophie aus seinem Blickfeld verschwunden war. Ihr betont distanziertes Verhalten gefiel ihm ganz und gar nicht.

„Netten Abend gehabt, wie?", hakte Fabian nach.

„Äh … ja."

„Sie ist süß, Conny."

„Ja, das ist sie. Sehr süß sogar." Constantin erwiderte jetzt den offenen Blick seines Bruders und setzte ein vielsagendes Lächeln auf.

„Wahrscheinlich bist du sogar ziemlich froh darüber, dass Helen und ich von hier verschwinden, oder?"

„Nun, sagen wir mal, ich kann nicht gerade behaupten, dass ich etwas dagegen habe, noch ein paar Tage mit ihr hier allein zu verbringen." Sein Lächeln wurde breiter. „Was hältst du von ihr, Fabian? Wie siehst du sie?"

Constantins älterer Bruder dachte einen Moment nach, bevor er antwortete: „Du willst meine ehrliche Meinung?"

„Sonst würde ich dich nicht fragen."

„Auch meine Meinung als Mann?"

„Auch das, wenn du es dir nicht verkneifen kannst."

Fabian nickte. „Das Mädchen ist verdammt hübsch und hat eine tolle Figur mit klasse Rundungen an den richtigen Stellen. Du weißt ja, ich halte nichts von diesen Hungerhaken. Ihr Lachen ist mitreißend, sie hat wunderschöne Augen und einen bemerkenswert klugen Kopf. Ich mag die Kleine sehr. Von Anfang an mochte ich sie. Helen ist es übrigens nicht anders gegangen."

Constantin nickte. „Ich weiß, das war nicht zu übersehen. Deine Frau ist normalerweise nicht so freigiebig mit ihrer Zuneigung. Die beiden haben sich recht schnell angefreundet, nicht wahr?"

„Stimmt. Aber warum fragst du mich überhaupt nach meiner Meinung, Conny? Ist es ... dir etwa ernst? Ich dachte ..."

„Ich habe sogar vor, sie zu heiraten." Constantins Blick verdunkelte sich, dann grinste er leicht. „Natürlich nicht gleich, aber zu gegebener Zeit."

Fabian sog scharf die Luft ein. „Bitte? Sag mal, tickst du jetzt völlig aus? Nun komm mal wieder auf den Teppich, Bruder! Eine heiße schweißtreibende Nacht bedeutet doch noch lange nicht ... Ich meine, gerade du solltest das doch wohl am besten wissen."

„Das mit Melly war ... anders. Das ist überhaupt nicht miteinander zu vergleichen. Du kannst weder die beiden Frauen noch das Gefühl, das ich damals hatte, mit dem gleichsetzen, was ich heute empfinde."

„Gefühl? Du hast dich also verknallt?"

„Verliebt, Fabian. Ich habe mich verliebt – und zwar gründlich. Nein, auch falsch! Ich bin nicht nur einfach so verliebt in diese Frau. Ich bin leidenschaftlich und rettungslos verliebt! Ich liebe Sophie von Wenningen. Und wir reden hier von einer unabänderlichen Tatsache. Ich weiß, ich höre mich gerade sehr albern an, aber diese Beschreibung trifft genau den Punkt. Man kann erst wissen, wie das ist, wenn es einem tatsächlich widerfährt, oder? Tja, bei mir ist es eben etwas später geschehen als üblich."

Fabian Afra starrte seinen Bruder sichtlich erschüttert an. „Conny, mein Gott! Du bist ja total von der Rolle."

„Das mag hinkommen. In den vergangenen Tagen habe ich

selbst das eine oder andere Mal an meiner geistigen Gesundheit gezweifelt. Zuerst wollte ich gar nicht glauben, was da mit mir passiert." Er stieß schnaubend den Atem aus. „Da erscheint dieses Mädchen in meinem Leben und *peng!* Ich bin völlig im Eimer, Fabian, völlig!"

„Und wie … wie steht sie zu dir?"

„Keine Ahnung, aber das werde ich so schnell wie nur möglich herausfinden, das kannst du mir glauben. Manchmal meine ich allerdings zu spüren, dass sie am liebsten vor mir weglaufen würde. Das macht mir ziemlich zu schaffen."

„Jedenfalls kannst du bei ihr wohl sicher sein, dass sie nicht auf dich abfährt, weil du der große Popstar Constantin Afra bist. Sophie hat eine gesunde und bodenständige Einstellung zum Leben, würde ich sagen."

„Stimmt. An diese Möglichkeit habe ich komischerweise auch noch keinen einzigen Gedanken verschwendet. Es würde einfach nicht zu ihr passen. Diese Frau hat wirklich unzählige Eigenschaften, die mich faszinieren."

Die beiden Männer saßen noch bis in den Nachmittag hinein zusammen, sprachen dabei aber vorwiegend über ihre Arbeit. Schließlich steckte Helen ihren hübschen Kopf durch die Tür. „Na ihr beiden Lieblingsmänner."

„Hallo!", sagten beide wie aus einem Mund und lächelten ihr entgegen. Fabian erhob sich von seinem Platz, um seiner Frau einen Kuss zu geben und ihr die vielen Einkaufstüten aus der Hand zu nehmen.

„Komm, Helen, lass uns am besten gleich anfangen zu packen. Wir zwei sind hier inzwischen ziemlich überflüssig geworden", sagte er lachend.

4. KAPITEL

Sophie starrte auf die Tastatur ihres Laptops. Schon wieder hatte sie den Ansatz des Gedankens verloren, der ihr gerade eben noch durch den Kopf gegangen war. Sie konnte sich heute einfach nicht konzentrieren. Entnervt schaltete sie den Computer aus und erhob sich. Als sie sich umdrehte, fiel ihr Blick auf das Bett, und die erregenden Bilder der vergangenen Nacht kamen ungefragt zurück.

„Constantin Afra! Ich habe mit Constantin Afra geschlafen! Teufel noch eins, und wie ich das getan habe! Meine Güte!" Als sie bemerkte, dass sie schon wieder diese enervierenden Selbstgespräche führte, wuchs ihr Ärger nur noch mehr. Zum wiederholten Male musste sie daran denken, was er vorhin zu ihr gesagt hatte. *Ich habe nicht vor, es bei dieser einen Nacht zu belassen.*

Sophie erschauerte. „Warum habe ich mich nur darauf eingelassen?"

Wie konnte mir das nur passieren!

Dumme Kuh!

Er hat mir jede Chance gelassen.

Ich hätte es aufhalten können.

„Er hat mich sogar darum gebeten, es, nein ihn, aufzuhalten. Sophie, du bist eine …"

Nein! Gar nichts hätte ich tun können!

„Ich hab ihn so sehr gewollt", flüsterte sie. „So sehr!"

Wenn sie ehrlich war, hätte sie es kommen sehen müssen. Es wäre ohnehin früher oder später zwischen ihnen zu einer derartigen Entladung gekommen. Schon von Anfang an hatte es eine eigenartige Spannung zwischen ihr und ihm gegeben. Vom ersten Tage an hatte sie es fast körperlich gespürt, wenn er sie auf seine spezielle Art ins Visier nahm.

Er hatte sie beobachtet wie die Schlange die Maus, das wurde ihr jetzt plötzlich bewusst. Ihre Interpretation seiner durchdringenden, manchmal lauernden Blicke war jedoch vollkommen falsch gewesen. Sie hatte geglaubt, in seinen Augen spiegele sich nur die unterdrückte Wut und er wolle damit einzig und allein seinen Unwillen und seine Abneigung gegen ihren Berufsstand zum Ausdruck bringen. Niemals hatte sie den leisesten Anflug von Begehren oder gar Zuneigung in seinen Augen bemerkt, ganz im Gegenteil. Der flammende Zorn, sein Unwillen und eine tief sitzende Unzufriedenheit, die stets in ihm zu wüten schien – all das hatte sie wahrgenommen, mehr nicht. Zumindest bis zu seinen frechen Bemerkungen während ihres letzten Interviews. Sie hätte im Traum nicht für möglich gehalten, dass dieser Mann sie als Frau überhaupt wahrnehmen würde.

Aber sie hatte sich auch selbst etwas vorgemacht, denn erst kurz vor seinem Kuss hatte sie sich eingestanden, wie sehr auch sie ihn schon die ganze Zeit begehrt hatte.

Sophie ließ sich auf die Matratze fallen und legte den Arm über ihre Augen. „Begehrt? Pah! Da küsst er mich nur ein einziges Mal, und ich werde sofort Wachs in seinen Händen, verflucht und zugenäht!", entfuhr es ihr laut.

Das Klopfen an ihrer Tür überraschte sie nicht, ließ sie aber zusammenfahren.

„Herein!", rief sie, ohne sich von der Stelle zu rühren.

Es war Helen, die durch die Tür schlüpfte und vor Sophies Bett stehen blieb. „Oh, störe ich?"

Sophie richtete sich erleichtert auf, blieb aber auf dem Bett sitzen. „Du störst ganz und gar nicht", erwiderte sie lächelnd. „Hast du schon gepackt?"

„Ja, alles ist fertig." Helen kam langsam näher und hockte sich zu Sophie auf das Bett. „Die Männer sind noch mal zusammen runter ins Studio gegangen. Fabian hat einige neue Stücke geschrieben, an denen sie noch ein bisschen herumdoktern wollen, bevor wir abdüsen." Ein Grinsen huschte über ihr schmales Gesicht. „Gestern Nachmittag hab ich überhaupt nicht daran gedacht, mit dir über unsere Abreise zu sprechen. Ja, und gestern Abend … seid ihr ja beide nicht mehr auf der

Bildfläche erschienen."

Sophie nickte und senkte den Kopf. „Ich habe …"

„Ich weiß." Helens Hand schob sich warm über die ihrer neuen Freundin. „Trotzdem wirkst du nicht besonders glücklich, wenn ich das anmerken darf. War es etwa enttäuschend?"

„Nein, ganz und gar nicht. Meine Güte, Helen, normalerweise verachte ich Frauen zutiefst, die sich von einem einzigen heißen Kuss hinreißen lassen und dann sofort mit dem Mann in die Kissen sinken." Sie seufzte tief und gründlich auf. „Nein, es war nicht enttäuschend. Die letzte Nacht war eher … viel zu himmlisch. Aber er … Conny … ist ein Star."

„Ja, das ist er. Und das ist offenbar ein Problem für dich. Sehe ich das richtig?"

Sophie schob sich eine vorwitzige Locke hinter das Ohr und sah Helen offen ins Gesicht. „Das ganze Paket Constantin Afra ist ein Riesenproblem für mich, um genau zu sein."

„Aber warum denn nur, Sophie? Okay, Conny wirkt manchmal etwas herrisch, aber im Grunde ist er doch ein wunderbarer Mensch. Daran ändert auch seine Popularität nichts, glaub mir. Ich kenne ihn wirklich sehr gut."

„Ach Helen, sein Leben ist so verteufelt anders. Ich gehöre da nicht hinein. Sieh dich doch hier nur einmal um! Das ist doch alles lächerlich dekadent. Ich könnte das auf die Dauer nicht, verstehst du?"

„Nein, ich verstehe kein Wort, tut mir leid. Ich finde es hier nämlich überhaupt nicht dekadent, sondern einfach nur schön. Bist du in Conny verliebt?"

„Ich … weiß es nicht … Doch, vielleicht ein bisschen."

„Herrje, Sophie, dann genieße es doch! Millionen von Frauen werden dich darum beneiden."

Sophie sprang auf und rannte wie an einer Schnur gezogen durchs Zimmer. „Genau! Genau, das ist auch so ein Punkt! Mach die Augen auf, Helen! Sieh mich doch mal an! Und er ist … Ich bin doch … Ach verflucht noch mal!"

Pure Fassungslosigkeit breitete sich nun auf Helens Gesicht

aus. „Du willst doch nicht allen Ernstes behaupten, du hältst dich für nicht attraktiv genug für ihn? Sag sofort, dass ich jetzt falschliege, Sophie von Wenningen!"

„Ich … Ach, ich weiß es nicht."

„Liebes, um Gottes willen! Du bist doch eine sehr begehrenswerte Frau!"

„Helen, hör auf. Ich habe genug Bilder von ihm und den diversen Freundinnen gesehen, die er gehabt hat, bevor er Melanie geheiratet hat. Und jede Einzelne von ihnen war wunderschön. Auch Melanie war makellos, das weißt du selbst sehr genau. Und ich bin mir nun einmal darüber klar, dass ich nicht so eine ausgesuchte Schönheit bin, aber das ist es ja nicht allein. Er sieht nicht nur selbst umwerfend gut aus, er ist … ein Popstar! Ich bitte dich! Wie albern!"

Sie blieb abrupt stehen, stemmte ihre Hände in die Hüften und starrte atemlos an die Zimmerdecke. „Ich will das alles nicht. Ich will nicht, dass man mich auf Schritt und Tritt verfolgt, nur weil ich gerade die aktuelle Freundin vom schönen Conny Afra bin. Und was all diese geifernden Frauen angeht – ich würde mich wahrscheinlich in null Komma nichts in eine eifersüchtige und zänkische Matrone verwandeln. Und dann … Was passiert, wenn ich ihm schließlich genug das Leben zur Hölle gemacht habe und er mein kleines, schlichtes Herz endgültig gebrochen hat? Mit anderen Worten: Was wird geschehen, wenn es erst wieder vorbei ist? Na?"

Helen Afra zuckte mit den Schultern. „Wenn ich ehrlich bin, verstehe ich überhaupt nicht, warum du dir von vornherein Gedanken über ein Ende der Beziehung machst. Ich meine, rein theoretisch könnte es doch auch bis in alle Ewigkeit halten, oder?"

Das missbilligende Geräusch, das Sophie ausstieß, sprach Bände, und damit wischte sie Helens Einwurf einfach vom Tisch. „Siehst du es denn nicht vor dir, Helen? Ich werde ihm noch nicht einmal ausweichen können, wie man es üblicherweise so gerne nach einer Trennung tut. Wenn ich das Radio anstelle, werde ich seine sinnliche Stimme hören. Und wenn ich eine Zeitschrift aufschlage oder auch nur meinen Fernseher anstelle, wird er mich mit seinen türkisfarbenen Strahlern fixieren. Verdammt noch mal! Und dann auch noch dieses Buch, das ich über ihn schreiben muss. Ich habe einen Höllenvertrag unterzeichnet, Helen! Satan persönlich muss sich die Hände gerieben haben, als ich vor ein paar Wochen dieses verfluchte Stück Papier unterschrieben habe!“

„Setz dich!“ Helens Stimme war nicht sehr laut, klang aber äußerst bestimmt. Sophie kam tatsächlich wieder zurück zum Bett und ließ sich auf die Matratze fallen. Nach ihrem Ausbruch wirkte sie noch ein wenig angeschlagener als vorher. Helen lächelte nachsichtig und griff erneut nach Sophies Händen. „Ich glaube, so langsam verstehe ich, wo dein Problem liegt. Du hast einfach Angst, Sophie, richtig? So wie ich das sehe, bist du sogar ganz wahnsinnig in Conny verliebt.“

„Das … das, was ich da eben gesagt habe, war nur ein ganz kleiner Teil vom bejammernswerten Ganzen.“ Sophie ignorierte absichtlich Helens letzte Bemerkung. Ihr Blick glitt durch das Zimmer. „Allein all dieser unübersehbare Reichtum macht mich schon nervös.“

Helen Afra grinste. „Oh, an diese Grausamkeit des Schicksals gewöhnt man sich schnell, glaub mir.“

„Du machst dich lustig über mich.“

„Nein, das tue ich sicherlich nicht. Ich mag dich nämlich viel zu sehr.“

„Ich mag dich auch, du reiche Frau!“ Ein leichtes Lächeln huschte über Sophies Gesicht. „Aber das hier, Helen, das bin ich einfach nicht. Durch deine frühe Ehe bist du da irgendwie mit hineingewachsen, aber bei mir liegen die Dinge anders. Ich bin ein Mädchen von der schlichten Sorte. Ich mag Currywurst und Pommes, faule Fernsehabende unter meiner alten, schon ziemlich ausgefransten Wolldecke und ein gemütliches Bier mit Freunden und Kollegen in einer kleinen Eckkneipe nach langen und manchmal sehr ermüdenden Redaktionssitzungen.

Außerdem liebe ich meine Arbeit, und Constantin hasst sie. Er verabscheut überhaupt alles, was mit meinem Beruf zu tun hat. Meine Arbeit ist aber ein wichtiger Teil meines Lebens und wird es auch bleiben."

„Was wirst du also tun?"

„Ich weiß es nicht. Himmel, ich muss irgendwie die Ruhe finden, um darüber nachzudenken. Leider habe ich die Befürchtung, ebendiese Ruhe hier in seiner direkten Nähe nicht finden zu können. Mal davon abgesehen, dass es ja nicht nur allein an mir liegt. Conny hat mir vorhin deutlich zu verstehen gegeben, dass er die letzte Nacht nicht als One-Night-Stand abhaken will, aber vielleicht wäre es für uns beide besser, er würde es tun. Damit hätte ich leben können."

„Wirklich?"

„Ja."

„Entschuldige, aber es fällt mir doch etwas schwer, dir das abzunehmen. Und was Conny angeht – er ist weder oberflächlich noch gefühllos. Und vergiss nicht, auch er ist nicht immer reich gewesen. Du weißt sicher schon eine Menge über ihn, aber noch lange nicht alles. Da gibt es so viel, das er dir niemals von sich aus erzählen würde."

Eindringlich sah sie Sophie an. „Mhm, da wäre zum Beispiel seine unvergleichliche Liebe zu Kindern. Ja, meine Kinder vergöttert er geradezu. Wusstest du, dass er hier im Haus ein riesiges Spielzimmer für sie eingerichtet hat? Der Mann ist verrückt, denn wir bringen die Mädchen höchstens ein- oder zweimal im Jahr mit hierher. Doch das ist noch lange nicht alles. Er unterstützt regelmäßig mehrere Kinderdörfer mit immensen Summen, hat unzählige Patenschaften übernommen und schreibt außerdem Jahr für Jahr der Kinderkrebshilfe einen riesigen Scheck aus. Das alles tut er, ohne auch nur ein einziges Wort darüber zu verlieren. Er geht sogar so weit, an jede Spende die Bedingung zu knüpfen, dass sie für die Öffentlichkeit absolut anonym bleiben muss. So ist Conny eben. Er kann ungeheuer starrköpfig und misslaunig sein, keine Frage.

Aber zeig ihm ein weinendes Kind, und er schmilzt dahin wie Butter in der Sonne. Ich weiß nicht, warum ich dir das alles erzähle, aber vielleicht hilft es dir ein bisschen, auch diese Dinge über ihn zu wissen."

„Was du da sagst, Helen, klingt alles ganz wunderbar, aber ich habe im Grunde auch nicht angenommen, dass er gefühllos oder gar oberflächlich sein könnte. Auch ich habe ihn schon sehr empfindsam und gefühlsbetont erlebt – nicht nur in der letzten Nacht, sondern auch schon während der Interviews. Trotzdem habe ich irgendwie das dumme Gefühl, in eine Falle getappt zu sein. Und ich weiß wirklich nicht, wie ich da wieder herausfinden soll. Ich erkenne mich gar nicht mehr wieder. Irgendwann in den letzten Wochen bin ich mir offenbar selbst ein Stück verloren gegangen. Constantin beherrscht meine Gedanken und all meine Gefühle, und das ist schlichtweg ... beängstigend. Verstehst du, Helen? *Zack!* Und aus! Du sitzt fest, und dein bisheriges Dasein scheint sich plötzlich irgendwie vor deinen Augen in Luft aufzulösen!"

„Du bist ganz und gar nicht die Frau, die sich die Zügel aus der Hand nehmen lässt, Sophie. Auch nicht von einem so willensstarken Mann wie Conny. Du wirst das schon machen, da bin ich mir ganz sicher."

Sophie musste schlucken. Sie selbst war sich dessen gar nicht so sicher, denn sie kannte die eigenen Schwächen inzwischen nur zu genau. Immer hatte sie sich für eine äußerst selbstbewusste und toughe Person gehalten, aber seit sie Constantin Afra kannte, musste sie eigentlich ständig gegen den einen oder anderen Anflug von Unsicherheit ankämpfen. Er brachte es fertig, sie vollkommen aus der Balance zu bringen, und das behagte ihr ganz und gar nicht. Deprimiert schloss sie die Augen und legte ihren Kopf in den Nacken. „Gott, es war so unbeschreiblich schön mit ihm."

Das Lächeln ihrer Freundin war voller Wärme und Verständnis. „Du solltest jetzt dein Gesicht sehen."

„Nun ja. Ähm, sag mal, was kannst du mir eigentlich über

Melanie erzählen?", wechselte Sophie seufzend das Thema.

„Fragst du mich das jetzt als meine Freundin oder als Autorin deines Buches?"

„Na, ich würde sagen, es ist eine Mischung aus beidem. Antwortest du mir trotzdem?"

Helen zog die sorgsam gezupften Augenbrauen hoch. „Ich weiß ja, dass man über Tote eigentlich nicht schlecht reden soll, aber ich konnte sie nun einmal nicht ausstehen. Von Anfang an habe ich mir ihretwegen Sorgen um meinen Schwager gemacht. Ach, diese Männer! Ich weiß nicht, irgendwie setzt immer ihr Gehirn aus, wenn eine Frau so aussieht und sich dazu auch noch so aufführt wie Melanie, nicht wahr? Ein echtes Problem bekommen die Kerle immer dann, wenn dieser Zustand zu lange anhält. Hat Conny dir von seiner Ehe erzählt?"

„Ja, und ich muss sagen, ich war zuerst ziemlich perplex. Die Öffentlichkeit hielt sie schließlich jahrelang für eine Art Traumpaar. Es gab sogar noch nach Melanies Tod viele Menschen da draußen, die bezweifelten, dass sie eine Affäre gehabt hat."

Helen nickte. „In Wirklichkeit waren Conny und sie allerdings alles andere als ein Vorzeigepaar. Melanie war oft genug egozentrisch und bisweilen richtig bösartig. Du wolltest doch eine ehrliche Antwort von mir, oder?"

„Ja." Sophie lachte über die Offenheit ihrer Freundin. „Conny meinte, sie war ein bisschen wie Dirks Frau."

„Stimmt, Jana ist auch so ein oberflächliches Anziehpüppchen. Aber … Melanie war zusätzlich auch noch verschlagen wie eine Ratte. Jana ist dagegen dumm wie Bohnenstroh, eher ein billiger Abklatsch, und deshalb ist sie auch nicht sonderlich gefährlich, sondern einfach nur lästig. Ich frage mich zwar immer noch, warum sich Dirk überhaupt mit ihr abgibt, aber wenigstens hat er sie absolut im Griff."

„Du bist köstlich."

Helen ging nicht auf Sophies lockeren Ton ein, ihr Gesicht blieb unbewegt. „Melanie hingegen war kaltblütig und hinterhältig. Sie wollte auch meinen Mann verführen."

„Wie bitte?"

„Ja, sie hat mit aller Macht probiert, ihn sich zu krallen. Sie hat nichts unversucht gelassen. Das ganze Repertoire hat sie durchgezogen. Da hatte sie allerdings mit Rosinen gehandelt. Fabian hat sich nämlich nicht von ihr einwickeln lassen. Stattdessen hat er mir sofort davon erzählt."

„Sie hat wirklich versucht, Fabian zu verführen? Ihren eigenen Schwager?"

„Ja, ich sagte doch, sie war skrupellos. Ein echtes Miststück."

„Wann war das? Ich meine, passierte das nach der inoffiziellen Trennung von Conny?"

„Oh nein. Das Ganze spielte sich schon ungefähr drei Monate nach ihrer pompösen Hochzeit ab."

Entnervt stöhnte Sophie auf. „Na, die war ja wirklich ein Früchtchen. Wusste Constantin davon?"

„Ja, nach einer Weile hat Fabian es ihm erzählt. Er hat sich zwar fast die Zunge dabei abgebissen, hielt es aber letztlich doch für seine brüderliche Pflicht. Du wirst ja inzwischen selbst bemerkt haben, wie die beiden zueinanderstehen."

„Und? Wie hat Conny reagiert?"

„Fabian hat mir erzählt, es geschah das, was dauernd passierte: Conny und Melanie haben sich eine fürchterliche Szene geliefert. Das volle Programm. Darin waren sie echt bühnenreif, sag ich dir. Sie tobten, sie schrien und warfen sogar mit Geschirr. Alles, was das Herz begehrt. Irgendwann war dann offenbar Ruhe, und sie landeten wieder zusammen im Bett."

Ein unangenehmes Gefühl machte sich in Sophie breit, und sie musste trocken schlucken. Es war nicht unbedingt das, was sie gern hören wollte. Ihre Neugier ließ sie dennoch nachhaken. „Haben sie … sich oft im Bett versöhnt?"

Sichtlich angewidert nickte Helen. „Soweit wir es mitbekommen haben, muss ich darauf wohl oder übel mit einem klaren Ja antworten. Irgendwie schlimm, oder? In den ersten Monaten nach der Hochzeit hatte Melanie ihn wirklich am

Haken, das kannst du mir glauben. Sie wusste genau, welche Knöpfe sie drücken musste, um Conny immer wieder um den Finger zu wickeln. Ärgerlich war nur, dass sie es immer gerade dann schaffte, wenn er endlich anfing, sich ein bisschen aus ihren Fängen freizustrampeln. Er hat ihr immer wieder verziehen."

Offen sah Helen die Freundin an. „Und Fabian war weiß Gott nicht der einzige Mann, der ihren Jagdtrieb reizte. Sie war in dieser Hinsicht ... na ja, sie brauchte offenbar von jedem Mann in ihrer Umgebung die Bestätigung, das begehrenswerteste weibliche Wesen auf Gottes Erden zu sein. Ich denke, sie hat Conny sehr oft und von Anfang an betrogen. Er tat mir jedenfalls unendlich leid, und gleichzeitig war ich auch wütend auf ihn, weil er das mit sich machen ließ. Die Krönung war, dass er Melanie nach der längst überfälligen Trennung noch weiterhin bei sich im Haus wohnen ließ und diese verteufelte Ehe offiziell aufrechterhielt. Ich hab das nie verstanden. Er hat so etwas einfach nicht nötig. Ein Mann wie er! Unfassbar, dass er sich so hat einlullen lassen, nicht wahr? Fabian und ich haben natürlich mehrmals versucht, mit ihm darüber zu reden, aber du weißt ja inzwischen selber sehr gut, wie er so drauf ist. Natürlich schlug er unsere Ratschläge in den Wind. Wie du dir sicher denken kannst, hab ich um diese Frau nicht eine einzige Träne vergossen, als sie starb."

„Du meinst also, sie hat sich auch an die anderen Jungs der Band rangemacht?"

„Leider ja. Hans-Jürgen ist so, wie er aussieht: ein wahrer Fels. Bei ihm hatte sie nicht die geringste Chance. Unser süßer Lutz hingegen hätte sich beinahe um seinen gut bezahlten Job gevögelt. Er kann heilfroh sein, dass Constantin ihn nicht im hohen Bogen vor die Tür gesetzt hat. Als Conny es herausfand, waren er und Melanie nämlich schon eine ganze Weile getrennt, und er hatte gefühlsmäßig einigen Abstand. Das hat Lutz wohl letztlich seinen Musikerhintern gerettet."

Sie lehnte sich auf dem Bett zurück. „Die Freundschaft der

beiden Männer ist allerdings seitdem zerstört. Zwischen Lutz und Conny gibt es eigentlich nur noch die berufliche Verbindung. Aber sie halten sich gut dabei, das muss ich zugeben. Ob Melanie jemals mit Dirk etwas hatte, entzieht sich meiner Kenntnis. Ich nehme es aber an. Als Frau spürt man so was ja meistens. Eine Zeit lang hat sie jedenfalls auch ihn auf ihre besondere Weise angesehen und umgarnt. Glaub mir, es hätte wirklich nicht viel gefehlt, und diese goldblonde Hexe hätte die gesamte Band zersplittert."

„Was genau war mit Leonard Kampmann? Was kannst du mir über ihn erzählen?"

Für einige Sekunden senkte Helen den Blick. Als sie Sophie wieder ansah, hatten ihre Augen einen eigenartigen Schimmer. „Du weißt ja vielleicht schon, dass Leo ebenfalls ein alter Schulfreund von Conny und Fabian war. In den Anfängen gehörte er zur Band, hat sich aber später wieder daraus zurückgezogen. Seine ganze Liebe gehörte der klassischen Musik. Schon als Kind hat er davon geträumt, ein großer Dirigent zu werden. Das war sein Ziel. Allein darauf arbeitete er all die Jahre hin. Schließlich studierte und lebte er mehrere Jahre in Paris. Erst kurz bevor er nach Hamburg zurückkam und Melanie begegnete, hatte er sein Studium abgeschlossen. Leo war enorm begabt, hatte bereits während seines Studiums mit einigen der größten Orchester gearbeitet – und trotz seiner Jugend handelte man ihn in Fachkreisen schon als den kommenden Stardirigenten."

„Du sprichst sehr leidenschaftlich und liebevoll über Leonard Kampmann, Helen. Sollte ich da was nicht mitbekommen haben?", fragte Sophie zwinkernd.

„Leo war mein Bruder, Sophie. Wusstest du das nicht? Durch ihn habe ich die Afras kennengelernt."

Einen Moment lang herrschte absolute Stille, doch dann fand Sophie ihre Stimme wieder. Instinktiv griff sie nach Helens Hand und drückte sie. „Oh Gott, nein, das wusste ich nicht."

Etwas heiser sprach Helen weiter. „Spätestens seitdem habe

ich sie gehasst, Sophie. Ja, für Leo habe ich Melanie über alle Maßen gehasst. Sie hat ihn regelrecht zerstört."

Eine einzelne Träne rollte über Helens Wange. Sie erhob sich vom Bett und tigerte durch das Zimmer, während sie fortfuhr: „Sie hat ihn sich vollkommen hörig gemacht. Er war ihr so sehr verfallen, dass er alles andere darüber vergaß. Seine geliebte Musik, seine Familie. Nur noch Melanie war plötzlich für ihn wichtig. Uns gegenüber hat er sich völlig verschlossen. Natürlich versuchte ich, mit ihm zu reden, immer wieder, aber es half nichts. Er wollte das alles nicht hören. Erst Conny, dann wollte sie meinen Mann, und schließlich zerstörte sie meinen wunderbaren Bruder. Leonard war ein sensibler, sehr gefühlsbetonter Mann. So ein typischer Träumer. Weißt du, er war zwar zwei Jahre älter als ich, aber immer war ich es, die auf ihn aufpassen musste. Das war schon so, als wir noch Kinder waren. Als er sich damals ausgerechnet in Melanie verliebte, glaubte ich wirklich, den Boden unter den Füßen zu verlieren. Ich hatte von Anfang an große Angst um ihn, weil ich sofort erkannte, dass er da nicht ohne Narben herauskommen würde. Nicht mein Leo! Er war viel zu schwach für diese Frau. Ja, und am Ende ist er dann noch nicht einmal mehr mit seinem Leben davongekommen. Meine Güte, fünf Jahre ist das schon her, und ich heule immer noch sofort drauflos, wenn ich an ihn denke. Sag, hast du irgendwo ein Taschentuch?"

Sichtlich betroffen nickte Sophie. „Direkt hinter dir auf der Kommode."

„Danke." Helen nahm sich eines der Papiertaschentücher aus der Packung und putzte sich geräuschvoll die Nase.

„Es tut mir unendlich leid, dass ich dich mit meiner Frage nach Leonard zum Weinen gebracht habe. Das wollte ich wirklich nicht", beteuerte Sophie leise.

Helen kam zurück zum Bett und setzte sich wieder. „Ach, das weiß ich doch. Du musst dich nicht dafür entschuldigen. Bis eben wusstest du ja nicht einmal, dass Leo mein Bruder war."

„Es muss sehr schwer für dich gewesen sein, damals – nach seinem Tod."

„Fabian hat mir sehr geholfen. Wenn er nicht bei mir gewesen wäre … Ja, es war eine sehr schlimme Zeit. Die ganze Welt hätte meinem Bruder offengestanden, wenn er sich nicht gerade in diese Frau verliebt hätte. Er wäre noch am Leben und bei uns. Ach, er war so sanft und liebevoll. Er muss völlig verzweifelt gewesen sein, um das tun zu können, was er da getan hat. Es hat eine Ewigkeit gedauert, bis ich überhaupt akzeptieren konnte, dass er Melanie und sich selbst wirklich erschossen hat. Mein sanfter Leo und eine todbringende Waffe – das wollte einfach nicht zusammenpassen."

In stiller Übereinkunft blieben sie noch einige Minuten wortlos beieinandersitzen.

„Wir werden mindestens einmal in der Woche telefonieren, okay?"

„Natürlich werden wir das tun, Helen. Wann kommt ihr denn das nächste Mal nach Hamburg? Du sagtest doch mal, dass ihr üblicherweise mehrmals im Jahr dort seid. Dann könnten wir uns treffen."

„Wir werden bestimmt nicht mehr vor dem Jahreswechsel nach Hamburg kommen. Meine Eltern leben ja jetzt ganz bei uns, da fallen die Besuche bei ihnen schon mal weg. Außerdem soll das neue Album voraussichtlich im Laufe der nächsten zwei Monate auf den Markt kommen. Vor den damit verbundenen Auftritten für die Promotion muss natürlich noch geprobt werden. Wenn ich Fabian richtig verstanden habe, fehlt nur noch ein einziges Stück." Helen warf einen Blick auf ihre Armbanduhr. „Es wird Zeit für mich, Sophie. Mein Mann wird sicherlich schon mit den Füßen scharren."

Beide Frauen erhoben sich gleichzeitig und umarmten sich noch einmal fest.

Schon eine Stunde später waren Fabian und Helen fort – und Sophie war, wenn man einmal von der Haushälterin absah, mit

Constantin allein im Haus.

Irgendwie hatte sie es seit dem gemeinsamen Frühstück erfolgreich geschafft, ihm auszuweichen. Erst nachdem sie eher zufällig von Maria erfahren hatte, dass er erneut in seinem Studio verschwunden war, traute sie sich noch einmal aus ihrem Zimmer und machte sogar einen kleinen Rundgang durch den herrlichen Garten. Eine entspannende halbe Stunde saß sie still auf einer schmiedeeisernen Bank und betrachtete die herrlichen Rosen, die überall in der Gartenanlage von Kellan Manor zu finden waren. Erst als sie sich wieder erhob, sah sie Constantin mit verschränkten Armen und leicht gespreizten Beinen in der offenen Terrassentür stehen. Er blickte ihr entgegen, als sie langsam zurück zum Haus ging. Seine düstere Miene trieb ihr einen Schauer über den Rücken.

„Du läufst vor mir weg, Sophie. Warum?"

„Bilde dir nichts ein, ich laufe nicht vor dir weg."

Er wollte nach ihrer Hand greifen, aber sie wich zurück. Jetzt war sie es, die ihre Arme vor der Brust verschränkte. Unter Constantins rechtem Auge zuckte es kurz, er ließ seine Arme sinken und hakte die Daumen in die vorderen Taschen seiner Jeans. „Maria hat das Abendessen fertig", informierte er sie tonlos.

Sophie blickte zu ihm auf, auch wenn es ihr unendlich schwerfiel, direkt in seine Augen zu sehen. „Ich habe keinen Hunger."

„Was ist los mit dir, Sophie?"

„Gar nichts ist los! Entschuldige mich, Conny, ich werde heute mal früher schlafen gehen." Sie wandte sich rasch ab und ließ ihn stehen.

Verblüfft blickte er ihr nach. „Ich weiß verdammt noch mal nicht, was du hier abzuziehen versuchst, Schreiberling, aber es wird nicht funktionieren."

Sophie schoss zu ihm herum. „Was meinst du damit? Was ziehe ich denn deiner Meinung nach hier ab?"

„Ich kann mir zwar noch nicht einmal ansatzweise vorstellen, warum du das machst, aber du willst anscheinend so tun, als wäre nicht das Geringste zwischen uns beiden passiert, richtig? Du möchtest die vergangene Nacht aus irgendeinem Grund am liebsten ungeschehen machen."

„Nein, das will ich nicht. Du verstehst nicht ..."

„Richtig, ich verstehe dein Verhalten nicht. Warum weichst du mir aus? Erkläre es mir!"

„Ich ... Gib mir einfach etwas Zeit, bitte!"

Sein Blick konzentrierte sich auf ihren Mund. „Zeit? Wofür Zeit? Das wäre doch nur reine Verschwendung, nichts weiter! Ich will dich anfassen, dich endlich wieder küssen und dich lieben." Er machte einen großen Schritt in ihre Richtung, aber sie schüttelte heftig den Kopf und hob abwehrend beide Hände.

„Nicht", flüsterte sie so eindringlich, dass er tatsächlich innehielt.

Hastig drehte sie sich um und rannte die Treppe hinauf. In ihrem Zimmer angekommen, schloss sie als Erstes die Balkontür und zog die Vorhänge zu. Dann warf sie sich aufs Bett und ließ ihren Tränen freien Lauf.

Vielleicht war es nur sein ausgeprägter Stolz, der ihn in Schach hielt, doch er ließ sie tatsächlich für den Rest des Tages und die Nacht in Ruhe.

Sophie hatte keine Ahnung, dass er wach lag und an die Decke seines Zimmers starrte, während er gegen seinen heftigen Zorn und das Verlangen ankämpfte, zu ihr zu gehen. Es drängte ihn danach, ihr gehörig die Meinung zu sagen, aber hauptsächlich verlangte es ihn nach ihrer Nähe. Ebenso wie in der vergangenen Nacht wollte er sie in seine Arme nehmen und bis zum frühen Morgen lieben. Trotzdem blieb er in seinem Bett und warf sich wütend auf der Matratze hin und her. Er grübelte, fluchte mal laut und mal leise vor sich hin und beschimpfte sich selbst und Sophie. Im Morgengrauen stand er völlig ausgelaugt auf, um sich eine lange und eiskalte Dusche zu genehmigen.

Nach einem einsam eingenommenen Frühstück ging er schließlich hinüber in das Wohnzimmer und setzte sich an den Flügel, um noch einmal die neue Komposition von Fabian zu spielen, für die es bis jetzt noch keinen Text gab. Die Melodie war wundervoll. Sie verlangte geradezu nach den Worten, die er schon seit Stunden in seinem Herzen trug.

Es ging ganz leicht. Innerhalb von nur einer Stunde war der Text fertig.

„Das wird Fabian umhauen", sagte Constantin leise zu sich selbst. „Das wird jeden umhauen."

Ganz in seine Arbeit vertieft, spielte er die Melodie erneut, doch dieses Mal sang er auch den neuen Text dazu. Und weil er gerade in der richtigen Stimmung war, stimmte er anschließend einfach auch noch ein paar seiner alten Lieder an. Wie immer, so bot ihm die Musik auch dieses Mal eine Art Zuflucht.

Es war schon fast Mittag, als Sophie endlich einsah, dass sie ihrem Körper irgendwann Nahrung zukommen lassen musste, wenn sie weiterhin vernünftig funktionieren wollte. Schon auf der Treppe hörte sie Constantins volle dunkle Stimme und den Klang des Klaviers. Wie hypnotisiert blieb sie auf dem letzten Treppenabsatz stehen. Constantin sang einen alten Song. Einen, den sie sehr mochte – und es klang großartig. Es war etwas vollkommen anderes, ihn nur mit der Klavierbegleitung zu hören als von einer CD oder aus dem Radio. Seine Stimme schien sich unter ihre Haut zu mogeln und löste dort Vibrationen aus, die all ihre Nervenenden in Schwingung versetzten. Einige Male atmete sie tief durch, erst dann brachte sie es fertig, wieder einen Schritt nach dem anderen zu tun.

Im Eingangsbereich des Wohnzimmers blieb sie erneut stehen, hörte weiter zu und betrachtete ihn. Schließlich schien er zu spüren, dass er nicht mehr allein war, und wandte sich ihr zu.

„Das war eines meiner absoluten Lieblingslieder, Conny. Es war … toll."

Er lächelte verhalten. „Mir gefällt der Song auch. Er ist vollkommen zeitlos, nicht wahr?"

„Ja, das ist er. Man kann ihn immer wieder hören."

Sie erschrak ein wenig, als er plötzlich aufstand und den Deckel des Flügels geräuschvoll zuklappte. „Hat dich der Hunger zu mir heruntergetrieben, oder war es gar Sehnsucht?", fragte er ohne hörbare Regung in der Stimme.

„Ich ..."

„Sophie, wir müssen miteinander reden."

Sie hustete trocken. „Ja, das sollten wir wohl tun."

Zögernd bewegte er sich auf sie zu. „Lauf nicht gleich wieder weg, okay?"

Mit fest geschlossenen Augen schüttelte sie ihren Kopf. Auch sie hatte kaum geschlafen in der letzten Nacht. Ihre Sehnsucht nach seiner Nähe und nach seinen Zärtlichkeiten schmerzte fast körperlich, und das hatte auch Spuren in ihrer Seele hinterlassen.

Als er zu ihr kam und die Arme um sie legte, schien eine tonnenschwere Last von ihr abzufallen, und sie seufzte unwillkürlich tief auf. Er zog sie fester an sich und drückte seine Lippen auf ihren Haaransatz. Eine ganze Weile hielt er sie so, wiegte sie dabei leicht hin und her wie ein kleines Kind. „Ich habe mich wirklich schrecklich in dich verliebt, Sophie von Wenningen", flüsterte er.

„Oh Gott!", schniefte sie an seiner Brust. „Sag doch so was nicht!"

Er lachte leise, und sein Brustkorb bebte unter ihrer Wange. „Ist das denn so schlimm für dich? Bin ich tatsächlich so ein Ekel?" Um sie ansehen zu können, umfasste er nun ihre Schultern und hielt sie ein Stückchen von sich ab. „Ich weiß, ich habe mich in den ersten Tagen unserer Bekanntschaft nicht unbedingt von meiner allerbesten Seite gezeigt, aber das lag ..."

„Ach, das ist es doch nicht, Conny. Es liegt ganz allein nur an mir."

Seine Augen verengten sich, als er glaubte, zu verstehen.

„Du bist anderer Meinung, was uns betrifft, oder? Du willst das, was zwischen uns war, tatsächlich auf einen gottverdammt guten Fick reduzieren?"

Sie zuckte heftig zusammen. Seine Ausdrucksweise war roh, aber gleichzeitig konnte sie seinen müden Augen auch deutlich den Schlafmangel und die Erschöpfung ansehen. Eine riesige Welle des Mitgefühls und der Zärtlichkeit für ihn schwappte unvermittelt in ihr hoch. Liebevoll legte sie ihre Hände an seine dunklen unrasierten Wangen. Er sieht einfach zum Anbeißen sexy aus, dachte sie gequält.

„Zum Teil hast du recht, Conny. Ich will dich nicht lieben. Ich will schon gar nicht mit dir leben. Ich will nicht zu deiner Welt gehören, aber …" Sie stockte und räusperte sich.

Mit unbewegtem Gesicht drückte er sein Rückgrat durch und atmete geräuschvoll ein. Jedes Wort von ihr schien in seinem Inneren eine weitere schmerzende Wunde zurückzulassen. Der Griff seiner Hände um ihre Schultern verstärkte sich. „Aber?"

Der verletzte Ausdruck in seinen Augen ließ ihr Herz in tausend Stücke zerbrechen. „Ich passe einfach nicht in deine Welt, Constantin Afra, siehst du das denn nicht?"

Er überging einfach ihren letzten Satz. „Aber? Du hast vorhin ‚Aber' gesagt und deine eindrucksvolle Sentenz noch nicht wirklich vollendet. Jedenfalls nicht so, wie du es eigentlich vorgehabt hast." Sein flammender Blick durchbohrte sie förmlich.

„Ich …"

„Begehrst du mich?" Er schüttelte sie leicht. „Sophie, antworte mir! Begehrst du mich noch immer?"

„Ja", flüsterte sie. „Ja, sehr sogar."

„Aber du bist nicht verliebt. Ist es das?"

„Conny, bitte …"

„Ich habe dich etwas gefragt, und ich erwarte eine ehrliche Antwort. Das bist du mir schuldig – nach der langen und sehr einsamen Nacht. Bist du in mich verliebt?"

Sie senkte die Lider und nickte kaum merklich.

Constantin hob den Kopf und schloss vor Erleichterung ebenfalls kurz seine Augen. Dann sah er wieder auf ihren dunklen, leicht zerzausten Lockenkopf hinab. „Könntest du mich mal bitte ansehen, Schreiberling?“

Sie wusste schon jetzt, was er als Nächstes tun würde, und sie hatte ein wenig Angst davor. Trotzdem hob sie ihren Kopf und blickte ihm in die Augen. Wie sie es erwartet hatte, küsste er sie sofort. Er tat das mit einer solchen Zärtlichkeit, dass ihr die Tränen in die Augen traten.

„Dann solltest du wissen, dass ich mich nicht nur ein bisschen in dich verknallt habe, Sophie. Ich liebe dich“, gestand er leise. „Du bist wie ein unerwartetes Geschenk zu mir gekommen, und solange auch du mir zärtliche Gefühle entgegenbringst, werde ich dich nicht wieder hergeben.“

Schon bei seinen letzten Worten berührten seine Lippen ihren Hals. Sofort rieselten leichte elektrische Schläge durch ihren Körper. Lächelnd legte sie die Handflächen auf seine Brust und gebot ihm so Einhalt, bevor ihr Verlangen ihre Vernunft wieder außer Kraft setzen würde. Unter ihrer Hand spürte sie seinen kräftigen, aber etwas unregelmäßigen Herzschlag. „Wirst du mir eine Weile still zuhören, Conny?“

Ganz langsam ließ er die Hände über ihre nackten Arme hinabgleiten, und sein verlangender Blick ruhte in eindeutiger Absicht auf ihrem Mund. Er machte es ihr nicht leicht. „Klar, aber …“

„Jetzt, Conny! Nicht erst danach“, sagte sie leise, aber mit Nachdruck.

Es war kein einfaches Ansinnen, einen Mann in Schach zu halten, der gerade eindeutig von dem Drang beherrscht wurde, die Frau in seinen Armen in jeder Hinsicht besitzen zu wollen. Dazu kam noch, dass Constantin Afra es gewohnt war, dass man seinen Wünschen und Anweisungen folgte. Die Festigkeit in ihrer Stimme wies ihn deshalb deutlich und klar in die Schranken.

Sein Seufzen klang etwas gequält, aber er lächelte leicht und zog sich etwas von ihr zurück. „Okay, rede!"

„Vielleicht sollten wir nun doch etwas essen."

„Willst du mich veralbern, Wuschelkopf?"

Sophie bedachte ihn mit einem milden Lächeln. „Nein, sicherlich nicht. Ich dachte nur, wenn wir uns ordentlich beim Essen gegenübersitzen, mit einem Tisch zwischen uns, fällt es dir und auch mir wahrscheinlich deutlich leichter, ein vernünftiges Gespräch zu führen. Das heißt, wenn du dieses Mal auf deiner Seite des Tisches bleibst. Außerdem habe ich heute noch nicht einmal gefrühstückt, Conny."

Sein Grinsen war breit und siegesgewiss. „In Ordnung. Lass uns essen. Du brauchst Energie, denn ich verspreche dir, ich werde dich nachher so lange lieben, bis du um Gnade bettelst."

Natürlich brachten sie beide kaum etwas herunter, doch er hörte ihr ruhig, ja fast gelassen zu. Ähnlich wie in ihrem Gespräch mit Helen versuchte sie nun Constantin klarzumachen, warum sie für sich und ihn keine gemeinsame Zukunft sehen konnte.

„Wir haben uns doch gerade erst kennengelernt, Conny! Da sollte es doch wohl kein Problem sein, die ganze Sache mit ein wenig Vernunft und gesundem Menschenverstand gleich wieder zu beenden, bevor es für uns beide zu kompliziert wird", setzte sie abschließend noch hinzu.

Sein Gesichtsausdruck verhärtete sich deutlich. „Vernunft und gesunder Menschenverstand?"

„Ja!" Der eisige Röntgenblick, mit dem er sie jetzt fixierte, brachte sie aus dem Konzept, deshalb versuchte sie ihm auszuweichen. „Wir ... es ... ist doch kaum etwas zwischen uns geschehen. Okay, wir ... waren zusammen im Bett ... gut."

„Hörst du dir eigentlich selber zu?", fragte er in so scharfem Ton, dass sie heftig zusammenzuckte.

Constantin erhob sich, starrte sie eine Weile sichtlich aufgebracht an und wandte ihr schließlich den Rücken zu. Mit gestreckten Armen stützte er sich auf der Arbeitsplatte der Küchenschränke ab und senkte den Kopf. Dann drehte er sich abrupt wieder zu ihr herum und traf ihr ohnehin schon wundes Herz mit seinem anklagenden Blick.

„Es ist mir verflucht egal, ob du hier leben willst oder woanders, Sophie! Wir werden gemeinsam eine Lösung finden. Es ist mir ebenfalls egal, ob du weiterhin für dein Magazin oder irgendeine Zeitung schreibst. Auch ich habe eine Arbeit, die mir wichtig ist. Ich weiß nicht, was du alles über mich gehört hast oder welches Bild ich Vollidiot dir zu Beginn unserer Zusammenarbeit selbst vermittelt habe, aber … Glaubst du wirklich, dass ich so weltfremd bin?“

„Nein, aber ich …“

„Unterbrich mich jetzt nicht, ich hab dich auch ausreden lassen! Es ist nur recht und billig, dass du dir nun auch meine Argumente anhörst.“ Er holte tief Luft, bevor er weitersprach. „Stell dir vor, es ist mir sogar egal, ob du mein Geld und die Art, wie ich hier lebe, verabscheust! Darüber können wir uns später auch noch Gedanken machen. Was mir allerdings ganz und gar nicht einerlei ist, bist du! Begreif das besser gleich! Die Möglichkeit, du könntest wieder aus meinem Leben verschwinden, ziehe ich erst gar nicht in Betracht. Ich will es nicht, kann es nicht akzeptieren und werde es auch nicht zulassen. Ich will dich! Ich will dich in meinem Leben und an meiner Seite! Und ich bin mir absolut sicher, dass sich daran nichts mehr ändern wird.“

Er machte eine kleine Pause und schnaubte, als er ihren zweifelnden Gesichtsausdruck registrierte. „Bevor du fragst, Schreiberling, ja, ich bin mir sicher. Vom ersten Augenblick an ahnte ich, dass du der Mensch sein könntest, auf den ich gewartet habe, und inzwischen bin ich überzeugt davon. Dabei war mir gar nicht bewusst, dass ich überhaupt noch auf jemanden warte. Wie soll ich dir das nur klarmachen? Für mich war es fast wie ein Wiedererkennen, ein Wo-bist-du-nur-so-lange-gewesen-Moment. Ob du nun für ein Magazin schreibst, dauernd Jeans und Turnschuhe trägst oder mit deinem lächerlichen Snobismus und deinen törichten intellektuell geprägten Vorurteilen auf solche stinkreichen Musikertypen wie mich herabsiehst, auch egal! Es ändert doch nichts an den starken Gefühlen, die wir füreinander empfinden."

Fassungslos erwiderte sie seinen zornigen Blick. „Du hast mich gar nicht verstanden, Constantin. Nicht ein einziges Wort von mir hast du wirklich verstanden", flüsterte sie müde. „Du denkst, du wirst das schon alles hinbiegen. Du glaubst einfach immer, du bist der Größte. Wie solltest du auch anders empfinden? Jede Frau, die dir über den Weg läuft und der du nur ein kleines bisschen entgegenkommst, würde sich dir ja auch nur allzu gern zu Füßen werfen. Du hast es mir doch selbst erzählt. Der grandiose, gut aussehende und berühmte Constantin Afra!"

Sie lachte bitter auf. „Du hast es vermutlich niemals erfahren, dass man dich zurückweist, deshalb konntest du auch nicht lernen, vernünftig damit umzugehen. Wahrscheinlich hältst du meine Tiraden in Wirklichkeit sogar für die reinste Form der weiblichen Berechnung." Sophie schüttelte den Kopf und stand nun ebenfalls auf. „Aber so ist es nicht, Constantin! Nein, so bin ich nicht."

Langsam kam er um den Tisch herum zu ihr, blieb einen halben Meter vor ihr stehen und sah ihr offen ins Gesicht. „Entschuldige, aber du bist es, die nicht verstehen will. Du hörst mir nicht richtig zu, und du beleidigst so ganz nebenbei auch noch meine Intelligenz und Menschenkenntnis. Gerade weil du eben nicht so bist wie alle anderen Frauen, habe ich mich in dich verliebt, Sophie von Wenningen. Gib mir … gib uns und unseren Gefühlen doch eine echte Chance. Versuche es wenigstens! Wirf uns nicht gleich wieder weg. Tu das nicht! Ich brauche dich so sehr!"

„Oh Conny, bitte!"

Der letzte Satz von ihm war wirkungsvoller als das ganze umfassende Liebesgeständnis zuvor. Exakt peilte er damit einen bestimmten Punkt in ihrem Herzen an und setzte gnadenlos den entscheidenden Treffer. Jeder Widerstand in ihr schmolz dahin, und nun gestand sie sich auch endlich ein, dass ihr gar keine Wahl blieb.

Sie hätte vorher wissen müssen, dass es ihr letztlich unmöglich sein würde, ihm dauerhaft zu widerstehen. Dies zu erkennen machte ihr zu schaffen, denn sie wollte sich nun einmal tatsächlich nicht mit irgendwelchen anderen Frauen auf eine Stufe stellen lassen. Sie war immer die kaltschnäuzige, leicht chaotische und manchmal etwas freche Sophie gewesen. Es hatte ihr nur ganz selten etwas ausgemacht, ohne eine Beziehung zu leben – und nun stellte dieser Mann ihr Leben total auf den Kopf und hob es aus den Angeln.

Constantin kam ein Stück näher und umfasste sanft ihre Oberarme. Langsam zog er sie noch ein wenig näher. Sie wunderte sich fast darüber, dass er noch immer keine Anstalten machte, sie zu küssen, denn damit hätte er wohl endgültig gewonnen. Es war fast so, als hätte er sich vorgenommen, ihr noch eine letzte, annähernd faire Chance zu lassen. Sophie sah zu ihm auf und betrachtete nun ruhig sein anziehendes Gesicht.

Mit unverändert angespannter Miene und ohne auch nur noch ein Wort zu sagen, ließ er sie gewähren und wartete.

Ja, sie fand ihn unbeschreiblich attraktiv. Ohne Umschweife würde sie ihn jederzeit als wirklich schönen Menschen bezeichnen. Wahrscheinlich war er sogar der ansehnlichste Kerl, dem sie jemals leibhaftig gegenübergestanden hatte. Aber Sophie war nie ein Mensch gewesen, für den Schönheit bei einer anderen Person, ob nun Mann oder Frau, von Belang gewesen wäre. Ihr wurde blitzartig klar, dass die starke Anziehungskraft, die er auf sie ausübte, tiefere Gründe haben musste.

Ihr Blick tauchte in die unendliche Tiefe seiner Augen. Irgendetwas gab es hinter diesen ungewöhnlichen Augen, weit dahinter, das sie faszinierte und umfassend für ihn einnahm. Der Mensch Constantin Afra, so kompliziert er auch sein mochte, zog sie magisch und unwiderstehlich an. Seine Attraktivität war angenehmes Beiwerk, mehr nicht. In diesem Augenblick erkannte Sophie, dass sie in den vergangenen zwei Tagen vor allem den eigenen Gefühlen misstraut hatte. Helen hatte es ihr im Grunde schon auf den Kopf zugesagt.

Sie hatte Angst davor gehabt, dass auch sie nur von dieser makellosen Hülle angezogen und geblendet wurde. Mit einem leisen Anflug von Erleichterung erfasste sie jetzt, dass diese Furcht unbegründet gewesen war. An ihren anderen Bedenken änderte das natürlich nichts, aber die Erkenntnis über die Tiefe und Echtheit ihrer Gefühle überwog deutlich alles andere.

Constantin war sicherlich ein äußerst widersprüchlicher und schwieriger Mensch, aber er vereinigte in sich auch eine große Anzahl von Eigenschaften, die sie nur bewundern konnte. Dazu konnte er nicht nur äußerst charmant sein, sondern er war auch durchaus in der Lage, seine Gefühle in Worte zu fassen. Schon allein das unterschied ihn nachhaltig von allen anderen Männern, denen Sophie bisher begegnet war.

Langsam hob sie eine Hand und legte sie sachte auf seine Wange. „Auch ich habe mich ganz furchtbar verliebt, Constantin. Du hast recht. Ich sollte unserer Liebe eine Chance geben."

Lachend warf er den Kopf zurück und hob sie hoch, wirbelte sie einige Male im Kreis herum und stellte sie schließlich atemlos zurück auf die Füße. Dann endlich küsste er sie.

Drei volle Tage lang ließen sie sich einfach treiben.

Constantin schickte sogar die überraschte Maria für eine Woche in den Urlaub, denn er wollte vollkommen ungestört mit Sophie allein sein können. Der direkte Körperkontakt brach in dieser Zeit nur sehr selten ganz ab. Sophie begriff schnell, dass Constantin Afra sowohl sanft, geduldig und zärtlich als auch ausgesprochen leidenschaftlich, manchmal sogar fast rau lieben konnte. Sie genoss jede Facette ihres Zusammenseins rückhaltlos. Die körperliche Liebe mit ihm erschien ihr wie ein Geschenk des Himmels.

Sie kochten gemeinsam, wenn sie Hunger hatten, aßen oft von einem Teller und führten endlose Gespräche, bis das Verlangen und die Leidenschaft zwischen ihnen wieder einmal die Oberhand gewann. In stiller Übereinkunft klammerten sie die Problematik, die Sophie so sehr zu schaffen machte, aus. Der Alltag würde sie ohnehin irgendwann wieder einholen.

Sie schliefen wenig und legten sogar ihre Arbeit auf Eis, weil sie beide das Gefühl quälte, die kostbare Zeit würde ihnen sonst davonlaufen. Aber auch darüber sprachen sie nicht.

Sophie blendete ihre Ängste und Bedenken bewusst aus und konzentrierte sich nur noch auf ihre Liebe, die stetig zu wachsen schien, je mehr Zeit sie mit Constantin verbrachte. Bald dachte sie kaum noch darüber nach, wer der Mann war, in den sie sich so Hals über Kopf verliebt hatte. Oft lagen sie stundenlang vor dem Kamin im Wohnzimmer, liebten sich und redeten bis tief in die Nacht hinein.

Nun war er es, der sie über ihr Leben ausfragte. Aufmerksam, fast begierig hörte er zu, als sie von sich, ihrer Familie und ihrem Job erzählte.

„Deine Mutter lebt also schon seit fünfzehn Jahren mit deinem Chef zusammen?"

„Ja."

„Und das macht euch keine Probleme?"

„Nein, warum sollte es? Weißt du, ich bin eigentlich nicht der typische Freundinnentyp. Okay, inzwischen bin ich mit Helen sehr befreundet. Wir haben uns einfach von Anfang an gut verstanden, ohne viele Worte machen zu müssen, aber bisher war es bei mir eigentlich anders. Natürlich hatte ich Freundinnen während der Schulzeit, aber es ging nie wirklich in die Tiefe. Du weißt, was ich meine, oder?" Sie wartete sein Nicken ab. „Hannes hingegen ist wirklich ein Freund für mich", fuhr sie fort. „Er war auch der Grund, warum ich Journalismus studiert habe. Meine Bewunderung für ihn kam immer aus tiefstem Herzen. Er ist klug, unglaublich großherzig, und er ist stets für mich da, wenn ich ihn brauche."

„Und dein Vater?“

„Er hat uns verlassen, als ich noch ganz klein war. Eigentlich kann ich mich kaum noch an ihn erinnern. Nur …“

„Nur?“

„Nur an seinen Geruch. Komisch, nicht? Ich weiß noch ganz genau, wie gut er gerochen hat. Ich glaube, ich habe ihn sehr geliebt.“

Selbstvergessen ließ Constantin seine Fingerspitzen sanft über ihren nackten Bauch tanzen, während er ihr zuhörte. „Wonach hat er denn gerochen?“

„Ich weiß es nicht. Eigentlich kann ich es nicht an einem bestimmten Duft festmachen. Es war einfach sein ganz persönlicher Geruch. Aber ich kann mich noch sehr gut daran erinnern, wie wohl und geborgen ich mich fühlte, wenn ich meine Nase an seinem Hemd gerieben habe.“

„Hast du Fotos von ihm?“

„Natürlich! Irgendwann werde ich sie dir zeigen. Er war nicht sehr groß, aber ein recht gut aussehender Mann.“

„War?“

„Einige Monate nach der Scheidung ist er gestorben. Er hatte ein schwaches Herz. Niemand hat das gewusst, auch er selber nicht.“

„Deine Mutter … was ist sie für eine Frau?“

„Vor allem eine sehr anstrengende.“ Sophie lachte. „Ich frage mich immer, wie Hannes es mit ihr aushält. Nein, im Ernst, sie ist äußerst temperamentvoll und immer für eine Überraschung gut. Ich könnte wohl heute nicht mehr einen einzigen Tag mit ihr in einem Haus leben, aber ich liebe sie sehr.“

„Warum haben sich deine Eltern getrennt, Sophie?“

Sie richtete sich auf und sah ihn an. Ihr Blick drückte plötzlich eine tiefe Erschütterung aus. „Diese Frage kann ich dir nicht beantworten. Ich weiß es einfach nicht. Verdammt, ich habe meine Mutter tatsächlich niemals danach gefragt.“

Sein Streicheln wurde noch eine Spur intensiver. „Hm,

glaubst du, die Trennung deiner Eltern hat irgendeine Wirkung auf deine eigene Beziehungsfähigkeit, Wuschelkopf?"

Tatsächlich huschte jetzt ein Lächeln über ihr Gesicht. „Nein, sicherlich nicht."

„Gab es schon feste Bindungen in deinem Leben?"

„Ich habe bisher immer allein gelebt, aber ich war natürlich schon ein paarmal verliebt. Willst du Details, Conny?"

„Bitte nicht. Es liegt mir fern, dich zu Vergleichen zu animieren, die mir dann vielleicht nicht gut bekommen würden."

„Na gut, dann konzentriere dich doch jetzt bitte ein bisschen mehr auf das, was du da gerade mit meinem Bauchnabel anstellst, ja?"

Den Nachmittag des dritten Tages ihres ungestörten Zusammenseins verbrachten sie zusammen am Pool. Sophie war fasziniert von dem herrlich gestalteten Glasanbau, der direkt an den Wohnbereich von Kellan Manor grenzte. Constantin erklärte ihr, dass die Scheiben aus einem Spezialglas gefertigt waren, das von außen keinen Einblick gewährte. Von innen jedoch konnte man ungehindert den Blick in den Garten und die umliegende Landschaft genießen.

Wohlig ausgestreckt lag sie auf dem weichen schneeweißen Polster einer Teakholzliege und beobachtete unter halb gesenkten Lidern, wie Constantin splitternackt aus dem Wasser stieg. Auch sie war unter dem breiten Badetuch, das sie sich zuvor um ihren Körper gewickelt hatte, nackt. Er lächelte ihr liebevoll zu und griff nach seinem Handtuch, um sich trocken zu reiben, dann beugte er sich über sie und gab ihr einen Kuss auf die Nasenspitze. Sie prustete, als sich aus seinem Haar ein paar Tropfen lösten und ihr über das Gesicht liefen.

„Hast du vielleicht Lust, mein Studio zu sehen?", fragte er unvermittelt.

„Oh ja, sehr gerne!" Sofort sprang sie hoch, und er lachte über ihre Begeisterung. Constantin hatte ihr bisher nur sehr wenig vom Rest dieses riesigen Anwesens gezeigt. Erst jetzt ging ihr auf, dass sie noch nicht einmal in seinem persönlichen Schlafzimmer gewesen war, denn er verbrachte jede Nacht in ihrem Zimmer.

„Na dann zieh dir mal was über." Hinter ihrer Liege hing ein himmelblauer Bademantel, und den reichte er ihr. Er selbst schlüpfte in Shorts und zog sich ein schwarzes T-Shirt über. Der Bademantel gehörte offenbar Constantin, denn sie versank fast darin. Mithilfe des Bindegürtels raffte sie den überlangen Stoff vom Boden hoch und zurrte ihn über ihrer Taille fest, damit sie nicht über den Saum stolperte. Constantin amüsierte sich sichtlich über ihren Anblick.

„Du bist ein Zwerg, Sophie."

„Halt den Mund." Aber auch sie lachte. An den Aufschlägen des Mantels zog er sie zu sich hoch und drückte ihr einen feuchten Kuss auf die Lippen. „Du bist ein ziemlich süßer Zwerg", flüsterte er.

„Zeigst du mir jetzt dein Studio oder nicht?"

„Wie wäre es vorher mit einer schnellen Runde heißem Sex, Liebste?"

„Kommt nicht infrage. Jetzt hast du mich neugierig gemacht. Ich will zuerst das Studio sehen."

Soweit Sophie es beurteilen konnte, bot das Tonstudio tatsächlich alle technischen Raffinessen.

„Meine Güte, wer bedient denn das alles?"

„Dirk und Fabian können beide recht gut mit diesen ganzen Reglern umgehen. So können wir Kleinigkeiten hier selbst abmischen, das ist ein großer Vorteil. Sobald es allerdings ans Eingemachte geht und wir alle zusammen auf der anderen Seite der Scheibe stehen müssen, kommt ein Toningenieur mit seinen beiden Assistenten hierher. Wir arbeiten schon seit Jahren mit ihm und seinem Team zusammen", erklärte Constantin.

Direkt neben dem Studio gab es einen großen Übungsraum, in dem die Wände mit den unter Musikern so heiß begehrten Tonträgern aus Gold und Platin geradezu gepflastert waren.

An der einzigen freien Wand stand ein geräumiger schwarzer Schrank mit Glastüren, hinter denen man die vielen Musikpreise erkennen konnte, die Constantin im Laufe der Jahre verliehen worden waren. Ihr gefiel die Vorstellung, dass er sich augenscheinlich nicht in seinen persönlichen Räumen mit diesen Auszeichnungen umgab, sondern sie hier aufbewahrte, wo sie kaum jemand zu Gesicht bekam.

Constantin sah mit einem sanften Lächeln auf den Lippen zu, wie sie mit großen Augen zunächst seine Preise in Augenschein nahm und schließlich auch die Ansammlung verschiedenster Musikinstrumente betrachtete, die hier überall im Raum verteilt waren.

„Wie viele von diesen Instrumenten kannst du spielen?", wollte sie wissen.

Er zögerte einen Moment. „Gitarre. Klavier und Keyboard natürlich ... und manchmal tobe ich mich auch dort hinten am Schlagzeug aus." Er lachte dunkel auf. „Fabian gefällt das allerdings überhaupt nicht."

„Gitarre ... hmm, früher, als Teenager, hatte ich mal ein echtes Faible für die Jungs, die Gitarre spielen konnten."

„Ach ja? Gut zu wissen." Mit einem breiten Grinsen griff er nach einer schwarzen glänzenden Gitarre, die auf einem Metallständer hinter ihm gestanden hatte. „Setz dich, Sophie. Mal gucken, ob es die gewünschte Wirkung hat, wenn ich ein bisschen an den Saiten zupfe."

Sie tat ihm den Gefallen. Da es hier keinerlei Sitzmöbel gab, ließ sie sich lächelnd auf dem blank polierten Holzboden nieder. Constantin setzte sich ihr gegenüber in den Schneidersitz und legte sich die Gitarre zurecht.

„Ich werde dir jetzt meinen neuen Song vorstellen. Ich habe den Text erst vor drei Tagen fertiggestellt, und du bist die erste Person auf der Welt, die ihn hören wird."

„Oh." Automatisch hielt sie die Luft an. Obwohl sie erst vor wenigen Minuten seine verschiedenen Auszeichnungen bewundert hatte, wurde ihr eigenartigerweise erst in dieser Sekunde wieder richtig bewusst, mit wem sie es hier zu tun hatte.

„Keine Panik, so schlimm wird es nicht werden. Bevor ich es vergesse, muss ich noch hinzufügen, dass du ohnehin die Person bist, die diesen Song vor allen anderen hören sollte."

Sophie musste sich ein wenig dazu zwingen, sein Lachen zu erwidern, und schaute auf seine Hände, als er zu spielen anfing. Die Melodie war wunderschön, und als seine Stimme erklang, wurde ihr augenblicklich warm ums Herz. Es war eindeutig ein Liebeslied, und der Text ging ihr sofort unter die Haut. Nicht erst beim Refrain wurde ihr klar, dass er diese gefühlvolle Ballade eindeutig für sie geschrieben hatte. Erstaunt hob sie den Kopf, und ihre Blicke trafen sich. Unbeirrt sang Constantin weiter, während er sie unverwandt ansah. Nachdem der letzte Ton verklungen war, seufzte sie tief auf und kämpfte mit den Tränen.

„Und? Gefällt es dir?", erkundigte er sich vorsichtig.

„Es ist … unglaublich schön. Mein Gott, Conny, was soll ich nur dazu sagen?"

„Es ist dein Lied."

„Ja." Sophie schluckte. Das Atmen fiel ihr schwer.

„Ursprünglich wollte ich einen anderen Song aus dem neuen Album auskoppeln, aber ich habe mich inzwischen anders entschieden. Ich denke, Fabian wird mir zustimmen."

„Auskoppeln? Das heißt, du willst dieses Lied als Single auf den Markt bringen?", fragte sie mit hörbar heiserer Stimme.

„Natürlich. Es ist verdammt gut, eine potenzielle Nummer eins, glaub mir. Seit Jahren war ich mit einer Arbeit nicht mehr so zufrieden."

„Conny, ich …"

„Ich weiß, Baby, dein Name kommt darin vor, aber …"

„Wie wird es heißen?"

„Natürlich so, wie es aus dem Refrain hervorgeht: Sophie's Melody." Seine Stimme war ganz ruhig, und Sophies Herz raste. Es war nur ein kleines Lied, aber sie fühlte sich, als hätte er ihr gerade die ganze Welt zu Füßen gelegt.

„Tust du …" Sie räusperte sich. In ihrer Kehle steckte noch immer ein dicker Kloß. „Tust du so was öfter? Ich meine, so mal eben nebenbei schöne Lieder für jemanden zu schreiben, wenn es dir gerade in den Kopf kommt?"

Mit ernstem Gesichtsausdruck schüttelte er den Kopf. Wenn er ihr in diesem Augenblick nicht genau angesehen hätte, wie tief berührt sie in Wahrheit war, wäre er wohl als Mensch und auch als Künstler beleidigt gewesen. „Es mag komisch klingen, aber ich habe es noch niemals zuvor getan. Meine Texte bedeuteten stets reine Arbeit und waren allein auf die Melodien ausgerichtet. Die Worte passten sich immer der Musik an und nicht umgekehrt. In diesem Falle wird Fabian Abstriche machen müssen, denn die Grundmelodie ist von ihm. Ich habe einige Veränderungen vorgenommen, aber das wird ihn nicht weiter stören, das weiß ich."

Constantin erhob sich, stellte die Gitarre beiseite und reichte ihr seine Hand, um auch sie vom Boden hochzuziehen. „Komm! Heute Nacht wirst du in meinem Bett schlafen."

Er zog sie hinter sich her, die Treppe nach oben. „Hast du Hunger?", fragte er fast mechanisch.

„Nein."

„Gut."

Vor seinem Schlafzimmer angekommen, schien er kurz zu zögern, doch dann öffnete er die Tür und ließ sie eintreten.

„Wow!"

„Es gefällt dir also?"

„Du hast wirklich ein Händchen für so was. Alle Achtung!" Wie vorhin im Studio blickte sie sich nun auch hier ohne Scheu um. Der Raum war vom Grundriss her eine exakte Kopie ihres Zimmers, nur spiegelverkehrt. Auch sein Bett stand auf einem zweistufigen Podest. Allerdings war dieser Raum mit schlichten, hochmodernen Möbeln eingerichtet worden.

Die Farben, die vorherrschten, waren Schwarz, Weiß und ein dunkles, sattes Rot. Kraftvoll, gegensätzlich und ausgesprochen sinnlich – das waren die Attribute, die ihr sofort in den

Sinn kamen, als sie sich langsam im Kreis drehte. Trotz der kräftigen Farben wirkte der Raum nicht etwa aufdringlich, sondern verbreitete ein warmes, asiatisch anmutendes Flair. Die Stoffe waren glatt, teilweise glänzend und erzielten in ihrer Zusammensetzung mit den Skulpturen und plakativen Gemälden dennoch eine auffallend maskuline Atmosphäre. Große Seidenkissen auf dem Bett milderten die fast strenge Form der lackschwarzen Möbel gezielt ab. Die langen Vorhänge waren ebenfalls aus schwerer weißer Seide, deren dunkelrotes Muster exakt der Farbe des watteweichen Teppichs entsprach.

„Das ist ein außerordentliches Zimmer", brachte Sophie schließlich hervor.

„Zieh endlich diesen albernen Bademantel aus." Seine Stimme vibrierte und klang ungewohnt belegt.

Sophies staunende Augen glänzten wie schmelzende Schokolade. Ihre halb geöffneten Lippen und nicht zuletzt die Gewissheit, dass sie noch immer vollkommen nackt unter seinem Bademantel war, hatten in kürzester Zeit sein Begehren an die Grenze des Erträglichen getrieben.

Schon vom ersten Moment an hatte er sich gewünscht, sie in diesem Raum lieben zu können, hier in seinem Bett. Bisher war er dennoch davor zurückgeschreckt. Dieses Zimmer war sein Kokon, bedeutete Frieden und Abgeschiedenheit für ihn. Der Raum entsprach seinem Wesen. Hier drückten sich Nachgiebigkeit, Härte, Zärtlichkeit, Zerrissenheit und sogar ein Anflug von Macht gleichermaßen aus. Hierher kam außer ihm und seiner Haushälterin niemand. Jeder Mensch in seiner Umgebung respektierte das. Bisher hatte er immer allein in diesem Bett gelegen.

Constantin zog hastig das T-Shirt und seine Shorts aus. Sophie starrte ihn überwältigt an. Jeder Muskel seines Körpers schien angespannt zu sein. Er war maßlos erregt, und sie dachte unwillkürlich an einen Panther kurz vor dem Sprung, der für sein Opfer den sicheren Tod bedeuten würde.

„Conny?"

„Mach schon! Zieh den Mantel aus!“

Wieder einmal schaffte er es, sie ohne große Anstrengung in seinen Bann zu ziehen. Fasziniert erwiderte sie seinen brennenden Blick. Der Bademantel glitt langsam über ihre Schultern, bis er auf dem Boden lag. Constantin atmete geräuschvoll ein und bewegte sich langsam auf sie zu. „Zum Bett!“, befahl er, doch dann wurde sein Ton weicher. „Leg dich einfach hin … bitte!“

Während sie rückwärts die Stufen zu seinem Bett hinter sich brachte und sich auf der kühlen Seide des schwarzen Überwurfs niederließ, war sie selbst bereits so sehr aufgewühlt, dass sie vor heißer Erwartung zu zittern begann. Sie hatte angenommen, er werde sich nun regelrecht auf sie stürzen, aber er tat es nicht.

Direkt neben dem Bett, auf der obersten Stufe des Podests, blieb er stehen. Sein hungriger Blick schraubte sich zunächst in ihre Augen und verharrte dann eine Weile auf ihrem Mund, bis sie sich vor Ungeduld auf die Unterlippe biss. Nur langsam löste er seine Augen von ihrem Gesicht und ließ den Blick langsam abwärts gleiten. Sophie atmete tief ein und bewegte instinktiv ihre Hüften, um die enorme Anspannung etwas zu lösen, die sich mehr und mehr in ihr aufbaute. Die Welt um sie herum verblasste, und bald konnte sie sich nur noch auf die eigenen Empfindungen konzentrieren. Der vertraute ziehende Schmerz breitete sich in ihrem Unterleib aus. Sie fühlte die Feuchtigkeit und das unwillkürliche Zittern ihrer Muskeln.

Constantin rührte sich nicht von der Stelle. Seine Hände schlossen sich zu Fäusten, als seine Augen auf ihren vollen Brüsten zur Ruhe kamen und er sah, dass sich unter seinem Blick ihre rosafarbenen Brustspitzen aufrichteten. Kaum hörbar stöhnte er auf, als er bemerkte, wie Sophie ein Bein anzog und die Fingerspitzen in die schwere Seidendecke grub, auf der sie lag.

„Conny!“, seufzte sie bittend auf. Sie hob die Hand, um ihn

zu berühren und ihn zu sich auf das Bett zu ziehen, aber er schüttelte so ungestüm seinen Kopf, dass sie sie gleich wieder sinken ließ.

„Noch nicht."

Langsam wanderte sein Blick weiter abwärts. Sein Atem ging stoßweise, und sein Gesicht und seine Brust glänzten.

Sophie wand sich inzwischen regelrecht unter seinen Blicken, und sie musste sich zwingen, sich nicht selbst zu berühren, denn er tat es noch immer nicht. Ihr Herzschlag verfiel in einen immer schnelleren Galopp.

„Ich liebe dich", flüsterte er schließlich mit seiner vibrierenden dunklen Stimme. „Du bist wunderschön, Sophie."

In ihrem Körper braute sich ein wahres Höllenfeuer zusammen. „Wenn … du jetzt nicht … Ich werde gleich schreien, Conny. Hörst du? Ich verbrenne! Komm zu mir!"

Er lachte leise und dunkel auf, aber schon in der nächsten Sekunde wurde sie endlich von seinem Körper bedeckt. Mühelos drang er tief in sie ein, ohne dass sie zuvor wirklich eine Bewegung von ihm wahrgenommen hätte.

Seine Augen fixierten nun wieder ihren Blick. Aber er bewegte sich nicht in ihr. Gemeinsam lagen sie vollkommen still und regungslos da, während Constantin sie mit seinem Leib und seiner Seele gleichermaßen ausfüllte. Dennoch schien die ganze Welt mit einem Schlag in hellen Flammen zu stehen.

Sophie entglitt ein kurzer Schrei. Hitzewellen, Tausend Funken, Tausend Farben und Abertausend Empfindungen lösten sich tief aus dem Zentrum ihres Unterbewusstseins, brachen daraus hervor wie die glühende Lava aus dem Schlund eines Vulkans. All dies übertrug sich auf ihn und machte sie beide unendlich frei.

„Ich bin noch niemals zuvor körperlich geliebt worden, ohne berührt zu werden", sagte Sophie einige Zeit später lächelnd.

Auch Constantins Mundwinkel hoben sich. „Glaub mir, in diesem Fall war es die beste Lösung für uns beide. Ich hatte das

Gefühl, dir um Längen voraus zu sein." Er richtete sich etwas auf und stützte sich auf einem Ellenbogen ab. „Was ist los? Du machst ein ziemlich nachdenkliches Gesicht."

„Ich sollte langsam mal wieder arbeiten, Conny."

„Mhm … okay. Morgen?" Seine Hand lag warm auf ihrem Bauch.

„Das wäre gut."

Constantin zog die Hand fort und rieb sich kräftig über das Gesicht. „Wie weit bist du eigentlich? Hast du schon viel geschrieben?"

„Es geht so." Sie setzte sich auf, zog die Knie an und umfing sie mit ihren Armen. „Im Augenblick ist es eigentlich noch eine bloße Aneinanderreihung von den Informationen, die ich in den Interviews gesammelt habe. Die eigentliche Arbeit beginnt sowieso erst, wenn ich … wenn ich wieder zu Hause bin."

„Wie lange wirst du noch hierbleiben können?", erkundigte er sich mit fester Stimme.

„Ein paar Tage vielleicht noch." Sie hob den Blick und sah ihm ins Gesicht. „Sehr viel länger kann ich es einfach nicht mehr hinausschieben, Conny. Ich sollte auch mal wieder in der Redaktion nach dem Rechten schauen, ich …"

Constantin unterbrach sie, indem er ruckartig aufstand und in seine Shorts schlüpfte. „Gut, gut!" Sein Blick wanderte einige Augenblicke nervös und suchend durch das Zimmer. Auf einer kleinen Kommode neben der Balkontür lag eine offene Schachtel Zigaretten. Er griff danach. „Stört es dich?"

„Nein, mach nur." Sie beobachtete ihn und bemerkte, dass seine Hand leicht zitterte, als er die Zigarette anzündete und sie sich anschließend zwischen die Lippen steckte.

„Das ist bereits die fünfte Zigarette in dieser Woche. Du lässt mich haltlos werden, Frau von Wenningen." Er lachte leise und gewohnt dunkel in sich hinein, öffnete die Tür zum Balkon ein Stück und kam zurück zum Bett. „Wenn Tom das wüsste, würde er mich wahrscheinlich auf der Stelle kastrieren."

„Sprichst du von Jenkins?"

„Ja. Seiner Meinung nach sind diese Dinger das reinste Gift für meine Stimme."

„Diese Dinger, Conny, sind in jeder Hinsicht pures Gift."

Eine Weile schwiegen sie, sahen sich nur an. Constantin rauchte seine Zigarette auf und drückte sie schließlich in einem kleinen Aschenbecher aus, der auf seinem Nachtschrank stand.

„Wie geht es jetzt mit uns weiter, Sophie?" Seine Stimme klang leicht belegt. „Ich meine, was haben dir und mir die letzten paar gemeinsamen Tage gebracht? Wenn du dieses Haus verlässt, bist du dann auch wieder aus meinem Leben verschwunden?"

Sie schluckte. „Nein, Constantin, nein! Ich ... gehöre zu dir."

Vor Erleichterung schloss er kurz seine Augen und nickte. „Es hat sich nichts geändert, Baby. Ich bin immer noch ich – und du bist immer noch du. Du bist dir hoffentlich darüber im Klaren, dass da einiges auf uns zukommen wird?"

„Natürlich."

„Glaub mir, ich liebe dich wahnsinnig und werde alles tun, damit es dir gut geht."

„Das weiß ich doch. Ich liebe dich auch."

Er zog sie an sich und vergrub die Finger in ihren kurzen Locken. „Es wird nicht leicht werden. Die Meute wird ... Ich habe viel nachgedacht in den vergangenen Tagen. Du hattest wahrscheinlich mit allem recht." Sanft hob er ihr Kinn leicht an, damit sie ihn ansah. „Du wirst vielleicht sogar dein Leben für mich ändern müssen, Wuschelkopf."

„Du Mistkerl wolltest eine Chance und hast mich eingefangen, Afra."

Er grinste breit. „Ich weiß."

„Sieh ja zu, dass du mich weiterhin so glücklich machst."

„Versprochen." Er drückte die Lippen auf ihre Stirn.

„Sag mal, wie wollen wir eigentlich vorgehen?", fragte sie.

„Als du gestern Abend mal ausnahmsweise allein geduscht hast, habe ich Tom angerufen und ihn ein wenig vorbereitet.

Das heißt im Klartext, ich habe ihm gesagt, was mit uns beiden passiert ist."

„Oh, danke für dein Vertrauen."

„Tut mir leid, ich wollte ganz einfach abwarten, was du dazu zu sagen hast, nachdem du … nun ja, mir nun endgültig und für alle Zeiten verfallen bist."

„Du bist unmöglich."

„Stimmt. Gewöhn dich besser gleich daran." Er lachte und küsste sie leidenschaftlich, bis sie ihm Einhalt gebot.

„Du wirst mich ein bisschen vorbereiten müssen, Conny. Ich bin das alles nicht gewohnt. Allerdings werde nicht nur ich mein Leben ändern müssen, da hast du einen Denkfehler gemacht. Ich werde nicht allein diesen dicken Brocken schlucken, mein Schatz."

„Wie meinst du das?"

„Nun, ich habe natürlich vor, weiterhin für das Magazin zu arbeiten. Ich werde mich überdies sicherlich nicht für alle Zeiten in deinem goldenen Käfig einsperren lassen, auch wenn er noch so schön ist. Ich brauche meine Arbeit … und ich brauche ein gewisses Maß an Normalität. Ich will mit dir zusammen … ins Kino gehen können, ins Restaurant, oder … ach, was weiß ich."

Sein Lächeln wirkte fast spöttisch. „Das ist fern jeglicher Realität."

„Du glaubst, ich wäre naiv? Du denkst, dass das nie funktionieren kann, nicht wahr?"

Er grinste noch immer. „Na, man soll ja niemals nie sagen. Wir könnten zum Beispiel den Kontinent verlassen."

„Du solltest mich lieber ernst nehmen, mein Lieber."

„Zunächst stellt sich uns die Frage, ob wir einfach abwarten sollten, bis man uns zusammen erwischt, oder ob du besser gleich einem deiner lieben Kollegen einen heißen Tipp geben möchtest. Sozusagen aus erster Hand. Diese beiden Möglichkeiten stehen uns zurzeit zur Verfügung."

„Was meint Jenkins dazu?"

„Er ist der Auffassung, dass wir nicht warten sollten. Im Hinblick auf dein Buch werden die meisten Leute ohnehin glauben, dass unsere Liebe nur ein reiner Werbegag ist."

Sophies Lächeln war milde. „Jenkins ist durch und durch ein Geschäftsmann. Er weiß doch genau, dass diese unerwartete Entwicklung auch *den* Zweck hinreichend erfüllt."

Constantin stutzte. „Darüber habe ich noch gar nicht nachgedacht, aber es stimmt. Endlich weiß ich, warum du so scharf auf mich bist, Schreiberling."

5. KAPITEL

Am nächsten Morgen begannen sie tatsächlich wieder zu arbeiten.

In flüssigen Worten berichtete Constantin ihr nun von den Jahren nach Melanies Tod. Wie gewohnt nahm Sophie alles auf Band auf, machte sich aber auch hin und wieder einige Notizen. Schließlich, nach zwei Stunden, endete sein Bericht.

„Gibt es noch etwas, was du wissen willst?", fragte er schmunzelnd. Ihr offensichtliches Zögern ließ ihn sofort aufhorchen. „Sophie?"

„Es gibt da … ein Foto von Melanies Beisetzung, das mich sehr berührt hat, Conny."

„Und?" Sein Blick war nun wieder ernst.

„Du hast sehr traurig ausgesehen. Ich meine, sehr, sehr traurig."

„Ich habe ja auch getrauert – und ich war wütend. Melanie war bildschön und noch viel zu jung, um zu sterben. Ich hielt ihren Tod für die reinste Form der Verschwendung. Außerdem – wir alle trauerten zu der Zeit auch um Leonard, nicht nur um Melanie."

Sophie nickte. „Natürlich." Sie gab auf. Wirklich zufrieden war sie mit seiner Antwort nicht. Warum das so war, wusste sie eigentlich selbst nicht. Seit dem Tag, als sie das Foto zum ersten Mal gesehen hatte, ging es ihr nicht mehr aus dem Kopf. Constantins gesamte Erscheinung hatte viel zu deutlich tiefsten seelischen Schmerz ausgedrückt.

„Erzähle mir von Leonard."

„Aus welchem Grund? Er ist für dein Buch doch eigentlich nicht von Belang."

„Leonard Kampmann interessiert mich einfach, Constantin."

Eine Weile sah er ihr ins Gesicht, dann kräuselte er leicht die Lippen und nickte. „Leo war einer von diesen ganz besonderen

Menschen. Gefühlvoll, absolut ehrlich, verlässlich, loyal – und natürlich sehr verletzlich."

„Du willst sagen, er war ein guter Mensch?"

„Ja, er war sogar unglaublich gut. In allem, was er tat, war er gut."

„Du hast ihn wirklich sehr gemocht, nicht wahr?"

„Gemocht? Hmm ... natürlich, er war einer meiner besten Freunde. Wir alle haben seine außergewöhnliche Begabung bewundert. Leo war im besten Sinne des Wortes ein Genie. Wäre er am Leben geblieben, dann ... Also, für die Welt der klassischen Musik stellt sein Tod einen riesigen Verlust dar, glaub mir." Constantin strich sich mit Daumen und Zeigefinger kurz über die geraden schwarzen Brauen. „Wir sind zusammen zur Schule gegangen. Wenn ich es recht überlege, war er es, der mich dazu gebracht hat, das Singen zu meinem Beruf zu machen."

„Ach tatsächlich?"

„Ja. Zugegeben, er hätte mich wohl lieber auf einer Opernbühne gesehen. Jedenfalls hat er eine ganze Weile versucht, mich dazu zu überreden."

„Oper? Du?"

Er grinste. „Traust du mir das etwas nicht zu?"

„Oh doch", beeilte sie sich zu sagen. „Natürlich. Deine Stimme ... ja ... Ich habe nur noch niemals darüber nachgedacht. Warum hast du dich dagegen entschieden? Magst du keine klassische Musik?"

„Damit hatte meine Entscheidung nichts zu tun. Bestimmte Opern liebe ich geradezu. Nein, ich war als junger Hüpfer ganz schön ehrgeizig. Ich dachte mir einfach, dass bei meiner Stimmlage die ganz große Karriere ausbleiben könnte – und die hatte ich mir nun einmal in den Kopf gesetzt. Die berühmtesten, wirklich großen Rollen in der Oper sind ja fast immer den Tenören vorbehalten."

„Mhm, stimmt. Du bist eindeutig kein Tenor." Sophie zog die Augenbrauen hoch. „Bariton, oder?"

„Hey! Bravo, Wuschelkopf!"

„Ganz blöd bin ich nicht, wenn es um Musik geht." Sie lachten sich an. Sophie gefiel es sehr, wie gelöst sie jetzt miteinander umgingen.

„Na ja, Leo hat es jedenfalls ganz gut verkraftet, dass die Opernbühnen dieser Welt auf mich verzichten mussten", schloss Constantin das Thema ab.

„Helen erwähnte mir gegenüber auch schon, dass ihr Bruder ein sehr sensibler Mensch gewesen ist."

Constantins Augen verdunkelten sich ein wenig. „Ja, darüber waren wir uns ausnahmslos einig. So oder so haben wir früher immer alle zusammen auf ihn aufgepasst. Du weißt schon, der berühmte Zusammenhalt, den es recht häufig in fest verankerten Jugendcliquen gibt. Helen hat es scherzhaft immer unser Musketier-Syndrom genannt. Aber dann, nach der Schule, klappte das nicht mehr so gut. Wir mussten uns alle früher oder später aus der Clique freistrampeln und erwachsen werden, auch Leo. Ich denke, er selbst spürte, wie wichtig es gerade für ihn war, endlich ohne uns alle zurechtzukommen und sich zu beweisen. Sicherlich war das der Hauptgrund für ihn, die Band zu verlassen und nach Paris zu gehen."

„Hat es eigentlich niemals einen Zweifel daran gegeben, dass er die Waffe abgefeuert hat?"

Auf Constantins Stirn zeigten sich die beiden senkrechten Falten, und sein Blick verschleierte sich auf die ihr schon so vertraute Art.

„Nein."

„Helen bezweifelt, dass er überhaupt dazu fähig war, Conny."

„Ich weiß. In gewisser Weise haben wir alle zunächst gezweifelt. Dennoch steht es außer Frage, dass er es getan hat. Die Ermittlungen der Polizei ließen keinen anderen Schluss zu. Er hat zuerst Melanie und dann sich selbst erschossen, daran lässt sich nicht rütteln."

„Du kannst dir Leonard Kampmann also durchaus mit einer Waffe in der Hand vorstellen?"

„Ich glaube vielmehr, dass es für jeden Menschen extreme Ausnahmesituationen geben kann. Wir können alle denken und fühlen, aber wenn das Fühlen das Denken beeinträchtigt, kann es schwierig werden. Jedes Individuum kann einen Punkt im Leben erreichen, an dem es von seinen Leidenschaften in eine Sackgasse getrieben wird. Sehr musische Menschen sind in dieser Hinsicht wohl sogar noch etwas anfälliger, könnte ich mir vorstellen. Leonard war zum damaligen Zeitpunkt psychisch bereits stark angeschlagen. Erinnere dich daran, was ich dir erzählt habe: Er wollte Melanie unbedingt zu seiner Frau machen und kämpfte jeden Tag verbissen darum, dass sie sich endlich von mir scheiden ließ, aber sie weigerte sich. Verzweiflung, enttäuschte Liebe, unterdrückte Wut, Eifersucht, was weiß ich. Melanie wird es ihm sicherlich nicht leicht gemacht haben."

Sophie konnte deutlich sehen, dass Constantin die Sache noch immer an die Nieren ging. Er wirkte angespannt, und seine Hände waren ständig in Bewegung. Instinktiv beschloss sie, das Thema Leonard Kampmann nun doch zu beenden. Trotz des tiefen Mitgefühls, das in ihr hochstieg, versuchte sie sich wieder an einem leichteren Tonfall. „Hattest du nach Melanies Tod eigentlich … ich meine, hattest du noch andere ernsthafte Beziehungen?"

„Fragst du mich das jetzt als professioneller Schreiberling oder als meine sehr süße, aber etwas zu neugierige Geliebte?"

Sie zögerte kurz, erkannte aber in seinen Augen erneut eine leichte Amüsiertheit.

„Du brauchst mir nicht darauf zu antworten, wenn du es nicht willst", schickte sie lächelnd hinterher, ohne direkt auf seine Frage einzugehen.

Seine Mundwinkel hoben sich. „Bevor ich dir begegnete und auf der Stelle restlos verfiel, meine Liebste, war die letzte und einzige ernsthafte Beziehung für mich die zu meiner verstorbenen Frau. Zufrieden? Allerdings soll das jetzt nicht heißen, dass ich die restliche Zeit wie ein Mönch gelebt habe."

„Danke, mehr wollte ich auch gar nicht wissen."
„Du hättest auch nicht mehr bekommen, Frau von Wenningen. Brennen dir vielleicht noch Fragen zu einem anderen Thema auf der Seele?"
„Erzählst du mir etwas über dein Engagement für die Kinderdörfer?"
„Nein."
„Aber warum denn nicht?"
„Weil ich nicht möchte, dass das publik wird. Die Sache hat in deinem Machwerk nichts zu suchen, ist das klar? Mit mir wird es keine Benefizkonzerte oder dergleichen geben. Woher weißt du überhaupt davon?"
„Von Helen."
„Von meiner lieben Schwägerin also, soso. Hör zu, Sophie, was ich jetzt sage, meine ich verflucht ernst. Ich mag all diese berühmten Leute nicht, die sich damit rühmen, wie viel Gutes sie doch mit ihren leicht verdienten Milliönchen so tun. Wenn ich helfen will, dann helfe ich, weil es mir wichtig ist und weil ich es kann und will. Aber ganz bestimmt nicht, um eine zusätzliche Werbung für meine Musik zu bekommen. Das eine hat mit dem anderen nur insofern zu tun, dass die Musik mir den finanziellen Hintergrund dazu bietet."
Sophie setzte ein leichtes Lächeln auf, um zu vertuschen, wie beeindruckt sie wieder einmal von ihm war.
„Kinderprojekte haben es dir besonders angetan, nicht wahr?"
„Ja."
„Mehr sagst du dazu nicht?"
„Nein."
„Warum gerade Kinder? Du könntest doch auch … hm, zum Beispiel für den Tierschutz spenden, oder …"
„Schluss jetzt, Themenwechsel."
„Conny, ich meine ja nur …"
„Ich warne dich, treibe es nicht auf die Spitze. Ich sage dazu nichts, weil es nur mich allein etwas angeht, verstanden?"

„Herrgott, ist ja schon gut." Leicht verärgert senkte sie einen Moment den Kopf und blätterte ihre Notizen durch. „Wie war dein Jahr in Kanada? Was hast du dort eigentlich getan?"

Er runzelte die Stirn und sah ihr geradewegs in die Augen. „Ich habe geangelt, viel gelesen, ein bisschen komponiert und getextet – und mit alldem meine angeknackste Künstlerseele gestreichelt."

„Wo hast du gelebt?"

„Im Nordwesten. In der Nähe eines unbedeutenden winzigen Fischerdorfes. Der Mackenzie mündet dort in den großen Sklavensee."

„Klingt einsam."

„Dort ist es sogar verteufelt einsam, aber ich wollte es damals nicht anders haben."

„Du warst dort ganz allein? Ein volles Jahr?"

„So ist es. Ich fand es herrlich. Meine Hütte war durchaus komfortabel, aber es gab kein Telefon, keinen Fernseher und auch keine Zeitung, die mir vor die Tür gelegt wurde. Nur ab und zu fuhr ich ins Dorf und versorgte mich mit dem Nötigsten. Im Ort gab es auch einen Arzt, der ein Telefon besaß. Manchmal telefonierte ich von dort aus mit Fabian, aber das geschah nur sehr selten. Der Arzt war übrigens der einzige Gesprächspartner, den ich in diesem Jahr hatte. Er hat mir zugehört, wenn ich reden wollte. Ein guter Mann. Auch er war einige Jahre zuvor vor seinem Dasein davongelaufen und konnte mich deshalb ganz gut verstehen. Allerdings ist er dort oben in der Wildnis hängen geblieben. Es gab Menschen, die ihn wirklich brauchten, das hat ihn überzeugt. Wir telefonieren noch heute regelmäßig miteinander. Er war es auch, der mich mit Jenkins zusammenbrachte. Die beiden sind alte Freunde."

„Du hast also bewusst eine Auszeit genommen?"

Constantin zog kurz seine Schultern hoch und ließ sie dann wieder sinken. „Damals hatte ich einfach die Nase gestrichen voll. Ich wollte raus aus meinem Leben und weg – möglichst weit weg. Zu der Zeit war ich so ausgebrannt, dass ich schon glaubte, niemals mehr auf einer Bühne stehen zu können. Dazu kam noch, dass ich wohl kurz davor war, im Alkoholsumpf zu versinken."

Beunruhigt sah Sophie ihm ins Gesicht. „Du hast getrunken?"

„Ja."

„Seit ich dich kenne, trinkst du nur Mineralwasser, Conny. Bist du … Alkoholiker?"

„Nein, ich habe eine Weile einfach nur furchtbar gesoffen, das ist alles." Er strich sich mit beiden Händen das tiefdunkle Haar zurück. „Außerdem stimmt es nicht ganz, dass ich inzwischen völlig auf Alkohol verzichte. Ab und zu genehmige ich mir durchaus noch ein gutes Glas Wein."

„Melanies Tod und die erbarmungslose Presse haben ganz schön an deinen Nerven gezerrt, oder?"

Jetzt hob er den Kopf, und sie entdeckte für einen winzigen Moment etwas vollkommen Fremdes in seinem Blick, das ein kurzes, aber sehr heftiges Aufwallen von Angst in ihr hervorrief. Auf seiner Stirn erschienen wieder die beiden Falten.

„Ja, auch das." Constantin erhob sich und streckte sich ausgiebig. „Wir sollten für heute aufhören, Sophie. Es reicht, finde ich."

„Conny?"

„Ja?"

„Ich liebe dich."

Sein Gesicht wurde sofort weich, und er lächelte. Mit langen Schritten kam er um den Tisch herum, zog sie vom Stuhl hoch und umarmte sie fest. „Hör zu, Baby, ich verschwinde mal für zwei bis drei Stunden unten im Studio, okay? Ich brauche das jetzt, und auch du hast dann genug Zeit, um deine Arbeit zu machen."

„Ja, okay. Sag mal, kann ich das Telefon benutzen? Ich habe das Ladegerät für mein Handy in Hamburg vergessen, und nun ist der Akku leer."

Er küsste sie kurz und löste sich dann von ihr. „Natürlich!

Was ist das für eine Frage? Ruf meinetwegen deinen alten Erbonkel in Australien an, wenn dir danach ist."

Sie lachte. „Ich will mich nur mal kurz in der Redaktion melden, mehr nicht."

Wenn sie sich nicht täuschte, huschte ein Schatten über sein Gesicht. „Ich sag ja, kein Problem. Du hast sicherlich schon gesehen, dass du einen eigenen Anschluss auf dem Zimmer hast. Der Apparat steht nicht nur zur Zierde auf dem Schreibtisch herum." Er hatte sich schon abgewandt, drehte sich dann aber noch einmal zu ihr um. „Sind wir nachher miteinander verabredet?"

„Klar sind wir das." Irgendetwas bedrückte ihn, das fühlte sie genau, fand aber dennoch nicht den Mut, ihn darauf anzusprechen.

Oben in ihrem Zimmer klappte sie ihren Laptop auf und schrieb zunächst eine Weile. Schließlich hob sie doch den Hörer des Telefons ab und tippte die Durchwahlnummer von Johannes' Büro ein.

„Mädel, schön von dir zu hören. Wie läuft es denn so?"

„Gut, Hannes, sehr gut. Ich …" Sie zögerte einen Moment, doch dann traf sie blitzschnell eine Entscheidung. „Bist du gerade allein, Hannes?" Ihre Stimme zitterte leicht, wie sie selbst bemerkte.

„Ja, rede. Was ist los, zum Teufel? Geht es dir wirklich gut?"

„Ja, Hannes, mach dir keine Sorgen. Mir geht es sogar sehr gut. Seit Jahren ist es mir nicht mehr so gut gegangen. Okay, ich mache mir zwar gerade einen ziemlichen Kopf über solche Dinge wie den Rest der Welt, aber sonst ist alles super."

Das knarrende Lachen von Johannes Kramer drang durch den Hörer zu ihr und zauberte auch auf ihr Gesicht wieder ein Lächeln. Es tat ihr gut, die vertraute Stimme des alten Freundes zu hören.

„Wie soll ich denn das verstehen, mein Schatz?"

„Wir … Constantin Afra und ich … wir …"

„Sophie von Wenningen, Himmelherrgott! Verstehe ich dein Gestammel richtig?"

„Ich glaube schon." Sophie holte hörbar Luft. „Wir haben uns wirklich ganz schrecklich ineinander verliebt. Puh, nun ist es raus."

„Du und Constantin Afra? Du hast dir tatsächlich Constantin Afra geschnappt? Das ist eine ... Sensation!"

„Hannes!" Ihre Stimme nahm einen warnenden Unterton an.

„Herrje, ich nehme an, ich soll diese höllisch brisante Information sofort wieder vergessen, oder?"

„Hmm, kann aber sein, dass das nur noch vorübergehend so ist. Wir überlegen zurzeit, ob wir lieber gleich die Karten offen auf den Tisch legen sollten."

„Das klingt wirklich ernst, meine Kleine."

„Es ist ernst, Hannes. Verdammt ernst, glaub mir. Ich erkenne mich selbst kaum wieder. Niemals hätte ich es zum Beispiel für möglich gehalten, dass ich, die obercoole und ach so emanzipierte Sophie von Wenningen, geradezu dahinschmelze, wenn ein Mann ‚Baby' zu mir sagt. Oh Gott, Hannes! Er hat sogar ein Lied für mich geschrieben. Kannst du dir das vorstellen? Er ist so anders ... Ach du weißt schon, was ich meine."

Nervös lachte sie auf und hörte auch Johannes Kramer leise lachen. Sie sah direkt vor sich, wie er jetzt den Kopf schüttelte, überrascht und doch voller Verständnis. „Aber sag mir lieber erst einmal, was es bei euch so Neues gibt. Hab ich viel verpasst? Wie läuft es mit Brenner?"

„Gut so weit, aber darüber solltest du dir zurzeit nun wirklich keine Sorgen machen. Wie versprochen behalte ich ihn im Auge. Soll ich dir das neue Heft schicken?"

„Nein, lass nur. Ich denke, ich werde hier nicht mehr lange brauchen. Schreiben kann ich ja überall, und mit den Interviews sind wir fast durch. Die Arbeit geht mir gut von der Hand. Es macht viel mehr Spaß, als ich anfangs dachte."

„Lass dich nicht drängen, Sophie. Bleib ruhig noch ein wenig dort, wenn es dir hilft. Du weißt, du hast in der nächsten Zeit sowieso vollkommen freie Hand."

„Ja, ich weiß – und dafür bin ich dir auch sehr dankbar, aber ich ..."

„Ist sonst wirklich alles in Ordnung?"

„Ja, ja, mir geht es gut."

„Du hast Angst, nicht wahr?"

Sie schluckte. „Klar hab ich das."

Sie hatte gerade erst den Hörer aufgelegt, als es an ihrer offenen Balkontür klopfte.

„Brauchst du noch lange?" Constantin blieb in der Tür stehen und sah sie fragend an.

„Nein, komm nur herein. Ich bin so weit fertig für heute." Sie klappte ihren Laptop zu und erhob sich. Er zog sie sofort an sich und vergrub seine Nase in ihren dunklen Locken. „Hm, du duftest nach Frühling."

„Ach, das ist nur mein Shampoo", erwiderte sie lachend.

„Nein, das bist du. Ich weiß das genau. Du riechst nämlich überall so."

Sophie spürte, dass sie rot wurde. „Du machst mich verlegen, Conny."

Er hob schmunzelnd den Kopf und nickte in Richtung ihres Schreibtischs. „Bist du mit deiner Arbeit vorangekommen?"

„Es geht so ... ähm, Constantin, können wir über meine Abreise sprechen?"

„Du würdest am liebsten sofort zurück nach Hamburg fliegen, hab ich recht?"

„Ich werde langsam unruhig. Mir gefällt das auch nicht, das kannst du mir glauben. Stell dir vor, mir fehlt sogar meine Mutter." Sie lachte verhalten. „Natürlich wäre es mir am liebsten, du würdest mich begleiten, aber ..."

„In Ordnung."

„Was?"

„Ich werde dich begleiten. Allerdings müsste ich wegen der restlichen Aufnahmen in spätestens einer Woche wieder hier sein."

„Du kommst wirklich mit? Meinst du das ernst?"

„Ich bin mir nicht sicher, aber ... ja, wenn ich es dir jetzt verspreche, kann ich keinen Rückzieher mehr machen." Sein dunkles Lachen vibrierte in ihrem Bauch nach.

„Ja, oh ja, dann versprich es mir ganz schnell, Conny! Komm mit mir, auch in die Redaktion! Ich würde mich so sehr darüber freuen! Bitte, bitte!" Aufgeregt schlang sie ihre Arme um seinen Nacken und zog ihn zu einem schnellen Kuss zu sich herab.

Er schloss kurz seine Augen und nickte. „In die Redaktion? Okay, ich werde es in spätestens fünf Minuten bereuen, aber ja, versprochen! So, und nun lass uns endlich etwas essen, ich bin am Verhungern. Nur Luft und Liebe funktioniert auf die Dauer nicht."

Am nächsten Morgen telefonierte Constantin mit dem Besitzer des Hotels, in dem er üblicherweise residierte, wenn er sich in Hamburg aufhielt. Clemens Brehlow war ein alter Freund von Thomas Jenkins, aber auch Constantin verstand sich sehr gut mit ihm. Im Grunde kannte er den Hoteldirektor sogar schon seit seiner Jugendzeit, da er mit dessen Ziehsohn Benjamin zusammen die Schulbank und die Liebe zur Musik geteilt hatte. Ben arbeitete mittlerweile als erfolgreicher Anwalt. Aber er war seit jeher mit zahlreichen Talenten gesegnet, und so spielte er in seiner Freizeit auch begnadet Klavier. Constantin hatte schon häufiger vergeblich versucht, ihn dazu zu bringen, sein Hobby zum Beruf zu machen. Obwohl alle Bandmitglieder ihn nur allzu gern in ihre Mitte aufgenommen hätten, hatten sie bei Ben stets auf Granit gebissen.

„Natürlich kannst du wieder die Penthouse-Suite haben, Conny. Du weißt ja, dass ich sie nur in Ausnahmefällen an andere Gäste vermiete. Ich freue mich, dass du uns und deine Heimatstadt mal wieder besuchst."

„Ich danke dir, Clemens. Ja, ich freue mich auch schon darauf, mal wieder Hafenluft zu schnuppern. Übrigens kann ich jetzt noch gar nicht sagen, wie lange ich die Suite dieses Mal brauchen werde. Höchstwahrscheinlich werde ich, mit einigen Unterbrechungen, in der nächsten Zeit wieder häufiger in Hamburg sein. Es wäre also gut, wenn ich die Zimmer unbefristet belegen könnte."

„Kein Problem, mein Junge. Die Suite ist ab sofort für dich reserviert."

„Sehr schön. Wie geht es deiner Familie? Was macht Ben? Ich habe schon seit Monaten nichts mehr von ihm gehört."

„Meinen Lieben geht es gut, danke der Nachfrage. Benjamin hat jetzt seit einem Jahr eine eigene Kanzlei, und sie läuft hervorragend. Er ist ein sehr guter Anwalt. Auch wenn er nicht ins Hotelfach eingestiegen ist, bin ich doch sehr stolz auf ihn. Dennoch wäre es schön gewesen, er hätte sich für das Brehlow entschieden. Ich werde ja nicht jünger."

„Na hör mal, schlappmachen gilt nicht, mein Freund! Außerdem hast du ja auch noch deine entzückende Tochter. Vielleicht wird sie ja irgendwann deinen Betrieb übernehmen, wer weiß?"

„Hmm, ich werde mir wohl etwas einfallen lassen müssen, um Nora das Hotel schmackhaft zu machen. Sie hat sich in Frankfurt als Unternehmensberaterin etabliert. Ich glaube kaum, dass sie irgendwann wieder ganz zurück nach Hamburg kommen wird."

„Man soll niemals nie sagen. Das Leben bietet ja so einige Überraschungen."

Zwei Tage später wurden sie von Jesse zum kleinen Flugplatz von Kellan Manor gebracht. Peter Gordan begrüßte seinen Arbeitgeber und Sophie ausgesucht liebenswürdig, und auch Harriet, die freundliche Stewardess, war wieder mit von der Partie.

Der Flug verlief angenehm und ruhig. Constantin schien ein

wenig nervös zu sein, wie Sophie bemerkte, aber er gab sich redlich Mühe, sich das nicht anmerken zu lassen.

„Willst du noch etwas aus deiner Wohnung holen, oder wollen wir gleich vom Flughafen aus zum Hotel fahren?“, fragte er, kurz bevor die Maschine zur Landung ansetzte.

„Conny, Hamburg ist mein Zuhause, und ich lebe hier. Warum sollte ich in meiner Stadt in einem Hotel wohnen?“, entgegnete Sophie schmunzelnd. „Ich verstehe auch nicht, warum du dich dort überhaupt eingemietet hast. Du hättest ja schließlich die paar Tage auch in meiner kleinen Wohnung ausgehalten, oder?“

„Liebes, es geht mir doch nicht um die Größe deiner Wohnung. Die Penthouse-Suite im Brehlow ist isoliert vom Rest des Hotels und hat einen eigenen Aufzug, den man nur mit dem entsprechenden Zahlencode benutzen kann. Er führt direkt von der Tiefgarage hinauf in die Suite, und man kann so ungesehen dorthin kommen. Mir wäre es wirklich lieber, auch du würdest …“

„Schon gut“, unterbrach sie ihn leicht genervt. „Es reicht durchaus, wenn ich morgen, nach dem Treffen mit Johannes, in meine Wohnung fahre, um nach dem Rechten zu sehen und noch ein paar Sachen zu holen.“

„Mit meiner Zusage, dich in die Redaktion zu begleiten, bin ich deinem Wunsch nach Normalität schon sehr entgegengekommen, vergiss das nicht. Ich habe mir meine Narben geholt, Sophie. Meine Vorsicht kommt nicht von ungefähr.“

„Du hast natürlich recht. Tut mir leid, wenn ich so uneinsichtig bin. Es ist eben alles sehr ungewohnt für mich.“

Constantin stand vor der großen Spiegelwand im Badezimmer der Penthouse-Suite des Brehlow und schloss die Knöpfe seines schwarzen Baumwollhemds. Während er das tat, betrachtete er sein Gesicht im Spiegel, und ein lautes Seufzen entfuhr ihm. Die nächsten Stunden standen ihm bevor und würden ihn wahnsinnig anstrengen, darüber machte er sich keine Illusionen. Einmal abgesehen von seinen Interviews mit Sophie würde er zum ersten Mal seit Jahren wieder einem dieser verhassten Reporter gegenübersitzen müssen. Allein schon die Vorstellung war ihm zuwider. Er befürchtete, dass er sich mit dieser Geschichte immer mehr auf zu dünnes Eis begab. Dennoch konnte er rein gar nichts dagegen tun.

Seine Machtlosigkeit war ihm sehr schnell klar geworden, denn er hatte sich nun einmal unsterblich in diesen Lockenkopf verliebt. Er würde alles tun, um Sophie glücklich zu sehen. Selbst wenn das hieß, dass er seine so mühsam aufgebauten Mauern zum Teil wieder einreißen musste. Das Risiko, das er damit einging, war sicherlich nicht gerade klein. Er hatte eine Menge zu verlieren, aber seinen überschäumenden Gefühlen für Sophie stand er praktisch wehrlos gegenüber.

Anfangs war er nicht nur vollkommen überrascht, sondern auch richtig wütend deshalb gewesen. Es war ihm noch immer etwas unheimlich, was Sophie alles in ihm auszulösen vermochte. Niemals zuvor hatte er ein so umfassendes und starkes Verlangen nach einer anderen Person verspürt. Liebe! Jahrelang hatte er in der Illusion gelebt, dass dieses Thema ein für alle Mal für ihn abgeschlossen sei, doch dann hatte er zum ersten Mal in ihre Kulleraugen geblickt. Dieser eine Moment hatte alles verändert.

Schachmatt! Erledigt! Aus!

Seine ganze Welt war ins Wanken geraten. Schon nach diesen wenigen Tagen mit ihr konnte er sich ein Leben ohne Sophie von Wenningen nicht mehr vorstellen. Jener erste intensive Moment auf dem Balkon war kein Irrtum gewesen, kein vernebelter Traum und keine alberne Fantasie, das wusste er jetzt. Es war nicht das übliche aufflammende Begehren gewesen, das nach der ersten Erfüllung verloschen war, ganz im Gegenteil. Je häufiger er mit ihr schlief, desto stürmischer begehrte er sie. Er liebte Sophie mit jeder Faser seines Herzens – und er würde sie immer lieben.

Noch ein letztes Mal überprüfte er sein Äußeres im Spiegel,

dann verließ er mit langen entschlossenen Schritten das Badezimmer.

„Bist du fertig?“, fragte er, kurz bevor er das Schlafzimmer betrat.

„Ja, nur einen kleinen Moment noch, Conny.“

Sophie stand mit dem Rücken zu ihm vor einer kleinen Kommode und schob gerade ihre Notizbücher in eine schwarze Umhängetasche. Wie gebannt blieb er mit weit aufgerissenen Augen in der Tür stehen.

„Wahnsinn!“

Mit einem neckischen Lächeln auf den Lippen wandte sie sich ihm zu. Sie hatte eine Reaktion erwartet, und es freute sie, dass er ihre Erwartung nicht enttäuschte.

„Alles in Ordnung, Conny?“

„Wahnsinn!“

„Du wiederholst dich, mein Schatz.“ Sie lachte.

„Du …“

„Ja?“

„Ich … du siehst … fantastisch aus. Völlig verändert.“ Sein Blick glitt immer wieder langsam über sie hinweg. Sophie trug eine schlichte cremefarbene Seidenbluse und einen schwarzen eng anliegenden Rock, der eine gute Handbreit über ihren Knien endete. Ihre kleinen Füße mit den zartrosa lackierten Zehennägeln steckten in hohen, ebenfalls schwarzen Riemchensandaletten. Sie war dezent, aber ziemlich wirkungsvoll geschminkt, und ihre naturgelockten Haare hatte sie offensichtlich glatt geföhnt, sodass sie nun scheinbar ein gutes Stück länger waren. Die weichen dunklen Wellen umrahmten sanft ihr Gesicht. Der Kontrast war bezaubernd. Sophie wirkte reifer, ohne dabei älter auszusehen, und sah ungeheuer sexy aus.

Wieder lachte sie auf. „Conny, meine Güte, du tust ja gerade so, als würde ich ein sagenhaft aufregendes Abendkleid tragen! Dies ist doch nur ein normaler Rock. Du bist echt süß.“

„Dreh dich noch mal herum, Baby! Dieser Rock ist … wow!“

„Nun sei nicht albern, du …“ Als sich ihre Blicke trafen, blieb ihr im wahrsten Sinne des Wortes die Luft weg. Seine Augen schienen ein eigenes, gleißendes Licht auszustrahlen.

„Eigentlich kann ich jetzt unmöglich unter Menschen gehen“, bekannte er mit hörbar heiserer Stimme. „Aber wenn ich jetzt meinen übergroßen Trieben freien Lauf ließe, würde ich nur die ganze Pracht zerstören und du müsstest wieder von vorn damit beginnen, dich so aufzubrezeln. Also lass uns ganz schnell hier rausgehen, damit ich dich in dieser Aufmachung wenigstens nicht mehr vor einem einladenden Bett als Hintergrund sehe. Die Kombination ist mir nämlich entschieden zu nervenaufreibend.“

Eine halbe Stunde später schlängelten sie sich bereits durch den zäh fließenden Großstadtverkehr. Da Sophies Auto noch immer vor ihrer Wohnung parkte, hatte sich Constantin nach kurzer Überlegung dafür entschieden, selbst zu fahren. Deshalb saßen sie nun in einem unauffälligen dunkelblauen Kleinwagen des Hotels, den Clemens Brehlow ihnen gern zur Verfügung gestellt hatte.

Zum wiederholten Male sah Sophie Constantin von der Seite an und grinste. „Glaubst du wirklich, dass diese riesige Sonnenbrille dich irgendwie schützt?“

„Ja.“

„Die Baseballkappe steht dir auch nicht, Conny.“

„Ich weiß, aber sie erfüllt ebenfalls ihren Zweck. Nimm es hin, okay?“ Endlich bog er in die Straße ein, in der das Verlagsgebäude des „Diskurs“ lag. „Gibt es eine Tiefgarage?“

„Ja, und ich habe sogar einen eigenen Stellplatz.“

„Heute ist mein Glückstag!“

„Du bist neurotisch, Conny.“

„Nein, nur erfahren, Baby.“

Zu Constantins grenzenloser Erleichterung schafften sie es nahezu unbeachtet in den Fahrstuhl und in die oberste Etage des Gebäudes. Als sie endlich auf einem sehr langen und absolut menschenleeren Flur standen, zog er sich die Kappe vom Kopf und nahm die Sonnenbrille ab.

„Na endlich! Da ist mein Conny ja wieder."

„Du wirst noch eine ganze Menge lernen müssen, Wuschelkopf."

„Komm, ich stelle dich Hannes vor. Er wird dir gefallen, das weiß ich."

Sophies Chef gefiel ihm tatsächlich.

Nach einer zunächst etwas förmlichen Begrüßung genoss Constantin sogar das erfreulich unverkrampfte Gespräch, das sie schließlich miteinander führten. Das grau melierte, aber noch volle Haar von Johannes Kramer und die kleine goldfarbene Nickelbrille ließen den Mann äußerst vertrauenerweckend und nicht weniger sympathisch erscheinen. Vor allem war unübersehbar, mit welcher Zuneigung er an Sophie hing. Constantin vergaß fast, dass er einem Journalisten gegenübersaß.

„Du siehst übrigens umwerfend aus, mein Mädchen."

„Danke, Hannes! Ich fühle mich auch fantastisch."

Johannes Kramer bedachte Constantin mit einem warmen Lächeln. „Sie tun ihr offenbar gut."

„Ich gebe mir Mühe." Constantins Lächeln blieb verhalten. Aus irgendeinem Grund fühlte er sich unter den Augen des älteren Mannes plötzlich tatsächlich wie ein unerfahrener Schuljunge, der seine Angebetete zum ersten Rendezvous abholen wollte und sich unverhofft dem gestrengen Blick ihres Vaters ausgesetzt sah.

„Wo treibt sich eigentlich Mama wieder rum, und wie geht es ihr?", fragte Sophie. „Seit wir gestern hier angekommen sind, versuche ich sie anzurufen, aber ohne Erfolg. Ich nehme an, ihr Handy liegt mal wieder in irgendeiner Schublade."

„Das Mobiltelefon hat sie vor einiger Zeit vor lauter Wut in den Müll geworfen. Sie hasst diese Dinger, aber das weißt du ja. Nun hat sie spontan beschlossen, dass sie ohne viel glücklicher ist. Im Übrigen hast du sie leider verpasst. Deine Mutter ist für einige Tage mit ihrer Freundin Ariane an die See gefahren und kommt erst am nächsten Sonntag zurück. Sie brauchte mal wieder einen kleinen Tapetenwechsel. Du kennst sie ja. Immer fröhlich, immer temperamentvoll und immer ein bisschen zu nervig", antwortete Johannes Kramer lachend. „Das hitzige Naturell deiner Mutter kostet mich Jahre meines Lebens."

„Ach Hannes, du genießt es doch."

„Na, darauf kannst du wetten."

Sie unterhielten sich noch eine ganze Weile. Interessiert und geduldig folgte Constantin den Fachgesprächen, die Sophie und Johannes miteinander führten. Nach einer guten Stunde erhob sich der Chefredakteur schließlich, und sie folgten seinem Beispiel.

„Was haltet ihr davon, wenn wir jetzt zusammen eine Kleinigkeit essen gehen?", schlug Johannes vor. „Mir knurrt der Magen."

Constantins Miene verfinsterte sich augenblicklich. „Tut mir leid, Herr Kramer, aber ich gehe grundsätzlich nicht in Restaurants."

„So … hmm."

Sophie strich Constantin sanft über den Arm. „Hier unten, gleich an der nächsten Ecke, gibt es ein kleines, sehr gemütliches italienisches Restaurant. Kein Mensch wird dich dort vermuten, Conny. Meinetwegen kannst du auch wieder die Brille und die alberne Kappe aufsetzen, wenn du dich dann besser fühlst."

„Sophie, ich habe noch nicht einmal Sicherheitsleute dabei. Es geht einfach nicht."

„Es ist gerade erst ein paar Tage her, da haben wir doch genau über dieses Thema gesprochen."

„Glaub mir, Liebes, ich würde nur zu gern mit dir in ein Restaurant gehen. Verdammt! Herr Kramer, sagen Sie ihr, welche Folgen das haben könnte, bitte!"

Johannes richtete sich zu seiner vollen Größe auf, um wenigstens annähernd mit Constantin Afra auf Augenhöhe zu sein. „Ich glaube auch, dass es auf einen Versuch ankäme, Herr Afra, trotzdem verstehe ich natürlich Ihre nicht ganz unbegründeten Bedenken."

Er lächelte. „In dem Restaurant gibt es einen Hinterausgang. Der Wirt, Giovanni, ist ein guter Freund der Familie und außerordentlich diskret. Aber wie gesagt verstehe ich Ihre Einwände und halte es auch für angebracht, ein wenig Vorsorge zu treffen. Wie lange würde es denn dauern, bis Sie ein oder zwei Sicherheitsleute hier hätten? Wäre das sehr aufwendig?"

„Äh … nein, das wäre es natürlich nicht. Ein Anruf und eventuell noch eine halbe Stunde Geduld, schätze ich." Constantin schloss kurz die Augen, und Sophie wusste in diesem Moment, dass sie mit Johannes' Hilfe eine weitere Schlacht gewonnen hatte.

Als Constantin die Augen wieder aufschlug, konnte er ihr den Triumph direkt vom Gesicht ablesen. Er wusste, wie wichtig ihr das alles war. Erst in der vergangenen Nacht hatte sie ihm noch einmal deutlich vor Augen geführt, dass sie den goldenen Käfig hasste, den er selbst um sich herum errichtet hatte. Wenn er sie nicht verlieren wollte, musste er Kompromisse machen.

„Mein Telefon steht Ihnen zur Verfügung, Herr Afra", sagte Johannes Kramer und riss ihn damit aus seinen Gedanken.

Es funktionierte tatsächlich. Schon kurze Zeit später saßen sie zusammen in einer kleinen Nische des italienischen Restaurants und ließen sich das fabelhafte Essen schmecken, das Giovanni ihnen höchstpersönlich und mit stolzgeschwellter Brust servierte. Zwei Bodyguards hatten es sich an einem der Nebentische bequem gemacht und vertilgten riesige Berge Pasta. Ansonsten war das kleine Lokal fast leer. Die übliche Mittagszeit in den umliegenden Bürogebäuden war bereits seit zwei

Stunden vorbei, und nur noch ein junges Paar, das sie offenbar nicht weiter beachtete, saß an einem kleinen Tischchen direkt neben der Eingangstür.

Während sie aßen, bemühte sich Constantin sehr, einen ruhigen und ausgeglichenen Eindruck zu machen. Innerlich blieb er jedoch wachsam. Erst als die Teller abgeräumt waren und sie gesättigt vor ihrem Espresso saßen, löste sich seine innere Anspannung weitgehend auf. Ein warmer Schauer durchfuhr ihn, als er einen der leuchtenden Blicke von Sophie auffing. Sie war glücklich – richtig glücklich, und er schwelgte minutenlang in dem Gefühl, das diese Erkenntnis in ihm auslöste.

Nachdem Johannes Kramer die Rechnung beglichen hatte, gab Constantin den beiden Männern am Nebentisch ein unauffälliges Zeichen. Auch sie zahlten und verließen eine kleine Weile später das Restaurant. Die Bodyguards würden sich natürlich weiterhin diskret in der Nähe aufhalten, damit sie ihn und Sophie im Auge behalten konnten.

Giovanni, der Wirt, war tatsächlich sehr taktvoll, so wie Johannes Kramer es versprochen hatte. Er verabschiedete sich nicht etwa wortreich und auffällig von seinem berühmten Gast, sondern nickte Constantin nur freundlich zu. „Beehren Sie uns bald wieder“, sagte er mit gedämpfter Stimme, ohne einen Namen zu nennen.

Constantin lächelte dankbar zurück. „Das werde ich sicherlich tun. Ihre Küche ist eine Offenbarung, Giovanni.“

Der kleine Mann schien eine Nuance größer zu werden und zog sich zufrieden lächelnd zurück.

Bevor sie sich endgültig erhoben, griff Constantin nach seiner Sonnenbrille und der Baseballkappe, behielt beides jedoch nur in der Hand. Lächelnd legte er den Arm um Sophies Schulter.

Die junge Frau, die zusammen mit ihrem Freund neben der Tür gesessen hatte, erhob sich ebenfalls und kam mit einem eindeutig schüchternen Lächeln auf sie zu. „Entschuldigen Sie, Herr Afra, ich wollte Sie vorhin nicht beim Essen stören, aber … dürfte ich Sie vielleicht jetzt um ein Autogramm bitten?"

„Äh … natürlich. Haben Sie etwas …"

Sophie rückte schnell ein Stück von ihm ab, um ihm die nötige Bewegungsfreiheit zu geben. Das Mädchen strahlte über das ganze Gesicht und hielt Constantin einen aufgeschlagenen Notizblock und einen Kugelschreiber entgegen. Bevor die junge Frau glücklich und zufrieden zu ihrem Begleiter zurückging, bedankte sie sich herzlich und schenkte auch Sophie ein strahlendes Lächeln.

„Siehst du, das war doch überhaupt nicht schlimm", bemerkte Sophie später, als sie wieder zusammen im Auto saßen und auf dem Weg zurück zum Hotel waren. „Obwohl sie dich wahrscheinlich sofort erkannt hat, wartete sie geduldig ab, bis wir das Restaurant verlassen wollten. Das war doch sehr rücksichtsvoll von der jungen Frau, nicht wahr?"

„Ja, das war es." Seine dunkle Stimme vibrierte leicht.

„Ist was?"

„Nein."

„Conny!"

„Ach Sophie! Du bist doch kein kleines Kind mehr! Du weißt genau, dass das eine der wenigen Ausnahmen war. Meistens laufen Begegnungen dieser Art ganz anders ab, das kannst du mir glauben. Nicht alle Menschen sind so taktvoll wie dieses nette Mädchen."

Sophie lehnte sich in ihrem Sitz zurück, streifte eine ihrer hohen Sandaletten ab und zog den nackten Fuß unter ihren Schenkel. Ihr kurzer Rock rutschte ein wenig hoch und spannte sich. Eine Weile starrte sie nachdenklich aus dem Seitenfenster, deshalb bemerkte sie auch zunächst seine eindeutigen Blicke nicht. Erst als er sich mehrere Male trocken räusperte, sah sie ihn wieder an. Ihm war heiß, das konnte sie unschwer erkennen.

„Ist dir warm?"

„Ja."

„Dann dreh ruhig die Klimaanlage höher. Mich stört das nicht."

Er lachte kurz auf, grinste dann ziemlich breit und schüttelte den Kopf.

„Was ist denn plötzlich so lustig, Conny?"

„Baby, ich bin so ungeheuer scharf auf dich, dass es nur noch Sekunden dauern kann, bis mir die Hose platzt."

„Oh!"

„Möchtest du meine Wohnung sehen?", fragte Sophie ihn am nächsten Morgen während des Frühstücks. „Wir könnten heute Abend im Schutz der Dunkelheit hinfahren. Ich brauche dringend noch ein paar Sachen, bevor wir morgen wieder nach Schottland zurückfliegen."

Er nickte. „Ja, warum nicht? Es interessiert mich natürlich, wie du lebst. Schade, dass ich deine Mutter noch nicht kennenlernen konnte. Aber das holen wir dann beim nächsten Mal nach. Wenn du willst, kommen wir wieder her, sobald die CD fertig ist. Der Videodreh steht natürlich auch noch an, aber das nimmt höchstens zwei oder drei Tage in Anspruch."

„Das wäre wirklich sehr schön, Conny. Bevor ich die Arbeit an dem Buch abgeschlossen habe, muss ich mich ohnehin noch einmal in Ruhe mit Hannes zusammensetzen. Wir müssen auch überlegen, ob es ausreicht, wenn ich in Zukunft hauptsächlich über das Internet mit der Redaktion verbunden bleibe und nur noch ab und zu selbst dort auftauche."

„Eigentlich dürfte das ja kein Problem sein, oder?"

Sophie schüttelte den Kopf. „Nein, das kann ich mir auch nicht vorstellen. Die Arbeit wird etwas anders ablaufen, aber schreiben kann ich wirklich überall. Mit der Recherche könnte es allerdings Probleme geben, aber auch das muss man abwarten. Zunächst verschafft mir ja das Buch noch eine gewisse Galgenfrist." Sie lächelte. „Alles andere wird sich zeigen."

Als Constantin am Abend schließlich in ihrer kleinen Wohnung stand und sich umsah, war er nicht überrascht. Er hatte damit gerechnet, dass sie keinen besonderen Einrichtungsstil bevorzugte. Im Wohnzimmer standen ein altes braunes Ledersofa, ein dazu passender Sessel und ein niedriger Couchtisch aus Chrom mit Rauchglasplatte. In den Bücherregalen, die sich an den Wänden entlangzogen und sich zum Teil unter ihrer Last bogen, stapelten sich Romane und Sachbücher.

Im Schlafzimmer war gerade noch so viel Platz, dass man um das schlichte Kiefernholzbett herumgehen konnte. Die längste Wand nahm ein Kleiderschrank mit Spiegeltüren ein, und auf der anderen Seite des Bettes, vor dem Fenster, stand ein alter Schreibtisch aus dunklem Holz, der ebenfalls mit Büchern und Papieren überladen war. Über dem Bett hing ein Druck der Sonnenblumen von Van Gogh.

Sophies Küche war eher eine etwas größere Nische, aber es gab tatsächlich eine kleine Essecke. Die Holzschränke der Küche hatte sie irgendwann zitronengelb angestrichen.

Sie lachte, weil er immer wieder seinen Kopf schüttelte, während er sich alles ansah. „Es ist winzig, oder?"

„Es ist vor allem sehr gemütlich", bemerkte er. „Genauso habe ich es mir vorgestellt. Das ist lustig." Er studierte interessiert einige der Buchrücken, ließ sich dann aber auf dem alten Sofa im Wohnzimmer nieder und wartete geduldig ab, bis Sophie alles zusammengesucht hatte, was sie unbedingt mitnehmen wollte. Nach einer knappen halben Stunde hatte sie ihre Tasche gepackt, und sie fuhren zurück ins Hotel.

„Wird es dir sehr fehlen?", fragte er leise, als sie einige Zeit später nebeneinander im Bett lagen.

„Was meinst du?"

„Hamburg, deine Wohnung, deine Familie, Freunde und Kollegen?"

Sophie setzte sich gemächlich auf und sah ihn liebevoll an. „Natürlich wird mir das alles fehlen."

„Wir finden eine Lösung, das verspreche ich dir. Du kannst jederzeit herkommen. Wann immer dir danach ist. Ich habe dieses tolle Flugzeug, weißt du?“ Er lachte.

„Ja, ich weiß, und ich werde das auch hemmungslos ausnutzen.“

„Wir könnten auch einige Wochen oder sogar Monate im Jahr hier leben, wenn dir das lieber ist. Für mich wäre es arbeitsmäßig kein Problem. Das ist alles eine Frage der Organisation. Diese Suite hier ist groß genug, und Clemens würde sie mir auch sicherlich dauerhaft vermieten, sodass wir immer einen festen Anlaufpunkt hätten.“

„Die Wohnung hier oben ist wirklich wunderschön, Conny, aber doch sehr teuer. Und … das zweite Schlafzimmer brauchen wir ja eigentlich nicht, oder? Außerdem habe ich bereits eine feste Bleibe in Hamburg, schon vergessen?“

„Natürlich nicht. Aber für uns beide ist deine Wohnung doch zu klein, oder?“ Er grinste. „Selbst wenn wir jetzt mal den Sicherheitsaspekt außer Acht lassen. Komm, sei ehrlich.“

Sie zog eine Grimasse und streckte ihm die Zunge raus. „Wann müssen wir morgen zum Flughafen?“

„Ah, du lenkst ab, wie süß.“ Er zog sie an sich und küsste sie auf die Schläfe. „Für elf Uhr haben wir eine Starterlaubnis erhalten. Wir können also noch in aller Ruhe frühstücken.“

6. KAPITEL

Zu ihrer Überraschung hatte Sophie das deutliche Gefühl, wieder nach Hause zu kommen, als sie auf dem kleinen Flugplatz von Kellan Manor landeten. Auch das Haus war ihr in der kurzen Zeit schon so vertraut geworden, dass sie sich darüber nur wundern konnte. Dennoch behielt sie diese Empfindungen vorerst für sich.

Maria, die unterdessen ebenfalls von ihrem Kurzurlaub zurück war, strahlte über das ganze Gesicht, als Constantin und Sophie Hand in Hand die Küche betraten und sie freudig begrüßten.

Die Tage schienen von nun an fast übergangslos ineinanderzufließen. Constantin kümmerte sich weiterhin um die Zusammenstellung der neuen CD, während Sophie ihre Aufzeichnungen ordnete und damit begann, die endgültige Version ihres Buches zu schreiben. Sooft Constantin ihr die Zeit ließ, saß sie von nun an am Schreibtisch und tippte. Fast täglich telefonierte sie mit Helen. Manchmal rief sie auch Johannes in der Redaktion an und hielt ihn auf dem Laufenden. Zweimal in dieser Zeit sprach sie sogar mit ihrer Mutter, aber ansonsten schien Sophie ihr früheres Leben immer mehr zu entgleiten. Sowohl beruflich als auch privat war ihr gesamtes Dasein nun ausschließlich von der Person Constantin Afra bestimmt.

Auch wenn sie ihre Wohnung in Hamburg noch nicht aufgegeben hatte, lebte sie ganz selbstverständlich auf Kellan Manor und betrachtete es immer mehr als ihr Zuhause. Trotz ihrer anfänglichen Bedenken war sie glücklich – ebenso glücklich, wie auch Constantin es war.

Irgendwann in dieser ersten Zeit beschlossen sie dann auch, Johannes Kramer grünes Licht dafür zu geben, ihre Beziehung publik zu machen. Sophie besprach die Einzelheiten mit ihm am Telefon.

„Okay, mein Mädchen, in der nächsten Ausgabe seid ihr der Aufmacher. Meine Güte, dass ich das noch mal erleben darf. Der geheimnisvolle Constantin Afra segnet tatsächlich eine Berichterstattung zu seinem Privatleben höchstpersönlich ab! Wie ziehen wir es auf, Sophie? Ein normaler Bericht? Interviews? Was meinst du?"

„Schreib einen ganz gewöhnlichen Artikel, Hannes. Informativ und ohne Effekthascherei. Du hast recht, es ist seit Jahren die erste private Auskunft, die Constantin herausrückt, und ich weiß natürlich, dass es für einen Reporter, der dazu auch noch direkt an der Quelle sitzt, nicht leicht ist. Aber halte dich bitte an deine eigenen strengen Regeln, okay?"

„Aber ich kriege doch hoffentlich ein paar Fotos von euch?"

„Keine Chance. Conny ist strikt dagegen. Die Meute wird ihre Fotos so oder so irgendwann bekommen. Vergiss auch nicht, dass dir eine deftige Klage droht, wenn du nur irgendwo das Wort ‚Schottland' erwähnst. Sein – unser – Aufenthaltsort muss in jedem Fall geheim bleiben."

„Verlass dich auf mich. Das ist einer der Gründe, warum ich diesen Artikel selbst schreiben werde. Ich weiß genau, was ich zu tun habe, Sophie. Hast du etwas dagegen, wenn ich dein Redaktionsfoto verwende?"

Sie schnaubte. „Solange du dich nicht an irgendwelchen Fotomontagen versuchst, bitte schön. Dieses blöde Bild ist doch im Miniaturformat jedes Mal über der Kolumne zu sehen. Was soll das bringen, Hannes?"

„Überlass das mir, ja?"

Sie lachte kurz auf. „Du bist der Boss, wie üblich. Sieh nur zu, dass wir die Sache möglichst schmerzlos hinter uns bringen."

Sophie hatte gerade den Hörer aufgelegt, als Constantin zu ihr ins Zimmer kam. Mit einem zufriedenen Lächeln auf den Lippen trat er hinter sie, umfasste mit beiden Händen ihre Hüften und zog sie an sich. „Hallo, Wuschelkopf."

„Hallo du."
„Fertig für heute?"
„Ja, ich habe eben mit Hannes gesprochen. Du hast noch zwei Tage, mein Schatz, dann ist unsere Beziehung eine verflucht öffentliche Angelegenheit, und es gibt ganz offiziell eine neue Frau an deiner Seite."
Er lachte dunkel auf und drückte ihr einen sanften Kuss hinter ihr linkes Ohr. Schließlich drehte er sie in seinen Armen herum, damit er sie ansehen konnte. „Genau darüber wollte ich mit dir sprechen."
„So? Inwiefern?"
„Ich liebe dich."
„Ich liebe dich auch, Conny."
„Soll ich auf die Knie fallen, Frau von Wenningen, oder reicht es dir, wenn ich einfach die entsprechende Frage stelle?"
Sofort stieg Hitze in Sophie auf. „Conny", flüsterte sie atemlos. „Nein!"
Er richtete sich zur vollen Größe auf und lächelte nachsichtig auf sie nieder. „Nein? Ich habe dich ja noch gar nicht gefragt."
Sie schluckte schwer, und ihre Augen begannen verdächtig zu brennen. „Dann tu es auch nicht."
Nun wurde auch er wieder ernst. „Sophie?"
„Es ist zu früh."
„Nein, zum Teufel, das ist es nicht!"
„Ich brauche noch Zeit."
„Wozu Zeit? Ich will dich ganz für mich."
„Aber du hast mich doch, Constantin Afra, du hast mich."
„Das ist mir so aber nicht genug. Ich will …"
„Du willst, du willst! Immer geht es nur danach, was du willst. Ich will nicht – basta!" Sophie wollte sich seinem Griff entziehen, aber er hielt sie fest.
„Du willst mich also auf keinen Fall heiraten?"
„Das habe ich so niemals gesagt."
Constantins Mund verzog sich zu einem siegessicheren

Grinsen. „Na also, warum nicht gleich so?“ Obwohl sie heftig protestierte, küsste er sie immer wieder und brachte sie damit zum Lachen.

„Aber nicht mehr in diesem Jahr, Conny!“

„Okay, dann eben am ersten Januar.“

„Du bist unmöglich!“

„Ich bin hoffnungslos verrückt nach dir.“

„Können wir uns auf einen Termin im nächsten Frühjahr einigen?“

Er tat so, als würde er einen Moment konzentriert nachdenken, dann nickte er großzügig. „Okay, Baby, im nächsten Frühjahr haben wir zwei dann also ein ziemlich wichtiges Rendezvous miteinander. Willst du einen Ring?“

„Was ist denn das für eine Frage? Natürlich will ich einen Ring!“

„Gut, dann sollst du auch einen bekommen.“

„Einen schlichten Goldreif, Conny. Nichts Protziges, ich warne dich!“

„Ja, einen schlichten Goldreif, ich habe verstanden.“

„Und ich will keine große Sache daraus machen. Kein Brimborium und erst recht kein überkandideltes Barbiekleidchen, kapiert? Wir gehen zum Standesamt, sagen Ja, und gut.“

Er lächelte überaus zufrieden in sich hinein. „Du bist wirklich einmalig. Keine Frau ist wie du.“

„Und du hast wieder einmal bekommen, was du wolltest, nicht wahr?“

Der Artikel im „Diskurs“ löste die von Constantin erwartete Lawine aus.

Sophie war sehr dankbar dafür, dass sie sich an einem Ort aufhielten, der absolut geheim war. Johannes hatte Wort gehalten, und niemand ahnte, wo sie sich wirklich befanden. Der erfahrene Chefredakteur war sogar so weit gegangen, in seinem Artikel die Möglichkeit in Betracht zu ziehen, dass sich das Paar irgendwo in Kanada aufhielt, wo Constantin Afra ja angeblich ein Haus besaß. Damit hatte er erfolgreich alle Spekulationen in die falsche Richtung gelenkt.

Über die Medien bekamen sie den unglaublichen Rummel mit. Auch die Agentur, die sich um den größten Teil der täglichen Fanpost kümmerte, hatte plötzlich viel mehr zu tun. Constantin versicherte Sophie mehrmals, dass das übergroße Interesse wieder etwas nachlassen werde, sobald sie den ersten gemeinsamen Auftritt in der Öffentlichkeit hinter sich gebracht hatten – und der würde nicht mehr lange auf sich warten lassen.

Das neue Album war nun vollständig, und auch der Videoclip für die Singleauskopplung war unterdessen abgedreht worden. Irgendwann in der nächsten Zeit würde „Sophie's Melody" zum ersten Mal im Radio und in den Musikkanälen im Fernsehen laufen. Direkt danach standen zwei große Fernsehshows an, und Constantin hatte Sophie gebeten, ihn zu diesen Auftritten zu begleiten. Selbst wenn sie nur im Publikum säße, könnten sie auf diese Weise die Öffentlichkeit zufriedenstellen, hatte er ihr erklärt. Der Titel und nicht zuletzt auch der gesamte Text von „Sophie's Melody" würde das Übrige dazu beitragen.

Da für einige der neuen Musikstücke Teile eines Orchesters notwendig waren, hatten Constantin und Fabian beschlossen, nichts dem Zufall zu überlassen und dieses Mal das gesamte Album in einem großen Londoner Studio aufzunehmen. Fabian Afra kam also für einige Tage nach Kellan Manor, um zusammen mit Constantin noch einmal alles genau durchzugehen. Anschließend wollten die beiden Männer dann zusammen nach London fliegen.

Zu Sophies großem Bedauern reiste Fabian ohne Helen an, da sie die Kinder nicht schon wieder ihren Eltern überlassen wollte. Als sie abends nach dem Essen zu dritt zusammensaßen, brachte Sophie noch einmal das Gespräch darauf. „Es ist wirklich schade, dass Helen nicht hier ist. Ihr hättet die Mädchen doch auch mitbringen können. Ich würde sie so gerne kennenlernen."

„Ach, das wäre für die zwei Tage viel zu viel Aufwand gewesen. Wenn das Album erst einmal eine Weile auf dem Markt ist, wird unser Leben wieder ruhiger werden", tröstete Fabian sie. „Dann findet auch ihr bestimmt die Zeit, um uns zu besuchen."

„Das wäre wirklich schön, aber da ist ja auch noch das Buch. Ich habe keine Ahnung, wie das alles ablaufen wird, Fabian. Ich denke, wenn ich im jetzigen Tempo weiterarbeite, müsste ich in ein bis zwei Monaten das fertige Manuskript abgeben können. Jenkins und auch Conny meinen, es könnte spätestens dann auch auf mich eine Menge Presserummel zukommen."

Die Brüder nickten sich zu.

„Ja", bestätigte Constantin. „Das ist jetzt schon zu spüren. Ein Mitarbeiter der Agentur berichtete mir erst gestern davon, dass die Fans regelrecht verrücktspielen, seit bekannt geworden ist, dass gerade du an diesem Buch schreibst. Auch in den Briefen, die die Agentur auswählt und an mich weiterleitet, wird immer wieder nach deinem Buch gefragt. Apropos Briefe, ich sollte mich mal wieder dransetzen. Hast du etwas dagegen, Liebes, wenn ich noch eine Stunde dafür opfere? Die Beantwortung der Post bleibt im Augenblick nämlich ein bisschen auf der Strecke."

„Natürlich habe ich nichts dagegen, Conny. Schreib ein paar Briefe an deine Fans. Sie werden es dir danken."

Constantin erhob sich und drückte ihr einen Kuss auf die Stirn.

„Wir beide machen es uns derweil im Wohnzimmer gemütlich und köpfen eine Flasche von Connys bestem Rotwein", schlug Fabian lächelnd vor. „Er trinkt ihn ja sowieso nicht."

„Das Laub verfärbt sich schon", bemerkte Sophie etwas wehmütig, als sie einige Minuten später durch eines der großen

Fenster des Wohnzimmers in den Garten blickte.

Fabian gesellte sich zu ihr und reichte ihr eines der Gläser. „Komisch, wenn man langsam älter wird, scheint der Herbst jedes Jahr ein wenig schneller zu kommen, findest du nicht?"

Sie lachte. „Du sagst das, als ob wir uns schon eine Ewigkeit kennen würden."

Lächelnd prostete er ihr zu. „Nun, irgendwie kommt es mir auch so vor, als wärst du schon immer hier gewesen. Das ist eigenartig, oder?"

„Nein, das ist überhaupt nicht eigenartig. Manchmal empfinde ich auch so."

„Wie lange bist du jetzt bei ihm?"

„Seit zwei Monaten, drei Wochen, vier Tagen, und, warte mal ... fünfeinhalb Stunden."

Fabian setzte kurz ein breites Grinsen auf, wurde dann aber wieder ernst. „Und? Schon bereut, Sophie?"

Ihre dunklen Augen wurden noch eine Spur größer und eine Nuance schwärzer. „Nein."

„Deine Bedenken ... Entschuldige, aber sowohl Helen als auch Conny haben mit mir darüber gesprochen."

„Ist schon okay. Meine Bedenken – nun, sie sind durchaus noch vorhanden, aber in den Hintergrund gerückt. Constantin hat wahrscheinlich die ganze Zeit darauf vertraut, dass es so kommen würde. Dein Bruder macht mich glücklich – jeden Tag aufs Neue. Ich denke, darauf kommt es an."

„Du machst ihn glücklich, Sophie. Sehr sogar."

Sie erwiderte sein leicht verlegenes Lächeln. „Ich hoffe es von ganzem Herzen."

„Er ist ein ganz anderer Mensch geworden, seit du in sein Leben getreten bist. Er lacht wieder. Ich finde das einfach großartig. Sein Gemütszustand zeigt sich auch in seiner Arbeit. Dass er in der Lage war, diesen großartigen Text für die Ballade zu schreiben, ist Beweis genug."

„Während der letzten Wochen habe ich viel über ihn gelernt. Er hat sehr gelitten in der Zeit nach Melanie."

„Nicht nur danach, auch währenddessen", sagte Fabian bitter. „Sie war …" Er brach plötzlich ab. „Ach egal! Das ist Schnee von gestern. Lass uns lieber über etwas Erfreulicheres sprechen. Wie findest du das Video?"

Seufzend holte Sophie Luft. „Was glaubst du wohl? Es ist grandios. Wunderbar romantisch und doch voller Leidenschaft. Einfach nur schön!"

Er nickte. „Ja, es war eine richtig gute Idee, für die zwei Tage nach Irland zu fliegen. Die Kulisse ist einmalig."

„Wessen Idee war es eigentlich, den Flügel auf diesen Felsen zu stellen?"

„Connys natürlich! Er war es auch, der dieses Mal keines von den üblichen Erzählfilmchen wollte. Das Lied sollte allein für sich stehen, meinte er. Aber einfach war das ganz und gar nicht. Mal abgesehen von der enormen Herausforderung für die Techniker – erst musste per Helikopter der sündhaft teure Flügel dort platziert werden, ohne ihn zu beschädigen, und dann wurde auch noch Conny auf die gleiche Weise dort abgesetzt. Die Sache war nicht ganz ohne Risiko. Der Felsen fiel wirklich steil hinab bis ins Meer. Da wurde nicht mit dem Computer nachgeholfen oder so. Es ist alles echt. Conny sitzt tatsächlich hoch über dem tosenden Meer auf diesem schroffen Felsen, spielt Klavier und singt sein Lied." Lachend schüttelte Fabian den Kopf. „Zum Glück weiß niemand etwas von der dicken Winterunterwäsche, die er unter seinem schwarzen Anzug getragen hat. Es war saukalt dort oben."

Sophie nahm einen Schluck Wein und lächelte versonnen. „Er sieht einfach umwerfend aus vor dieser wilden Kulisse."

„Er bekommt eben immer diesen besonderen Ausdruck, wenn er den Song singt."

„Stimmt."

Eine Weile standen sie still nebeneinander und sahen hinaus in den beleuchteten Garten.

„Ihr fliegt also spätestens am Freitag mit deiner kleinen Maschine?"

„Ja, wir werden wohl so gegen Mittag aufbrechen. Aber bis dahin sind es ja noch zwei ganze Tage – und die brauchen wir auch."

„Es ist ziemlich praktisch, dass du einen Pilotenschein hast, nicht wahr?"

Fabian nickte. „Ja, das ist es. Aber natürlich darf ich nur diese kleinen Sportflugzeuge fliegen. Constantin hat übrigens auch so eine Flugerlaubnis."

„Ach? Davon weiß ich ja noch gar nichts", rief Sophie erstaunt aus.

„Na ja, Conny fliegt auch nicht mehr selbst, deshalb ist es für ihn wohl auch kein Thema mehr. Seit er den kleinen Jet besitzt, hat er es ganz aufgegeben. Sein Sportflugzeug steht schon lange ungenutzt im Hangar. Er will es schon seit mindestens einem Jahr verkaufen, kann sich aber wohl noch immer nicht dazu durchringen."

„Aber du fliegst weiterhin selbst?"

„Mir macht es immer noch großen Spaß. Außerdem sind diese kleinen Flieger wirklich praktisch. Meist reicht ein kleines Flugfeld, um zu starten und zu landen. Man muss damit nicht auf die großen Flughäfen zurückgreifen. Das macht es deutlich einfacher, wenn man ein Gesicht hat, das recht bekannt ist."

Fabian lachte. „Die kleinen privaten Flugplätze sind meist ländlich gelegen. Kein Rummel, kaum Leute, und als Pilot einer Sportmaschine kann man jederzeit auch ganz kurzfristig und völlig unkompliziert seine Landungen und Starts ankündigen. Es ist fast so, als müsstest du nur dein Auto aus der Garage holen." Ein breites Grinsen erschien nun auf seinem Gesicht. „Beim Kauf der beiden Flugzeuge haben wir uns aufgeführt wie zwei Halbstarke, so stolz waren wir damals darauf, dass wir es geschafft hatten, die Pilotenscheine zu ergattern. Helen hat sich ziemlich lustig gemacht über uns."

„Wie lange habt ihr denn diese Scheine schon?"

„Ach, schon eine Ewigkeit. Zehn Jahre oder so. Wieso fragst du, Sophie?"

„Nur so, reine Neugier."

„Sag mal, warum kommst du eigentlich nicht mit nach London? Helen wäre vor Freude sicher ganz außer sich."

„Das geht leider nicht, Fabian. Ich werde nämlich für zwei Tage nach Hamburg fliegen, um ein paar Dinge mit meinem Chefredakteur zu klären. Das ist schon seit einiger Zeit geplant. Conny fliegt ja mit dir, deshalb kann Peter Gordan mich nach Hamburg bringen."

„Schade, aber ich verstehe das natürlich."

„Ja, mir tut es auch leid, aber ich muss die Zeit nutzen. Da Peter Conny aus London abholen muss, werde ich einen ganzen Tag vor deinem Bruder wieder hier sein. Das bedeutet, ich kann die Zeit nutzen und in Ruhe arbeiten. Wieder ein paar Seiten mehr, die ich abhaken kann."

Sophie schlief nun jede Nacht in Constantins Zimmer und benutzte ihres nur noch zum Arbeiten. Es hatte sich einfach so ergeben.

Im direkt angrenzenden Raum, den Constantin als Ankleidezimmer benutzte, wurde nun auch Sophies Kleidung untergebracht. Der Raum war vorher sowieso höchstens zu einem Drittel ausgenutzt worden. Über einen kurzen Durchgang war das Ankleidezimmer auch von Sophies ursprünglichem Zimmer zugänglich. Das erklärte die schmale Tür, die sie verschlossen vorgefunden hatte, als sie nach Kellan Manor gekommen war. Nicht zum ersten Mal ertappte sie sich bei dem Gedanken, dass die Aufteilung der Zimmer sehr typisch für ein Ehepaar aus dem vorigen Jahrhundert war. Sie fand das befremdlich, wusste aber eigentlich nicht genau, warum.

Zudem kam ihr immer sofort Melanie Afra in den Sinn, wenn sie an Constantin als Ehemann dachte, und das machte ihr zu schaffen. Jedes Mal, wenn das passierte, beschlich sie ein ungutes Gefühl, manchmal sogar regelrecht Angst. Nicht zuletzt auch deshalb versuchte sie, jeden Gedanken an Melanie zu vermeiden. Auch die Seiten in ihrem Buch, die sich mit Constantins erster Ehe befassten, hatte sie inzwischen hinter sich gebracht. Das Kapitel sollte also im wahrsten Sinne des Wortes abgeschlossen sein, ermahnte sie sich oft selbst. Doch Melanie Afra schaffte es immer noch, sich dann und wann Raum in ihrem Kopf zu erobern.

Am Abend vor seiner Abreise lag Sophie bäuchlings auf Constantins Bett und sah ihm beim Packen zu. Er lief zwischen den Regalen des Ankleidezimmers und einer großen Reisetasche, die auf einem Stuhl im Schlafzimmer stand, hin und her. Constantin Afra war dafür bekannt, dass er auf der Bühne ausschließlich schwarze Kleidung trug. Sophie wusste inzwischen aber, dass er diese Farbe durchaus auch privat bevorzugte. Leicht amüsiert beobachtete sie, wie ein schwarzes Teil nach dem anderen in die Reisetasche wanderte.

„Pass auf, Conny, pack nicht zu viele freundliche Farben ein."

„Halt den Mund, Frechdachs! Schwarz steht mir, und ich fühle mich wohl darin." Er grinste kurz zu ihr rüber.

„Ja, du mein süßer Troubadour", gurrte sie mit aufgesetzt heiserer Stimme und rekelte sich dabei ein bisschen auf dem Bett. Mit verträumtem Blick betrachtete sie seinen herrlichen Körper, der nur mit schwarzen hautengen Boxershorts bekleidet war. „Schwarz steht dir wirklich fantastisch."

„Nicht ablenken, Liebste, ich habe zu tun."

„Conny."

„Hör auf zu schnurren. Ich habe keine Zeit. Oh … nein, Sophie, lass das! Zieh dich nicht auch noch aus. Du weißt doch, dass ich …"

„Ich will doch nur duschen gehen, Conny, nur duschen." Sie kicherte wie ein Teenager.

„Oh, du süße Folter!" Einen kleinen Knurrlaut ausstoßend, warf er, bereits halb auf dem Weg zu ihr, zwei weitere schwarze T-Shirts in die Tasche und ließ sich ebenfalls auf das Bett fallen. „Sag mir, warum ich so verrückt nach dir bin, Schreiberling."

Lachend griff sie in sein Haar und zog seinen Kopf zu sich heran. „Das liegt doch wohl auf der Hand. Ich bin eben in jeder Beziehung unerreicht."

„Oh ja", raunte er an ihrem Hals. „Oh ja, das bist du." Sein Kuss war voller Leidenschaft. „Wie soll ich drei Tage und drei Nächte ohne dich nur überleben?", fragte er schwer atmend, nachdem er ihren Mund wieder freigegeben hatte.

„Och, die zwei Tage in Irland hast du doch auch überlebt."

Er grinste schief. „Es war die Hölle, Baby, die reinste Tortur!"

„Das gehört sich auch so", erwiderte sie lächelnd, während ihr Blick die ausgeprägte Wölbung erfasste, die sich unter seinen Shorts abzeichnete. Langsam ließ sie ihre Hand an seinem Leib abwärts gleiten, um die Stoffbarriere über seine schmalen Hüften nach unten zu ziehen. Dann nahm sie ihn ohne Umschweife liebkosend in ihre Hand. Constantin schloss die Augen und stöhnte auf.

Nach dem Frühstück verabschiedete sich Constantin voller Zärtlichkeit von Sophie, und ehe sie sichs versah, waren die beiden Männer auch schon auf dem Weg zum kleinen Flugplatz von Kellan Manor. Da Sophie selbst erst mittags nach Hamburg fliegen würde, konnte sie sich noch etwas Zeit lassen und gönnte sich eine weitere Tasse Kaffee. Sie hatte sich gerade wieder an den Tisch gesetzt, als Maria hereinkam.

„Guten Morgen, Frau von Wenningen", begrüßte die Haushälterin sie freundlich. „Haben Sie gut geschlafen?"

Im ersten Moment war Sophie leicht irritiert, denn für gewöhnlich verhielt sich Maria Vargas anderen Menschen gegenüber eher wortkarg und ausgesprochen zurückhaltend. Der einzige Mensch, der ihr dann und wann ein Lächeln und die Bereitschaft zu einem kleinen Plausch entlocken konnte, war Constantin. Sophie beschloss sofort, sich über dieses offensichtliche Zeichen eines Entgegenkommens zu freuen. „Guten Morgen, Maria. Danke, ich habe sehr gut geschlafen", antwortete sie lächelnd.

Verhalten erwiderte Maria Vargas ihr Lächeln. Sie ging hinüber zur Fensterbank, griff nach der Gießkanne und gönnte den zahlreichen Kräutern, die sie dort zog, die nötige Zuwendung.

„Sie sind sicherlich schon wieder in aller Herrgottsfrühe aufgestanden, nicht wahr?“, versuchte Sophie die angehende Unterhaltung fortzusetzen.

„Oh ja, ich bin meistens früh auf.“ Das ungewohnte Lächeln der Haushälterin wirkte jetzt sogar ein bisschen mütterlich auf Sophie. „Wenn man älter wird, braucht man nicht mehr so viel Schlaf.“

Sophie lachte. „Ach Maria, Sie sind doch noch jung.“

„Sie schmeicheln mir, Frau von Wenningen. Ich bin vierundfünfzig, da kann man gewiss nicht mehr von jung sprechen.“

„Sagen Sie das mal meiner Mutter.“ Wieder lachte Sophie kurz und hell auf. „Sie ist genau in Ihrem Alter, verhält sich aber ebenso wild und unberechenbar wie ein Backfisch. Und Maria, bitte sagen Sie doch endlich Sophie zu mir. Sogar Constantin nennen Sie beim Vornamen.“

Marias dunkle Augen begannen zu strahlen. „Nun, bei Constantin ist es mir niemals schwergefallen und bei Ihnen wird es das auch nicht. Kann ich noch etwas für Sie tun, Sophie? Möchten Sie noch einen frischen Kaffee?“

„Wissen Sie, es ist mir noch immer etwas unangenehm, wenn Sie mich so bedienen. Ich kann mich einfach nicht daran gewöhnen. Mein ganzes Erwachsenenleben lang habe ich mir meine Mahlzeiten und meinen Kaffee selber gemacht.“

Mit ihrem milden Lächeln und einer begleitenden Handbewegung wischte Maria Sophies Einwand einfach weg. „Ach was. Papperlapapp! Ich weiß zwar schon lange, dass Sie ein patentes Persönchen sind, aber mir macht meine Arbeit wirklich Spaß. Das sollte Sie beruhigen. Es macht mir Freude, Constantin und auch Sie zu verwöhnen. Genießen Sie es einfach. Ich mag Sie wirklich sehr, Sophie.“

Überraschung und Freude gleichermaßen drückte sich in Sophies Lächeln aus. Sie hatte mit den Jahren eine recht gute Menschenkenntnis entwickelt, und sie wusste, dass Constantins Haushälterin sicherlich nicht zu den Menschen gehörte, deren Zuneigung man leicht und schnell erringen konnte. Im Gegenteil! Maria Vargas war eine auffallend distanzierte und introvertierte Person. In Sophies Gegenwart hatte sie bisher niemandem außer Constantin diese offene Freundlichkeit entgegengebracht.

„Ich mag Sie auch", erwiderte Sophie, weil ihr nichts anderes einfiel. „Haben Sie nicht Lust, zusammen mit mir noch eine Tasse Kaffee zu trinken? Es würde mir dann auch viel leichter fallen, es einfach hinzunehmen, wenn Sie mich bedienen, ehrlich!"

Das Zögern war nur kurz, dann nickte Maria, stellte wortlos eine zweite Tasse auf den Tisch, schenkte ein und setzte sich Sophie gegenüber.

„Verraten Sie mir, Maria, wie habe ich es geschafft, Ihr Herz für mich zu erwärmen?"

Die ältere Frau lächelte versonnen. „Ganz einfach, Sie haben Constantin zum Strahlen gebracht. Seine schönen Augen haben an dem Tag wieder angefangen zu leuchten, als Sie in dieses Haus gekommen sind. Zuerst hat er natürlich noch versucht, es vor aller Welt zu verbergen, aber ich habe es sofort gemerkt. Seit Jahren hat er nicht mehr so lebendig und glücklich ausgesehen. Er liebt Sie, meine Liebe. Ich hoffe, Sie wissen das."

Eine leichte Röte überzog Sophies Gesicht. „Hm … ja."

„Sie lieben ihn ebenso, nicht wahr?"

„Ich liebe ihn unendlich, Maria."

„Genauso sollte es sein. Das habe ich ihm immer gewünscht. Was diesem Mann fehlt, ist eine eigene kleine Familie, davon bin ich schon lange überzeugt. Sie sollten ihn nur mal mit seinen beiden Nichten sehen!" Ihr Blick glitt durch den Raum. „Dieser Reichtum könnte leicht darüber hinwegtäuschen, wie

Constantin wirklich ist. Er hatte es nicht immer leicht."

„Ja, ich weiß. Wie lange sind Sie eigentlich schon bei ihm?"

„Mhm, warten Sie mal – im nächsten Monat werden es zwölf Jahre. Ja, seither sorge ich schon für ihn. Ich habe nicht lange überlegen müssen, als er mich gebeten hat, mit hierher nach Schottland zu kommen. Er hat mir eine wunderschöne Wohnung zur Verfügung gestellt. Insgesamt ist er ein sehr großzügiger Chef."

„Ja, ich habe bei meinen Spaziergängen das kleinere Gebäude am Wald schon gesehen. Es liegt dort sehr idyllisch, finde ich. Auch Jesse und die Flugzeugbesatzung wohnen dort, nicht wahr?"

„Stimmt. Früher waren dort wohl mal die Stallungen untergebracht, und heute ist es ein richtiges Schmuckstück. Allerdings leben Harriet, Peter Gordan und der zweite Pilot, Lesley MacAllister, alle in Inverness und sind nur zeitweise meine Nachbarn. Jesse und ich wohnen ständig hier auf Kellan Manor. Aus diesem Grunde haben wir beide in dem Haus auch richtige Wohnungen."

Sie griff nach ihrer Tasse. „Harriet, Peter und Lesley verfügen jeweils über ein schönes Zimmer mit eigenem Bad und kleiner Küche. Es kommt ja auch vor, dass Constantin die drei monatelang nicht braucht, deshalb müssen sie nicht immer hier sein. Bei Jesse und mir sieht das anders aus. Ich kümmere mich um das Haus und Jesse um den Garten und alles andere, was so anfällt."

Nach einer kleinen Gesprächspause überlegte Sophie einen Moment, ob sie ihre nächste Frage überhaupt stellen sollte oder besser nicht. Aber schließlich überwand sie sich doch. „Wenn ich … wenn ich zu indiskret bin, sagen Sie es mir bitte offen, aber ich würde so gerne wissen, wie Sie die Tragödie um Constantins verstorbene Frau erlebt haben."

Marias Gesicht veränderte sich nur ein wenig. Ihr Blick blieb jedoch freundlich. „Für die ganze Familie Afra, nicht nur für Constantin, war dieser Vorfall in jeder Beziehung eine Katastrophe. Trotzdem empfand ich eine Art Erleichterung, als Melanie starb. Das mag böse klingen, aber so war es nun einmal. Sie war nicht gut für ihn. Sie war auch nicht gut für den bedauernswerten Herrn Kampmann. Diese Person war für niemanden gut. Sie hat nichts als Kummer und Unglück in Constantins Leben gebracht. Es tut mir wirklich leid, dass ich das so sagen muss, wo sie doch nicht mehr lebt, aber ich konnte einfach nicht verstehen, dass er …"

Maria presste ihre Lippen zusammen, so als sei es ihr äußerst unangenehm, was sie soeben ausgeplaudert hatte. „Tut mir leid, ich habe mich gehen lassen. Ich wollte nicht …"

Sophie legte ihre Hand auf die von Maria. „Machen Sie sich keine Gedanken. Ich weiß Ihre Loyalität Constantin gegenüber sehr zu schätzen. Und wenn es Sie beruhigt, Sie sind nicht die erste Person, die so etwas sagt."

Constantins Haushälterin nickte. Sophie konnte nicht wissen, dass Maria zuvor noch mit niemandem über dieses Thema gesprochen hatte. In ihr schien sich nun ein Knoten zu lösen. Sie selbst hatte keine Familie und somit auch keine eigenen Kinder. Constantin Afra war die wichtigste Bezugsperson in ihrem Leben, und es tat ihr richtig gut, endlich einmal auszusprechen, was auch ihr all die Jahre Kummer bereitet hatte.

„Ja, ich kann es mir denken. Fabian und Helen, nicht wahr?", sagte sie bitter. „Auch sie haben Melanie gehasst. Aber wissen Sie, Sophie, das Schlimmste war doch, dass dieses furchtbare Weib kurz vor ihrem Tod wieder damit anfing, Constantin zu umgarnen. Ich war so wütend deshalb, das können Sie mir glauben."

Ein sichtbarer Ruck ging durch Sophies Körper, und sofort richtete sie sich kerzengerade auf. „Sie glauben doch nicht … Melanie wollte wieder …"

„Doch, genau das meine ich. Ich bin immer in seinem Haus gewesen – und ich kenne Constantin nicht nur sehr gut, sondern ich hatte mit der Zeit auch gelernt, dieses blonde Biest richtig einzuschätzen. Sie streckte ihre Fangarme wieder nach ihm aus, obwohl sie noch mit Herrn Kampmann liiert war. Plötzlich war sie wieder viel häufiger in seiner Nähe. Wer diese Frau kannte, konnte die Zeichen gar nicht übersehen. Nun ja, Männer vielleicht, die haben sich ja alle von ihrem Engelsgesicht blenden lassen. Oh ja, sie wollte ihn zurück. Für mich gab es da nicht den geringsten Zweifel."

„Und er? Was wollte er?" Sophie hörte selbst, dass ihre Stimme nun heiser klang und leicht zitterte. Sie hatte diese Frage aus einem Impuls heraus gestellt. Der eigentliche Grund lag allerdings tiefer. Wie eine giftige Viper, die ausgehungert aus ihrem Versteck kroch, kam er nun langsam, aber unaufhaltsam höher und höher, um endlich an die Oberfläche zu gelangen und zuzuschlagen.

Maria blieb stumm und erwiderte sichtlich erschrocken Sophies eindringlichen Blick. Plötzlich wurde ihr nur allzu bewusst, was sie soeben getan hatte. „Ich glaube, damit sollten Sie sich gar nicht mehr belasten. Melanie ist doch längst Geschichte und begraben."

Wieder schob Sophie ihre Hand über die der anderen Frau. „Bitte, Maria! Ich muss es wissen!" Mehr brachte sie nicht heraus.

„Ja … er … Ach herrje, ich habe schon viel zu viel gesagt. Ich bin hier nur eine Angestellte. Wenn Constantin wüsste, dass ich so offen mit Ihnen gesprochen habe, wäre ich meinen Job sofort los. Zwölf Jahre hin oder her, er würde mich auf der Stelle feuern, das können Sie mir glauben."

Für eine kleine Ewigkeit hielten die beiden Frauen den Blick der jeweils anderen fest.

„Ich verstehe", flüsterte Sophie schließlich mit belegter Stimme. „Ja, ich habe Sie auch so verstanden."

Wortlos erhob sie sich und verließ die Küche, um nach oben zu gehen.

Sie war kaum in der Verfassung, ihre kleine Reisetasche für den kurzen Aufenthalt in Hamburg zu packen. Auch eine halbe Stunde bevor Jesse sie vor dem Haus abholen wollte, lag sie noch immer auf ihrem Bett und dachte nach. Was sich in ihrem Kopf abspielte, gefiel ihr gar nicht. Vieles davon war sogar grausam genug, um sich in ihr Herz zu fressen wie ein gnadenloser Parasit, den sie einfach nicht mehr loswerden konnte. Sie versuchte es mit Vernunft und Logik, aber es half nichts.

In aller Eile packte sie schließlich ihre Sachen und schaffte es gerade noch, zur verabredeten Zeit unten vor dem Haus zu stehen.

Dieses Mal spürte sie fast eine Art Erleichterung, als der kleine Jet einige Zeit später vom Boden abhob, um sie Richtung Heimat zu bringen.

Kaum war Sophie in ihrer Wohnung in Hamburg angekommen, rief Constantin an. Sie wunderte sich darüber, wie leicht sie es fertigbrachte, sich nicht das Geringste anmerken zu lassen. Als er sich mit einem seiner süßen Liebesschwüre von ihr verabschiedete, schloss sie einfach die Augen und blinzelte ihre Tränen weg.

Am frühen Abend wählte sie die Telefonnummer von Johannes Kramers Büro in der Hoffnung, er wäre noch dort. Eigentlich war sie erst morgen Vormittag mit ihm verabredet und wollte anschließend zusammen mit ihm und ihrer Mutter essen gehen, aber ihre Pläne hatten sich nun geändert.

Mittlerweile ging es ihr etwas besser, und ihr Kopf arbeitete wieder nahezu normal. Normalerweise entsprach es ihrer Art, den Dingen sofort auf den Grund zu gehen. Beruflich ebenso wie privat. Nachdem sich ihr Nervenkostüm nun wieder etwas beruhigt hatte, beschloss sie, auch in diesem Fall so vorzugehen, wie es ihrer Natur entsprach. Das Gespräch mit Maria hatte vor allem eines deutlich gemacht: Es gab einfach noch zu viele Dinge in Constantins Vergangenheit, die sie nur erahnte und die sie – und damit ihre Beziehung zu ihm – belasteten. Wenn sie eine Zukunft mit ihm überhaupt in Betracht ziehen wollte, musste sie die Unklarheiten beseitigen. Ohne es sich selbst einzugestehen, hatte sie offenbar seit vielen Wochen jeden Zweifel verdrängt. Das war ihr plötzlich nicht mehr möglich.

Die Erleichterung war groß, als Johannes sich am anderen Ende der Leitung meldete.

„Oh, gut, dass du noch im Büro bist, Hannes! Ich muss dich unbedingt sprechen. Allein und möglichst heute noch. Ist das machbar?"

„Ist was passiert? Hast du Kummer? Verdammt, hat dieser Kerl ..."

„Beruhige dich, Papi!", unterbrach ihn Sophie leicht belustigt. „Ich brauche in einer ganz bestimmten Sache nur deinen männlichen Rat und vielleicht auch deine Hilfe als mein Freund. Nicht mehr und nicht weniger."

„Okay. Ich bin in einer halben Stunde bei dir. Hast du schon etwas gegessen? Soll ich uns eine Pizza mitbringen?"

„Das wäre toll!"

Eine gute halbe Stunde später klingelte es auch schon an ihrer Tür. Wie versprochen trug Johannes einen Pizzakarton von Giovanni vor sich her. Sophie nahm ihm die Pizza ab, stellte sie beiseite und umarmte ihren Chef und väterlichen Freund fest.

„Na, na, du erdrückst mich ja."

„Ach Hannes!"

„So große Sorgen?"

„Ja."

„Na dann spuck mal aus, was dich belastet, meine Kleine."

Sie nickte. „Lass uns erst mal etwas essen. Ich sterbe fast vor Hunger."

Während des Essens erzählte Johannes Neuigkeiten aus der Redaktion. Erst als sie zusammen bei einer Tasse Kaffee saßen, kam er wieder zum Grund seines Hierseins zurück. „So, nun rück mal endlich raus mit der Sprache. Was ist los?"

Sophie atmete tief durch, schob ihre leere Kaffeetasse beiseite und schenkte sich ein Glas Wasser ein, bevor sie mit ruhiger Stimme versuchte, ihre Gedanken und Erkenntnisse so klar wie nur möglich vor Johannes offen darzulegen.

Eine knappe Viertelstunde schaffte er es, einfach nur still zuzuhören, doch dann hob er eine Hand und unterbrach sie. „Verstehe ich dich richtig? Was du da sagst, bedeutet im Klartext, dass du tief in deinem Herzen an ihm zweifelst. Weißt du, was das heißt? Ich meine, was das für eure Beziehung bedeuten kann? Du verweigerst ihm damit praktisch dein Vertrauen."

„Ja, aber ..."

„Entschuldige bitte, aber das ist doch harter Tobak. Bis gestern hast du mich noch in dem Glauben gelassen, dass eure Begegnung das Beste gewesen sei, was euch passieren konnte! Du hast von einer einmaligen, ganz großen Liebe gesprochen."

„Ja, und von meiner Seite aus sehe ich das auch noch immer so, Hannes. Ich weiß, dass das schwer zu verstehen ist. Die Wahrheit ist, ich liebe ihn so sehr, dass es manchmal richtig wehtut, wenn ich ihn nur ansehe. Aber ich weiß nun einmal inzwischen, dass er mir in einem sehr wichtigen Punkt nicht die Wahrheit gesagt hat."

„Er hat dich nicht direkt angelogen, sondern eigentlich nur etwas verschwiegen, Sophie."

„Kommt das nicht auf das Gleiche heraus?"

„Nicht zwingend. Du kennst seine Gründe nicht. Es könnte tausend Gründe dafür geben, warum er dir das nicht erzählt hat."

„Ja, und ich werde auf jeden Fall versuchen, die Wahrheit herauszufinden. Alles, was ich möchte, ist, dass du mir dabei hilfst."

„Hinter seinem Rücken? Das könnte sich zu einem tödlichen Bumerang für eure junge Liebe entwickeln."

„Das ist mir klar. Ich kenne Conny inzwischen gut genug, um zu wissen, dass er mir niemals verzeihen würde, wenn er das herausfindet. Aber so kann ich auch nicht weitermachen."

Sie erhob sich und ging ein paar Schritte hin und her – zumindest soweit ihr kleines Wohnzimmer dies zuließ. „Es gibt immer mal wieder Momente zwischen uns, da scheint er meilenweit von mir entfernt zu sein. Und dann gibt es da diese Fotografie von der Beerdigung. Das verdammte Foto ist mir von Anfang an unter die Haut gegangen. Sieh es dir selber an, wenn du morgen im Büro bist. Du findest das ganze Material auf meinem Rechner, und mein Passwort kennst du ja. Sieh es dir an, Hannes! Es zeigt einen vollkommen gebrochenen Mann. Ich habe in meinem ganzen Leben noch niemals ein Bild gesehen, das so viel Trauer ausdrückt."

„Hast du ihn danach gefragt?"

„Natürlich habe ich das getan, aber er hat sofort versucht, abzuwiegeln. Er sprach von der natürlichen Trauer um einen jungen Menschen und auch von seiner Trauer um Leonard Kampmann, der ja trotz allem sein Freund war. Ich wusste es damals schon besser und hatte gleich das Gefühl, dass er mir etwas verschweigt, dennoch habe ich es hingenommen. Vielleicht war das ein Fehler. Ich hätte nachhaken müssen."

Sie setzte sich wieder und griff nach ihrem Glas. „Es war nicht Leonards Grab, an dem er stand. Er hat um Melanie getrauert, und zwar so sehr, wie ein Mensch nur um einen anderen trauern kann. Wenn du das Bild siehst, wirst du sofort wissen, was ich meine. Er sieht darauf aus wie jemand, dem man die gesamte Basis entzogen hat, die Grundlage für das eigene Leben, verstehst du? Weißt du, was die wirklich urkomische Pointe an dieser Geschichte ist? Ich bin mir heute absolut sicher, dass ich mich bereits unsterblich in Constantin Afra verliebt habe, als ich diese gottverdammte Aufnahme zum ersten Mal sah." Sie lachte bitter auf, setzte ihr Glas an die Lippen und trank es in einem einzigen Zug leer.

Johannes sah ihr nachdenklich dabei zu. „Du willst sicher auch meine Meinung hören, nicht wahr?"

„Natürlich! Wie ich schon sagte, ich brauche deinen Rat und deine Meinung. Deshalb bist du hier."

„Nun gut, dann sollst du sie auch hören. Du bist davon

überzeugt, dass er dich angelogen hat, wenn er von seinen Gefühlen für Melanie sprach. Du glaubst, sie war seine ganz große Liebe, eine Liebe, die er nicht vergessen kann. Und du bist ferner davon überzeugt, dass er dich nicht annähernd so lieben kann, wie er sie geliebt hat, richtig?"

Sie schluckte hörbar. „Das mag eine Rolle spielen, ja."

„Gut, dass du so ehrlich bist. So kenne und liebe ich dich." Er lächelte besänftigend. „Aber ich war noch nicht ganz fertig. Meiner Meinung nach zweifelst du nicht nur an ihm, sondern vor allem an dir selbst."

„Wie meinst du das?"

„Ich habe mit eigenen Augen gesehen, wie der Mann dich ansieht. Er ist völlig verrückt nach dir, Sophie."

„Ja, ja! Alle sagen das! Ach Hannes, du bist doch auch ein Mann. Du weißt doch sehr genau, dass es in diesem Bereich eine ganze Menge Grauzonen gibt. Ich glaube ja auch, dass er irgendwie in mich verliebt ist, aber ..."

„Aber du befürchtest natürlich auch, dass seine Gefühle für dich weit hinter denen zurückbleiben, die er für seine verstorbene Frau gehegt hat."

„Leider ja. Ich habe diese ganzen Informationen, die ich gesammelt habe. All das habe ich in meinem Kopf immer wieder von links nach rechts gedreht, glaub mir. Unterdessen bin ich schlicht und ergreifend zu dem Schluss gekommen, dass er sich nach all den Jahren im besten Falle selbst etwas vormacht. Wenn ich recht habe, Hannes, kann das nicht mehr lange gut gehen mit ihm und mir. So schmerzvoll diese Erkenntnis auch für mich sein mag, ich sollte ihr lieber gleich ins Gesicht sehen."

Sie schenkte sich Wasser nach und nahm erneut einen kräftigen Schluck. „Himmel, ich hätte jetzt gerne ein Glas Wein", warf sie ein.

„Hast du keinen mehr im Haus?", fragte Johannes schmunzelnd.

„Ähm, ich schau gleich mal nach." Kopfschüttelnd kam Sophie zum eigentlichen Thema zurück. „Weißt du, ich bin nun einmal nicht der Trostpreis-Typ. Dafür bin ich mir zu schade. Es hilft mir auch nicht, wenn ich mir vor Augen halte, dass er mich zurzeit leidenschaftlich begehrt und diese Frau ja noch nicht einmal mehr lebt. Ich will ihn und sein Herz, ganz oder gar nicht. Ich lebe lieber wieder ohne ihn, als mit der Vorstellung klarkommen zu müssen, dass er möglicherweise in unbeobachteten Momenten dasitzt und schmachtend an dieses goldgelockte Superweib denkt. Das könnte ich einfach nicht ertragen. Er wäre niemals richtig glücklich mit mir, egal was ich auch täte oder wie ich wäre. Vollkommen egal, denn ich bin nicht Melanie."

„Okay", sagte Johannes nach einigen nachdenklichen Minuten des gemeinsamen Schweigens. „Das leuchtet mir sogar ein, und ich verstehe auch deinen Kummer. Aber warum sprichst du nicht einfach offen und ehrlich mit ihm darüber?"

Wieder musste sie schlucken. „Das kann ich nicht. Es geht einfach nicht. Ich weiß genau, was er sagen würde, und ich ... ich würde ihm ... nicht glauben."

„Hmm." Johannes nickte. „Verstehe. Ich finde schlimm, was du da sagst, aber ich verstehe es wirklich, weil ich dich kenne. Du neigst weder zu Hysterie noch übereilten Rückschlüssen." Behutsam strich er ihr über die Locken. „Was willst du tun, mein Mädchen? Was kann ich für dich tun?"

Sophie atmete tief und gründlich ein. „Ich will vor allem wissen, warum Melanie Afra sterben musste. Irgendwie denke ich die ganze Zeit, das könnte der Schlüssel sein."

„Ich begreife nicht ganz, wie du das meinst, das ist doch ..."

„Nein. Ich weiß genau, was du jetzt sagen willst, aber die Sache ist meiner Meinung nach überhaupt nicht klar. Bis heute hat sich mir nämlich kein wirklich nachvollziehbarer Grund eröffnet, warum Kampmann ihr und sich selbst das Leben genommen hat. Helen Afra zum Beispiel ist im Grunde ihres Herzens noch heute davon überzeugt, dass ihr zartbesaiteter Bruder Leonard überhaupt nicht in der Lage gewesen wäre, den Abzug zu betätigen. Schon gar nicht, um seine geliebte Melanie zu ermorden."

„Es gibt Momente im Leben, da ..." Johannes' Augen weiteten sich plötzlich. „Aber, Moment mal, du denkst doch hoffentlich nicht, dass Constantin mit dem Tod dieser beiden Menschen etwas zu tun haben könnte, oder?"

Sophie schüttelte heftig ihren Kopf. „Nein, um Gottes willen! Conny hielt sich zur fraglichen Zeit in England auf. Aber ich glaube, er könnte indirekt etwas damit zu tun haben, natürlich unbeabsichtigt. Und ich glaube weiter, dass er das eventuell genauso sieht. Immer vorausgesetzt, er wollte Melanie wirklich zurück. Wenn das so ist, Hannes, dann ist er tatsächlich ein sehr unglücklicher Mann."

„Und was weiter?"

„Es muss doch damals eine polizeiliche Untersuchung gegeben haben. Kannst du darüber nicht irgendwas in Erfahrung bringen? Du hast doch deine viel gepriesenen Quellen."

„Verdammt, Sophie!"

„Es bleibt mir keine Wahl. Ich muss endlich Gewissheit haben. Ich muss so schnell wie nur möglich Klarheit in meinem Kopf schaffen. Conny hat ... er hat mich gebeten, ihn zu heiraten. Bitte hilf mir, Hannes!"

Johannes Kramer verzog sorgenvoll das Gesicht und rückte seufzend seine Brille zurecht. „Du weißt sehr gut, dass ich dir helfen werde, mein Schatz. Trotz des warnenden Fingers, den ich dabei erheben muss."

„Ich wusste immer, dass ich mich auf dich verlassen kann."

„Okay, du willst morgen am frühen Abend schon wieder abreisen, richtig?"

„Leider ja. Mehr Zeit habe ich nicht."

„Gut, dann sollte ich am besten sofort handeln." Johannes wühlte in seiner Hosentasche und zog sein Handy hervor. „Mal sehen, was meine Kontakte zur Polizei wirklich wert sind."

„Danke, Hannes! Tausend Dank!"

Während Johannes telefonierte, räumte Sophie den Tisch ab.

Schmunzelnd schwenkte sie eine Flasche Rotwein hin und her, als sie wieder zurück ins Wohnzimmer kam. Sie registrierte, dass Johannes unterdessen mit ihrer Mutter telefonierte, und grinste über den beschwichtigenden Ton, den er immer anschlug, sobald er mit Judith von Wenningen sprach.

„Gut, mein Herz, ich werde es ihr ausrichten. Ja … ja … natürlich. Bis nachher, Schatz."

Johannes erwiderte Sophies Grinsen und schob sein Handy zurück in die Hosentasche, dann nahm er ihr die Flasche und den Korkenzieher aus den Händen. „Sie ist sauer, weil wir morgen Mittag nicht mit ihr essen gehen können. Ich habe sie davon überzeugt, dass ein gemeinsames Frühstück es auch tun wird. Du solltest dann allerdings um neun Uhr bei uns sein."

„Ach, kein gemeinsames Mittagessen?"

„Nein, du hast mittags eine andere Verabredung."

„Oh!"

„Du triffst dich morgen um vierzehn Uhr bei Giovanni mit einem langjährigen Mitarbeiter der Mordkommission. Sein Name ist Roman Herwig. Er ist mir noch einen Gefallen schuldig. Allerdings sagte er mir am Telefon, dass er dir sicherlich nicht sehr viel Neues erzählen kann."

„Roman Herwig? Ja, ich glaube, du hast den Namen irgendwann schon einmal erwähnt."

„Er ist ein recht guter Bekannter von mir. Wir kennen uns seit Jahren. Roman ist ein fähiger Polizist und ein guter Mann. Wenn er dir helfen kann, wird er es auch tun."

„Ich danke dir von Herzen, Hannes."

„Gern geschehen, meine Kleine. So, und nun lass uns noch zusammen ein Glas Wein trinken, bevor ich mich auf den Weg zu deiner lieben Mutter mache."

Sophie schätzte Roman Herwig auf Anfang vierzig. Er war mindestens einen Meter neunzig groß, breitschultrig und dazu auch noch ausgesprochen gut aussehend. Sein volles kastanienbraunes Haar wurde bereits von einigen Silbersträhnen durchzogen, und er hatte klare stahlblaue Augen. Selbst durch die dicke Wolle seines nebelgrauen Sakkos konnte man unschwer erkennen, dass der Mann in großartiger Form war.

Sophie fragte sich sofort leicht amüsiert, wo die vielen attraktiven Männer früher gewesen waren, von denen es neuerdings in ihrer Umgebung nur so zu wimmeln schien.

Einvernehmlich setzten sie sich an den etwas abgelegenen Tisch in der Nische und bestellten Antipasti. Bereits nach wenigen Minuten in seiner Gesellschaft fühlte Sophie sich ausgesprochen wohl. Roman Herwig strahlte Kompetenz, Verlässlichkeit und eine unübersehbare Stärke aus.

„Johannes hat mich schon ein wenig in Ihr Problem eingeweiht, Frau von Wenningen."

„Ja, das habe ich erwartet. Darf ich Ihnen einige Fragen zum Tod von Melanie Afra und Leonard Kampmann stellen?"

Sein jungenhaftes Lächeln war ebenso einnehmend wie nachsichtig. „Ich brauche wohl nicht zu betonen, dass es mich in Teufels Küche bringen kann, wenn ich aus dem Nähkästchen plaudere, nicht wahr?" Er wartete ihr Nicken gar nicht erst ab. „Aber natürlich ist Ihnen das klar." Sein tiefes Seufzen klang fast ein wenig amüsiert.

„Einigen wir uns doch auf Folgendes: Sie stellen Ihre Fragen, und ich entscheide jeweils danach, ob ich sie beantworten will und kann. Ich werde dann von Fall zu Fall entscheiden, ob ich eine Antwort riskiere, okay?"

„Einverstanden. Machen Sie sich keine Sorgen, Herr Herwig, unser Gespräch wird absolut unter uns bleiben. Sie können mir vertrauen."

„Als ich diesen Satz zum letzten Mal von einer Frau gehört und auch geglaubt habe, wurde ich zwei Jahre darauf von derselben Dame geschieden, Herzchen."

Sophie erwiderte sein breites Grinsen. Roman Herwig gefiel ihr. Früher, vor Constantin, wäre er wohl genau ihr Typ gewesen. Unkompliziert, aber auch charakterfest und bodenständig. Ein Mann, auf den man sich verlassen konnte und bei dem man wusste, woran man war. „Also gut, dann versuchen Sie halt, mir zu vertrauen, Herr Herwig."

Er zwinkerte ihr munter zu. „Ich gebe mir alle Mühe."

„Haben Sie damals an dem Fall persönlich mitgearbeitet?"

„Ja, aber es war eigentlich kein richtiger Fall."

„Warum nicht?"

„Nun, die Sache war von Anfang an mehr als eindeutig. Es zeichnete sich sehr schnell ab, dass Kampmann zuerst die Frau und anschließend sich selbst umgebracht hat. Es gab zum Beispiel keine auffälligen Fremdspuren und so weiter. Die kriminaltechnischen Untersuchungen wiesen keinerlei Besonderheiten auf. Die kleine Pistole, die Kampmann benutzt hatte, war nicht registriert. Da die Seriennummer entfernt wurde, mussten wir von einem klassischen Schwarzmarktkauf ausgehen. Nach diesen Ermittlungsergebnissen wurde die Akte geschlossen. Der Täter war tot, also war es auch kein Fall mehr für uns. So einfach ist das."

„Wurde denn niemals in eine andere Richtung ermittelt?"

Roman Herwig zögerte und griff nach seinem Glas, um Zeit zu gewinnen.

„Herr Herwig?"

„Doch", sagte er schließlich. „Natürlich wurde auch noch in eine andere Richtung ermittelt. Leonard Kampmann war der Geliebte von Frau Afra. Sie können sich ja wohl selber denken, welcher Gedanke sich einem Kriminalisten da als Erstes aufdrängt. Wissen Sie, der Ehepartner ist üblicherweise in solchen Fällen immer verdächtig. Immer!"

Sophie zuckte leicht zusammen. „Der Ehepartner?", fragte sie heiser.

„Ja, aber, wie schon gesagt, ich kenne Ihre leisen Zweifel. Johannes hat mit mir ansatzweise darüber gesprochen. Sie sollten sich wirklich keine Sorgen machen. Constantin Afra war beruflich in London, als es passierte. Am Abend des bewussten Tages saß er zusammen mit seiner Schwägerin in einem bekannten Londoner Hotelrestaurant. Also weit weg vom Geschehen. Eine Menge Leute haben ihn dort gesehen."

Sie nickte. „Ich weiß, damals ging er auch privat noch ab und zu in die Öffentlichkeit, aber …"

„Ich habe seinerzeit persönlich mit Afra gesprochen. Und wenn Sie meine Meinung hören wollen, er hatte damit nicht das Geringste zu tun. Ich habe in den letzten Jahren einigen Mördern ins Gesicht sehen müssen – Ihr Constantin ist mit Sicherheit keiner, glauben Sie mir. Und …"

„Und?"

Seufzend schob Roman Herwig seinen leeren Teller beiseite. „Die Sache hat ihn emotional ziemlich umgehauen. Jeder, der damals mit ihm zu tun hatte, konnte das sehen."

Sophie schluckte vernehmlich. „Gibt es … Entschuldigung." Sie räusperte sich und trank einen Schluck von ihrem Mineralwasser. „Gibt es noch eine Ermittlungsakte, die man einsehen könnte?"

Der Kriminalbeamte schüttelte seinen Kopf. „Keine Chance, da noch ranzukommen, Sophie. Der Fall wurde ordnungsgemäß abgeschlossen, und die Akte landete im Archiv. So läuft das bei uns. Es gab schlichtweg nichts mehr zu ermitteln. Möchten Sie noch etwas trinken?"

Sie schüttelte ihren Kopf. „Danke."

„Also ich brauch jetzt erst mal ein vernünftiges Bier. Dieses alkoholfreie Zeug ist nicht wirklich befriedigend, oder?" Wieder setzte er sein jungenhaftes und äußerst charmantes Lächeln auf, dann winkte er Giovanni heran und bestellte ein großes Pils. „Ins Büro brauche ich heute sowieso nicht mehr. Das sollte ich ausnutzen."

Sophie schmunzelte in sich hinein. „Sie gefallen mir, Roman."

„Nanu, Sie flirten doch nicht etwa mit mir, Rehauge?"

Ihr Lachen klang erfrischend. „Oh nein, keine Panik! Wie Sie wissen, bin ich in festen Händen – und ich bin absolut der konventionell treue Typ."

Er nickte, aber sein einnehmendes Lächeln blieb. „Apropos, was macht Sie eigentlich so unsicher? Sie haben da schließlich einen ganz besonders tollen Fang an Land gezogen. Der Kerl ist berühmt, stinkreich, und ich muss zugeben, ich fand ihn damals eigentlich recht sympathisch. Seine erste Frau ist seit mehreren Jahren unter der Erde. Der Märchenprinz hat sich in Sie verliebt, Sie haben sich in ihn verliebt. Das klingt doch alles perfekt. Wo ist Ihr Problem?"

Sie lehnte sich zurück, verschränkte ihre Arme und blieb stumm.

Freundlich lächelnd wie immer räumte Giovanni die Teller ab und servierte Roman sein Bier. Während der ganzen Zeit schwieg Sophie beharrlich, und Herwigs klare Augen ruhten derweil geduldig auf ihrem nachdenklichen Gesicht.

„Ich könnte Sie höchstens ein bisschen an meinen Überlegungen zum Tod von Melanie Afra und Leonard Kampmann teilhaben lassen. Meine ... persönlichen Probleme haben auch damit zu tun", setzte sie schließlich wieder an.

„Na dann mal los. Ich bin ganz Ohr." Er hob sein Glas, prostete ihr zu und trank es in einem Zug halb leer.

„Kampmanns Schwester glaubt nicht recht daran, dass ihr Bruder zu dieser Tat fähig gewesen ist. Er war durch und durch Künstler, hochsensibel und wohl nicht unbedingt der männlich zupackende Typ."

„Große Schwestern haben sich schon häufig in ihren kleinen Brüdern geirrt. Verbrechen im Affekt sind beileibe keine Seltenheit."

„Melanie wollte ... also, sie wollte kurz vor ihrem Tod offenbar zu Constantin zurück."

Herwig stutzte kurz. „Okay, das ist mir zwar neu, aber dann haben wir ja nach all den Jahren sogar noch das Motiv für Kampmanns Verhalten. Die blonde Schönheit hat ihrem Liebhaber mitgeteilt, dass sie wieder in das Bett ihres holden Gatten zurückkehren wird. Da hat das Sensibelchen halt rotgesehen und abgedrückt. Das entlastet Afra zusätzlich, will ich meinen."

Sophie schüttelte den Kopf und holte tief Atem. „Sie verstehen mich noch immer nicht. Ich glaube ja gar nicht, dass Constantin absichtlich damit etwas zu tun hatte. Ich …“

„Na?“

„Ich habe auch erfahren, dass Melanie während ihrer Ehe mehrere Verhältnisse gehabt hat. Vielleicht spielte auch noch ein anderer Mann die Hauptrolle in dem Drama.“

„Bleib auf dem Teppich, Mädchen! Es gab nicht den geringsten Anhaltspunkt dafür.“

„Man fand wirklich keine Abschiedsbriefe, oder …“

„Nichts, Sophie, rein gar nichts. Da waren nur die beiden Leichen in diesem Wochenendhaus, ein Ehemann und weitere Angehörige und Freunde, die allesamt weit weg vom traurigen Geschehen waren.“

Sophie wurde blass und legte ihre Hand auf den Unterarm ihres Gegenübers. „Mein Gott!“

„Was ist los? Du siehst plötzlich aus wie dieses Tischtuch.“ Ohne sich dessen bewusst zu sein, war der Kommissar zum vertraulichen Du übergegangen.

Sophie griff nach Herwigs Glas und nahm einen kräftigen Schluck von seinem Bier. „Wussten Sie … weißt du eigentlich, dass die Afrabrüder einen Pilotenschein und eigene kleine Sportmaschinen besitzen?“

Roman nickte, schüttelte dann aber gemächlich seinen Kopf. „Du bist so was von auf dem Holzweg. Natürlich haben wir auch das überprüft. Für wie blöd hältst du uns eigentlich? Beide Maschinen wurden in den betreffenden Stunden nicht einen Zentimeter bewegt. Sie standen warm und trocken nebeneinander in ihrem Hangar.“

Langsam schloss Sophie ihre Augen und atmete pustend aus.

Roman Herwig lächelte erneut. „Du solltest die Sache einfach als das akzeptieren, was sie ist: Geschichte.“

„Wenn das nur so einfach wäre, Roman.“

Sie wusste nicht, was dieser Mann an sich hatte, dass sie so schnell und umfassend zu ihm Vertrauen gefasst hatte, aber es war so. Ehe sie sichs versah, schilderte sie ihm ihre ganz persönliche Misere.

Geduldig hörte er ihr fast eine Stunde lang zu. Erst dann schien sie sich alles von der Seele geredet zu haben. Sichtbar erschöpft lehnte sie sich schließlich in ihrem Stuhl zurück und holte seufzend Luft.

„Willst du auch einen Kaffee?", fragte er mit ruhiger Stimme, während er ein weiteres Mal Giovanni heranwinkte.

Sophie nickte. Wieder saßen sie wortlos nebeneinander, bis der Kaffee serviert wurde.

Roman schob ihre Tasse noch ein Stückchen näher zu ihr hin. „Trink, Sophie, das wird dir guttun."

Sie hob den Kopf, und ihre Blicke trafen sich. „Du glaubst jetzt wahrscheinlich, ich bin völlig plemplem, oder?"

„Ganz und gar nicht. Ich kann dich sogar sehr gut verstehen. Was ich allerdings nicht verstehe, ist, warum du noch immer nicht mit deinem Märchenprinzen über deine Ängste gesprochen hast. Meiner Ansicht nach bist du nicht unbedingt der feige Typ."

„Nein, du hast recht. Üblicherweise bin ich das sicher nicht. Es ist nur so, dass ich … na ja, ich komme mir eigentlich selbst ein bisschen albern vor, und das macht mich unsicher. Du hast vorhin die Tatsachen aufgezählt. Ich habe mich Hals über Kopf in diesen tollen Mann verliebt. Er sagt mir jeden Tag, wie sehr auch er mich liebt. Er war derjenige, der darum gekämpft hat, dass ich mich dieser Liebe stelle. Ich hatte anfangs wirklich Bedenken wegen unserer unterschiedlichen Lebensweise, und er hat dafür gesorgt, dass ich sie über Bord werfe. Mein normalerweise ganz ordentlich funktionierender Verstand arbeitet mit voller Kraft gegen mein Bauchgefühl – und das gefällt mir gar nicht. Mein Herz leidet nämlich höllisch darunter. Anders kann ich es nicht erklären."

„Du fühlst dich zerrissen."

„Genau." Sie setzte ihre Tasse an die Lippen und nahm endlich einen Schluck Kaffee. „Wirklich fertig macht mich, dass mein verdammter Bauch sich bis heute noch niemals geirrt hat.“

„Das kenne ich gut“, warf er nachdenklich ein.

„Was würdest du an meiner Stelle tun?“

„Hmm.“ Für den Bruchteil einer Sekunde lag sein Blick auf ihrem Mund, dann sah er ihr wieder direkt in die Augen. „Auch wenn es dir noch so schwerfällt, rede endlich mit ihm, Sophie! Es ist der einzig richtige Weg. Frag ihn direkt, warum er dir nicht erzählt hat, dass Melanie zu ihm zurückwollte.“

„Er würde mich niemals verstehen.“

„Wenn das wirklich so ist, bist du generell bei ihm falsch“, sagte Roman entschieden und hob seine Tasse an die Lippen.

Sophie schluckte schwer. „Okay, ich … ich werde darüber nachdenken.“

„Tu das. Sag mal, diese Helen …“

„Ja?“

„Du bist inzwischen ganz gut mit ihr befreundet, das habe ich doch vorhin richtig verstanden?“

„Ja, das bin ich.“

„Dann sprich doch zunächst noch mal mit ihr. Sie kennt ihren Schwager – und sie weiß wahrscheinlich ebenso gut wie er, was damals wirklich abgelaufen ist.“

Sophie schüttelte wieder einmal ihren Kopf. „Sie lebte schon in der Nähe von London, als der Mord geschah. Ich glaube nicht, dass sie überhaupt ahnte, dass Constantin Melanie zurückwollte. Außerdem hätte sie es mir schon lange erzählt.“

„War es denn überhaupt so? Wollte Afra seine Frau wirklich zurück?“

„Ja.“

„Melanie betrog ihn offenbar am laufenden Band und war inzwischen fest mit einem Freund von ihm liiert. Du glaubst wirklich, er hätte diese Ehe wieder aufgenommen, nur weil eine Haushälterin es dir gegenüber in einem Gespräch angedeutet hat?“

Sie zögerte. „Nicht nur deshalb. Es ist ganz einfach so, dass es viel zu gut ins Gesamtbild passt."

Mit ernstem Blick und einem leichten Lächeln auf den Lippen sah Roman Herwig ihr geradewegs in die Augen. „Ich höre aus deinen Ausführungen vor allem heraus, dass du offensichtlich an einer gestörten Selbstwahrnehmung leidest – und zwar aus einem mir unerfindlichen Grund. Ich bin ein Mann, glaub mir einfach, wenn ich dir sage, dass du mit deinem verkorksten Bild von dir selbst vollkommen falschliegst. Dein Prinz kann sich nämlich glücklich schätzen." Sein Lächeln wurde breiter, während Sophie ihn ein wenig verlegen über ihren Tassenrand hinweg anlächelte.

Als sie sich einige Minuten später schließlich voneinander verabschiedeten, steckte Roman Herwig ihr seine Visitenkarte in die Jackentasche und schenkte ihr ein jungenhaftes Lächeln. „Ruf mich ruhig an, wenn du dich mal wieder aussprechen möchtest. Und auch sonst … jederzeit."

Sie lächelte zu ihm auf. „Danke, Roman, danke für alles."

„Es war mir ein besonderes Vergnügen."

Spontan stellte sie sich auf die Zehenspitzen und hauchte ihm einen Kuss auf die Wange. Dann wandte sie sich schnell ab und verließ noch vor ihm das Lokal.

Es war schon ziemlich spät am Abend, als Sophie auf Kellan Manor ankam. Eine Schlechtwetterfront über Südengland hatte den beiden Piloten und dem Flugzeug eine Menge abgefordert, und Sophie war heilfroh, als sie wieder festen Boden unter den Füßen spürte. Eigentlich flog sie recht gern, aber dieser unruhige Flug hatte an ihren Nerven gezerrt.

Erschöpft gönnte sie sich ein ausgiebiges Bad im Whirlpool und eine Tasse mit heißer Schokolade, die Maria ihr aufs Zimmer brachte. Danach ging es ihr deutlich besser. In ihren dicken Flanellbademantel gehüllt, setzte sie sich schließlich an ihren Schreibtisch und begann zu arbeiten.

Erst als gegen Mitternacht das Telefon klingelte, löste sie ihre Finger wieder von der Tastatur ihres Laptops.

„Hi, Baby! Ich hoffe, ich habe dich nicht geweckt." Constantins sinnliche Stimme kroch ihr sofort unter die Haut.

„Hi! Nein, ich bin noch gar nicht im Bett."

„Vermisst du mich?"

„Rasend! Wie läuft es bei euch?"

„Alles perfekt. Und bei dir? Ich habe gehört, der Flug war nicht unbedingt ein Vergnügen."

„Ach, es ist überstanden. Mir geht es gut. Marias heiße Schokolade hat eine tolle Wirkung."

Sein dunkles Lachen löste ein Kribbeln unter ihrer Bauchdecke aus. „Oh ja, ich weiß. Was machst du gerade? Arbeitest du noch?"

„Ja."

„Eine Nacht noch, Liebes, dann bin ich endlich wieder bei dir."

Sie schluckte und fragte sich zum wiederholten Male, warum sie diesem Mann einfach nicht vertrauen konnte. Alles könnte so einfach und wundervoll sein.

„Ich liebe dich so sehr, Conny." In ihrem Hals machte sich plötzlich ein riesiger Kloß breit.

„Ich liebe dich auch. Wie war dein Tag? Was hast du heute alles so angestellt? Hast du ein paar Freunde getroffen?"

„Oh, ähm, nein, dafür war die Zeit zu knapp. Heute Vormittag habe ich zusammen mit meiner Mutter und Johannes gefrühstückt, und anschließend war ich noch kurz in der Redaktion. Danach bin ich eigentlich auch schon wieder auf dem Weg zum Flughafen gewesen. Wann bist du denn morgen hier, Conny?"

Einen Moment lang blieb es still in der Leitung, doch dann hörte sie wieder seine dunkle, leicht vibrierende Stimme. „Wenn alles nach Plan verläuft, werde ich wohl gegen fünfzehn Uhr landen."

Auf eine nahezu schlaflose Nacht folgte ein grauer nebelverhangener Morgen. Sophie duschte ausgiebig, zog sich Jeans und ein schlichtes Sweatshirt an und saß dann allein am großen Küchentisch vor ihrem Kaffee. Maria war schon früh nach Inverness aufgebrochen, weil sie dort einen Arzttermin hatte und auch noch einige Besorgungen machen wollte. Es war sehr still im Haus. Mit einem tiefen Seufzen warf Sophie einen weiteren Blick auf die Küchenuhr.

Noch fast vier Stunden, dachte sie und starrte noch eine Weile auf die frisch gescheuerte Tischplatte.

Vor ungefähr zehn Jahren war sie von zu Hause ausgezogen. Sie hatte seither immer allein gelebt und sich dabei niemals einsam gefühlt. Das war jetzt plötzlich anders.

Ohne Constantin kam sie sich verlassen vor.

Sie beschloss zu arbeiten, bis er endlich nach Hause kommen würde, um sich von ihrer beklemmenden Sehnsucht abzulenken. Aber oben angekommen, ging sie an ihrem Zimmer vorbei. Obwohl sie sich auf Kellan Manor sehr wohlfühlte, waren ihr große Teile des Hauses noch immer fremd. Constantin betonte häufig, wie wichtig es ihm sei, dass sie es auch als ihr Zuhause ansah. Also schlenderte sie langsam und ziellos die obere Galerie entlang.

Das Erdgeschoss war ihr bestens vertraut, und auch hier oben, im ersten Stock, kannte sie sich inzwischen recht gut aus. Constantins Büro, ein schöner, lichtdurchfluteter Raum, lag den beiden großen Schlafzimmern schräg gegenüber. Gleich daneben gab es noch ein weiteres, etwas kleineres Zimmer, das nur dürftig möbliert war. Im hinteren Teil des Flures lagen die übrigen Gästezimmer mit den dazugehörigen Bädern, die von den Mitgliedern der Band genutzt wurden, wenn sie hier waren. Da Sophie unterdessen auch diese Räume kannte, drehte sie wieder ab und ging zurück zur Galerie.

Auf der linken Seite gab es eine große Doppeltür und eine weitere Treppe, die ins oberste Geschoss des Hauses führte. Sie wusste, dass dort, neben zwei weiteren Gästezimmern, auch die Räume lagen, die Constantin seinem Bruder und dessen Familie zur Verfügung stellte. Sie selbst war noch nie dort oben gewesen, es hatte sich einfach noch nicht ergeben. Kurz entschlossen stieg sie die geschwungene Treppe hoch.

Helen hatte nicht übertrieben. Das Spielzimmer für die Kinder war ein einziger Abenteuerspielplatz und wirkte auf den ersten Blick fast ein wenig überladen. Beim genaueren Hinsehen erkannte Sophie jedoch den hohen Spielwert der vorhandenen Gegenstände. In der Mitte des Raumes gab es Hängebrücken, Schaukeln und ein Trapez über dicken Schaumstoffmatratzen. In einer Ecke stand eine hübsche Sitzecke in kindgerechter Größe. Auf dem Tisch davor lagen Stifte, Zeichenpapier und allerlei Bastelmaterialien. Aber es fehlte auch nicht an Stofftieren, Puppen und den altbekannten Bauklötzen aus Holz. Sophie schmunzelte. „Das Kind im Manne“, sagte sie leise.

Nach einem kurzen Blick in die anderen Räume machte sie sich wieder auf den Weg nach unten. Das Haus war wirklich perfekt, entschied Sophie. Jeder Raum strahlte eine ganz eigene Atmosphäre aus.

Unschlüssig stand sie schließlich vor Constantins Bett. Schon seit mehreren Stunden verfolgte sie ein ganz bestimmter Gedanke und machte ihr gehörig zu schaffen. Sie wusste selbst, dass die Erkundung des oberen Stockwerks nur ein schlichtes Hinausschieben gewesen war. Im Grunde hatte sie nur Angst davor gehabt, wieder allein in diesem Zimmer zu stehen.

„Ich werde es ja doch irgendwann tun“, sagte sie flüsternd zu sich selbst.

Mit zögerlichen Schritten ging sie zu Constantins Bettseite und setzte sich. Nach einem langen und sehr tiefen Atemzug öffnete sie die oberste Schublade seines Nachtschranks. Zum ersten Mal war ihr dieser Gedanke gekommen, nachdem sie mit Maria gesprochen hatte. Sie wusste eigentlich gar nicht, wonach sie suchte oder was sie zu finden hoffte. Briefe, vielleicht ein paar persönliche Dinge aus seiner Zeit mit Melanie. Irgendwas, das ihr ein wenig mehr Klarheit verschaffen würde.

Sachen, die sie nicht das Geringste angingen!

Sophie schauderte. Was sie hier tat, war falsch und moralisch verwerflich, das war ihr bewusst, und doch konnte sie nicht anders.

Vorsichtig zog sie die Schublade so weit es ging heraus. Taschentücher und zwei Packungen Kondome, das war alles. In der zweiten Schublade lag nur eine große Mappe mit Kinderzeichnungen. Sophie war gerührt. Offenbar wurde Constantin von seinen Nichten regelmäßig mit neuen Kunstwerken bedacht, die er fein säuberlich in dieser Mappe sammelte.

Als sie die dritte und letzte Schublade des Nachtschranks öffnete, hielt sie unweigerlich die Luft an. Mehrere kleine Schmuckschachteln und ein etwas größerer Karton lagen darin. Sophie schloss kurz die Augen, dann öffnete sie mit zitternden Fingern die erste Schachtel und fand auf Anhieb Constantins Ehering. Mit brennenden Augen las sie die Gravur: für immer – Melanie.

„Heul jetzt bloß nicht", ermahnte sie sich kaum hörbar selbst. „Du hast selbst schuld, du dumme Pute."

Ihre Hand zitterte noch immer, als sie die kleine Schmuckschachtel mit dem Ehering an ihren Platz zurücklegte. Die anderen Kartons waren ihr plötzlich vollkommen gleichgültig geworden. Entschieden wischte sie ihre Tränen fort und schob die Schublade wieder zu. Sie erhob sich, drehte sich um und erstarrte.

Constantin stand mit leicht gespreizten Beinen und ehernen Gesichtszügen in der offenen Schlafzimmertür.

Für den Bruchteil einer Sekunde versagten ihre Beine ihr fast den Dienst, aber dann hatte sie sich auch schon wieder in der Gewalt.

„Hast du gefunden, wonach du gesucht hast, Schreiberling?" Seine Stimme klang kalt und klirrend wie Eis, aber seine Augen schienen von innen heraus zu brennen.

Sophie zuckte heftig zusammen, und ihr Herz begann immer schneller, immer lauter zu schlagen. „Conny …"

„Ja, sieh an, der Conny ist schon da!", unterbrach er sie voller Sarkasmus. „Stell dir vor, er konnte es gar nicht erwarten, endlich zu seiner kleinen, hinterhältigen Schreiberin zurückzukehren. Bravo, Frau von Wenningen, gute Arbeit! Du verstehst etwas von deinem Job, alle Achtung!"

„Conny, bitte! Das ist nicht so …"

„Nicht so, wie es aussieht? Ich bitte dich! Reite dich nicht noch tiefer in den stinkenden Morast, Baby!"

Plötzlich klang das Kosewort, mit dem er sie so oft voller Zärtlichkeit bedacht hatte, gar nicht mehr liebevoll, sondern zynisch und kalt. Auf seiner Stirn gruben sich tief die beiden senkrechten Falten ein.

„Du gibst mir also keine Chance, dir das hier zu erklären?"

„Ich habe genug gesehen, Sophie. Hier geht es allerdings nicht nur um deine kleine Schnüffelei. Es passt einfach viel zu gut zum fauligen Rest."

Er war nicht nur einfach wütend auf sie, das konnte sie leicht von seinem Gesicht ablesen. Nein, er war außer sich vor Zorn und Enttäuschung. In ihrer Brust formierte sich ein erbarmungsloser Schmerz, der sich von dort aus über ihren gesamten Körper ausbreitete und ihr unmissverständlich klarmachte, dass sie ihn soeben verloren hatte. „Du vertraust mir nicht, Conny."

„Du wagst es noch, mir gegenüber das Wort ‚Vertrauen' auszusprechen? Pah!" Wutschnaubend kam er einen großen Schritt näher und schleuderte seine Reisetasche aufs Bett. „Du warst kaum in Hamburg angekommen, da taucht schon dieser Kramer bei dir auf. So weit, so gut, er gehört ja schließlich zu deiner Familie. Gestern triffst du dich dann aber bei deinem ach so diskreten Lieblingswirt mit einem ziemlich ansehnlichen Kerl, dessen Identität meine Mitarbeiter leider noch nicht ermitteln konnten. Natürlich habe ich am Telefon darauf gewartet, dass du mir davon erzählst. Ich habe dir die Chance dazu gegeben, erinnerst du dich? Ein guter Kollege, vielleicht ein alter Schulfreund? Bis dahin bin ich nämlich noch genau davon ausgegangen – und es wäre okay gewesen. Leider hast du es dann aber vorgezogen, dieses Treffen bei Giovanni mir gegenüber überhaupt nicht zu erwähnen. Schlimmer noch, du hast mich sogar angelogen. Du bist gestern nämlich nicht eine Minute in der Redaktion gewesen!"

Ihr blieb fast die Luft weg. „Du … lässt mich beobachten?"

„Beobachten? Sag mal, bist du wirklich so naiv? Natürlich haben meine Mitarbeiter von mir den Auftrag bekommen, dich nicht aus den Augen zu lassen. Nachdem sich die verfluchte Presse nun jeden Tag die Finger über uns beide wund schreibt, weiß doch inzwischen jedes Kind da draußen, wer du bist. Es war eine ganz normale Vorsichtsmaßnahme. Bodyguards, verstehst du?"

Sophies Beine gaben jetzt endgültig unter ihr nach, und sie ließ sich zurück auf das Bett sinken. Er hatte sich um ihre Sicherheit gesorgt, vielleicht gab es noch eine Chance. „Es tut mir so leid, Conny. Ich kann dir das wirklich alles erklären."

„Na, davon bin ich überzeugt. Schließlich bist du ja ein äußerst kreativer Mensch, nicht wahr?"

„Was willst du damit sagen?"

„Nun, es ist doch praktisch für dich, all diese Informationen in der Hinterhand zu haben. Den Inhalt des Buches muss der gute Constantin Afra ja noch absegnen, aber dann …" Er stieß erneut geräuschvoll Atemluft durch die Nase aus. Seine Miene wirkte, als ob er ohne mit der Wimper zu zucken einen Mord begehen könnte. „Irgendwann geht unsere kleine Starreporterin dann ja wieder zurück an ihr Tagesgeschäft. Die tolle Promotion, die ich Idiot dir und deinem Arbeitgeber auf dem Silbertablett serviert habe, dürfte die Sache ziemlich vereinfachen."

Ihr wurde schwindlig. „Du glaubst doch nicht etwa, ich tue das hier alles nur …"

Mit zwei langen Schritten war er bei ihr, griff nach ihren Oberarmen und riss sie grob vom Bett hoch. Mit voller Wucht prallte sie gegen seine Brust. „Oh, gab es da noch andere

Gründe, Frau von Wenningen? Ah, ich verstehe! Auch eine kühl berechnende Journalistin wie du braucht ab und zu mal guten Sex, oder? Hat der große breitschultrige Mann, mit dem du dich triffst, in dieser Beziehung etwa Defizite? Wie bedauerlich für dich! Wo du doch so ungemein ... hungrig sein kannst, nicht wahr?"

„Conny, nein! Bitte, sag doch so etwas nicht. Ich liebe dich!"

Sein Blick bohrte sich in ihren, und er war so eisig, dass sie glaubte, auf der Stelle darunter zu erfrieren. Vor Wut schien sein ganzer Körper zu beben.

„Du wagst es tatsächlich ... Du solltest nicht von Dingen sprechen, von denen du nicht das Geringste verstehst! Liebe! Es wundert mich, dass du an diesem Wort nicht erstickst. Verschone mich in Zukunft damit."

Fassungslos starrte sie ihn an und bekämpfte die immer stärker werdende Panik und die unausweichliche Gewissheit, dass der Traum damit für immer ausgeträumt war. „Du machst einen furchtbaren Fehler", brachte sie mühsam hervor.

„Ach, jetzt drohst du mir auch noch! Na klasse! Das volle Programm. Wer hätte das gedacht."

„Nein, nein, du verstehst mich schon wieder nicht!" Verzweifelt suchte sie nach den richtigen Worten, aber in ihrem Kopf war alles leer.

Seine Daumen gruben sich schmerzhaft in ihre Oberarme, und er schloss kurz seine Augen. „Ich warne dich, du mieses kleines Dreckstück! Wenn du in deinem verfluchten Blatt auch nur ein einziges Wort über mich schreibst, wirst du deines Lebens nicht mehr froh werden, kapiert?"

Sie konnte nun nicht mehr verhindern, dass sich ihre Augen mit Tränen füllten.

„Gottverdammt", stieß er hervor. „Du hast dich verkauft, Sophie von Wenningen. Verkauft wie eine Hure! Nun, du solltest lernen, dass Huren ihre Freier niemals auf den Mund küssen. Es wäre also gut, das zu berücksichtigen, solltest du dich auch in Zukunft für deine Arbeit prostituieren wollen."

In seinen Augen glomm ein wildes Feuer auf, und einen Moment lang glaubte sie absurderweise, er würde sie tatsächlich küssen. Doch dann stieß er sie abrupt von sich und wandte sich blitzschnell von ihr ab. Sie taumelte zurück. Nie zuvor in ihrem Leben hatte sie sich so gedemütigt, so herabgesetzt gefühlt.

„Ich gebe dir eine Stunde zum Packen. Jesse wird dich zum Flugplatz bringen. Was nicht in deine Koffer passt, lasse ich dir nachschicken.“ Mit diesen Worten verließ er das Zimmer, ohne sie auch nur noch ein einziges Mal anzusehen.

7. KAPITEL

Wenige Wochen nach ihrer Trennung von Constantin konnte Sophie noch immer nicht wirklich fassen, dass sie diese Zeit überhaupt überlebt hatte. Ihr Innerstes fühlte sich die meiste Zeit wund, manchmal aber auch einfach leblos und taub an. Außer diesem immerwährenden Schmerz und der seltsamen Leere war da fast gar nichts mehr.

Wie in Trance hatte sie alles hinter sich gebracht. Die Gespräche mit Johannes und ihrer Mutter waren wohl am schlimmsten gewesen, aber auch die Öffentlichkeit war in kurzen und knappen Worten über die Trennung informiert worden. Kaum dass dies überstanden war, hatte sie ganze Nächte hindurch geschrieben, damit sie die Arbeit an dem inzwischen so verhassten Buch endlich abschließen konnte.

Jetzt war es endlich so weit. Das fertige Manuskript war Constantin bereits zugegangen, und er hatte, ganz gegen ihre Erwartung, keinerlei Einwände gehabt, wie ihr von Thomas Jenkins mitgeteilt wurde. Das Manuskript lag nun im Lektorat des Verlags und wurde für die Veröffentlichung vorbereitet.

Interviewtermine in zwei verschiedenen Talkshows standen bereits fest. Aber Thomas Jenkins hatte ihr unterdessen auch eröffnet, dass Constantin selbst zu keinem Interview bereit war. Sie allein würde die Verantwortung für die Vermarktung ihres Buches übernehmen. Sophie war sogar erleichtert darüber, denn Constantins unnachgiebige Haltung verhinderte gleichzeitig eine Begegnung zwischen ihr und ihm.

Dennoch – sie vermisste ihn unsagbar.

Es half auch nichts, dass sie sich immer wieder die grauenvollen Beleidigungen vergegenwärtigte, die er ihr zum Schluss an den Kopf geworfen hatte. Jede Stunde, jede Minute und jede Sekunde ihrer Tage war angefüllt mit den anderen, den wundervollen Erinnerungen an ihre Zeit mit ihm. Dieses besondere Glück, das sie in seiner Nähe und in seinen Armen erfahren hatte, erschien ihr inzwischen beinahe unwirklich.

Manch schlaflose Nacht verbrachte sie einsam in ihrer Küche und starrte grübelnd in die Dunkelheit. Oft beschimpfte sie sich dann selber, wie dumm sie doch gewesen sei. Sie verfluchte die Zweifel, die ihr keine Ruhe gelassen hatten. Gleichzeitig wusste sie aber auch, dass sie wohl immer wieder so handeln würde, weil es einfach ihrer Natur entsprach, den Dingen auf den Grund zu gehen. Dennoch meinte sie genau zu wissen, dass es allein ihre furchtbaren Zweifel an seiner Liebe gewesen waren, die all das Schöne zerstört hatten.

In anderen Nächten verwünschte sie dann wieder ihn und sein erbarmungsloses Misstrauen, seinen unverrückbaren Stolz. Dessen ungeachtet würde sie Constantin Afra immer lieben und sich bis zu ihrem letzten Atemzug nach ihm sehnen. Das wusste sie so sicher, wie sie den eigenen Namen kannte.

Ihre Mutter und Johannes kümmerten sich liebevoll um sie, aber sie fühlte sich trotzdem schrecklich einsam. Zweimal verabredete sie sich mit Stefanie aus dem Archiv, und sie zwang sich sogar, zu einigen Redaktionssitzungen zu gehen. Früher hatten ihr die Diskussionen mit den Kollegen immer Spaß gemacht, jetzt aber empfand sie noch nicht einmal ein gewisses Maß an Zufriedenheit dabei. Der Kontakt zu anderen Menschen war für sie immer immens wichtig gewesen, doch nun war sie trotz ihrer beklemmenden Einsamkeit froh, wenn man sie in Ruhe ließ. Es war viel zu schön, sich in süßen Erinnerungen zu verlieren und in bildhafte Träume zu flüchten, die noch immer eine gewisse Nähe zu Constantin ermöglichten.

Eines Abends klingelte das Telefon, und zu ihrer Überraschung war es Lutz Wölfer, der sie anrief.

„Hey, Zuckerschnute! Ich bin für ein paar Tage in Hamburg. Hast du Lust auf ein Essen mit einem einsamen Pianisten?“

„Ach Lutz, nein. Tut mir leid, aber ich … mir ist nicht nach … Unterhaltung“, antwortete sie merklich widerwillig.

„Hör zu, Sophie, mach mich nicht gleich zur Schnecke. Es hat mich genug Überwindung gekostet, überhaupt bei dir anzurufen." Sie hörte ihn tief einatmen. „Püppchen, der Typ ist Vergangenheit. Wende dich doch lieber der verlockenden Gegenwart zu. Na komm schon, gib dir einen Ruck."

Sophie schloss entnervt die Augen. Sie hielt Lutz nicht für einen schlechten Menschen, sie mochte ihn sogar irgendwie, aber im Augenblick ging ihr seine oberflächliche Art mächtig auf die Nerven. Mittlerweile kannte sie ihn gut genug, um zu wissen, dass er sich nur mit Frauen verabredete, um sie so schnell wie möglich ins Bett zu bekommen. Die Liste seiner Eroberungen war ungefähr so lang wie die gesamte Gleisstrecke des Orient Express.

„Tut mir leid, Lutz", wiederholte sie. „Du wirst sicherlich keinerlei Schwierigkeiten damit haben, eine passende Begleitung für heute Abend zu finden."

„Ich möchte aber mit dir diesen Abend verbringen, nicht mit irgendeiner ..."

„Ich sagte Nein, Lutz!"

Nach einem Moment der Stille hörte sie wieder seine Stimme. „So schlimm, Sophie?"

„Noch schlimmer! Ich wäre keine gute Gesellschaft, glaub mir."

„Süße, vielleicht wird es leichter, wenn ..."

„Ich war noch nie der Typ für einen One-Night-Stand."

Er räusperte sich. „So habe ich das auch gar nicht gemeint."

„Gut. Dann entschuldige ich mich. Das war vielleicht nicht sehr fair."

„Nein, das war es nicht, aber mach dir bloß keine Vorwürfe. Du weißt ja, ist erst mal der Ruf ruiniert ... Hör zu, nimm den Hörer in die Hand und ruf mich an, wenn dir danach ist – aus welchem Grund auch immer, okay?"

„Gute Nacht, Lutz."

„Träum schön, kleine Sophie."

Sie legte auf und kämpfte gegen eine neue Tränenflut an.

Sie konnte ihre Gefühle einfach nicht in den Griff bekommen. Constantin Afra war überall – vor allem aber in ihrem Herzen. Inzwischen traute sie sich noch nicht einmal mehr, das Radio oder den Fernseher einzuschalten. Sie hatte buchstäblich Angst davor, völlig unvorbereitet seine Stimme zu hören oder ihn gar zu sehen. Zweimal schon war ihr das bisher passiert, und sie wäre fast erstickt vor lauter Kummer.

„Sophie's Melody" war jetzt bereits seit vier Wochen auf Platz eins in den Musikcharts. Die Verkaufszahlen der CD brachen alle bisherigen Rekorde. Manchmal, in schwachen Stunden, fragte sie sich, wie Constantin es fertigbrachte, dieses Lied immer wieder zu singen. In der letzten Zeit war er in mehreren Fernsehshows damit aufgetreten. Der Song war wohl schon jetzt der größte Hit, den er jemals gehabt hatte. Er stellte alles andere in den Schatten.

Als Sophie vorsichtig Thomas Jenkins danach gefragt hatte, hatte dieser sie nur milde angelächelt und ihr mitgeteilt, dass Conny eben durch und durch ein echter Profi sei. Sophie glaubte Tom Jenkins nicht. Für sie war es viel wahrscheinlicher, dass Constantin über das, was er auch immer für sie empfunden haben mochte, längst hinweg war. Er fühlte sich von ihr getäuscht und benutzt, das würde er niemals vergessen können. Seine Enttäuschung und sein unbändiger Zorn waren fast mit Händen greifbar gewesen. Nein, sie machte sich nichts mehr vor – sollte er tatsächlich jemals in sie verliebt gewesen sein, so war das ein für alle Mal vorbei.

Seine Familie teilte offenbar seine Einstellung. Schon vor Wochen hatte Sophie an Helen einen langen Brief geschrieben, doch Constantins Schwägerin hatte ihr bisher noch nicht geantwortet. Nur Thomas Jenkins ließ keinen Zweifel daran, dass er nach wie vor große Stücke auf sie hielt. Darüber freute sie sich sehr, denn Jenkins war schließlich auch ihr Agent.

Und dann war da noch Roman Herwig.

Ohne dass sie es darauf angelegt hatte, war er im Laufe der vergangenen Wochen zu einem verlässlichen Freund geworden. Vielleicht sogar zum besten Freund, den sie jemals gehabt hatte, denn er war nicht der väterliche Typ wie Johannes Kramer. Roman war kameradschaftlich, stark und zuverlässig – und er war immer da, wenn sie ihn brauchte. Im Grunde war er der einzige Mensch, den sie zurzeit wirklich an sich heranließ und dem sie sich vorbehaltlos öffnete.

Viele Nächte hatte er seither auf ihrem Sofa verbracht, damit sie in ihrem Kummer nicht zu oft allein blieb. Er nahm sie in den Arm und tröstete sie, wann immer es nötig war. Und er war auch der einzige Mensch, der ihr nicht auf die Nerven ging. Manchmal verbrachten sie viele Stunden schweigend miteinander, denn er forderte sie niemals von sich aus auf, über ihren Kummer zu sprechen. Wenn sie aber von allein über Constantin sprach, hielt er ihre Hände, hörte ihr still zu und ließ sie einfach reden. Roman fügte sich so nahtlos in ihr Dasein ein, als ob er schon immer da gewesen wäre. Sie schätzte seinen Verstand und genoss die friedliche Ruhe, die stets von ihm auszugehen schien.

Eines Abends saßen sie mal wieder zusammen in Sophies Wohnung und verspeisten gemeinsam eine riesige Portion Spaghetti. Wie so oft erzählte Roman ihr eine Weile von seiner Arbeit. Sie mochte es sehr, wenn er das tat, denn es lenkte sie ab, und er zeigte ihr damit überdeutlich, dass er ihr sein volles Vertrauen entgegenbrachte. Instinktiv schien er zu wissen, wie dringend sie gerade das jetzt brauchte. Es tat einfach gut zu fühlen, dass ihr jemand vertraute.

Nach dem Essen räumten sie wie immer gemeinsam den Tisch ab und brachten Sophies Küche wieder in Ordnung.

„Bier?“, fragte Sophie, nachdem die Arbeit getan war.

„Mhm, gerne.“ Roman hängte ein Geschirrtuch zum Trocknen über den Griff der Backofentür und lehnte sich dann mit vor der Brust verschränkten Armen an den Türrahmen. Sein stahlblauer Blick ruhte auf ihr. „Wie geht es dir, Rehauge?“, fragte er vorsichtig und absichtlich allgemein. Wie immer ließ er ihr damit die Möglichkeit, dem eigentlichen Grund seiner Frage auszuweichen.

Sophie zuckte mit den Schultern. „Es wird nicht besser. Ich kann machen, was ich will, es hört einfach nicht auf, wehzutun."

Im letzten Moment unterdrückte sie ein Schluchzen, doch es blieb ihm nicht verborgen. Er fluchte leise, ging auf sie zu und zog sie an seine Brust. Eine Weile hielt er sie einfach fest, dann spürte er, dass sie sich wieder etwas entspannte.

„Irgendwann wird es leichter werden, Sophie. Du musst nur Geduld haben. Glaub einfach einem alten Mann mit einschlägiger Erfahrung." So wie er es erhofft hatte, kicherte sie leise an seiner Brust. „Hey, ein kleines Lachen!", flüsterte er erfreut. „Wunderbar, weitermachen!"

„Du bist noch nicht mal fünfundvierzig Jahre alt, Roman."

„Manchmal fühle ich mich wie ein Greis." Auch er lachte jetzt und schob Sophie ein Stückchen von sich weg. „Was ist nun mit dem versprochenen Bier?"

Sie machten es sich auf der Couch gemütlich. Roman genoss sein Bier, und Sophie blieb bei ihrem Mineralwasser.

„In vier Wochen ist der Veröffentlichungstermin des Buches", eröffnete sie ihm und lächelte verhalten.

„Hm, ich weiß. Bist du sehr aufgeregt?"

„Es geht so. Vor den beiden Talkshows, zu denen ich eingeladen wurde, habe ich allerdings ein bisschen Bammel. Die Fragen … uff! Daran mag ich noch gar nicht denken."

„Du bist doch selbst vom Fach, Sophie. Also kannst du dir annähernd vorstellen, was deine lieben neugierigen Kollegen vom Fernsehen von dir wissen wollen. Meiner Meinung nach solltest du dir einfach ein paar Standardantworten zurechtlegen. Inzwischen gehen doch sowieso sämtliche Journalisten davon aus, dass es sich bei eurer kurzen Beziehung nur um einen reinen Werbeschachzug gehandelt hat. Keiner von denen glaubt ernsthaft an eine reale Affäre."

„Ja, dafür haben Hannes und Tom Jenkins hinreichend gesorgt. Ein paar gut platzierte Pressemitteilungen, und all die weiblichen Fans können wieder glücklich und zufrieden sein." Ihr kurzes Lachen klang bitter. „Weißt du, das wirklich Witzige an der Sache ist, dass Conny und ich uns vor einiger Zeit noch genau darüber lustig gemacht haben. Allerdings war die Ausgangslage da noch eine ganz andere."

Sie seufzte leise, und Roman schüttelte nachdenklich den Kopf.

„Ich kann immer noch nicht glauben, dass der Kerl dir noch nicht einmal die Chance zu einer Erklärung gelassen hat."

„So war es eigentlich nicht wirklich ... es war ..."

„Du meinst, er hat mit seinen fiesen Reaktionen dafür gesorgt, dass du gar keine Erklärungen mehr abgeben wolltest, richtig?"

„Stimmt. Woher weißt du nur immer so genau, was ich sagen will?"

„Ganz einfach, ich bin auch ein Mann. Uns fehlt es in solchen Momenten manchmal ganz einfach an Grips. Das liegt uns im Blut, Sophie. Wenn ein Kerl sich so richtig verschaukelt fühlt, dann schaltet sein Denkapparat in der Regel auf null. Dafür sorgt zuverlässig der berühmt-berüchtigte männliche Stolz. Leider ist bei einigen von uns dieser Reflex besonders stark ausgeprägt." Er lächelte leicht, auch wenn der Blick aus seinen klaren Augen ernst und sorgenvoll blieb.

„Was würde ich nur ohne dich machen, Roman? Wie kann ich dir nur jemals danken für all das, was du für mich tust?"

Sein Gesichtsausdruck veränderte sich ein wenig, und das sanfte Lächeln verschwand. Mit seinem breiten Handrücken strich er ihr kurz über die Wange. „Sag mir einfach nur rechtzeitig Bescheid, wenn dein Herz wieder frei ist."

Sophie atmete tief ein. Sie nahm ihm seinen vorsichtigen Vorstoß nicht übel, denn sie ahnte schon seit einiger Zeit, dass Roman mehr für sie empfand als reine Freundschaft. In besonders stillen Momenten hatte sie bereits den einen oder anderen eindeutigen Blick von ihm aufgefangen.

„Du wirst auf jeden Fall der Erste sein, der es erfährt", versprach sie leise und sah ihm dabei ernst in die Augen.

„Ich denke, ich werde jetzt gehen."

„Ja."

Sie erhoben sich gleichzeitig.

„Bleibt es übermorgen bei unserer Verabredung fürs Kino?", fragte er.

„Klar! Ich freue mich schon darauf. Du kannst bei den traurigen Liebesszenen immer so herrlich mitheulen, Roman." Sie grinste.

„Wehe, du verrätst das irgendwem", warnte er scherzhaft, während er in seine Jacke schlüpfte.

„Niemals! Ich verspreche es feierlich."

„Ich werde wohl besser eine Extrapackung Papiertaschentücher für uns beide einpacken."

„Gute Idee."

Wie üblich beugte er sich zu ihr herab, und sie küsste ihn zum Abschied auf die Wange.

„Schließ gut ab, Rehauge." Noch einmal zog er sie kurz an sich, dann schlüpfte er durch die Haustür und war verschwunden.

Sophie ging hinüber zu ihrem Wohnzimmerfenster und winkte ihm zu, denn er sah immer noch einmal zu ihr hinauf, bevor er in sein Auto stieg.

Die Wochen bis zur Buchveröffentlichung vergingen viel zu schnell.

Für Sophie wurde diese Zeit zu einem wahren Höllenritt. Überall in der Stadt sah man jetzt die Werbeplakate, auf denen der Buchumschlag und damit Constantins Gesicht zu sehen war. Ihr Vertrag mit Jenkins verlangte, dass sie öffentliche Lesungen und Signierstunden abhielt – und sie brachte auch das hinter sich. In den Kultursendungen im Fernsehen, die sie selbst so gerne sah, wurde ihr Buch eingehend besprochen und sehr gelobt.

Aber es war ja nicht nur das Buch. Wo immer Sophie sich auch aufhielt oder welches Gerät sie auch immer einschaltete, sie konnte sicher sein, dass „Sophie's Melody“ gespielt wurde. Im Radio kam der Song praktisch stündlich, und auf sämtlichen Musikkanälen im Fernsehen lief das Video ebenfalls rauf und runter.

Sie hörte überall seine Stimme.

Sie sah überall sein Gesicht und in seine leuchtenden Augen.

Aber sie überlebte – irgendwie.

Einige Zeit nach der Buchveröffentlichung überstand sie sogar die beiden Talkshows im Fernsehen ohne einen einzigen Aussetzer. Natürlich wurde sie in beiden Sendungen auch zu ihrer persönlichen Beziehung zu Constantin Afra befragt.

Sophie spürte das Scheinwerferlicht auf sich gerichtet und war sicher, dass jeder ihr ansehen konnte, welch tiefer Schmerz in ihrer Brust wütete. Im Stillen zählte sie bis drei, atmete bewusst ein und lächelte ihr Gegenüber höflich an. Mit ruhiger Stimme antwortete sie: „Ich bin hier, um über das Buch zu sprechen, nicht über mein Privatleben.“

Als einer der Moderatoren die Frage stellte, warum sie das Buch nicht gemeinsam mit dem berühmten Sänger vorstellte, durchzuckte sie der vertraute Schmerz erneut. Dennoch gelang es ihr, betont kühl zu erwidern: „Nun, ich bin die Autorin, und ich bin heute Abend hier. Wo sich Herr Afra zurzeit aufhält, kann ich Ihnen leider nicht sagen.“ In Wahrheit schnürte der Kummer ihr fast die Kehle zu.

Roman Herwig begleitete sie oft zu den verschiedenen Veranstaltungen, wenn sein Dienstplan es zuließ. Er hielt sich stets im Hintergrund, aber er war nun mal kein unauffälliger Mann. Seine große kräftige Statur und sein blendendes Aussehen erregten Aufmerksamkeit. Bald erschien das erste gemeinsame Foto in einer Tageszeitung. Sophie hätte nichts dagegen tun können – und es war ihr im Grunde auch gleichgültig. Oft war sie so erschöpft, dass sie einfach froh und dankbar war, wenn Roman hinter den Kulissen oder auch in einer abgelegenen Ecke eines Buchladens auf sie wartete, um sie nach Hause zu fahren. Bei diesen Gelegenheiten sprachen sie nur sehr wenig miteinander. Roman sagte ihr, sie sei gut gewesen, und sorgte dafür, dass sie heil nach Hause und wieder zur Ruhe kam.

Auch die zweite Talkshow war nun endlich geschafft. Nach Absprache mit Thomas Jenkins hatte sie weitere Einladungen höflich, aber bestimmt abgelehnt. Die offizielle Werbetour war beendet und ihr Vertrag somit erfüllt. Endlich!

„Glaubst du, er hat sich das heute Abend angesehen?", fragte sie, nachdem sie in Sophies Wohnung angekommen waren.

Roman nahm ihr die Jacke ab und hängte sie an die Garderobe. „Mhm, ich denke, schon." Sein Blick heftete sich auf ihr Gesicht. „Ich an seiner Stelle hätte es sicherlich getan. Zieh diese halsbrecherischen Stöckelschuhe aus und leg die Beine hoch. Ich mach uns einen Becher Tee. Du siehst völlig erschöpft aus."

Sophie zögerte.

„Was ist?", fragte er, während er ebenfalls aus seinen Schuhen schlüpfte.

„Keinen Tee, Roman. Ach, ich würde sonst was geben für einen Schluck Wein."

Er schüttelte den Kopf. „Ehrlich?"

„Nein, natürlich nicht! Aber ich hab keine Lust auf Tee."

„Heiße Schokolade?" Er grinste, weil er ihre Vorliebe für Schokolade teilte.

„Au ja! Danach kann ich bestimmt viel besser schlafen."

„Setz dich, ich kümmere mich darum."

Sie lächelte ihm nach. „Du bist wirklich ein Schatz, Herwig."

„Ach, bemerkst du das auch schon?", rief er ihr mit einem Lachen in der Stimme aus der Küche zu.

Ein erleichtertes Seufzen entfuhr ihr, als sie sich auf ihr Sofa fallen ließ. „Endlich vorbei!"

Wenig später kam Roman zurück und stellte schmunzelnd zwei dampfende Becher mit heißer Schokolade auf dem Couchtisch ab. „Du hast dich prima gehalten, Rehauge“, stellte er fest, während er seine Manschetten öffnete und die Ärmel seines weißen Oberhemds bis zu den Ellenbogen hochkrempelte. „Aus dir wird noch ein echter Medienstar.“

Sophie brachte ein müdes Lächeln zustande. „Und ich dachte immer, du seist ein aufrichtiger Freund.“

Roman ließ seine Hände in die Hosentaschen gleiten und setzte eine betont mitleidige Miene auf. „Armes, erschöpftes Mädchen! Willst du Musik?“

„Oh Gott, nein! Diese Stille ist viel zu herrlich.“

Er setzte sich neben sie und reichte ihr einen der beiden Becher. Eine Weile saßen sie nur schweigend da, nahmen ab und zu mal einen Schluck und genossen gemeinsam die Ruhe.

Die ganze Anspannung des Tages fiel nun von Sophie ab, und der heiße Kakao wärmte ihren Körper. Eine angenehme Mattigkeit überkam sie. Irgendwann stellte Sophie ihren leeren Becher beiseite und kuschelte sich in Romans Armbeuge. Er legte zunächst zögernd einen Arm um ihre Schulter, ließ dann aber zu, dass sie sich noch enger an ihn schmiegte.

„Ich fühle mich immer so wohl bei dir, Roman.“

„Hmm.“

Sie spürte, dass er tief und gründlich einatmete.

„Du bist müde und sehr erschöpft. Ich werde jetzt mal aufbrechen.“

„Ach Roman, bleib doch noch ein bisschen.“

„Hör zu, ich bin auch nur ein Mann, okay? Das hier … das hier geht im Augenblick ein bisschen über meine Kraft. Ich habe auch meine Grenzen.“

Sie rückte sofort von ihm ab. „Oh! Ich habe … ich wollte das nicht. Es tut mir leid.“

„Es ist schon gut. Verdammt, Sophie, sieh mich nicht schon wieder an wie ein waidwundes Reh! Es ist gut! Du kannst überhaupt nichts dafür!“, stieß er viel zu heftig hervor.

Es war das erste Mal, dass sie ihn annähernd ärgerlich erlebte. Es erschreckte sie ein bisschen, dass sie noch nicht einmal im Traum daran gedacht hatte, wie sich die körperliche Nähe auf ihn auswirken könnte. Beschämt sah sie ihn an, und plötzlich war da nur noch die endgültige und traurige Gewissheit in ihr, dass sie vermutlich niemals wieder den Versuch machen würde, einen Mann zu verführen, wenn er nicht Constantin Afra war. Auch dann nicht, wenn dieser Mann so gut zu ihr war wie Roman Herwig.

„Es tut mir so leid. Verzeih mir bitte meine Gedankenlosigkeit", bat sie ihn leise, aber mit deutlichem Nachdruck.

Er war schon im Begriff gewesen, aufzustehen, doch nun hielt er mitten in der Bewegung inne und sah ihr lange und ruhig ins Gesicht. „Du hast nichts getan, was du dir vorhalten müsstest, Sophie. Ich war nur für einen kurzen Moment … nun ja, man könnte sagen, überfordert, und das ist allein mein Problem. Weißt du, du rührst etwas in mir an. Ich finde dich sexy, und wir verstehen uns fast ohne Worte. Eine Weile … eine Weile habe ich mir vorgemacht, ich könnte derjenige sein, der dich aus dieser Misere herauslotst, aber das wird niemals funktionieren." Er lächelte, um ihr zu zeigen, dass er nicht wirklich böse mit ihr war. „Ich habe fünfzehn Jahre mehr auf dem Buckel als du. Ich kenne mich aus, glaub mir."

„Hab ich heute Abend gedankenlos unsere Freundschaft verspielt?"

Sein Blick blieb gewohnt fest und klar. „Das könntest du gar nicht. Unsere Freundschaft ist mir wichtiger als … alles andere. Aber ich brauche jetzt mal ein bisschen Zeit für mich, okay?" Im Flur schlüpfte er in seine Schuhe und zog die Jacke an, dann wandte er sich ihr noch einmal zu. „Der Mann ist wirklich ein Idiot."

8. KAPITEL

Drei Monate später

Constantin schaltete den Videorekorder ab, lehnte sich in seinem Sessel zurück und schloss die Augen. Er litt grauenhafte Qualen, körperlich ebenso wie seelisch. Wahrscheinlich würde er niemals darüber hinwegkommen, dass gerade diese Frau ihn verraten hatte, denn davon war er nun von Tag zu Tag mehr überzeugt.

Sie hatte sich nicht einmal zur Wehr gesetzt, als er sie mit seinen Vorwürfen konfrontiert hatte – sie war einfach gegangen. Einfach so! Das kam in seinen Augen einem Schuldeingeständnis gleich. Wie sehr hatte er darauf gewartet, noch Tage später, dass sie ihn anschreien, ihn fragen würde, warum er nur an ihrer Liebe zweifelte. Er hatte auf eine Erklärung für ihr seltsames Verhalten gewartet, aber nichts von alldem war geschehen.

Sie blieb fort, und sie blieb stumm. Wie hatte er nur annehmen können, sie würde ihn wirklich und wahrhaftig lieben? Wenn sie es täte, hätte sie um ihre Liebe kämpfen müssen, redete er sich ein. Er hatte sich furchtbar in ihr getäuscht, und auch das konnte er noch immer nicht verwinden.

Die Fotos in der Zeitung, die sie mit diesem anderen Mann zeigten, hatte er natürlich auch gesehen. Ein großer attraktiver Kerl, mit breiten Schultern und festem Blick.

Constantin wusste unterdessen, dass es derselbe Mann war, mit dem sie sich damals in Giovannis Restaurant getroffen hatte. Seither dachte er darüber nach, warum ihm der Mann so bekannt vorkam, aber es wollte ihm einfach nicht einfallen, woher er ihn kannte. Wahrscheinlich war auch er einfach nur ein verfluchter Reporter, der schon früher einmal versucht hatte, ihm auf die Pelle zu rücken. In den Zeitungen fand er allerdings auch keinen Hinweis auf diesen Kerl. Sie schrieben nur, er sei der ständige Begleiter von Frau von Wenningen, mehr schienen diese verdammten Blätter offenbar nicht preisgeben zu wollen.

Seine brennende Eifersucht brachte Constantin fast um den Verstand. Ständig musste er daran denken, dass der andere Mann Sophie berühren und küssen durfte, während sich ihm selbst vor Sehnsucht die Eingeweide verkrampften.

Seufzend spulte er zum dritten Mal an diesem Abend das Videoband zurück und startete es neu. Wieder sah er sich das Interview aus der letzten Talkshow an, in der Sophie zu Gast gewesen war. Er fand sie so schön, dass der Dauerschmerz in seiner Brust sich sofort intensivierte. Er brauchte sie nur anzusehen, die Augen, ihren weichen Mund, das dunkle wellige Haar, und er wurde fast wahnsinnig von dem brennenden Verlangen, das in ihm tobte. Als sie sich während des Interviews einmal kurz und vollkommen unbewusst über die Unterlippe leckte, stöhnte er unwillkürlich auf.

„Scheiße!"

Wütend schaltete er erneut die Geräte ab und schleuderte die Fernbedienung gegen eine der Bücherwände. Scheppernd zerfiel sie dort in mehrere Teile, die verstreut auf dem Parkettfußboden seiner Bibliothek liegen blieben. Mit beiden Händen rieb er sich kräftig das Gesicht und strich sich anschließend die inzwischen viel zu langen Haare zurück.

„Ich hasse dich, Sophie von Wenningen! Fahr zur Hölle, du gottverdammte Hexe!"

Der nächste Morgen war grimmig kalt, und es schneite.

Constantin stand, einen dicken Wollpullover um die Schultern gelegt, auf dem Balkon vor seinem Schlafzimmer und rauchte. Kraftlos warf er den Rest seiner Zigarette in den alten Pflanzenkübel zu seinen Füßen und verschränkte fröstelnd die Arme vor der Brust. Sein Blick streifte die Wipfel der weiß gepuderten Kiefern, die ein Stück hinter Loch Kellan sein Grundstück begrenzten.

Er hatte viel erreicht in seinem Leben. Viel und doch gleichzeitig so bedauernswert wenig. Sein größter Wunsch, eine eigene Familie, war ihm bisher verwehrt geblieben, und er machte sich inzwischen auch keinerlei Hoffnung mehr darauf, dass er überhaupt irgendwann noch erfüllt werden könnte. Damals, als er voller Stolz sein erstes Haus in Hamburg kaufte, hörte er in seinen Träumen schon das Kinderlachen, das die Räume mit Leben erfüllen würde. Später dann begleiteten ihn seine Wunschvorstellungen auch hierher nach Schottland. Heute konnte er über seine romantischen Träumereien nur noch müde lächeln.

Eine Menge Geld, Ruhm und noch mehr Erfolge hatte er in den vergangenen Jahren für sich verbuchen können, und dennoch war er nicht wirklich glücklich geworden. Die wenigen Wochen in seinem Leben, in denen er beinahe unverfälscht glücklich gewesen war, waren nun auch für immer verloren, da machte er sich keinerlei Illusionen. Er kannte das Gefühl bereits. Ein neuer Verlust, eine neue Enttäuschung – und doch unvergleichlich schmerzhafter als jede andere Verletzung, die man ihm bisher zugefügt hatte.

Er war jetzt Mitte dreißig, aber er fühlte sich wie ein alter Mann, ohne Visionen und ohne eine erstrebenswerte Zukunft. Ein schiefes Lächeln glitt über sein Gesicht. Selbstmitleid war ihm zuwider, aber er schaffte es nicht immer, sich dieser demütigenden Verfassung zu entziehen. Unwillig schüttelte er schließlich den Kopf und warf einen prüfenden Blick auf seine Armbanduhr. Am Nachmittag würden Fabian und Helen eintreffen. Er hatte seinem Bruder bereits am Telefon gesagt, dass er ihm etwas Wichtiges mitzuteilen habe. Und er war sich sicher, dass Fabian bereits ahnte, was es war. Sein Bruder wusste genau, an welchem Punkt die Grenze für ihn, Constantin, erreicht war.

Seit vielen Wochen führte er nun schon das trostlose Leben eines einsamen Wolfes. Das freudlose Lachen, das er bei diesem Gedanken ausstieß, hallte düster in ihm nach. Ja, er fühlte sich derzeit tatsächlich wie ein Lebewesen, das einfach nicht zu den anderen seiner Art passen wollte. Weihnachten hatte er zwar im Hause seines Bruders verbracht, aber direkt nach den Feiertagen war er wieder zurück nach Kellan Manor geflogen.

Selbst die Personen, die ihm eigentlich am nächsten standen, schienen ihm nach und nach immer fremder zu werden. Obwohl er sich entsetzlich verlassen fühlte, verlangte es ihn dennoch nicht nach anderen Menschen. In manchen Nächten dachte er ernsthaft darüber nach, ob er sich am Rande einer ausgewachsenen Depression bewegte. Aber wenn er ehrlich zu sich selbst war, steckte er wahrscheinlich schon seit einiger Zeit mittendrin.

Seufzend wandte sich Constantin schließlich vom märchenhaften Anblick seines winterlichen Gartens ab und ging zurück ins Haus. Es wurde Zeit für ihn. Zeit, etwas zu essen, zu duschen – und es wurde Zeit, die Stunden totzuschlagen, bis seine Familie endlich eintraf und ihn für wenige Tage wieder aus seiner Isolation reißen würde. Ob es ihm nun gefiel oder nicht.

„Du siehst noch immer furchtbar aus", stellte Helen am Abend lakonisch fest, als sie zusammen im Wohnzimmer saßen. „Du hast schon Weihnachten so schrecklich ausgesehen, Conny. So langsam mache ich mir wirklich Sorgen um deine Gesundheit."

Fabian schenkte seiner Frau ein neues Glas Wein ein und stimmte ihr mit einem Nicken zu, sagte aber selber nichts.

Constantin presste seine Lippen aufeinander und strich sich gedankenverloren eine dunkle Haarsträhne aus der Stirn. Er beschloss, dass es keinen Sinn hatte, die Sache noch weiter hinauszuschieben. „Ich werde die Tournee nicht machen, Fabian. Ich will … eigentlich überhaupt nicht mehr auftreten."

Wieder nickte Fabian Afra. Er wusste aus Erfahrung, dass es wenig Erfolg versprechend war, zu versuchen, seinen Bruder von einer einmal gefassten Entscheidung abzubringen. „Das habe ich mir schon gedacht. Du weißt hoffentlich, was du tust?"

„Absolut. Ich weiß, dass ich die Fans maßlos enttäuschen

werde, und mir ist auch klar, dass mich das so ganz nebenbei ein kleines Vermögen kosten wird, aber ich bin schlicht am Ende. Ich hoffe … ich hoffe wirklich, du und die anderen Jungs nehmt mir das nicht allzu übel. Selbstverständlich werde ich euch alle für den Ausfall entschädigen."

Er räusperte sich gründlich, bevor er fortfuhr: „Es war mir wichtig, zuerst mit dir und Helen über meinen Entschluss zu sprechen. Vor allem, weil ihr ja ohnehin vorhabt, euch nächste Woche mit den anderen in Hamburg zu treffen. Morgen früh werde ich dann mit Dirk telefonieren und ihn ebenfalls schon mal vorwarnen."

„Nun, ich habe genug zu tun. Wie du ja weißt, habe ich auch noch andere Eisen im Feuer", warf Fabian ein. „Und was die Jungs angeht – sie sind allesamt großartige Musiker und werden sicherlich nicht so schnell am Hungertuch nagen. Zudem sind sie schon einmal mit einer Auszeit von dir klargekommen."

„Es könnte aber durchaus sein, dass es dieses Mal nicht nur bei einer Auszeit bleibt, Fabian. Ich denke viel eher, es ist ganz für mich vorbei. Im Grunde hat sich der Bruch in mir schon damals angedeutet. Eigentlich habe ich das Mikrofon auch nur wieder in die Hand genommen, weil ich mich aus den verschiedensten Gründen dazu verpflichtet fühlte. Glaub mir, wenn ich nur an die vergangene Woche und an dieses Konzert in London denke … Die Übelkeit und dazu noch das Gefühl des Ausgeliefertseins, als die kreischende Meute mich fast erdrückt hat, während ich zum Bühneneingang gelotst wurde – nein, ich kann das nicht mehr ertragen."

Er schluckte hörbar. „Außerdem, wenn ich auch nur noch ein einziges Mal auf eine Bühne muss, um dieses verfluchte Lied zu singen, krepiere ich wahrscheinlich. Ich will nicht mehr! Ich will das alles nicht mehr aushalten müssen. Die Fans, der Druck – mir wird einfach alles zu viel im Moment. Ich habe keine Freude mehr daran, verstehst du? Ich muss jetzt einfach die Notbremse ziehen."

„Du bist künstlerisch in einem Tief, das verstehe ich natürlich. Aber was hast du stattdessen vor? Ich kenne dich, Conny, du wirst das Nichtstun und ein Leben ohne deine Musik nicht sehr lange aushalten. Also, was wirst du mit deiner Zukunft anfangen?"

Constantin legte seinen Kopf in den Nacken und atmete laut durch die Nase ein und wieder aus. Erst nach einer ganzen Weile sah er seinem Bruder wieder in die Augen. „Ich weiß es ehrlich gesagt noch nicht. Mir ist nur klar geworden, dass ich so nicht weitermachen kann, ohne vollkommen verrückt zu werden. Vielleicht werde ich auch wieder mehr komponieren – ja, wahrscheinlich werde ich das tun. Ein Musical möglicherweise, was weiß ich. Die Idee hatte ich früher schon einmal."

Helen legte ihre Hand auf den Unterarm ihres Schwagers. „Du willst doch nicht etwa wieder nach Kanada abhauen, oder?"

„Ehrlich gesagt habe ich auch das schon in Erwägung gezogen. Wie ihr wisst, habe ich die Hütte niemals verkauft, sondern stattdessen den Doc gebeten, dort ab und zu nach dem Rechten zu sehen. Es könnte eine Eingebung gewesen sein, wer weiß. Wahrscheinlich werde ich mich aber zunächst ein bisschen in den Staaten umsehen. Vielleicht ergibt sich ja dort eine neue Herausforderung, kann doch sein, oder?"

Helen schaute Constantin eine Weile nachdenklich an, dann verhärteten sich ihre Gesichtszüge sichtbar. „Ach, was soll ich dir länger die verständnisvolle Schwägerin vorspielen, Constantin Afra! Ehrlich gesagt verstehe ich dich nicht. Ich verstehe dich überhaupt nicht!", schickte sie mit Nachdruck hinterher.

„Was verstehst du daran nicht?" Seine Stimme hatte nun einen warnenden Unterton angenommen. Er kannte Helen. Wenn sie ihm widersprach oder begann, ihn offen zu kritisieren, wurde es meistens unangenehm und manchmal auch sehr laut.

„Meine Güte, wenn du nicht mehr singen willst, ist das deine Entscheidung, aber wir wissen doch alle drei, dass es hier im Grunde nur um Sophie geht. Seit Monaten quälst du dich damit herum, aber du kämpfst nicht einmal um sie, Conny! Du sagst uns, du hast sie geliebt, mehr geliebt als jede andere Frau, aber du kämpfst nicht. Du gibst einfach auf, das passt doch gar nicht zu dir."

Constantin erhob sich und machte ein paar lange Schritte durch den Raum. „Weil es keinen Zweck hat, um etwas zu kämpfen, das … Diese Frau hat … Ach verflucht, ich denke, es geht dich wohl kaum etwas an, wie ich mit dieser Sache umgehe."

Auch Helen war jetzt aufgestanden. Sie stemmte ihre Hände in die Taille. „Es geht mich nichts an? Ich fasse es nicht, Constantin! Seit wann reden wir beide denn so miteinander? Du spielst hier völlig verrückt, wenn du meine Meinung hören willst. Nach all dem, was Sophie mir geschrieben hat, hast du ihr doch noch nicht einmal den Hauch einer Chance gelassen. Du hast dir ein Bild gemacht und fertig! Na klar, für dich alten Sturkopf passt das ja auch alles viel zu gut zusammen, nicht wahr?"

Sein türkisfarbener Blick fixierte ihr schmales Gesicht. „Sie hat dir geschrieben?", fragte er tonlos.

„Ja, natürlich hat sie das getan. Sie ist … sie war meine Freundin. Ich bin sogar froh, dass sie es getan hat, denn irgendwer musste uns ja mitteilen, dass eure Beziehung den Bach runtergegangen ist und die geplante Hochzeit nicht stattfinden wird. Du selbst hast es ja zunächst nicht für nötig gehalten, liebster Schwager!"

Seine Kiefer mahlten. „Hast du auch jetzt noch Kontakt zu ihr?"

Helens Augen füllten sich so plötzlich mit Tränen, dass Fabian sich nun ebenfalls erhob und ihr seinen Arm um die Schultern legte. „Nein. Ich habe mich falsch verhalten und nicht auf ihren Brief geantwortet. Das war … unverzeihlich. Nenne es meinetwegen falsche Rücksichtnahme auf dich. Jetzt ist es wohl zu spät dazu, denn sie wird denken …"

„Sie wird verdammt noch mal denken, dass ihr leider eine

weitere Informationsquelle durch die Lappen gegangen ist, Helen! Das wird sie denken!", unterbrach Constantin sie schroff.

Helen stöhnte entnervt auf. „Oh, du bist so blind in deinem Starrsinn, Conny! Die Frau hat dich geliebt – und du hast ihre Liebe mit Füßen getreten. Ach, du hast sie ja gar nicht verdient!" Aufgebracht wandte Helen sich ab und verließ das Wohnzimmer.

Fabian blickte ihr nachdenklich hinterher, doch dann sah er seinen Bruder an. „Einiges von dem, was meine Frau da eben gesagt hat, sehe ich genauso, Conny. Auch ich glaube, dass du Sophie letztlich Unrecht getan hast."

Ratlos hob Constantin seine Hände und ließ sie wieder fallen. „Ihr seid doch gar nicht dabei gewesen! Sophie hat schändlich und heimtückisch mein Vertrauen missbraucht. Sie wusste nur zu genau, was das für mich … für unsere Beziehung bedeutet. Ich habe ihr doch weiß Gott genug über mein Leben erzählt!"

„Du hast ihr nicht alles erzählt, Conny." Fabians Stimme klang bitter.

„Du weißt genau, was das bedeuten würde."

„Ja", erwiderte Fabian. „Ich meine das natürlich nur in Bezug auf dich. Außerdem traue ich Sophie durchaus zu, damit vernünftig umzugehen. Du solltest endlich lernen, dich zu öffnen. Die Menschen, denen du etwas bedeutest, können dir nämlich sonst nicht helfen. Deine Reaktionen und Handlungen falsch zu interpretieren ist dann die logische Folge. Hast du mal darüber nachgedacht? Seit ich denken kann, tust du dir und anderen das an. Nur nicht zu viel preisgeben! Nur keine Schwäche zeigen und bloß nicht zugeben, dass man Wunden davongetragen hat, die nachhaltig schmerzen. Du hast dich selbst in einem Kokon aus Ängsten und falsch verstandenem Stolz eingewebt, mein Lieber. Schon als Kind wolltest du jedes Problem aus eigener Kraft und ohne jede Unterstützung bewältigen. Du bist nicht allein auf der Welt, verdammt noch mal! Es gibt Menschen, die dich lieben!“

Fabian machte eine kurze Pause und schnappte hörbar nach Luft, doch bevor Constantin reagieren konnte, sprach er auch schon weiter. „Dein größtes Problem bist du selbst und dein mangelndes Vertrauen, Conny. Jedes Mal, wenn dir jemand besonders wichtig ist, wartest du nur darauf, dass derjenige dich irgendwie enttäuscht oder hintergeht. Du suchst geradezu nach Fehlern, nach Ungereimtheiten und Vertrauensbrüchen, nur damit du ein weiteres Mal diesen ungesunden Irrglauben bestätigen kannst.“

Constantin räusperte sich. „Das ist … nein, das war … die Situation war eindeutig.“

Ein weiteres Mal atmete Fabian tief ein und schüttelte fast resigniert den Kopf. „Wie schon gesagt, wenn du wirklich eine Weile nicht auftreten willst, ist das okay. Ich verstehe das. Aber ich finde es grundlegend falsch, wenn du dich jetzt wieder nach Kanada oder sonst wohin absetzt. Du würdest nur davonlaufen, um dich wieder einmal in deiner Traurigkeit und Verzweiflung zu verlieren. So lassen sich auf die Dauer aber keine Probleme lösen, glaub mir. Du solltest lieber endlich damit anfangen, dich mit Sophie, ihren Gefühlen für dich, vor allem aber mit dir selbst auseinanderzusetzen. Das wäre das einzig Vernünftige. Nicht jede Frau ist wie Melanie … oder wie unsere Mutter. Verdammt noch mal, Conny, fang endlich an zu vertrauen!“ Ohne eine weitere Reaktion abzuwarten, verließ nun auch Fabian Afra den Raum.

Constantin sah ihm betroffen nach. Nie zuvor war er von seinem Bruder so klar und offen kritisiert worden. Es war das erste Mal gewesen, dass Fabian den Mut aufgebracht hatte, ihm sozusagen den Kopf zu waschen. Plötzlich wurde Constantin die Stille in diesem Zimmer nur allzu deutlich bewusst. Körperlich und seelisch unendlich erschöpft, ließ er sich zurück auf das Sofa fallen und bedeckte das Gesicht mit seinen Händen. „Vertrauen? Ich habe Sophie vertraut“, flüsterte er in die Einsamkeit hinein, die ihn nun wieder umgab.

Helen Afra wusste, dass sie sich mit ziemlicher Sicherheit den ungebremsten Zorn ihres Schwagers zuziehen würde, wenn er wüsste, was sie gerade im Begriff war zu tun. Aber es war ihr egal. Diese Sache betraf auch sie und ihr Seelenheil.

Als Fabian ihr vorhin im Hotel eröffnet hatte, dass er den Abend mit Dirk und den anderen verbringen würde, um einige Pläne für die Zukunft der einzelnen Mitglieder der Band zu besprechen, hatte sie sich kurz entschlossen auf den Weg gemacht. Schon seit ihrem Besuch bei Constantin hatte sie dieser Gedanke nicht mehr losgelassen.

Vor drei Tagen waren sie von Kellan Manor aus direkt nach Hamburg geflogen – und nun stand sie mit klopfendem Herzen vor Sophies Wohnungstür. Es dauerte eine ganze Weile, bis sie sich endlich dazu entschließen konnte, auf den cremefarbenen Klingelknopf zu drücken. Nervös schob sie sich eine Haarsträhne hinter das linke Ohr und atmete noch einmal tief und gründlich ein und wieder aus. Als die Tür geöffnet wurde, fühlte sie ihre Mundhöhle trocken werden.

„Helen!“ Sophie starrte ihre frühere Freundin überrascht an und rührte sich nicht von der Stelle.

„Ich … ich bin gerade in der Stadt, und da wollte ich … Oh Sophie! Es tut mir so leid, dass ich nicht auf deinen Brief geantwortet habe.“

Endlich erwachte Sophie aus ihrer Erstarrung. „Bitte, Helen, komm doch herein.“ Sie trat beiseite und ließ ihre Besucherin eintreten. Als sie zusammen im Flur standen, schloss sie die Wohnungstür.

„Tee?“, fragte sie fast so selbstverständlich, als hätten sie sich gerade gestern zum letzten Mal gesehen. Mit fast gleichmütiger Miene wartete sie Helens Nicken ab. „Na dann komm. Ich wollte mir gerade welchen machen. Zieh deine Jacke aus. Da hinter dir ist die Garderobe. Wir setzen uns am besten in die Küche.“

Helen schlüpfte aus ihrer dicken Winterjacke, warf sie über einen der großen Haken aus Holz und folgte Sophie durch das

Wohnzimmer in die angrenzende Küche. „Du hast es sehr gemütlich hier", bemerkte sie leise.

„Danke. Auch wenn ich annehme, dass der Stall, in dem deine Töchter ihre Kaninchen halten, größer sein wird als meine gesamte Wohnung", entgegnete Sophie mit deutlichem Sarkasmus in der Stimme.

Helen zuckte leicht zusammen. „Ich hatte fast vergessen, wie unglaublich direkt du sein kannst."

Sophie holte tief Luft. „Tut mir leid, Helen, das war nicht sehr nett von mir."

„Nein, nein, du musst dich nicht entschuldigen. Du … hast ja irgendwie recht."

„Setz dich. Ich werde uns Tee machen. In ungewöhnlichen oder schwierigen Situationen hat meine Mutter stets Tee gekocht. Das ist irgendwie bei mir hängen geblieben."

Helen rutschte auf die schmale Eckbank aus altem Kiefernholz, die Sophie vor Jahren auf dem Dachboden ihrer Mutter gefunden und dann voller Begeisterung selbst aufgearbeitet und neu bezogen hatte.

„Wie geht es dir?", fragte Sophie, während sie den Wasserkocher füllte und eine hübsche kleine Teekanne aus Keramik vorwärmte.

„Alles wie gehabt. Mich interessiert viel mehr, wie es dir geht."

In Helens Augen war echte Besorgnis zu erkennen, deshalb lächelte Sophie ihr nun aufmunternd zu. „Ich habe verstanden, warum du mir nicht sofort geantwortet hast, Helen. Mach dir darüber keine Gedanken mehr, ja?"

Helen nickte und lächelte ebenfalls. „Sag mir bitte trotzdem, wie es dir geht."

Sophie brühte den Tee auf und stellte zwei Becher, einen Zuckertopf und eine kleine Schale mit Keksen auf den Tisch, dann setzte sie sich Helen gegenüber. „Was glaubst du? Ich habe vor einigen Monaten den Mann verloren, den ich noch immer über alles liebe. Genauso fühle ich mich. Ich vermisse ihn schrecklich, und das hört einfach nicht auf. Herrje, Helen, ich wäre diesem Kerl wahrscheinlich bis zum Südpol gefolgt, wenn er mich darum gebeten hätte."

„Constantin geht es auch nicht sonderlich gut." Helen schluckte.

Sophies Blick verschleierte sich etwas, aber ihre Augen blieben dieses Mal trocken. Sie hatte ganze Ströme von Tränen vergossen, ohne wirklich Erleichterung zu finden. Seufzend stand sie auf, holte den Tee und schenkte ein. „Das denke ich mir. Ich weiß …" Sie zögerte.

„Was weißt du?"

„Ich weiß, dass er ein wenig in mich verliebt war. Daran zweifle ich nicht."

„Er liebt dich noch immer, Sophie. Er ist nur …"

„Hättest du lieber Honig oder Zitrone?"

„Sophie!"

„Warum bist du wirklich hier, Helen? Hat er dich geschickt?"

Helen schaufelte einen Löffel Zucker in ihren Tee, hob dann ihren Blick und sah Sophie direkt in die dunklen Augen. „Nein, er hat mich nicht geschickt. Du weißt auch genau, dass Constantin so etwas niemals tun würde. Ich bin hier, weil ich mich für mein Verhalten dir gegenüber geschämt habe und das endlich klären wollte. Weder Conny noch mein Mann ahnen, dass ich jetzt hier in deiner Küche sitze. Fabian weiß nur, dass ich mich mit einer alten Freundin treffe, mehr habe ich ihm nicht erzählt. Die obligatorischen Aufpasser, die mein Göttergatte und mein Schwager stets um mich wissen wollen, sitzen brav unten in ihrem Wagen und wundern sich wahrscheinlich über mich, aber egal."

„Ich danke dir für deine Offenheit", brachte Sophie leise hervor.

Einige Zeit tranken beide Frauen wortlos ihren Tee.

„Was tust du jetzt?", fragte Helen schließlich.

„Ich arbeite."

„Das Buch ist ein großer Erfolg, nicht wahr?" Helen sah

sich in der kleinen Mansardenküche um. „Du hast dein Leben noch nicht verändert?"

Sophie lachte kurz und trocken auf. „Weißt du, ich habe mir endlich ein neues Auto geleistet. Mein klappriger alter Renault fiel ja schon auseinander. Aber ansonsten … Nein, ich weiß nicht so recht, wo ich überhaupt anfangen soll. Die ganze Sache ist mir irgendwie noch so fremd." Wieder lachte sie. „Da ist plötzlich eine ganze Menge Geld auf meinem Konto, aber mir fällt einfach nicht ein, wofür ich es brauchen könnte. Die meisten Frauen würden mich wahrscheinlich für verrückt erklären, oder?"

Helen lachte ebenfalls. „Ganz gewiss würden sie das tun. Aber du bist halt, wie du bist."

„Ja, die Bank rückt mir auch schon auf die Pelle. Ständig wollen diese Geldfuzzis mir irgendwelche Kapitalanlagen aufs Auge drücken." Sophie schüttelte schmunzelnd den Kopf und hob ihren Becher an die Lippen. Helen tat es ihr nach, und wieder schwiegen sie einige Minuten.

„Ich bin noch gar nicht dazu gekommen, mir den neuen ‚Diskurs' zu besorgen", sagte Helen schließlich.

„Oh, die Kolumne, die du so geliebt hast, habe ich inzwischen dauerhaft an einen Kollegen abgegeben. Ich schreibe nur noch ab und an als freie Mitarbeiterin einige Artikel für das Magazin."

„Aber du sagtest doch eben noch …"

„Dass ich arbeite, ja." Sophie lächelte erneut, doch dieses Mal erreichte das Lächeln auch ihre Augen. „Ich schreibe, Helen. Ich schreibe an einem Roman."

„Das ist nicht dein Ernst." Helen grinste breit.

„Und ob!"

„Das ist ja großartig! Ich gratuliere dir zu dieser Entscheidung. Ich fand immer schon, dass dein eigentliches Talent im Erzählen liegt. Du weißt ja, dass ich deine Kolumne regelmäßig gelesen habe."

Sophie nickte und schenkte Tee nach. Ihre Miene wurde

plötzlich wieder ganz ernst. „Wie geht es ihm?“, fragte sie so leise, dass Helen sie fast nicht verstanden hätte.

„Es geht ihm nicht gut. Er sieht irgendwie … ungesund aus, ja, ungesund und furchtbar müde.“

„Ist er noch allein?“

„Natürlich ist er das. Was glaubst du denn?“

„Ich weiß nicht … ich …“

Helen legte eine Hand auf Sophies Unterarm. „Wer ist dieser andere Mann, Sophie? Der Mann, der auf Pressefotos so oft an deiner Seite zu sehen ist?“

„Roman Herwig. Er ist ein guter Freund.“

„Du kennst ihn schon lange?“

„Nein, ich kenne ihn erst seit … Wir haben uns erst kurz vor meiner Trennung von Conny kennengelernt.“

„Soso.“

„Soso? Was soll das, Helen? Springst du jetzt auf Connys Zug auf?“

Helens Augen weiteten sich. „Nein! Ich habe nicht eine einzige Minute geglaubt, dass du Constantin betrogen hast. Wirklich, das habe ich nie getan!“

„Dann ist ja gut.“ Sophies Puls beruhigte sich wieder etwas. Sie hatte gar nicht bemerkt, wie aufgewühlt sie soeben gewesen war. „Du fragst mich ja gar nicht, warum ich mich dann heimlich mit Roman getroffen habe. Und du fragst auch nicht, warum ich … warum ich in Constantins Sachen herumgeschnüffelt habe.“

Helens Miene blieb unbewegt. „Ich frage dich nicht, weil ich denke, dass es allein deine Sache ist, warum du diese Dinge getan hast. Deine und Connys. Ich nehme an, du hattest deine Gründe, und wenn dich überhaupt jemand danach fragen sollte, dann ja wohl mein lieber Schwager.“

„Er hat mich nie danach gefragt.“

„Ich weiß. Er ist ein Idiot.“

„Das ist er nicht, Helen. Er ist nur …“

„Was? Was ist er denn in deinen Augen?“

Für einen kurzen Moment senkte Sophie ihre Lider. „Wenn ich ehrlich bin, kann ich dir diese Frage nicht mehr beantworten. Ich hielt ihn fast von Beginn an für einen ziemlich empfindsamen Kerl, der seine wahren Gefühle gerne mal hinter einer griesgrämigen, arroganten und manchmal sogar Angst einflößenden Miene versteckt hält. Ich glaube, es hat viel … sein ganzer Kummer und seine innere Zerrissenheit haben letztlich nur mit Melanie zu tun."

„Mit Melanie?", fragte Helen zutiefst erstaunt. „Wie kommst du denn darauf?"

„Ich denke, dass er sie unendlich geliebt hat. So sehr, dass er nicht mehr von ihr loskommt, obwohl sie schon so lange tot ist."

„Entschuldige, aber du redest absoluten Stuss, meine Liebe!"

„Nein, ich befürchte, das tue ich nicht. Alles an ihm, an seinem Verhalten, hat darauf hingedeutet."

Helens anhaltend verständnisloser Blick ruhte auf dem Gesicht ihrer Freundin – doch dann erfasste sie plötzlich die Situation. Sophies gesamter Kummer breitete sich vor ihrem inneren Auge aus. „Mein Gott, du hast an seiner Liebe gezweifelt", flüsterte sie bestürzt. „Du hast von Anfang an tatsächlich geglaubt, er würde Melanie weit über ihren Tod hinaus lieben. Du hattest Angst davor, dass er dich niemals so sehr lieben könnte wie sie."

Sophie blieb stumm, nickte nur.

„Liebes, du irrst dich! Du bist vollkommen auf dem Holzweg."

„Das glaube ich nicht, Helen." Sie schluckte hörbar. „Er hat mich gehen lassen. Er hat mich einfach fortgeschickt. Ich vermute viel eher, dass er tief in seinem Inneren nur noch einen Grund gebraucht hat, um aus der Nummer wieder herauszukommen."

„Was? Was redest du denn da nur?" Helen war vollkommen fassungslos. „Sophie, er wollte dich heiraten! Der Kerl war dir von Beginn an mit Haut und Haaren verfallen. Und er ist es auch heute noch!“

„Nein, Helen. Tut mir leid, wenn ich deine verträumten Vorstellungen zerstören muss, aber das war er nie. Er hat es sich höchstens eine Weile selbst eingeredet, nichts weiter.“ Ihre großen Augen wurden noch eine Nuance dunkler, und ein sanftes Lächeln huschte über ihr Gesicht. „Er hat eben eine romantische Ader. Sicher, zuerst hat er mich begehrt. Ich habe ihn gereizt. Richtig ist wohl auch, dass er sich ein bisschen in mich verknallt hatte, aber …“

Helen Afra hielt es nun nicht mehr auf ihrem Platz. Sie sprang auf und ging, soweit das in der kleinen Küche überhaupt möglich war, einige Male aufgebracht hin und her. „Moment mal! Was lässt dich eigentlich so sicher sein, dass seine Liebe für Melanie so grenzenlos ist?“

Nach einem tiefen Seufzen berichtete Sophie Helen von ihren Empfindungen, als sie das Foto von Melanies Beerdigung gesehen hatte. Darüber hinaus erzählte sie schließlich auch von ihrem aufschlussreichen Gespräch mit Maria Vargas.

„Das ist nicht wahr!“, stieß Helen angewidert hervor. „Das kann ich einfach nicht glauben!“

„Du wusstest nichts davon? Du hast nicht mitbekommen, dass er Melanie zurückwollte?“

„Nein, zum Teufel! Und ich kann das auch nicht glauben. Das wäre ja … Nein! Niemals!“

„Maria war sich dessen aber ganz sicher, Helen. Sie lebt doch sozusagen mit Conny zusammen.“

Helen ließ sich wieder auf die Bank sinken und lehnte sich zurück. Es war ihr deutlich anzusehen, dass in ihrem Kopf gerade die Hölle los war.

Sophie wunderte sich zwar ein wenig über diese starke Reaktion, beschloss aber in diesem Moment auch, ihr gesamtes Blatt offenzulegen. „Du hast mich nach Roman Herwig gefragt. Er ist Kriminalbeamter und arbeitet schon seit vielen Jahren bei der Mordkommission. Ich habe mich damals nur mit ihm getroffen, um mehr über Melanies und Leonards Tod zu erfahren. Roman hat damals an dem Fall mitgearbeitet, und Johannes Kramer hatte dieses Treffen für mich arrangiert."

Wie immer wenn der Name ihres Bruders fiel, legte sich ein Schatten über Helens Gesicht.

Sophie sprach unbeirrt weiter. „So schmerzvoll die Trennung auch für ihn gewesen sein mag – so wie du mir Leonard beschrieben hast, ist sie auch in meinen Augen kein Motiv, das stark genug ist, um diese Mord-Selbstmord-Theorie zu begründen. Mir kam recht schnell der Gedanke, dass dein Bruder entweder gar nicht derjenige war, der abgedrückt hat. Oder es muss da noch mehr gegeben haben, das ihn schließlich derart aus der Bahn geworfen hat."

„Wie meinst du das?", fragte Helen atemlos.

„Nun, wenn dein Bruder tatsächlich Melanie und sich selbst umgebracht hat, dann muss der endgültige Auslöser für diese Tat etwas gewesen sein, das ihn wirklich vollständig aus dem Gleichgewicht gebracht hat – zusätzlich zur Trennung, meine ich. Sozusagen der berühmte Tropfen, der das Fass zum Überlaufen gebracht hat, verstehst du?"

Helen nickte und zog dabei die Augenbrauen hoch. „Du meinst, er war ohnehin emotional angeschlagen, nachdem Melanie ihm gesagt hat, dass sie Schluss machen will, und dann kam für ihn sozusagen noch ein Schlag obendrauf."

„Genau. Ein zusätzlicher Tritt in die – Pardon! – Eier. Da sind schließlich alle Männer empfindlich. Und du hast mir selbst gesagt, dass Leonard alles in allem sehr sensibel veranlagt war."

Sophie wartete Helens Nicken ab, bevor sie weitersprach. „Jedenfalls ließen mich diese Zweifel plötzlich nicht mehr los. Tja, und dann erfuhr ich von Maria auch noch, dass Constantin offenkundig auf dem besten Weg war, seine Ehe wieder aufleben zu lassen. Wie du dir denken kannst, war ich restlos verwirrt und … verlor ein wenig den Boden unter den Füßen, als mir die Tragweite dieser Information klar wurde."

Sie sah ihre Freundin unverwandt an. „Melanie hat ihn mehrere Male betrogen, belogen und benutzt – und trotzdem wollte dieser normalerweise so überaus stolze Mann sie zurück. Das kann für mich doch nur bedeuten, dass seine Liebe zu ihr ihn sogar für die eigenen Prinzipien blind und taub werden ließ. Ich kenne das selbst nur allzu gut. Du kannst dir denken, dass es für mich die logische Konsequenz war, wenigstens zu versuchen, herauszufinden, was damals wirklich passiert ist."

„Du … glaubst doch nicht etwa, dass Conny …"

„Nein, Helen! Nein, um Gottes willen! Ich habe Constantin niemals verdächtigt. Ich hatte höchstens für kurze Zeit Angst davor, dass ich ihn irgendwann verdächtigen könnte. Das ist ein ziemlicher Unterschied."

„Was hast du bei deinen Recherchen herausgefunden?", fragte Helen tonlos.

„Leider nicht sehr viel. Eigentlich nichts Verwertbares. Deshalb machte ich auch den letzten und folgenschweren Fehler. Statt endlich mit Constantin Klartext zu reden, log ich ihn an, kramte wie ein schlechter Privatdetektiv in seinen persönlichen Sachen herum und ließ mich dabei zu allem Überfluss auch noch von ihm erwischen."

„Oh Sophie!"

„Ja."

„Warum hast du ihm dein Verhalten danach nicht erklärt?"

„Wie gesagt, er ließ mir dazu keine Chance mehr. Außerdem … fühlte ich mich unbestreitbar schuldig. Mein schlechtes Gewissen gab ihm recht. Die Fakten liegen doch klar auf der Hand. Ich zweifelte an seiner Ehrlichkeit, verschwieg ihm wichtige Dinge, und ich hinterging ihn tatsächlich, wenn auch nicht unbedingt auf die Weise, die er vermutete. Viele seiner ausgesprochenen und auch unausgesprochenen Anschuldigungen waren durchaus berechtigt. Ich war diejenige, die versagt hatte, Helen."

Eine ganze Weile sahen sich die Frauen an. In Sophies Augen brannten bereits Tränen, aber sie unterdrückte sie erneut in letzter Sekunde.

Helen seufzte. „Das ist alles so traurig."

„Ja, das ist es. Sag mal, du hast doch immer Bodyguards in deiner Nähe, wenn du das Haus verlässt. Selbst ich hatte schon welche – ohne es allerdings zu ahnen."

„Und?"

„Hatte Melanie keine Aufpasser?"

„Selten. Eigentlich nur zu offiziellen Anlässen. Sie hat sich stets dagegen gesträubt, und Conny hat ihr meistens nachgegeben. Weißt du, damals war das alles auch noch ein bisschen unkomplizierter. Die Presse war noch nicht ganz so penetrant. Natürlich musste man geschickt vorgehen, aber Melanie wusste sehr gut, was sie anstellen musste, um unerkannt von einem Punkt zum nächsten zu gelangen. Leos Wochenendhaus lag ohnehin sehr ländlich. Sie mussten praktisch nur darauf achten, unerkannt aus der Stadt zu gelangen. Melanie war eine Meisterin im Verkleiden. Sie besaß einen ganzen Haufen Perücken und so weiter. Du weißt schon."

Sophie nickte. „Hm, so was Ähnliches hab ich mir schon gedacht."

Wieder blieben sie eine Weile still, und Helen blickte nachdenklich auf ihre Hände. „Dieser Herwig …"

„Ja?"

„Er konnte dir also auch nicht weiterhelfen?"

„Nein. Für die Polizei ist der Fall eindeutig gewesen, und die Akte wurde recht schnell geschlossen."

„Und du konntest sein Interesse nicht wecken?"

„Nicht in dieser Hinsicht." Sophie lächelte ein wenig hintergründig.

„Oh." Auch Helen brachte nun ein Lächeln zustande. „Ich verstehe. Den Fotos nach ist er ein äußerst attraktiver Mann."

„Wir sind kein Paar, Helen. Ja, Roman ist unbestreitbar ein richtig toller Mann, aber wir sind nach wie vor nur gute Freunde. Er ist sogar ein ganz wunderbarer Freund."

Helen seufzte tief auf. „Ich kann noch immer nicht glauben, dass Conny dieses Weib tatsächlich wiederhaben wollte. Das passt nicht zusammen. Nein, das passt überhaupt nicht. Er hatte gefühlsmäßig mit ihr abgeschlossen, da bin ich mir sicher. Und, Sophie, er hat sie zu keiner Zeit mehr geliebt, als er dich liebt. Niemals! Ich kenne ihn."

„Selbst wenn es wahr ist, was du da sagst, hilft es mir jetzt nicht mehr. Conny und ich ... wir sind jetzt seit mehreren Monaten getrennt. In seinen Augen bin ich ein verlogenes und berechnendes Weibsbild. Er hat wirklich geglaubt, ich hätte all das nur ... ich meine, er glaubte, ich wäre nur mit ihm zusammen gewesen, um ..."

„Du brauchst gar nicht weiterzusprechen, ich kenne inzwischen seine verdrehten Gedanken." Helen trank ihren Tee aus. „Warum versuchst du es jetzt nicht noch einmal, Sophie?"

„Nein, das hätte keinen Zweck. Du irrst dich, wenn du glaubst, Conny würde mich lieben. Ich weiß es einfach besser. Die Enttäuschung sitzt bei ihm viel zu tief. Er würde mir noch nicht einmal mehr zuhören. Niemals werde ich seine Augen vergessen, als er mich hinauswarf, Helen. Dieser anklagende Blick – es tat so furchtbar weh. Nichts in meinem ganzen Leben hat so wehgetan. Ich habe sein Vertrauen und ihn für immer verloren, damit werde ich leben müssen."

„Verdammt noch mal, Sophie, ich kann euch beide einfach nicht verstehen."

Noch lange nachdem Helen gegangen war, saß Sophie im Halbdunkel ihrer Küche und dachte nach. Nur das Licht ihrer Leselampe im Wohnzimmer strahlte ein wenig zu ihr herüber und warf einen kegelförmigen Schatten auf das himmelblaue Linoleum ihres Küchenfußbodens. Helen und sie hatten sich fest versprochen, in Kontakt zu bleiben, und Sophie war froh darüber.

Der Besuch von Constantins Schwägerin hatte etwas in ihr in Gang gesetzt. Helen hatte es geschafft, dass sie zweifelte. Ja, man könnte sagen, sie zweifelte zum ersten Mal ernsthaft an ihren Zweifeln. Ihre Freundin war absolut davon überzeugt gewesen, dass Constantin niemals wieder eine Beziehung mit Melanie eingegangen wäre. Sophie war durchaus von dieser festen Überzeugung beeindruckt gewesen, denn sie wusste, wie gut Helen ihren Schwager kannte. Trotzdem blieb da immer noch die Aussage von Maria Vargas – und sie konnte sich beim besten Willen nicht vorstellen, dass Maria sich so etwas ausdenken würde. Das passte nicht zu dieser aufrechten Frau.

Sophie verschränkte die Arme vor der Brust, denn ihr war plötzlich kalt. Langsam erhob sie sich und ging hinüber ins Wohnzimmer. Einen Moment lang blieb sie vor ihrer Bücherwand stehen und starrte auf einen Stapel mit Prospekten ihres Lieblingsbuchhändlers.

Sie wusste nur zu genau, wo sie suchen musste.

Unter den Prospekten lag die CD, die ihr der Verlag vor einigen Monaten als Geschenk zugesandt hatte. Sie selbst hatte sie dorthin geschoben, einfach nur, um sie erst einmal aus den Augen zu haben. Zögernd zog sie die Kunststoffhülle unter dem Stapel hervor und starrte auf das Bild des Covers.

Der Verlag hatte gewusst, was er tat. Das Foto von Constantin war das gleiche, das auch ihren Buchumschlag zierte. Eine schlichte und doch eindrucksvolle Großaufnahme seines Gesichts. Constantin lächelte nicht, sondern wirkte ein wenig nachdenklich, ja fast verträumt. Der sinnliche Mund zeugte auf eine irritierende Art gleichzeitig von kraftstrotzender Energie und von zarter Empfindsamkeit. Seine meerfarbenen Augen waren von der faszinierenden Klarheit, die ihr auch jetzt wieder den Atem raubte.

Der anhaltende Schmerz in ihrer Brust wurde drängender. Sophie klappte die Hülle auf und nahm zum ersten Mal die silbern glänzende CD heraus. Wie an einer unsichtbaren Schnur gezogen, ging sie mit dem Tonträger in der Hand hinüber zu ihrer Stereoanlage. Als schließlich Constantins dunkler einschmeichelnder Bariton erklang und von glühender Leidenschaft und seiner unendlichen Liebe zu einer Frau namens Sophie erzählte, schob sie ihre Hände unter den Bund ihres überlangen und sehr weiten Strickpullovers. Auch wenn es schon fast an ein Wunder grenzte, wusste sie, dass sie es nur diesem lässigen Kleidungsstück zu verdanken hatte, dass ihr Geheimnis vor Helen verborgen geblieben war. Hingebungsvoll streichelte sie ihren schwellenden Bauch. Dann ließ sie sich auf dem Teppich nieder, rollte sich wie eine Katze zusammen und gab sich zum ersten Mal seit Monaten vollkommen der geliebten Stimme hin.

„Sie ist schwanger! Verdammt, sie ist schwanger, Fabian!"

Helen setzte sich jäh im Bett auf und starrte entgeistert ihren Mann an, der ihren eindringlichen Blick leicht verständnislos erwiderte. Langsam ließ er das Buch sinken, in dem er gelesen hatte. Auch er setzte sich nun auf. Es war offensichtlich, dass Helen gerade eine Eingebung gehabt haben musste, die sie fassungslos und äußerst aufgewühlt zurückließ.

„Von wem sprichst du, Schatz?", fragte Fabian betont sanft.

Helen strich ihr schulterlanges Haar zurück. Über ihrer Oberlippe hatte sich ein feiner Schweißfilm gebildet. „Ich fasse es nicht! Ich Idiotin! Wie konnte mir das vorhin nur entgehen? Weißt du, ihr Haar ist ein gutes Stück länger geworden – sie sah irgendwie anders aus. Fraulicher, weicher. Ja, ich dachte, das liegt nur an diesen Haaren, aber jetzt ist mir plötzlich ein Licht aufgegangen. Sie ist schwanger! Sophie ist schwanger! Conny wird Vater, Fabian! Und er hat nicht die geringste Ahnung davon."

Fabians Augen weiteten sich. Helen zitterte, und das veranlasste ihn sofort, sie in seine Arme zu ziehen. „Sophie … schwanger? Beruhige dich erst einmal, mein Schatz. Erzähle mir in Ruhe, wie du darauf kommst, zum Teufel."

Helen sortierte einen Moment ganz bewusst ihre Gedanken, doch dann berichtete sie Fabian recht flüssig von ihrem Besuch bei Sophie. Fabian Afra hörte seiner Frau ruhig und geduldig zu, dann streichelte er ihr noch einmal über das Haar, entließ sie behutsam aus seinen Armen und schob seine Decke zurück. Schließlich stand er auf, um einige Male vor dem Hotelbett auf und ab zu laufen.

„Conny muss das erfahren. Ich werde gleich morgen wieder zu ihm fliegen. Das können wir ihm unmöglich am Telefon erzählen."

„Nein!" Helen sprang nun ebenfalls aus dem Bett und hob erschrocken ihre Hände in die Luft. „Nein, Fabian, bitte nicht!"

Mit zwei Schritten kam er zu ihr und umfasste mit seinen Händen ihre Schultern. „Wenn mein Bruder tatsächlich Vater wird, muss er das sofort erfahren, Helen! Darüber kann es überhaupt keine Diskussionen geben."

Helen schluckte. „Du hast … natürlich recht, Fabian, aber … sie hat es mir nicht gesagt. Sie wollte offensichtlich nicht, dass ich es erfahre. Verstehst du denn nicht, was das bedeutet?"

„Oh doch! Im Klartext heißt das, sie will verhindern, dass Conny es erfährt." Fabians Gesichtsausdruck verhärtete sich. „Er ist mein Bruder, Helen. Ich werde ihm das auf keinen Fall verschweigen."

„Ja, ja, er ist dein Bruder! Dein heiß geliebter und unfehlbarer Bruder! Ich kenne deine verblendete Einstellung zur Genüge."

Er fühlte sich verletzt, auch wenn er an ihrer Miene erkannte, dass der Ausbruch ihr sofort leidtat. „Ich halte ihn weiß Gott nicht für unfehlbar, Helen", sagte er leise.

„Ja, ich weiß, es tut mir leid. Ich weiß doch, dass du ihn einfach nur liebst. Ich habe ihn ja auch sehr gern, aber … Fabian, ich will das einfach nicht über Sophies Kopf hinweg entscheiden. Sie ist die Hauptbetroffene. Es muss ihre Entscheidung bleiben, wann sie es Conny mitteilt, findest du nicht?"

„Komm her", flüsterte Fabian. Er wollte sie an sich ziehen, aber Helen versteifte sich und löste sich recht schnell wieder aus seiner Umarmung. Seufzend sah er ihr in die Augen. „Gut. Wir reden zuerst mit Sophie. Gemeinsam, Helen! Sie soll ihre Chance bekommen, und ich will auch hören, was sie zu sagen hat. Das ändert allerdings nichts an meiner Einstellung. Wenn

Sophie tatsächlich schwanger sein sollte, muss Conny davon erfahren. Das werde ich ihr auch in aller Deutlichkeit sagen, klar?“

Helen nickte und holte seufzend Luft. „Einverstanden. Wann fahren wir zu ihr?“

„Wie spät ist es?“

„Halb zwölf.“

„Gut, dann ruf sie an. Wir fahren jetzt sofort.“

Helen griff nach dem Telefonhörer und wählte. Obwohl es schon so spät war, meldete sich Sophie schon nach dem ersten Klingeln.

„Helen?“, fragte sie erstaunt. „Was gibt es denn?“

„Hast du schon geschlafen?“

„Nein. Was ist denn los? Ist was mit …“

„Keine Panik, es ist alles in Ordnung. Sophie, ich … wir …“

Fabian nahm seiner stammelnden Frau den Hörer aus der Hand. „Sophie. Wir kommen jetzt zu dir. Ein starker Kaffee wäre gut, wenn es dir nichts ausmacht. In einer knappen halben Stunde sind wir da.“

„Oh Gott, ist Conny etwas passiert?“ Sophies Stimme klang zu Tode erschrocken.

„Keine Sorge, meinem Bruder geht es gut, soweit ich weiß. Wir wollen nur mit dir reden. Es ist wirklich wichtig. Bis gleich.“ Ohne sich weiter zu erklären, legte Fabian auf und sah seiner Frau in das bleiche Gesicht. „Was ist? Zieh dich endlich an.“

Sophie trug noch immer die verwaschenen Jeans und den weiten schwarzen Strickpullover, als sie Helen und Fabian die Tür öffnete. Natürlich bemerkte sie die forschenden Blicke der beiden, die sich sofort auf ihre Körpermitte konzentrierten. Schützend legte sie sich die rechte Hand auf den Bauch. „Kommt doch herein“, brachte sie schließlich ziemlich heiser hervor.

Wortlos nahm sie ihren Besuchern die Jacken ab und führte sie anschließend in ihr kleines Wohnzimmer. Sophie schenkte für sich selbst Kräutertee und für Helen und Fabian Kaffee ein.

Erst dann ergriff Fabian Afra endlich das Wort. „Wolltest du ihm das wirklich verschweigen, Sophie?"

„Nein." Sophie räusperte sich, denn ihre Stimme drohte zu versagen. „Nein, Fabian, ich ... ich brauchte einfach nur noch ein wenig Zeit, um ... ach, ich weiß nicht."

Fabian schluckte, und seine Miene wurde erkennbar weicher. Mit einem Schlag wurde ihm bewusst, wie sehr sein Bruder sich in dieser Frau getäuscht haben musste. Es war nur allzu offensichtlich, wie sehr sie Constantin liebte. „Er muss es auf der Stelle erfahren, Sophie. Wie weit bist du?"

„In der nächsten Woche beginnt der siebte Monat." Ihre Augen schwammen jetzt, und sie blickte Helen an. „Ich dachte wirklich, du hättest es nicht bemerkt. Warum hast du denn vorhin nichts gesagt?"

„Weil ich es zunächst tatsächlich nicht bemerkt hatte. Ich dachte die ganze Zeit, dass du irgendwie anders aussiehst, aber erst als ich wieder im Hotel war, fiel es mir plötzlich wie Schuppen von den Augen. Verrückt, nicht wahr?"

„Ja." Sophie sah wieder Fabian an. Der Ausdruck seiner kornblumenblauen Augen wirkte sehr traurig.

„Mein Bruder und ich wurden von unserer leiblichen Mutter verlassen und haben später lange Zeit nach ihr gesucht. Besonders Conny war jahrelang fast schon besessen von dem Wunsch, die Frau, die uns zur Welt gebracht hat, endlich zu finden. Verantwortung für die Familie nehmen wir beide sehr ernst, Sophie. Ich denke, du brauchst dir keine Sorgen zu machen. Er sehnt sich insgeheim schon immer nach eigenen Kindern."

Sophie sprang auf. „Er will aber sicherlich kein Kind von mir, Fabian! Von jeder anderen Frau, aber nicht von mir." Aufgebracht ließ sie sich wieder zurück in ihren Sessel fallen. „Er wird mich nur noch mehr hassen, glaub mir. Wir ... ich habe immer verhütet. Ich weiß nicht, was schiefgelaufen ist, aber das wird er mir niemals glauben. Er glaubt mir ja sowieso nichts mehr."

Die Tränen liefen nun unaufhaltsam. Helen stand auf, setzte sich zu Sophie auf die Sessellehne und zog die Freundin an sich. „Beruhige dich doch, Liebes. Ganz ruhig. Es ist gar nicht gut für dein Baby, wenn du dich so sehr aufregst. Fabian wird mit ihm reden. Nicht wahr, Schatz, das wirst du doch? Nicht weinen, Sophie. Mein Mann kriegt das schon hin. Alles wird gut werden."

Fabian Afra zog die Augenbrauen hoch. „Ich soll mit ihm reden?"

„Natürlich wirst du mit ihm reden, Schatz." Helens Augen blitzten warnend auf.

„Ich halte es für …"

„Keine Widerrede, Fabian. Du wirst unserer werdenden Mutter das sicherlich gerne abnehmen. Ich kenne dich doch. Du lässt Sophie doch jetzt nicht einfach so im Regen stehen, oder?"

Helens Ehemann stöhnte entnervt auf, nickte dann aber. „Also gut, ich werde ihm mitteilen, dass er Vaterfreuden entgegensieht. Wann hättet ihr es denn gern?"

Sophie griff nach einem Taschentuch, trocknete damit ihr Gesicht und schnäuzte sich. „Ich sollte … es besser selber tun … ich …"

„Kommt gar nicht infrage!" Fabian schüttelte entschieden seinen Kopf. „Je länger ich darüber nachdenke, desto klarer wird mir, dass meine Frau recht hat. Wenn ich zuerst mit Conny rede, kann er sich schon ein bisschen mit dem Gedanken vertraut machen, bevor du ihm gegenübertreten musst, Mädchen. Ich kenne meinen kleinen Bruder und seinen Dickschädel zur Genüge. Keine Diskussionen mehr – ich rede mit ihm. Ich fliege gleich morgen früh, basta!"

Entschlossen erhob er sich. „So, und jetzt wird es Zeit, dass du ins Bett kommst, Sophie. Du brauchst deinen Schlaf." Er lächelte. „Pass ja ordentlich auf meinen Neffen oder meine Nichte auf."

Sophie brachte nun ebenfalls ein kleines Lächeln zustande. „Danke", flüsterte sie. „Ich danke euch."

9. KAPITEL

Die Tür zu Constantins Büro stand halb offen. Als Fabian leicht dagegenklopfte und eintrat, stand sein Bruder mit dem Rücken zu ihm am Fenster und sah hinaus. Wie üblich lagen auf seinem großen Schreibtisch stapelweise Fanbriefe. Constantin hatte zu Beginn seiner Karriere einmal darauf bestanden, dass ihm die Agentur alle Briefe persönlich zukommen ließ, die über einen schlichten Autogrammwunsch hinausgingen. Inzwischen war es allerdings notwendig geworden, dass eine zuverlässige Mitarbeiterin der Agentur eine gewissenhafte Vorauswahl traf. Dennoch kam immer noch genug zusammen, um einen großen Kunststoffbehälter zu füllen, der alle paar Tage hierher geliefert wurde. Jeden der Briefe beantwortete Constantin selbst.

Fabian löste seinen Blick von dem Poststapel und konzentrierte sich wieder auf sein Vorhaben. Er räusperte sich kurz. „Du wunderst dich bestimmt, warum ich so kurz nach unserem letzten Besuch schon wieder hier bei dir auftauche."

Constantin wandte sich seinem Bruder zu und lächelte leicht. „Nun, du hast heute Morgen am Telefon gesagt, dass du etwas sehr Wichtiges mit mir besprechen musst. Außerdem freue ich mich, dich zu sehen."

„Wir sollten uns setzen, Conny. Es gibt da etwas, das ich dir mitteilen muss, und dabei handelt es sich nicht gerade um eine Kleinigkeit."

Während Fabian die Tür hinter sich schloss, trat Constantin einen Schritt näher und sah seinem Bruder ins Gesicht. „Nanu, so ernst?"

„Ja. Wir sollten uns wirklich setzen", wiederholte Fabian und deutete auf die kleine Sitzecke des Arbeitszimmers. Zwei gepolsterte Korbsessel und ein kleiner Glastisch standen unter dem mittleren der drei schmalen Fenster. Er selbst setzte sich in einen der Sessel und wartete darauf, dass sein Bruder seiner Aufforderung nachkommen würde.

„Schieß los", forderte Constantin ihn schließlich auf, nachdem auch er es sich in einem der Sessel bequem gemacht hatte.

„Helen und ich haben gestern Sophie besucht. Wir … Conny, bitte!"

Constantin war bereits wieder aufgesprungen. Seine Miene hatte sich sofort verhärtet, als Sophies Name gefallen war, und über seiner Nasenwurzel gruben sich die beiden senkrechten Falten ein. Fabian fiel erst jetzt auf, dass sie inzwischen praktisch gar nicht mehr verschwanden.

„Rede! Sag schon, was du zu sagen hast, und dann lass mich mit dieser Frau ein für alle Mal in Ruhe!" Er hastete zurück zu seinem Schreibtisch, riss eine Schublade auf und zog eine Packung Zigaretten hervor. Fabian registrierte, dass die Hände seines Bruders leicht zitterten, als er sich eine Zigarette ansteckte und anschließend den Rauch tief inhalierte.

„Sie ist schwanger, Conny." Fabian hatte sich vorher gründlich überlegt, wie er vorgehen sollte, und er war sehr schnell zu dem Schluss gekommen, dass ein klares und unverblümtes Wort wohl der beste Weg wäre.

Er hatte sich innerlich auf die unterschiedlichsten Gefühlsausbrüche eingestellt, aber sicherlich nicht darauf, dass Constantin beinahe überhaupt nicht reagieren würde. Starr, mit unbewegtem Gesicht stand er breitbeinig da und zog ein weiteres Mal an seinem Glimmstängel. Vielleicht wurden seine Augen eine winzige Spur grüner – mehr passierte nicht.

„Conny, hast du mich verstanden? Sophie ist schwanger!"

„Ich habe dich sehr gut verstanden."

Fabian beruhigte es fast ein wenig, dass zumindest die Stimme seines Bruders heiserer klang als üblich. Auch er erhob sich jetzt wieder. „Himmelherrgott, Constantin! Sie kriegt ein Kind von dir!"

„Soso, von mir also?"

Der beißende Sarkasmus, mit dem Constantin diesen Satz hervorpresste, ließ Fabian leicht zusammenzucken. „Sag mal, bist du jetzt vollkommen … Sie ist bereits am Ende des sechsten Monats, du Holzkopf!“

Constantins linker Mundwinkel zuckte. Er wandte sich von Fabian ab, nahm einen letzten tiefen Zug und drückte die Zigarette schließlich in einem graublauen Aschenbecher aus.

„Lass mich allein“, bat er nach einem endlosen Moment des Schweigens mit anhaltend heiserer Stimme. Ohne sich noch einmal zu seinem Bruder umzudrehen, wartete er darauf, dass dieser den Raum verließ. Erst dann erlaubte er sich, das Gesicht in seinen Händen zu vergraben.

Sophie versuchte zu arbeiten, aber es gelang ihr nicht. In jeder Sekunde, die verstrich, rechnete sie mit einer Reaktion von Constantin, und das war so aufreibend, dass sie kaum noch einen klaren Gedanken fassen konnte. Ihr war klar, dass Fabian inzwischen mit ihm gesprochen haben musste, und das Warten auf was auch immer zerrte quälend an ihren angegriffenen Nerven. Als das Telefon klingelte, zuckte sie heftig zusammen. Es dauerte eine ganze Weile, bis sie sich dazu entschließen konnte, den Hörer in die Hand zu nehmen und sich zu melden.

„Guten Morgen, mein Schatz!“

„Mama!“

„Alles in Ordnung? Du klingst so angestrengt.“

„Nein, alles okay. Ich habe nur gearbeitet und …“

„Oh, entschuldige, meine Kleine, ich wollte dich nicht stören.“

„Du störst mich doch nie, Mama. Was gibt es denn?“

„Ich wollte nur hören, wie es dir geht. Wir haben schon zwei oder drei Tage nichts mehr voneinander gehört. Ich werde dann immer unruhig. Du kennst mich doch.“

Sophie lächelte in den Hörer. „Mir geht es gut, Mama. Mach dir keine Sorgen.“

„Isst du auch vernünftig? Du musst aufpassen, dass du nicht unterzuckerst. Der Blutdruck ist während einer Schwangerschaft sowieso oft zu niedrig.“

„Aber natürlich esse ich ausreichend, und außerdem betrifft die Sache mit dem niedrigen Blutdruck wohl eher die ersten Monate einer Schwangerschaft, wenn ich mich richtig entsinne. Seit wann hast du denn so mütterliche Anwandlungen?"

„Ärgere mich nicht, Sophie. Ich werde schließlich bald Oma, da muss man ja ein bisschen gesetzter werden, nicht wahr?" Judith von Wenningen lachte hell auf. Offensichtlich amüsierte sie sich königlich über die eigene Bemerkung. „Was machst du am Sonntag? Ich könnte dich ein bisschen bekochen, was meinst du dazu? Bring doch Roman mit, ja?"

„Mama, ich …"

„Was ist los? Hast du dich etwa mit Roman gestritten?"

„Nein, wir haben uns nicht gestritten. Nur, du sollst nicht immer so tun, als wäre er dein Schwiegersohn in spe, Mama. Er ist ein guter Freund von mir, nicht mehr, aber auch nicht weniger. Sieh das endlich ein, du alte Kupplerin."

Auch Sophie lachte jetzt. Ihre Mutter hatte einen Narren an Roman Herwig gefressen, und das ließ sie auch bei jeder sich bietenden Gelegenheit durchblicken. Sophie konnte es ihrer Mutter nicht übel nehmen. Sie selbst wünschte sich ja auch, dass sie sich in Roman und nicht in Constantin Afra verliebt hätte. Ihr Leben würde so viel einfacher verlaufen.

„Was ist nun mit Sonntag?", hakte ihre Mutter nach.

„Ich weiß es wirklich noch nicht. Ich … habe im Moment sehr viel zu tun. Kann ich dich deshalb noch einmal anrufen?"

„Na gut, Kind, aber melde dich bei uns, wenn irgendwas nicht stimmt, hörst du? Ich finde wirklich, du klingst eigenartig."

„Mama!"

„Ist ja schon gut. Ich lass dich in Ruhe. Bis bald, mein Engel. Ach ja, Hannes lässt dich grüßen."

Mit einem leichten Lächeln auf den Lippen wandte sich Sophie wieder ihrem Computer zu, nachdem das Gespräch beendet war. Ihre Mutter hatte es immerhin geschafft, sie ein bisschen aufzumuntern.

„Ach, ich bringe heute ja sowieso nichts Brauchbares zustande“, sagte sie laut zu sich selbst, bevor sie entschlossen den Computer herunterfuhr. Sie wollte gerade in die Küche gehen, um sich eine Tasse Tee aufzubrühen, als es an der Wohnungstür klingelte. Vollkommen erstarrt stand sie einen Augenblick da und versuchte ihre Atmung wieder unter Kontrolle zu bringen. Ihr Herz schlug ihr augenblicklich bis zum Hals, denn sie wusste plötzlich mit absoluter Sicherheit, wer dort vor ihrer Tür stand.

Wieder läutete es – und das Geräusch wirkte viel eindringlicher als sonst. Langsam ging Sophie zur Tür und öffnete.

Er stand da und sah sie stumm an.

Seine Miene war hart, und sein Gesicht schien deutlich schmaler geworden zu sein. Zusammen mit den beiden Zornesfalten über der Nase ließ ihn das noch düsterer und gefährlicher wirken. Er sah aus wie ein dunkler Racheengel.

Sophie atmete tief ein und erwiderte seinen durchdringenden Blick, auch wenn es sie unendlich viel Kraft kostete, in diese glitzernden Augen sehen zu müssen. Wortlos trat sie schließlich beiseite, um ihn einzulassen. In seinen Händen hielt er seine Sonnenbrille und die schwarze Baseballkappe. Ebenso stumm, wie sie es war, ging er an ihr vorbei und blieb von ihr abgewandt im Flur stehen. Sophie schloss die Tür und starrte auf seinen Rücken.

„Conny?“ Es war nur ein Flüstern, aber die anhaltende Stille war ihr unerträglich. Sie hörte, dass er nun ebenfalls einen tiefen Atemzug machte, dann drehte er sich wieder zu ihr um.

„Fabian teilte mir vor zwei Tagen mit, dass du ein Kind erwartest.“ Er ließ den Blick kurz an ihrem Körper hinabgleiten, dann sah er ihr wieder ins Gesicht. „Wie ich sehe, entspricht das den Tatsachen.“

„Ja.“ Ein Zittern erschütterte ihren Körper so stark, dass sie glaubte, den Halt zu verlieren. Ganz plötzlich stieg bittere Übelkeit in ihr hoch. Sie meinte direkt zu spüren, wie ihr Gesicht jede Farbe verlor. Rasch glitt sie an ihm vorbei ins Wohnzimmer. „Entschuldige, Conny, ich muss … mich einen Moment setzen."

In seinen Augen schien es kurz zu flackern, dann nickte er. Still folgte er ihr und wartete, bis sie sich in einen Sessel gesetzt hatte.

„Würdest du … könntest du mir bitte ein Glas Wasser bringen?", bat sie ihn mit dünner Stimme.

„Natürlich."

Während Constantin in die Küche ging, um ihr das Wasser zu holen, konzentrierte sich Sophie mit geschlossenen Augen auf eine gleichmäßige Atmung. Sie bemerkte, dass er das Glas auf den Tisch stellte, anstatt es ihr direkt zu geben – und sie nahm an, dass er das nur tat, um sie nicht unabsichtlich berühren zu müssen.

„Geht es wieder?", fragte er nach einer Weile.

„Ja, danke. Entschuldige, aber eine Schwangerschaft hat manchmal ihre eigenen Gesetze."

„Schon in Ordnung." Er räusperte sich. „Ich möchte dir eine Frage stellen, Sophie. Ich werde dich das nur ein einziges Mal fragen. Es fällt mir nicht leicht, aber ich muss es tun, und ich erwarte eine absolut ehrliche Antwort von dir."

Sie schluckte. Seine zur Schau getragene Frostigkeit und die Überheblichkeit, mit der er ihr begegnete, waren für sie kaum noch zu ertragen. „Stell deine Frage, Constantin."

„Du bist dir absolut sicher, dass das mein Kind ist?"

Die Tränen kamen so unvermittelt, dass sie sich sofort selbst verfluchte. Die hormonelle Umstellung durch die Schwangerschaft machte ihrer ohnehin angeschlagenen Psyche mehr zu schaffen, als ihr guttat.

Es war das erste Mal, dass er sie weinen sah, aber seine Miene blieb weiterhin unbewegt. Suchend schaute er sich um, entdeckte schließlich eine Packung Papiertaschentücher auf einem Regal und reichte sie ihr. Dieses Mal berührten sich ihre Finger, und beide zogen rasch ihre Hände zurück.

In seinem Inneren sah es völlig anders aus, als die äußere

Arroganz es vermuten ließ. In Wahrheit brach es ihm fast das Herz, sie weinen zu sehen. Er fühlte, dass nun auch in ihm eine leichte Übelkeit aufstieg. Darüber hinaus brauchte er all seine Kraft, um weiterhin den massiven Schmerz in seiner Brust im Zaum zu halten. Sophie war eher nachlässig gekleidet, ungeschminkt und erschreckend blass mit dunklen Schatten unter den Augen. Dennoch war sie in seinen Augen niemals schöner gewesen. Es hatte ihm fast die Beine weggezogen, ihr nach all den Monaten endlich wieder leibhaftig gegenüberzustehen. Sie sah so weich aus, viel zarter, trotz ihrer Schwangerschaft.

Ihr dunkelbraunes Haar war in der Zwischenzeit ein ganzes Stück länger geworden und reichte ihr nun fast bis auf die Schultern. Er gierte geradezu danach, seine Hände in der ungezähmten Herrlichkeit zu versenken. Ihr Körper steckte in alten Jeans und einem viel zu großen rotblau karierten Männerhemd aus weichem formlosem Flanell. Trotzdem konnte er bei jedem ihrer Atemzüge sehen, wie sich ihre vollen Brüste hoben und wieder senkten. Sein körperliches Verlangen nach ihr war plötzlich so überwältigend, dass es sich nur durch die unbeugsame Härte kompensieren ließ, die er nach außen aufrechterhielt. Er hatte gar keine andere Wahl, wenn er bei Verstand bleiben wollte.

„Es ist ohne Zweifel dein Kind", brachte sie schließlich hervor. „Wenn du willst, kannst du später gerne eine Blutuntersuchung …"

„Es ist schon gut", sagte er barscher als beabsichtigt. „Ich werde mein Kind erkennen, wenn ich es zum ersten Mal sehe, glaub mir." Er räusperte sich. „Das war die Frage, kommen wir nun zu meinem Angebot."

„Ich will nichts von dir!", beeilte sie sich zu sagen. „Gar nichts!"

„Nun, Sophie, wenn es mein Kind ist, habe ich ja wohl auch ein Anrecht darauf, dafür zu sorgen, nicht wahr?"

„Dem Gesetz nach …"

„Dieses Gesetz interessiert mich nicht. Du wirst mich natürlich noch vor der Geburt des Kindes heiraten."

Sie war so sprachlos, dass sie ihn nur stumm anstarren konnte. Einen kurzen Moment hielt er ihrem Blick stand, dann schweiften seine Augen ab. „Diese Dachwohnung ist viel zu klein. Hier kannst du unmöglich mein Kind aufziehen. Ich will … Ein Kind braucht eine vollständige Familie. Vater, Mutter, Verwandte. Ich möchte, dass mein Kind …"

„Unser Kind, Conny", sagte sie leise – und wieder kamen neue Tränen. „Es ist unser Kind, verdammt noch mal."

Sein Blick traf erneut auf ihren. „Ja, unser Kind. Entschuldige."

„Ich werde dich nicht heiraten."

„Selbstverständlich wirst du das tun. Du hast schon einmal deine Einwilligung dazu gegeben, erinnerst du dich?"

„Du weißt genau, dass wir uns damals in einer vollkommen anderen Situation befunden haben, Conny. Nein, du kannst das Kind auch so sehen, wann immer du willst. Ich werde unserem Kind nicht den Vater vorenthalten. Das würde ich niemals übers Herz bringen. Aber ich werde dich sicherlich nicht heiraten, nur weil ich dieses Baby von dir erwarte."

Seine Augen verdunkelten sich. Endlich setzte auch er sich hin. Zögernd nahm er ihr gegenüber auf dem Sofa Platz. „Dann bitte ich dich eben inständig, mich zu heiraten." Seine Stimme klang nun eine Nuance freundlicher.

„Es geht nicht um die Form, Conny. Es geht allein um den Grund deines Antrags. Du liebst mich nicht. Ich würde niemals einen Mann heiraten, der mich nicht aufrichtig und von ganzem Herzen liebt."

Ganz kurz nur schoss ihm der Gedanke durch den Kopf, dass jetzt wahrscheinlich der beste Zeitpunkt wäre, ihr zu gestehen, wie gründlich sie sich in diesem Punkt irrte, aber natürlich unterließ er es. Um keinen Preis der Welt würde er sich noch einmal vor ihr schwach zeigen oder gar erniedrigen. „Ich werde unser Kind lieben, Sophie. Du wirst ein sorgenfreies

Leben führen können. Mein Vermögen ist sicher. Das Haus ist riesig und unbelastet. Die Größe von Kellan Manor würde uns erlauben … Ich kann dir beteuern, dass ich alles in meiner Macht Stehende tun werde, um …"

„Nein, verflucht! Du suchst doch nur nach einer Möglichkeit, um mir irgendwann mein Kind wegnehmen zu können."

Sein Gesicht erstarrte. „Auch ich habe meine Grenzen, Frau von Wenningen", presste er etwas atemlos hervor. „Gut, wenn du mir in dieser Hinsicht nicht vertrauen kannst, werde ich ein notariell beglaubigtes Schreiben aufsetzen lassen, in dem ich dir vertraglich zusichere, dass ich in keinem Fall das alleinige Sorgerecht für unser Kind beantragen werde, wenn unsere Ehe jemals geschieden werden sollte. Reicht dir das?"

Nachdem sie stumm blieb, erhob er sich. Sein Gesicht blieb nahezu unbewegt. „Du solltest ein paar Nächte darüber schlafen, Sophie. Denke in Ruhe über alles nach. Ich kann dich nicht zwingen, aber ich kann dich bitten, im Sinne unseres Kindes zu entscheiden. Im Übrigen solltest du wissen, dass ich beschlossen habe, mich aus der Öffentlichkeit zurückzuziehen. Ich werde nicht mehr auftreten. Unser Leben würde nach einer Weile daher verhältnismäßig ruhig verlaufen. Wenn das also eine deiner Sorgen sein sollte, kann ich dich in diesem Punkt beruhigen."

Auch Sophie stand wieder auf. Sie hob ihren Kopf und sah ihn an. Ihr Blick war zutiefst traurig, bemerkte er. „Dieses Kind, Constantin Afra, ist in Liebe empfangen worden – und es wird auch in Liebe aufwachsen. Ich werde nicht zulassen, dass es miterleben muss, wie seine Eltern nebeneinanderher leben, nur weil es auf diese Welt gekommen ist, nachdem ihre Liebe schon gestorben war. Nein, das werde ich sicherlich niemals tun."

Unter seiner linken Schläfe zuckte ein Muskel. Ihre Worte hatten ihn tief getroffen, aber er ging nicht darauf ein. „Denk in Ruhe darüber nach", sagte er stattdessen noch einmal. Dann wandte er sich ab und ging in den Flur.

Sophie folgte ihm. An der Tür drehte er sich noch einmal

zu ihr um, aber er hatte bereits die dunkle Sonnenbrille aufgesetzt, und sie konnte seine Augen nicht mehr erkennen. „Pass auf dich und das Kind auf. Ich melde mich in den nächsten Tagen bei dir, okay?“

Alles, was sie jetzt noch fertigbrachte, war ein Nicken. Dann war er fort.

Nach einer schlaflosen Nacht telefonierte sie gleich am nächsten Morgen mit Helen. Sophie hielt vor ihrer Freundin nichts zurück und erzählte ihr alles.

„Du solltest es tun, wenn du mich fragst“, sagte Helen schließlich.

„Sag mal, spinnst du? Der Mann ist doch komplett verrückt, Helen! Er ist selbstgerecht, egozentrisch und unerträglich arrogant. Niemals würde ich meinem Kind zumuten, mit dieser mürrischen und ungehobelten Kreatur in einem Haus leben zu müssen.“

„Erstens, ja, du hast mit deiner kleinen, allerdings äußerst lückenhaften Charakterbeschreibung durchaus ins Schwarze getroffen. Conny ist beileibe kein einfacher Zeitgenosse, aber du hast auch keine Ahnung, wie herzzerreißend süß und liebevoll dieser mürrische und ungehobelte Kerl mit Kindern umgeht, meine Liebe.“

Sophie schnaubte verächtlich. Es kostete sie einige Mühe, sich von Helens Einwand nicht beeindrucken zu lassen, denn tief in ihrem Herzen wusste sie natürlich, dass Constantins Schwägerin die Wahrheit sagte. Sie hatte ja selbst am eigenen Leib erfahren, wie liebevoll und zärtlich dieser Mann sein konnte. „Und zweitens? Du warst noch nicht fertig, Helen.“

„Und zweitens liebst du diesen schrecklichen Mann. Du liebst ihn doch genau so, wie er ist, nicht wahr?“

Eine Weile schwiegen sie. Als Sophie schließlich wieder zu sprechen begann, klang ihre Stimme hörbar angeschlagen. „Gerade deshalb kann ich ihn ja auch nicht heiraten. Ich liebe ihn viel zu sehr. Okay, er hat mir ohnehin schon mein Herz gebrochen, aber ich könnte nicht noch mehr ertragen. Als er gestern hier bei mir war … Er war so schrecklich kalt und herzlos, Helen. Er hat mich voller Geringschätzung und Verachtung angesehen. Nein, ich könnte das wirklich nicht ertragen. Nicht jeden Tag – keinen einzigen Tag."

„Ich weiß, du glaubst mir ja sowieso nicht, aber ich sage dir trotzdem noch einmal, dass ich fest davon überzeugt bin, dass Constantin dich ebenso verzweifelt liebt wie du ihn. Mach jetzt keinen Fehler, hörst du?"

„Ha, Liebe! Von wegen!" Sophies Lachen klang bitter. „Wenn du unsere letzten beiden Begegnungen mitbekommen hättest, würdest du so was nicht sagen. Er hat mich auf übelste Weise beschimpft und erniedrigt. Seine Liebe gehörte nur einer einzigen Frau – und die ist schon seit Jahren tot."

„Du irrst dich, mein Herz, du irrst dich gewaltig."

„Nein."

„Warum kämpfst du nicht endlich um ihn? Ich habe dich als eine starke und unabhängige Frau kennengelernt, die ihm die Stirn geboten hat. Warum gibst du auf? Du trägst die stärkste Waffe doch in dir."

Sophie schluckte ihre Tränen herunter. Es war lächerlich, dass sie neuerdings bei jeder sich bietenden Gelegenheit zu weinen begann. „Weil ich nur kämpfe, wenn ich auch eine Chance auf einen Sieg sehe. Ich will ihn nicht um jeden Preis, und ich eigne mich auch nicht als Ersatz. Abgesehen davon ist mein Kind keine Waffe, Helen."

„Ach, so habe ich das doch nicht gemeint. Glaub mir doch endlich! Ich habe dir schon einmal gesagt, dass ich ihn schon fast mein ganzes Leben lang kenne. Wenn du stets um ihn herum bist, wird er sich nicht … Meine Güte, Sophie, du hättest doch damit die Chance, bei ihm sein zu können, Herrgott! Also, wenn man einen Menschen so sehr liebt, wie du Constantin liebst, dann will man doch genau das, nicht wahr? Man will immer bei ihm sein."

Helens Geduld ging langsam zu Neige. Sie konnte nicht

verstehen, dass zwei Menschen sich so schrecklich dumm verhalten konnten, wie Sophie und ihr Schwager es schon seit Monaten taten. Sie war so aufgebracht, dass sie zunächst gar nicht mitbekam, dass es am anderen Ende der Leitung plötzlich vollkommen still blieb. „Sophie, bist du noch dran?"

„Ja." Es war nur ein Flüstern, kaum zu hören. „Warte, gib mir eine Minute … ich melde mich gleich noch einmal bei dir, okay? Geh nicht vom Telefon weg, Helen."

„Ja, ja, okay. Ich warte."

Ganz langsam ließ Sophie den Hörer sinken und starrte in die Stille ihres kleinen Wohnzimmers hinein. Helen hatte etwas ausgesprochen, das sich auch ihr in der vergangenen Nacht immer wieder aufgedrängt hatte. Mit der Kraft ihres Verstandes hatte sie sich wiederholt dagegen zur Wehr gesetzt, da ihr dieser Gedanke zwar verlockend, aber auch viel zu gefährlich erschienen war. Es war eigenartig, diese Sichtweise von einem anderen Menschen serviert zu bekommen wie ein leckeres Stück Torte nach einer wochenlangen Diät. Plötzlich wurde es ihr unmöglich, diesen Aspekt auch weiterhin zu ignorieren.

Ja, sie würde wieder bei ihm sein können, wenn sie sich dazu entschließen konnte, ihn tatsächlich zu heiraten. Allein die Aussicht darauf, jeden Tag in seiner Nähe zu sein, war schlicht berauschend. Sie liebte ihn – und sie vermisste ihn unsäglich. Sie konnte sich nicht im Entferntesten vorstellen, wie es sein würde, ihn ständig um sich zu haben und nicht berühren zu dürfen, aber damit würde sie schon fertig werden. Doch dann hörte sie plötzlich den eigenen verrückten Gedanken zu.

„Stopp!", sagte sie laut zu sich selbst, aber es half nichts mehr. Es war bereits zu spät. Ihr Herz hatte eine einsame Entscheidung getroffen, ohne ihren Verstand auch nur noch einmal zu Wort kommen zu lassen. Gefasst und innerlich nun vollkommen ruhig wählte sie erneut Helens Nummer.

Erwartungsgemäß war Constantins Schwägerin sofort am Apparat. „Ja?"

„Ich werde es tun, Helen. Ich werde ihn heiraten."

Am folgenden Nachmittag meldete sich Constantin telefonisch bei ihr. „Hast du eine Entscheidung getroffen?“, fragte er mit sonorer Stimme, nachdem sie sich gemeldet hatte.

Sophie schüttelte den Ärger darüber ab, dass er es seinerseits nicht für notwendig hielt, sich ebenfalls mit Namen zu melden oder auch nur eine kurze Begrüßung von sich zu geben. „Ja, habe ich.“

„Und?“

Sie holte tief Atem. „Ich werde, zum Wohle unseres Kindes, dein Ange… deinen Antrag annehmen.“

Einen Moment lang blieb es still in der Leitung, doch dann hörte sie wieder seine Stimme. „Gut. Pack deine Sachen. Ich schicke dir morgen einen Wagen.“

„Moment mal, Conny, ich brauche noch mindestens eine Woche, bevor ich alles organisiert habe.“

„Wenn du meinst, dass das nötig ist, bitte. Brauchst du Hilfe?“

„Äh, nein, aber ich …“

„Alles Weitere besprechen wir, wenn du hier bist. Ich erwarte dich dann am nächsten Freitag hier im Brehlow.“ Damit legte er auf.

Sophie konnte sich ein bitteres Lachen nicht verkneifen. „Du bist wirklich ein Liebchen, Constantin Afra!“, murmelte sie, dann legte auch sie ihren Hörer auf.

„Du wirst bitte schön was tun?“ Roman Herwig war völlig außer sich.

„Ich sagte, ich werde den Vater meines Kindes heiraten, Roman.“

Fest legte er die Hände um ihre Schultern. „Wo ist nur dein Stolz geblieben, Rehauge?“

„Ich liebe ihn.“ Ihre Augen füllten sich schon wieder mit Tränen, und sie hasste das. Wütend wischte sie sich mit beiden Handballen gleichzeitig über die Lider.

Romans Gesichtszüge wurden weich, und er zog sie in seine

Arme. „Ich weiß ja, Kleines, ich weiß." Einige Zeit hielt er sie an sich gedrückt. „Hör zu, wenn er … wenn es nicht klappen sollte, dann fackel nicht lange rum und komm zurück. Halte nicht zu viel aus, versprich mir das. Du musst an das Baby denken."

Sophie nickte. „Versprochen. Roman, du wirst doch trotzdem mein Freund bleiben, oder?"

„Wenn du mich brauchen solltest, bin ich immer für dich und dein Baby da, mach dir darüber keine Sorgen. Ein Anruf genügt, und ich werde dich mit klappernden Säbeln aus seiner Festung befreien. Dein zukünftiger Ehemann wird sich zu gegebener Zeit damit abfinden müssen. Ob es ihm nun passt oder nicht."

Unter Tränen lächelte sie zu ihm auf. „Mein Held."

„Darf ich dir trotzdem sagen, dass es mir schwerfällt, deine Entscheidung zu verstehen?"

„Natürlich darfst du das, Roman."

„Wenn du recht hast mit deiner Vermutung, dass Melanie Afra seine einzige Liebe war, bist du als Person und als Frau nicht wirklich wichtig für ihn, sondern nur dein Kind."

„Das ist mir bewusst."

„Es ist noch nicht lange her, da hast du gesagt, du könntest genau das nicht aushalten. Du wolltest in seinem Leben doch niemals die zweite Geige spielen, Sophie. Meiner Meinung nach lieferst du dich ihm aus, und das gefällt mir ganz und gar nicht."

„Ich habe inzwischen die Tatsache akzeptieren müssen, dass ich ein Leben ohne ihn noch viel weniger aushalte. Diese Erkenntnis tut nachhaltig weh und verletzt gewaltig meinen Stolz, aber so ist es nun mal."

Noch einmal zog er sie fest an sich. „Okay", sagte er gedämpft. „Dann mach verdammt noch mal, was du nicht lassen kannst, und heirate den ignoranten Kerl. Weiß deine Familie schon von der Sache?"

„Natürlich. Gestern war ich zum Abendessen dort, und wir haben noch einmal über alles gesprochen."

„Wie haben sie es aufgenommen?"

„Unterschiedlich. Du kennst sie ja. Meine Mutter hat getobt und mich für völlig unzurechnungsfähig erklärt. Hannes dagegen … hat nur still in sich hineingelächelt und genickt. Ich glaube, er versteht mich." Sie hob den Blick und sah zu Roman auf. „Du könntest mir mit den restlichen Sachen noch ein bisschen helfen. Es ist meine letzte Nacht in dieser Wohnung, und ich habe noch einiges zu tun."

„Soll ich dich vielleicht morgen dorthin fahren?"

„Nein, Conny schickt mir einen Fahrer vom Hotel. Einige meiner persönlichen Sachen werden in den nächsten Tagen abgeholt und direkt nach Kellan Manor geschickt. Es ist alles organisiert."

„Und was passiert mit der Wohnung?"

„Die übernimmt eine frühere Kollegin von mir – mit allen Möbeln. Sie hat händeringend etwas in dieser Größe gesucht. Manchmal passt eben alles zusammen."

„Frau von Wenningen wird in ihrem alten Zimmer wohnen, Maria", teilte Constantin seiner Haushälterin am Telefon mit. „Allerdings kann ich noch nicht genau sagen, wann wir wieder auf Kellan Manor eintreffen werden."

„Alles wird perfekt sein, wenn Sie kommen, Constantin. Machen Sie sich keine Sorgen."

„Das tue ich nicht. Genießen Sie die Tage, in denen Sie noch Ruhe vor mir haben. Gute Nacht."

„Gute Nacht, Constantin, und bitte richten Sie Frau von Wenningen liebe Grüße von mir aus."

Nachdem das Gespräch mit Maria beendet war, starrte er noch eine ganze Weile auf den Apparat, unterdrückte dann aber den Wunsch, Sophies Nummer zu wählen. Schließlich holte er tief und gründlich Luft und wandte sich ab. Im Schlafzimmer der Penthouse-Suite warf er seine Sachen von sich, ging nackt hinüber ins Badezimmer und duschte sehr heiß und lange. Seine Gedanken drehten sich derweil im Kreis –

und jeder dieser Gedanken hatte mit Sophie zu tun.

Sie hatte eingewilligt. Sie würde ihn heiraten, so viel stand fest.

Eine Woge heißen Glücks war über ihn hinweggerollt, als sie ihm ihre Entscheidung mitgeteilt hatte. Und es hatte ihn eine ganze Menge Energie gekostet, dieses Glücksgefühl wieder etwas einzudämmen, damit sein Verstand weiterhin vernünftig und zuverlässig funktionieren konnte. Inzwischen hatte die vertraute Verbitterung in ihm wieder die Oberhand gewonnen – und das war auch gut so, fand er. Das machte ihn unangreifbarer und ließ ihn klarer denken.

Constantin hatte sich gleich gedacht, dass sie seinem verlockenden Angebot nicht widerstehen würde, aber ihre wahren Motive waren ihm im Augenblick vollkommen egal. Er selbst kannte seine Beweggründe, und nur die waren ihm zurzeit wirklich wichtig.

Sie würde wieder bei ihm sein, jeden Tag!

Er würde endlich wieder freier atmen können!

Ihm fiel ein, wie stark die körperliche Anziehungskraft gewesen war, als er wieder vor ihr gestanden hatte, und das machte ihm ein wenig zu schaffen. Auch ihre deutlich sichtbare Schwangerschaft hatte nicht das Geringste daran ändern können, dass ihn das Verlangen nach ihr heiß und heftig überflutet hatte, im Gegenteil.

Es war jedoch immens wichtig für sein Seelenheil, dass er den Überblick behielt – und vor allem musste er es fertigbringen, zukünftig seine Hände von ihr zu lassen. Er durfte nicht vergessen, wie sehr sie ihn getäuscht und verletzt hatte. Wie sanft, verletzlich und anlehnungsbedürftig sie auch auf ihn gewirkt haben mochte, er durfte nicht aus den Augen verlieren, dass sie seine Liebe nicht erwiderte. Nein, er würde sein Herz nicht noch einmal auf ihre Schlachtbank legen.

Der Gedanke an das Kind war allerdings berauschend.

„Unser Kind“, flüsterte er, während er sich abtrocknete. Für dieses Kind würde er alles ertragen – absolut alles!

10. KAPITEL

Etwas unschlüssig betrachtete Sophie ihr Gepäck. Ein Page hatte es soeben im Salon der Suite abgestellt, bevor er mit einem breiten Lächeln im Gesicht wieder verschwunden war. Für einen winzigen Moment spielte sie ernsthaft mit dem Gedanken, ihre Koffer zu schnappen und sogleich wieder die Flucht zu ergreifen, denn sie fühlte sich plötzlich auf eine merkwürdige Weise vollkommen verloren. Es dauerte noch mehrere Minuten, bevor sie ihre Jacke auszog und sich seufzend in einen der beiden ausladenden Sessel fallen ließ. Für einen Moment schloss sie erschöpft die Augen.

Man hatte ihr bereits bei ihrer Ankunft im Brehlow mitgeteilt, dass Constantin zurzeit nicht im Haus sei. Das Hotelpersonal sei von ihm angewiesen worden, ihr jeden Wunsch zu erfüllen. Auch darüber informierte sie der charmante Portier. Der gute Mann konnte natürlich nicht ahnen, dass sie eigentlich nur noch den Wunsch hatte, endlich in Ruhe mit Constantin zu sprechen. Bei diesem Gedanken lachte Sophie bitter auf.

Du wirst dich noch wundern, Constantin Afra! Ich werde schon aufpassen, dass mein gesamter Lebensinhalt nicht allein darin bestehen wird, auf ein kleines Lächeln oder gar ein freundliches Wort von dir zu hoffen.

Sie war so in ihren Gedanken gefangen, dass sie das leise Geräusch des Fahrstuhls der Suite zunächst überhörte. Erst als sich die Türen flüsternd öffneten, sah sie auf.

„Hast du schon gegessen?“, fragte er ohne weitere Begrüßung.

„Hallo, Constantin. Ja, ich habe gegessen.“

„Gut.“ Sein Blick richtete sich auf ihr Gepäck. „Ich werde deine Sachen in das zweite Schlafzimmer stellen, aber du solltest nur das Notwendigste auspacken. Gleich morgen fliegen wir erst einmal zurück nach Kellan Manor.“

„Morgen schon? Aber ich …“

„Was?“, fragte er barsch.

Sophie räusperte sich und erhob sich von ihrem Sessel. „Ich hoffe, du wirst meinen Wünschen entsprechen, hier in Hamburg zu heiraten und auch das Kind hier zur Welt zu bringen. Ich bin bei einem sehr guten Gynäkologen in Behandlung, zu dem ich vollstes Vertrauen habe. Er hat eine kleine Privatklinik, die von hier aus schnell erreichbar ist und Diskretion gewährleistet. Im Übrigen bin ich dort bereits seit Wochen zur Geburt angemeldet.“

„Gib mir seinen Namen und die Anschrift, ich werde das überprüfen lassen. Wenn der Arzt und seine Klinik mir ebenfalls zusagen, habe ich keinerlei Einwände. Mir war natürlich klar, dass du hier in Hamburg heiraten willst, schon allein wegen deiner Familie. Der Termin ist allerdings erst in zwei Wochen, und bis dahin möchte ich noch einmal nach Kellan Manor. Die Trauung wird dann hier im Hotel stattfinden, und wir werden rechtzeitig wieder zurück sein.“

„Hier?“

„Ja. Das Standesamt hat sich bereit erklärt, einen Beamten hierher zu schicken, um die … Formalitäten abzuwickeln. Tom hat heute alles für uns organisiert, und Clemens Brehlow stellt uns dafür einen Raum zur Verfügung, der für die anderen Gäste des Hotels nicht zugänglich ist. Nach der Hochzeit kannst du dich dann hier in Ruhe auf die Geburt vorbereiten. Nach meinen Informationen dürfte das Fliegen für dich zurzeit noch kein Problem darstellen, also wirst du mich morgen nach Kellan Manor begleiten.“

„Sprich bitte nicht in diesem Befehlston mit mir. Ich werde dich heiraten, aber ich bin nicht deine Leibeigene oder irgendeine Angestellte.“

Verlegen räusperte er sich, aber sein Blick blieb eisig. „Es wird mir stets ein Bedürfnis sein, deine Wünsche zu respektieren“, erwiderte er schroff. Mit einem vielsagenden Lächeln auf den Lippen wandte er sich von ihr ab, griff nach ihren Koffern und ließ sie stehen.

Der Flug verlief ruhig. Constantin setzte sich ihr zwar gegenüber, verschanzte sich dann aber überwiegend hinter einigen Zeitungen. Sie hatten schon den ganzen Morgen nur sehr wenig miteinander gesprochen, und daran änderte sich auch jetzt nichts.

Sophie klappte kurz entschlossen ihr Notebook auf und begann zu arbeiten, damit sie nicht untätig herumsaß und damit den Eindruck erweckte, auf ein Gespräch aus zu sein. Dennoch war sie heilfroh, als die Maschine auf dem Flugfeld von Kellan Manor ausrollte und sie kurz darauf endlich zu Jesse in den Geländewagen steigen konnten.

Es war ein merkwürdiges Gefühl, wieder in seinem Haus zu sein.

Befremdend – und doch fühlte sie sich, als sei sie nach einer langen Reise endlich wieder zu Hause angekommen. Nun stand sie in ihrem alten Zimmer und starrte auf das herrliche Bett. Ihre Koffer waren bereits hereingebracht worden. Gerade schleppte Jesse ihren Computer nach oben und platzierte den Monitor auf dem weißen Schreibtisch, an dem sie schon so viele Stunden gearbeitet hatte.

„Ich werde Ihnen das nachher alles ordnungsgemäß anschließen, Frau von Wenningen. Spätestens in einer Stunde bin ich draußen mit meiner Arbeit fertig."

Sie nickte und lächelte leicht. „Nur keine Eile, Jesse. Ich habe ja meinen Laptop. Das muss nicht gleich alles heute passieren."

Der junge Mann schenkte ihr ein breites Lächeln, nickte ebenfalls und verschwand.

Mit langsamen Bewegungen entledigte sie sich schließlich ihrer dicken Jacke und warf sie auf das kleine Sofa. Dann ging sie kurz in das angrenzende Badezimmer und wusch sich die Hände. Als sie zurück in das Zimmer kam, fiel ihr Blick erneut auf das wunderschöne Himmelbett, das noch immer auf seinem Podest stand und in seiner Prächtigkeit wirkte, als warte es auf eine Königin. Die Erinnerungen stellten sich ganz von allein ein, und Sophie seufzte laut auf.

Das Klopfen an ihrer Tür riss sie aus ihren Tagträumen.

„Ja?"

„Sophie." Bedächtig betrat Constantin ihr Zimmer und schloss die Tür hinter sich. Er machte zwei Schritte auf sie zu, bis sie sich direkt gegenüberstanden. „Alles zu deiner Zufriedenheit?"

„Danke, ja."

„Gut. Äh …" Seine Augen huschten über ihre Körpermitte. Sie trug eine bequeme schwarze Baumwollhose und einen sehr weiten erdbeerroten Pullover. Ihren schwellenden Bauch konnte man in dieser Kleidung bestenfalls erahnen. „Bist du sehr müde nach dem Flug?"

„Nein, gar nicht."

Sie zögerte, und das ließ ihn sofort aufhorchen. „Gibt es doch ein Problem?"

„Maria hat mir vorhin erzählt, du hättest angeordnet, dass meine Sachen im Ankleidezimmer untergebracht werden. Constantin, das …"

„Das ist für dich viel bequemer, und dort ist noch jede Menge Platz. Der Schrank hier im Zimmer ist viel zu klein. Du wirst sowieso mehr Kleidung benötigen, wenn wir erst … verheiratet sind. Ach ja, da wir gerade beim Thema sind …" Er zog etwas aus der Gesäßtasche seiner Jeans. „Ich habe ein Konto für dich eingerichtet. Du kannst selbstverständlich frei darüber verfügen, und es wird immer ausreichend gefüllt sein. Hier ist deine Karte. Du solltest dir beizeiten ein paar neue Kleider zulegen."

Vollkommen verblüfft sah sie auf die goldglänzende Karte, die er ihr entgegenstreckte. „Ich brauch dein Geld nicht, Conny. Ich habe mein eigenes Geld."

„Rede keinen Unsinn, in ein paar Tagen wirst du meine Ehefrau sein. Du kannst …"

„Nein!"

Der Blick aus seinen türkisfarbenen Augen verhärtete sich nur noch mehr. Dennoch ließ sie sich nicht beirren.

Da Sophie noch immer keine Anstalten machte, ihm die

Kontokarte abzunehmen, warf er sie kurzerhand auf das Bett. „Mach damit, was du willst." Er wandte sich ab, doch dann drehte er sich noch einmal zu ihr um. „In zehn Tagen fliegen wir zurück nach Hamburg. Fabian und Helen werden dann ebenfalls dort eintreffen und unsere Trauzeugen sein. Ist das okay für dich?"

„Nett, dass du wenigstens jetzt fragst, nachdem du sowieso schon alles geregelt und entschieden hast."

„Gibt es irgendwas auszusetzen?"

Sophie funkelte ihn einige Sekunden lang an, schüttelte dann aber ihren Kopf und seufzte auf. „Nein, natürlich nicht."

„Na dann." Noch einmal glitt sein Blick über sie hinweg. „Schlaf gut. Wir sehen uns morgen."

„Gute Nacht, Conny."

Zu ihrer Überraschung ging er nicht erst wieder hinaus auf den Flur, sondern nahm dieses Mal den direkten Weg durch das Ankleidezimmer. Innerlich aufgewühlt und wütender, als es gerade den Anschein gehabt hatte, starrte sie ihm noch eine Weile nach. Dann griff sie nach der kleinen goldenen Karte und schleuderte sie gegen die schmale Tür, durch die er soeben verschwunden war.

Constantin lag noch stundenlang wach. Er gab sich große Mühe, nicht ständig daran zu denken, dass Sophie gleich nebenan warm und weich in ihrem Bett lag. Kaum war sie wieder hier, duftete auch schon das ganze Haus nach ihr. Zukünftig konnte er durchaus dafür sorgen, dass er ihr nicht so oft begegnete, wenn es gerade besonders schlimm um ihn stand, aber gegen diesen betörenden Frühlingsduft war er machtlos.

Fluchend erhob er sich, knipste die Nachttischlampe an und suchte wütend nach seinen Zigaretten. Er fand sie schließlich auf der Kommode neben der Balkontür. Er wusste, dass er inzwischen viel zu viel rauchte, aber er brauchte dringend eine Beschäftigung für seine Hände. Natürlich hätte er hinuntergehen und ein wenig auf dem Flügel klimpern könne, aber er wollte nicht das Risiko eingehen, auch noch Sophie um ihren Schlaf zu bringen. Es war viel zu wichtig, dass sie gesund blieb.

In den darauffolgenden Tagen bekam Sophie Constantin kaum zu Gesicht. Er verbrachte viel Zeit im Studio, in der Bibliothek, oder er vergrub sich in seinem Zimmer. Sie war meistens auf sich allein gestellt.

Fast täglich telefonierte sie mit ihrer Mutter, die es nun kaum noch abwarten konnte, ihren zukünftigen Schwiegersohn endlich kennenzulernen. Judith von Wenningen machte allerdings auch keinen Hehl daraus, dass ihr die ganze Sache mit der bevorstehenden Heirat fast schon ein bisschen unheimlich war.

„Ich mag dich kaum noch fragen, ob du wirklich sicher bist, dass es das Richtige ist, meine Süße."

„Es ist das Richtige, Mama. Er ist der Richtige. Ich liebe nur ihn."

Ihren Kummer behielt sie für sich.

Jede Mahlzeit nahm sie allein ein, oder aber Maria leistete ihr ein wenig Gesellschaft, aber das geschah nur selten. Sophie wusste niemals, wann und ob Constantin bereits gegessen hatte, wenn sie sich an den Tisch setzte, und sie wagte auch nicht, Maria danach zu fragen.

Die Gespräche, die sie mit der Haushälterin führte, blieben oberflächlich. Persönliche Dinge berührten sie dabei nur am Rande. Das Thema Constantin schien zwischen ihnen völlig tabu zu sein. Sophie hätte wohl schon seit Tagen unter einer bedrückenden Einsamkeit gelitten, wären da nicht die Telefonate mit ihrer Mutter, Roman und Helen gewesen.

Und sie schrieb! Stunde um Stunde.

Das Schreiben half. Es brachte ihr eine gewisse Erfüllung und genug Ablenkung und Beschäftigung, um diese langen, einsamen Tage zu überstehen.

„Nun ist es ja nicht mehr lange hin bis zu Ihrem großen Tag", stellte Maria eines Morgens fest, während Sophie frühstückte. Die Haushälterin hatte sich einen Becher Kaffee eingeschenkt und sich mit an den Tisch gesetzt. „Schade, dass ich nicht mit dabei sein kann. Sagen Sie, was werden Sie eigentlich tragen?"

„Tragen? Was meinen Sie?"

Das Gesicht der Haushälterin nahm einen sichtbar verständnislosen Ausdruck an. „In vier Tagen werden Sie heiraten, Mädchen."

Sophie senkte ihren Blick. „Ach so, das meinen Sie. Ja, ähm, was schlagen Sie vor, Maria?"

„Sie fragen mich, was Sie an Ihrem Hochzeitstag anziehen sollen? Mich?"

Sophies Blick verschleierte sich. „Na, Sie kennen doch meine Garderobe. Ich habe überhaupt keine Ahnung, was ich anziehen soll. Hm, ich habe ein ziemlich elegantes Kostüm, aber …" Vielsagend tätschelte Sophie ihren Bauch und verdrehte die Augen. „Das wird wohl nicht mehr passen."

„Fragen Sie lieber Constantin."

„Nein."

Beide Frauen blieben einige Zeit stumm. Maria behagte die Richtung nicht, die das Gespräch so abrupt genommen hatte, und Sophie spürte das. Langsam erhob sie sich. „Danke für das Frühstück, Maria." Die ältere Frau nickte nur.

Kaum saß Sophie wieder an ihrem Schreibtisch, klopfte es an ihrer Zimmertür. Ihr Herz begann höherzuschlagen, denn sie wusste sofort, dass er es war. Wie immer wappnete sie sich innerlich gegen die heftigen Gefühlswallungen, die stets von ihr Besitz ergriffen, wenn sie mit ihrem zukünftigen Ehemann konfrontiert wurde.

„Komm rein!"

Constantin folgte ihrer Aufforderung und fixierte sie sogleich mit einem mürrischen Blick. Wie so oft war er ganz in Schwarz gekleidet und sah dabei schlichtweg umwerfend gut aus. Ihr Herz machte den gewohnten Satz, als er ihr gegenüberstand.

„Hast du ein paar Minuten übrig?"

„Natürlich."

Er hustete trocken. „Ich habe einige Kleider kommen lassen. Ich hoffe, das ist in deinem Sinne und ich habe mit meiner Vorauswahl deinen Geschmack getroffen."

Wenn sie es sich nicht wieder einmal einbildete, klang seine Stimme eine winzige Spur freundlicher als sonst.

„Die Zeit rennt uns ein wenig davon. Und auch wenn die Zeremonie nur in einem kleinen Rahmen stattfinden wird, sollten wir doch dem Anlass entsprechend gekleidet sein, meinst du nicht auch, Sophie?"

Ihr Herz klopfte ihr noch immer bis zum Hals. Es war fast unheimlich, dass er nur wenige Minuten nach ihrem Gespräch mit Maria damit herausrückte. „Ja, sicher. Ich bin ganz deiner Meinung."

„Da ich nicht abergläubisch bin, würde ich mich freuen, wenn du mir anschließend zeigen würdest, für welches Kleid du dich entschieden hast."

Sie bildete es sich nicht ein, beschloss sie. Er war ihr gegenüber tatsächlich nicht ganz so kühl und unfreundlich wie die Tage zuvor. „Mhm. Conny …"

„Ja?"

„Hast du … meine Schwangerschaft bedacht?"

„Selbstverständlich. Du wirst schon sehen. Ich bin dann in meinem Zimmer. Du kannst gerne zu mir rüberkommen, sobald du dich entschieden hast."

„Ja, in Ordnung."

Er öffnete die Tür, trat beiseite und ließ zwei äußerst elegant gekleidete Frauen mittleren Alters herein. Sie hatten einen schlaksigen jungen Mann im Schlepptau, der einen Stapel dunkelroter Kartons vor sich hertrug, die er schließlich behutsam abstellte „Danke, Luis", sagte eine der beiden Damen lächelnd. Der junge Mann lächelte ebenfalls und verließ zusammen mit Constantin das Zimmer.

Die Damen stellten sich Sophie als Maureen und Eileen vor

und öffneten gemeinsam den obersten der sechs Kartons. Sie taten das so ehrfürchtig, dass Sophie um ein Haar laut aufgelacht hätte. Doch dann entdeckte sie das goldene Label eines berühmten Modedesigners auf dem Deckel des samtbezogenen Kartons und musste unweigerlich schlucken.

Die Kleider, die Constantin ausgesucht hatte, waren allesamt atemberaubend schön. Die Auswahl fiel Sophie ausgesprochen schwer, doch schließlich entschied sie sich für ein cremefarbenes, sehr schlichtes Seidenkleid. Zum ärmellosen Kleid gehörte außerdem ein kurzer Bolero. Als Sophie sich im Spiegel betrachtete, war sie erstaunt, wie elegant sie trotz der Schwangerschaft wirkte – und auch die beiden Damen waren sichtlich begeistert.

„Wundervoll, Frau von Wenningen, einfach wundervoll! Das Kleid ist wie für Sie gemacht. Wir müssen überhaupt nichts ändern", stellte Maureen verzückt fest. „Ihr zukünftiger Mann hat ein bemerkenswert gutes Auge."

„Ja, das hat er wohl", brachte Sophie flüsternd hervor.

„Ich habe zu jedem der Kleider seidenbezogene Pumps mitgebracht", erklärte Eileen feierlich. „Möchten Sie die passenden Schuhe zu diesem Kleid anprobieren?"

Sophie strahlte. So langsam machte ihr die Sache richtig Spaß. „Gerne!"

Es stellte sich heraus, dass die beiden Damen nicht nur Schuhe in genau ihrer Größe, sondern auch noch ein passendes Handtäschchen bereithielten. „Ich danke Ihnen sehr für Ihre Hilfe."

Dann ging alles sehr schnell. Der junge Mann kam wieder hereingerauscht, nahm die restlichen Kartons und verschwand zusammen mit Maureen und Eileen so diskret und lautlos, als wären sie niemals da gewesen.

Sophie stand noch einen Moment völlig hingerissen vor dem Spiegel. Noch nie in ihrem Leben hatte sie ein vergleichbares Kleidungsstück besessen, und es war ihr auch zu keiner Zeit wichtig gewesen. Nun musste aber selbst sie zugeben, dass das

Resultat geradezu märchenhaft war. Es war faszinierend, wie umfassend das Kleid ihre gesamte Erscheinung veränderte. Noch immer strahlend klopfte sie an Constantins Tür.

„Komm nur herein", hörte sie ihn rufen.

Eine Sekunde später stand sie inmitten seines Zimmers und drehte sich lächelnd einmal um die eigene Achse.

Constantin legte das Buch zur Seite, in dem er gelesen hatte, und erhob sich aus seinem Sessel. Gebannt starrte er sie eine Weile an, als hätte er gerade einen Geist gesehen. Seine Kiefer mahlten, und seine Augenbrauen zogen sich eng zusammen. „Gottverdammt!"

Sophie zuckte zusammen, ihr Lächeln erstarb auf der Stelle. „Es gefällt dir nicht? Aber ich dachte … Du hast doch selbst …"

„Nein, nein!" Mit anhaltend düsterer Miene winkte er ab. „Es ist genau das Kleid, das auch mir am besten gefallen hat, Sophie. Du siehst sehr … gut darin aus."

„Danke." Vor Erleichterung holte sie tief Luft. „Ich möchte, dass du mir sagst, was das alles gekostet hat, Conny. Ich werde …"

„Geht das schon wieder los! Verflucht noch mal, Sophie, du machst mich krank! Es wird doch wohl erlaubt sein, dass der Bräutigam das Hochzeitskleid seiner zukünftigen Frau bezahlt, oder?"

Sie senkte die Lider. „Tut mir leid, du hast natürlich recht."

„Hör auf, dich zu entschuldigen, zum Teufel!"

„Dann hör du endlich auf zu fluchen."

Er verzog grimmig seinen Mund. „Dreh dich noch mal."

Es brachte ihn fast um, als sie seiner Aufforderung folgte. Sie sah wirklich sagenhaft aus in diesem Kleid. „Zieh die Jacke aus."

„Ähm, das Kleid ist ärmellos, deshalb die kleine Jacke."

„Ich weiß, ich habe es ausgesucht, schon vergessen? Ich will nur sehen, wie es ohne Jacke an dir wirkt, okay?"

Sophie zog ihre Oberlippe zwischen die Zähne und schlüpfte aus der Jacke. Constantin atmete hörbar ein. „Gut", sagte er etwas heiser. „Sehr gut sogar."

Der Schnitt des Kleides erinnerte ein wenig an den typischen Empirestil. Sophies Brüste wurden von der glänzenden cremefarbenen Seide eingehüllt wie eine zweite Haut. Der ovale Ausschnitt verdeckte einerseits gerade noch genug, um die Eleganz nicht zu zerstören, und war andererseits tief genug, um beunruhigend aufreizend zu wirken. Direkt unter der Brust fiel das Kleid dann weit und fließend an ihrem Körper herab. Der schwingende Saum endete kurz unter den Knien.

Constantins Blick klebte geradezu an ihrem prallen Busen. Die Schwangerschaft hatte ihre Brüste noch voller werden lassen. Endlich – nach einer kleinen Ewigkeit – schaffte er es, seinen Blick zu lösen. So leise wie nur möglich atmete er tief ein, aber die enorme Anspannung blieb.

„Es gefällt dir also?", fragte sie noch immer etwas unsicher.

„Ja." Sein Blick senkte sich auf ihren weichen Mund, und in seinen Lenden begann es heiß und drängend zu pochen. „Ich … entschuldige, Sophie, ich habe noch zu tun."

„Natürlich. Ähm, danke für das Kleid, Conny."

Er nickte nur und wandte sich abrupt von ihr ab. Mit geschlossenen Augen und geballten Fäusten wartete er darauf, dass sie endlich diesen Raum verließ.

Natürlich war Sophie sein eigenartiges Benehmen aufgefallen, und sie wunderte sich auch nicht darüber, dass es sie zutiefst verunsichert hatte. Einen Augenblick lang hatte sie sogar geglaubt, das alte Verlangen in seinen Augen aufflackern zu sehen. Aber dann hatte er es verstanden, ihre blinde Hoffnung sofort im Keim zu ersticken.

Während sie sich wieder umzog, wurde ihr plötzlich bewusst, was hier eigentlich mit ihr geschah, was er mit ihr anstellte. Ohne die geringste Vorwarnung stieg kalte Wut in ihr auf, rüttelte so die alte Sophie wach, die in den vergangenen Tagen aus irgendeinem Grund in tiefen Schlummer gefallen sein musste. Diese Gedanken machten sie noch ein bisschen zorniger. Mit heftigen Bewegungen schlüpfte sie in ihre Jeans und knöpfte ihre weiche Flanellbluse zu.

„Halt!“, ermahnte sie sich selber. „Du musst sofort etwas tun, Sophie von Wenningen! Dieser Mann behandelt dich wie ein unmündiges Kind! Das hältst du nicht lange aus!“

Die Füße immer noch nackt, marschierte sie auf direktem Wege wieder hinaus auf den Flur und fand sich vor seiner Zimmertür wieder. Entschlossen klopfte sie. Anstatt sie hereinzubitten, riss er von innen die Tür auf. „Was ist?“ Seine Stimme klang ausgesprochen streitsüchtig.

„Ich …“ Irgendwie verlor sie den Faden. Er musste gerade geduscht haben, denn er war nur mit einem schwarzen Handtuch bekleidet, das er um seine schmalen Hüften geschlungen hatte. In seinem dunklen Brusthaar glitzerten Wassertropfen. Sophie rang nach Fassung – und das konnte ihm nicht verborgen bleiben.

„Was willst du?“ Sein Ton wurde nicht die geringste Spur liebenswürdiger.

„Oh, entschuldige, du hast gerade …“ Sie hob das Kinn in die Höhe und schnappte nach Luft. „Nein! Nein, verflucht noch mal, ich werde mich nicht schon wieder bei dir entschuldigen! Wir haben etwas zu klären, Constantin, und zwar auf der Stelle!“ Sie schrie ihn an, aber das war ihr egal.

Seine Augen weiteten sich. Völlig verdattert trat er beiseite und ließ sie hereinkommen. „Warte einen Moment, ich muss mir … schnell etwas anziehen.“

Er verschwand im Ankleidezimmer, und als er wieder herauskam, trug er schwarze Jeans, die er im Gehen zuknöpfte. In der Hand hielt er ein ebenfalls schwarzes Sweatshirt. Er zog es an und schloss den Gürtel seiner Jeans. Sophie bemühte sich währenddessen, einen einzelnen roten Fleck auf dem plakativen Gemälde zu fixieren, das an der Wand direkt hinter ihm hing.

„Also? Was willst du?“, fragte er wenig freundlich.

„So kannst du nicht mit mir umgehen, Conny!"

„Herrgott! Wie gehe ich denn mit dir um?"

„Seit ich wieder hier bin … nein, auch schon vorher, in Hamburg … Du behandelst mich wie ein unmündiges Kind. Aber das bin ich nicht, verstanden? Ich bin eine selbstständige, erwachsene und durchaus intelligente Frau! Ich habe eine eigene Meinung und ich … ich werde mich auch nicht für alles Mögliche entschuldigen, nur weil du hier ständig den Despoten gibst."

Sie holte tief Luft, sprach aber sofort weiter. „Wenn du mich wirklich heiraten willst, Constantin, dann musst du auch damit leben, dass ich mich nicht immerzu von dir herumschubsen und herumkommandieren lasse, nur weil ich dein Kind in mir trage, kapiert? Ich bin dann nämlich auch deine Partnerin und nicht nur die Mutter deines Kindes. Ich verlange, dass du mich als vollwertige Person akzeptierst und mir die nötige Achtung entgegenbringst! Habe ich mich klar genug ausgedrückt? Die Zeit der großen Patriarchen ist schon lange vorbei, mein Lieber! Ich lasse mich von dir nicht auf meine Gebärmutter reduzieren, merk dir das!"

Die Hände in den Hüften, stand er ihr gegenüber und ließ diesen Wortschwall über sich ergehen. Zum Glück bemerkte sie in ihrer Wut nicht, dass er um ein Haar gelächelt hätte – und sie hatte keine Ahnung, wie faszinierend er sie gerade fand.

Erst jetzt wurde ihm klar, dass sie sich in den letzten Tagen tatsächlich ungewöhnlich nachgiebig, ja fast eingeschüchtert verhalten hatte. Doch nun war sie aufgebracht und sichtlich wütend auf ihn. Ihre dunklen Augen blitzten leidenschaftlich auf – und dieser Anblick hatte auf ihn die schon vertraute verheerende Wirkung.

Meine Güte, ich kann doch nicht mein ganzes zukünftiges Leben unter der kalten Dusche verbringen!

„Was guckst du denn jetzt so?", fragte sie zornig. „Sag gefälligst was!"

„Du hast mir irgendwie den Eindruck vermittelt … Also

wenn du ehrlich zu dir selbst bist, musst du mir zustimmen, dass du bis jetzt ziemlich untätig gewesen bist. Irgendjemand musste doch wohl den ganzen Kram organisieren."

„Ich rede hier allein von der Art, wie du mit mir umgehst. Du bist mir gegenüber ständig unfreundlich, ungehobelt und übellaunig!" Sie war immer noch laut, aber ihre Stimme zitterte jetzt leicht. Er hatte nicht ganz unrecht, daran gab es nichts zu rütteln. Sie war sicher nicht ganz unschuldig an ihrem Dilemma, denn sie hatte schließlich stillgehalten. Das würde sich von nun an ändern, versprach sie sich selbst.

„Stimmt", sagte er schlicht. „Aber ich hatte dich gewarnt, dass ich von Natur aus kein besonders netter und umgänglicher Mensch bin."

„Nein, das bist du wahrlich nicht, Constantin! Aber damit kannst du auch nicht immer alles entschuldigen."

Er biss sich leicht auf die Innenseite seiner rechten Wange. „Was schlägst du also vor, um unser ... Zusammenleben ein wenig zu erleichtern?"

„Fangen wir mit dem Kind an."

Seine Augen weiteten sich. „Was ist mit dem Kind?"

Sie brauchte einen Moment, um seine Miene richtig zu deuten und sich sofort zu fragen, warum dieser Mann immer gleich das Schlimmste befürchtete. „Mit dem Kind ist alles in Ordnung."

Hörbar erleichtert atmete er auf. „Gut. Was dann?"

„Der kleine Raum neben deinem Büro ..."

„Ja?"

„Er liegt zumindest meinem Schlafzimmer direkt gegenüber, und du bist auch nicht viel weiter weg. Dort sollten wir das Zimmer für das Baby einrichten, in Ordnung?"

„Ja, daran habe ich auch schon gedacht."

„Es müssen auch noch ein paar andere Dinge geklärt werden."

„Und die wären?"

Sophie schnaufte und rieb sich den Rücken. Der Vormittag

war anstrengend gewesen, und die Anprobe hatte sie doch mehr ermüdet, als sie zuerst angenommen hatte. Ihr Rücken schmerzte vom langen Stehen. „Ich muss mich irgendwo hinsetzen, bitte."

„Mach es dir auf dem Bett bequem, dann kannst du die Beine hochlegen", schlug er sofort vor. „Du bist ein bisschen blass um die Nase, Sophie. Geht es dir wirklich gut?"

„Ja, alles bestens, ich bin nur etwas erschöpft, das ist alles." Sie krabbelte auf das Bett, schob sich ein großes Kissen ins Kreuz und lehnte sich dankbar zurück.

„Besser?"

„Ja, danke." Mit ernster Miene suchte sie seinen Blick. „Ich würde gern wissen, wie du dir unser gemeinsames Leben eigentlich vorstellst, Conny. So wie es jetzt läuft, kann es ja wohl kaum weitergehen."

In seinem Gesicht, direkt unter dem rechten Auge, zuckte ein Muskel. Langsam kam er ebenfalls zum Bett und setzte sich ans Fußende. Er wich ihrem Blick aus. „Wir werden unser Kind gemeinsam erziehen, und …"

„Und?"

„Unser Kind wird eine Familie haben. Ein glückliches Leben."

„Ein glückliches Leben, Constantin? Ein Kind kann in einer Familie doch nur glücklich sein, wenn auch seine Eltern glücklich sind." Ihre Stimme klang nun unüberhörbar traurig.

Er sah auf ihre auffallend kleinen, nackten Füße. Mit einem schwachen Lächeln auf den Lippen schlug er einen Teil seiner Decke darüber. „Es ist nicht sehr warm hier. Du solltest besser auf dich achten."

„Conny?"

„Ja, ja! Ich habe dich schon verstanden. Dann werde ich eben dafür sorgen müssen, dass du glücklich bist, Sophie."

Seine dunkle Stimme vibrierte leicht und ließ die wilde Hoffnung erneut in ihr aufkeimen, die sie vorhin gleich wieder aus ihrem Herzen vertrieben hatte. Die verheißungsvolle Wärme, die in ihr aufstieg, jagte er allerdings auch dieses Mal schon in der nächsten Sekunde allzu brutal wieder zum Teufel.

Er erhob sich und wandte sich von ihr ab, starrte dann aus dem Fenster. „Ich habe ja Übung darin, diese Art von Ehe zu führen. Eine ähnliche Situation habe ich schon einmal erlebt, wenn du dich erinnerst. Meinetwegen kannst du ... diesen Mann nach der Geburt des Kindes treffen, wenn dir danach ist. Absolut diskret, natürlich."

Sophie fühlte sich, als erstarre alles in ihr augenblicklich zu Eis. Sie bildete sich sogar ein, ihr Herz würde knackende Geräusche machen. Er hätte keinen besseren Weg finden können, um ihr endgültig klarzumachen, dass jedes echte Gefühl für sie in ihm gestorben war.

Wortlos strampelte sie seine Bettdecke fort und stand ebenfalls auf. Als er sich wieder zu ihr umdrehte, war sein Gesicht so hart und unbewegt, als wäre es aus Stein gemeißelt. Sophie drückte ihr Rückgrat durch und sah ihm direkt in die Augen. „Das habe ich nicht gemeint, Constantin. Ich muss mich nicht vor dir rechtfertigen, aber ich werde dir trotzdem sagen, dass Roman Herwig nur ein sehr guter Freund für mich ist. Ich habe und hatte keine Affäre mit ihm. In den vergangenen zwei Jahren hatte ich nur einen einzigen Liebhaber, und zwar dich! Du wirst also einen anderen Weg finden müssen, um die Mutter deines Kindes glücklich zu machen! Viel Spaß dabei!"

Mit diesen Worten wandte sie sich von ihm ab und verließ das Zimmer. Erst als sie draußen auf dem stillen Flur stand, erlaubte sie sich, die Tränen zuzulassen, die schon seit einer ganzen Weile in ihren Augen brannten.

Constantin stand regungslos da und starrte auf die Tür. Er wusste einfach nicht, wie er reagieren sollte. Einerseits war ihm danach, ihr sofort nachzulaufen, sie in seine Arme zu reißen und niemals wieder loszulassen. Andererseits ließen sein Stolz und die ewigen zermürbenden Zweifel das nicht zu. Sein Herz schlug schnell und laut in seiner Brust.

Er fragte sich, wie sie ihre letzten Worte gemeint haben

könnte. War das ein Angebot, ja vielleicht sogar eine Aufforderung zu einer erneuten körperlichen Annäherung gewesen? Er wusste es nicht. Sie konnte alles Mögliche damit gemeint haben.

„Weiber!“ Ohne zu überlegen, sah er sich nach seinen Zigaretten um. Er hatte die Packung schon in der Hand, als er plötzlich innehielt. „Nein!“ Entschlossen zerdrückte er die noch halb volle Zigarettenschachtel und warf sie in den Papierkorb. Er wurde Vater! Da musste er dafür sorgen, dass er gesund blieb. Es wurde allmählich Zeit, sich auf die wichtigste Aufgabe in seinem Leben vorzubereiten.

11. KAPITEL

In den wenigen Tagen, die noch bis zu ihrer Hochzeit blieben, gab sich Constantin ernsthaft Mühe, etwas freundlicher und offener mit seiner zukünftigen Ehefrau umzugehen. Eigentümlicherweise schien sein Bemühen aber auch eine seltsame Art von neuer Distanz zwischen ihnen heraufzubeschwören. Die wenigen Gespräche, die sie miteinander führten, gestalteten sich oft verkrampft. Immer seltener kam eine Unterhaltung zwischen ihnen zustande, die dann auch noch häufig sehr schnell abbrach.

Auch der Flug zurück nach Hamburg wurde zu einer eher stillen Angelegenheit. Constantin las, und Sophie hatte ihren Laptop auf dem Schoß und arbeitete.

Kaum waren sie in der Penthouse-Suite des Brehlow-Hotels angekommen, wünschte Constantin ihr auch schon einen schönen Abend und zog sich kurz darauf in sein Schlafzimmer zurück. Sophie nahm es wortlos hin, packte ihre Sachen aus und verbrachte den Rest des Abends schließlich allein vor dem Fernseher. Irgendwann klingelte der Aufzug, der direkt in die Suite führte, und der Zimmerservice brachte – ausdrücklich speziell für sie – ein leichtes Abendessen, das sie nicht bestellt hatte. Mit einem höflichen Lächeln auf den Lippen rollte der Zimmerkellner den kleinen Servierwagen herein. „Herr Afra hat es telefonisch für Sie bestellt“, erklärte er fast entschuldigend.

„Oh, vielen Dank“, murmelte Sophie prompt. Sie erhob sich und drückte dem jungen Mann ein Trinkgeld in die Hand.

„Einen angenehmen Abend noch, Frau von Wenningen.“

„Den wünsche ich Ihnen auch.“

Kurz darauf entdeckte sie unter der Servierhaube eines ihrer Lieblingsessen.

Später, allein in ihrem Bett, kamen dann die Tränen.

Diese anhaltende Stille hielt sie kaum noch aus. Constantin war fast immer in ihrer Nähe, und doch fühlte sich nun die Einsamkeit noch viel stärker und kälter an als zuvor. Sie wünschte sich schon fast, dass er sie wieder unfreundlicher behandeln würde, dann könnte sie entsprechend darauf reagieren, ihn anschreien. Das würde ihr wenigstens ein Ventil für die vielen angestauten Gefühle verschaffen, die ihr immer mehr die Luft zum Atmen nahmen. Ihre Sehnsucht nach ihm wurde mit jedem Tag quälender.

Wieder einmal fragte sie sich, ob es nicht viel klüger und gesünder wäre, die Hochzeit doch noch abzusagen – und so wie jedes Mal verdrängte sie diesen Gedanken sofort wieder.

Erst am Vorabend ihrer Hochzeit kam es erneut zu einer Veränderung in ihrer Beziehung.

Sophie hatte sich schon für die Nacht zurechtgemacht, als es an ihrer Schlafzimmertür klopfte. Da sie nur ein kurzes Baumwollnachthemd trug, das kaum ihre Oberschenkel bedeckte, schlüpfte sie schnell in ihren wadenlangen Morgenmantel. Das Herz schlug ihr sofort bis zum Hals. „Ja!“

„Sophie?“ Constantin steckte seinen Kopf durch die halb geöffnete Tür. „Oh, du hast dich schon … Ähm, hast du noch eine Minute für mich?“

„Natürlich, Conny. Komm nur herein. Aber wenn es dich nicht stört … Mir ist so kalt.“ Sie deutete auf ihr Bett.

„Nein, äh, selbstverständlich stört mich das nicht. Leg dich ruhig hin.“ Er schloss die Tür hinter sich und kam zwei Schritte näher. „Hattest du schon Gelegenheit, Fabian und Helen zu begrüßen? Sie sind heute Nachmittag eingetroffen.“

Erst als sie bereits unter ihrer Bettdecke lag, zog sie im Sitzen ihren Morgenmantel aus, dann nickte sie. „Ja, als du vorhin unterwegs warst, haben wir einen Tee zusammen getrunken. Ich bin froh, dass sie da sind und ebenfalls hier im Hotel wohnen.“

„Ich auch.“ Constantin räusperte sich, kam dann aber noch ein Stück näher und setzte sich kurzerhand auf ihre Bettkante. „Morgen ist es also so weit“, stellte er lakonisch fest.

„Was du nicht sagst.“ Sie versuchte sich an einem aufmunternden Lächeln, obwohl ihr überhaupt nicht danach zumute war. Nachdem nun der alles entscheidende Tag so kurz bevorstand, wurde es in ihrer Brust von Stunde zu Stunde enger.

Den ganzen Tag schon plagte sie sich mit den verheerendsten Gedanken und Ängsten herum. Nun, da Constantin direkt vor ihr saß, war es nicht mehr zu übersehen, dass auch er heute Abend in einer sehr eigenartigen Stimmung war. Sein unruhiger Blick irrte durchs Zimmer, und deshalb gestattete sie sich, ihn für diesen kurzen Moment ein wenig genauer zu betrachten. Ihr Herz wurde weit vor lauter Liebe. Er sah fantastisch aus in seinem schwarzen Rollkragenpullover aus weicher Kaschmirwolle und der ebenfalls schwarzen schmalen Jeans. Das dunkle Haar fiel ihm leicht in die Stirn, und der sinnliche Mund wurde von den schwarzen Schatten seiner abendlichen Bartstoppeln nur noch mehr betont. Er wirkte geheimnisvoll und ausnehmend verführerisch. Ihre Finger krallten sich unweigerlich in ihre Bettdecke, und am liebsten hätte sie laut aufgeseufzt.

„Du willst das also wirklich tun, ja?", fragte er leise, als er sie endlich wieder ansah.

„Ich stehe zu meiner Entscheidung."

„Vor einigen Tagen hast du mir versichert, dass es keinen anderen Mann in deinem Leben gibt."

„Stimmt, den gibt es nicht." Und es wird auch nie einen anderen geben, fügte sie in Gedanken noch hinzu.

„Vielleicht ..." Er zögerte und rieb sich mit beiden Händen kurz und kräftig über das Gesicht.

Sophie meinte für einen Moment, ihn noch niemals zuvor so unsicher erlebt zu haben. Eine wilde, atemberaubende Hoffnung keimte plötzlich in ihr auf, und ihr Herz schien wahrhaft Purzelbäume zu schlagen. „Conny? Was wolltest du sagen?"

Ein tiefer Atemzug ließ seinen Brustkorb weit werden. „Vielleicht wird der Tag kommen, an dem du wieder einen Mann ... Ich wollte ... ich möchte dir sagen, dass ich es für besser halte, wenn es in dieser Hinsicht keine Geheimnisse zwischen uns gibt, okay? Ich würde es ... verstehen."

Unter der erneuten Enttäuschung zog sich ihr Herz schmerzhaft zusammen. Dieser Mann hatte wirklich ein ganz eigenes Talent dafür, ihr immer im falschen Augenblick den Boden unter den Füßen wegzuziehen. Und jedes Mal wurde der Schmerz, den er damit auslöste, gnadenloser. „Du redest immer nur von mir, Constantin. Niemals von dir. Wo bleiben denn deine eigenen Bedürfnisse?", fragte sie erstickt.

„Darüber solltest du dir nun wirklich keine Gedanken machen", entgegnete er kühl.

Wie unter einem schweren Hieb zuckte sie plötzlich zusammen. „Oh!", rief sie aus. Instinktiv legte sie beide Hände auf ihren Bauch.

„Was ist los, um Gottes willen?" Constantin sprang auf.

Aber zu seinem großen Erstaunen lachte sie leise und sanft. Ihre Augen strahlten eine Wärme aus, die sich sofort auf ihn übertrug. „Unser Baby macht sich bemerkbar. Hier, fühl mal!"

Noch bevor er etwas dagegen hätte tun können, hatte sie die Decke zurückgeschlagen, nach seiner Hand gegriffen und sie auf ihren Bauch gezogen. Sie legte ihre Hand auf seine und führte sie zu der richtigen Stelle.

Fasziniert sah er sie an. Dann setzte er sich wieder neben sie, damit es für sie beide bequemer wurde.

Er fühlte es tatsächlich!

Er konnte spüren, wie sich sein Kind in ihr bewegte – und er fühlte sie! Die Hitze ihres Körpers wärmte seine Handfläche und zog von dort aus ihre Bahn durch seinen ganzen Körper. Doch dieses Mal war es nicht allein die enorme sexuelle Anziehungskraft, die sie nach wie vor auf ihn ausübte. Ein unsagbares Glücksgefühl durchströmte ihn und rief ein Lächeln hervor, das sich ganz langsam auf seinem Gesicht ausbreitete und es regelrecht zum Leuchten brachte.

Sophie traute ihren Augen kaum, aber er lächelte sie tatsächlich so strahlend an, dass sich ihre Augen unweigerlich mit Tränen füllten.

„Sophie!" Sein raues Flüstern ging ihr unter die Haut.

„Fühlst du es? Kannst du fühlen, wie kräftig es ist?", hauchte sie.

„Ja. Es ist ... herrlich!"

„Allerdings, das ist es."

„Du weinst ja, Sophie."

„Nein, ich weine nicht, das ist nur ..."

Ihre Blicke tauchten ineinander, hielten sich fest und kamen sekundenlang nicht mehr voneinander los. Keiner von beiden hätte hinterher sagen können, wie es letztlich dazu gekommen war, aber plötzlich beugte Constantin sich über sie und berührte mit seinem Mund ihre Lippen. Der Kuss war sanft, überwältigend süß – und viel zu kurz. Als er sie erschauern fühlte, zog er sich hastig von ihr zurück.

„Verzeih", murmelte er heiser. Seine Hand lag noch immer auf ihrem Bauch, doch nun zog er sie zögernd fort. Dann erhob er sich.

Mit feuchten Augen blickte Sophie zu ihm auf. „Dafür musst du dich nicht entschuldigen, Conny."

Er hustete trocken. „Es war nur ... die Situation, das Baby, verstehst du? Ich möchte nicht, dass du jetzt falsche Schlüsse ziehst."

„Nein, natürlich nicht." In ihrer Brust formte sich der allzu vertraute Schmerz. „Ich bin sehr müde, Conny."

„Ja." Noch einmal hustete er. „Gute Nacht, Sophie, schlaf gut. Morgen ist ein ... anstrengender Tag." Damit verschwand er aus ihrem Zimmer.

Am Morgen ihres Hochzeitstages war der Himmel so blau, dass es Sophie sofort warm und etwas leichter ums Herz wurde, als sie die Vorhänge zurückzog. Sie öffnete ein Fenster, um die taufrische Morgenluft tief in ihre Lungen saugen zu können. Es roch bereits nach Frühling, und die Sonne wärmte sogar schon ein wenig.

Unweigerlich legte sie ihre Hand auf den Bauch, weil sie dabei stets das Gefühl hatte, auf diese Weise ihre Freude besser mit ihrem Baby teilen zu können. „Der Frühling ist fast schon da, mein kleiner Liebling", flüsterte sie leise. „Nun wird die Welt jeden Tag ein bisschen grüner, bunter und vor allem wärmer werden. Ja, mein Süßes, es wird herrlich warm sein, wenn du kommst."

Das Klopfen an ihrer Zimmertür holte sie in die Wirklichkeit zurück. „Ja, bitte!"

Es war Helen. Mit dem gewohnt sanften Lächeln auf den Lippen trat sie ein.

Sophie erwiderte das Lächeln ihrer Freundin und zukünftigen Schwägerin. „Ist das nicht ein herrlicher Morgen?"

„Ja, in der Tat. Brrr, aber noch verflucht kalt. Mach bloß schnell das Fenster wieder zu. Du wirst dir noch den Tod holen in deinem dünnen Morgenmantel."

Lachend schloss Sophie das Fenster. „Was gibt's?"

„Oh, ich wollte nur sehen, ob mit dir alles in Ordnung ist." Helen wurde ernst. „Heute ist schließlich ein wichtiger Tag, nicht wahr?"

„Das stimmt." Sie zögerte kurz. „Hast du Conny heute schon gesehen?"

„Nein, bei uns hat er sich noch nicht blicken lassen, aber seine große Stunde ist ja auch erst heute Nachmittag. Zum Glück hat er mir schon gestern den Zugangscode für euren Aufzug gegeben." Sie lachte. „Fühlst du dich gut?"

„Ja, alles bestens."

„Aufgeregt?"

„Eigentlich nicht mehr so sehr. Komisch, oder? Gestern hatte ich noch ständig Panikattacken, wenn ich an die Hochzeit gedacht habe." Sie lachte.

„Mhm, aber weshalb ich auch hier bin … Ich wollte dir mitteilen, dass Fabian und ich schon heute Abend, also praktisch direkt nach eurer Trauung, nach Hause fliegen werden. Meinem Vater geht es nicht besonders gut."

„Oh Helen, das tut mir leid! Ist es etwas Ernstes?"

„Wahrscheinlich nicht." Ihre zukünftige Schwägerin winkte

ab. „Er hatte vor einigen Jahren einen leichten Schlaganfall, und seither versteht er es wunderbar, uns alle, vor allem aber meine Mutter, von Zeit zu Zeit in Angst und Schrecken zu versetzen. Ich habe es inzwischen aufgegeben, mich jedes Mal unnötig aufzuregen, bevor ich nicht genau weiß, was mit ihm los ist. Trotzdem wäre ich jetzt lieber zu Hause. Man weiß ja nie."

„Ja, das kann ich gut verstehen."

„Du wirst doch wohl klarkommen mit diesem ..." Helen ließ ihre Augen kurz und wissend zu der Wand wandern, hinter der Constantins Zimmer lag.

Sophie nickte schmunzelnd. „Mach dir keine Sorgen. Ich werde mich von nun an in erster Linie darauf konzentrieren, mich auf mein Kind zu freuen."

„Das ist ein sehr guter Vorsatz. Das Baby wird dir neue Kraft geben und dich ein wenig von deinen eigenen Problemen ablenken, glaub einer erfahrenen Mutter."

„Ja, und ich werde endlich wieder jemanden haben, den ich lieben und nach Herzenslust küssen darf. Ich fürchte, das arme Wesen wird eine Menge Mutterliebe ertragen müssen."

„Davon kann ein Kind ohnehin niemals genug bekommen, Schatz. Du wirst sicherlich eine tolle Mutter sein. Davon bin ich überzeugt."

„Wirst du wieder hier sein können, wenn das Kind zur Welt kommt?" Sophies Frage klang selbst in ihren eigenen Ohren fast ein wenig ängstlich.

„Das kann ich dir nicht versprechen. Ich muss sehen, ob ich meine Kinder unterbringen kann."

„Ich wünschte, wir könnten auch weiterhin Tür an Tür wohnen, so wie hier im Hotel."

Lächelnd sah ihre zukünftige Schwägerin sie an. „Erst jetzt habe ich wirklich die Gewissheit, dass du mir verziehen hast."

„Da gab es nichts, was ich dir hätte verzeihen müssen, Helen. Constantin gehört zu deiner Familie. Ich konnte dich in jeder Minute verstehen, das musst du mir glauben."

Helen seufzte. „Ich hoffe inständig, dass mit euch beiden

alles wieder ins Lot kommt. Nein, ich glaube fest daran, dass es passieren wird."

„Ach, es tut manchmal so weh. Er ist …"

„… ein Idiot!", vervollständigte Helen den Satz ihrer Freundin und lächelte milde.

„Mhm, vielleicht hast du recht. Roman hat ihn auch schon einmal so bezeichnet." Auch Sophie brachte ein Lächeln zustande. „Aber ich liebe diesen Idioten nun mal."

„Ich weiß. Jeder kann das sehen, und ich wundere mich, dass Conny es nicht erkennt. Du solltest dein Gesicht sehen, wenn du ihn anschaust."

„Er nimmt mir schlicht den Atem. Anders kann ich es nicht ausdrücken. Kein Mann hatte jemals diese unglaubliche Wirkung auf mich. Manchmal denke ich, mein Herz springt mir aus der Brust, wenn er unvermutet vor mir steht."

Helen schluckte und wandte sich ab. „Hör sofort auf, sonst bringst du mich noch zum Weinen."

„Na ja, du wirst doch wissen, was ich meine."

„Genug jetzt mit der ganzen Gefühlsduselei! Na los, nun zieh dich endlich an. Ich habe noch nicht gefrühstückt und sterbe fast vor Hunger."

Alarmiert griff Sophie nach Helens Hand und hinderte sie so daran, das Zimmer zu verlassen. „Ist etwas nicht in Ordnung zwischen Fabian und dir?"

„Wie kommst du denn darauf? Nein, es ist alles in bester Ordnung."

„Du würdest mich in so einer wichtigen Sache doch nicht anlügen, oder? Dein Gesicht sagt nämlich etwas anderes."

„Ach Sophie, bitte mach dir keine Sorgen. Es ist nur …"

„Was?"

„Wenn du von deiner Liebe zu Constantin sprichst, dann klingt das so leidenschaftlich und so … ausschließlich und endgültig."

Sophie nickte. „Ja, genauso empfinde ich das auch."

„Ja, ich weiß."

„Und? Ich verstehe nicht …“

„Nicht jedes Paar kennt diese extreme Gefühlstiefe, Sophie.“

„Aber du liebst Fabian doch auch, nicht wahr?“

„Ich denke, schon“, antwortete Helen zögernd.

„Du denkst, schon? Aber das klingt in diesem Zusammenhang recht eigenartig, finde ich.“

„Warum? Ich bin meinem Mann sehr zugetan. Ich kann mich auch noch sehr gut daran erinnern, wie es war, als ich mich in ihn verliebte. Er war süß, und sehr um mich bemüht. Außerdem ist er der Vater meiner Kinder – übrigens ein sehr guter Vater.“

Sophie war etwas verwirrt. „Das klingt eher abgeklärt als leidenschaftlich.“

„Das mag sein, aber es ist dadurch auch nicht ganz so nervenaufreibend.“

„Glaubst du denn nicht an die große, einmalige und alles umfassende Liebe?“

Helen lachte. „Na, bis jetzt habe ich jedenfalls daran gezweifelt. Ich glaubte eher, dass die anfängliche Verliebtheit dazu dient, einen anderen Menschen so lange mit seinen Macken und Fehlern zu akzeptieren, bis man sich an sie gewöhnt hat. Und wenn man Glück hat und sich dazu auch noch gut versteht, hält dieser Zustand eben ein Leben lang an.“

Die beiden Frauen blickten sich eine Weile stumm in die Augen.

„Meine Liebe zu Constantin empfinde ich vollkommen anders. Ich kenne seine Fehler, und trotzdem liebe und begehre ich ihn leidenschaftlich“, brachte Sophie schließlich mit einem tiefen Seufzen hervor.

„Und nur deshalb bin ich auch ein wenig ins Grübeln geraten. Das geht wieder vorbei. Mir geht es wirklich gut, Sophie. Fabian ist ein guter Ehemann.“ Das kurze Lachen, das Helen ausstieß, klang etwas verlegen. „Aber er hat mir eben noch nie – wie sagtest du so schön? – den Atem genommen.“ Wieder lachte sie kurz auf. „Was ist nun mit einem gemeinsamen Frühstück? Bevor du nachher offiziell den Mann heiraten darfst, der dich atemlos macht, solltest du etwas im Magen haben, mein Herz."

Die weiteren Stunden dieses Tages vergingen für Sophie nur schleppend.

Constantin bekam sie nicht zu Gesicht. Mittags telefonierte sie kurz mit Roman, der ihr einmal mehr ins Gewissen reden wollte, aber sie versicherte ihm erneut, dass sie wusste, was sie tat. Schließlich wünschte er ihr von ganzem Herzen viel Glück, bevor sie sich voneinander verabschiedeten.

Am frühen Nachmittag nahm Sophie ein Bad und gönnte sich anschließend eine ausgiebige Schönheitspflege. Wenn sie schon eine kaum beachtete Hochzeit feiern sollte, dann wollte sie doch wenigstens für sich selbst so tun, als sei dies der schönste Tag in ihrem Leben.

Nachdem sie fertig frisiert und geschminkt war, rief sie kurz ihre Mutter an, die ebenfalls schon fast in den Startlöchern stand. „Ihr braucht euch nur kurz beim Portier zu melden, Mama. Ein Angestellter wird euch dann in den Raum begleiten, wo wir getraut werden."

„Ich weiß, mein Schatz. Dein Zukünftiger hat heute Vormittag schon bei uns angerufen und uns informiert. "

„Oh."

„Ja, er hat uns auch noch einmal genau erklärt, warum die Hochzeit so geheim ablaufen muss und erst in einigen Tagen bekannt gegeben wird. Er war wirklich ausnehmend höflich. Ich muss zugeben, er gefällt mir immer besser."

Schnaubend verdrehte Sophie ihre dunklen Augen. „Du kennst ihn ja noch nicht einmal, Mama!"

„Aber natürlich kenne ich ihn, Kind. Constantin war gestern Nachmittag bei uns zum Kaffee und hat sich ganz offiziell bei mir vorgestellt, wenn man so will."

„Er war was? Du hast Kaffee mit ihm getrunken? In deiner Wohnung?" Sophie blieb fast die Luft weg.

„Aber ja! Wir haben über zwei Stunden sehr nett miteinander geplaudert. Ich finde meinen zukünftigen Schwiegersohn wirklich äußerst charmant und sehr … liebenswürdig."

„Liebenswürdig? Conny? Dass ich nicht lache!"

„Kind, du bist wieder einmal äußerst sarkastisch. Du weißt, ich mag das gar nicht."

Noch einmal holte Sophie tief und gründlich Luft. „Ach Mama, lass gut sein. Wir sehen uns dann in einer guten Stunde."

„Ich wünsche dir alles Glück dieser Erde, meine Kleine. Hannes benimmt sich übrigens wie ein echter Brautvater. Er hat schon dreimal seine Krawatte gewechselt, weil er sich nicht entscheiden konnte." Judith von Wenningen gluckste vor Lachen.

„Danke, Mama, und grüß mir meinen aufgeregten Brautvater. Bis nachher!" Auch Sophie lachte jetzt.

„Ich liebe dich, meine Süße! Bis gleich!"

Noch bevor Sophie antworten konnte, hatte Judith von Wenningen bereits aufgelegt. „Ich liebe dich auch, Mama", sagte Sophie in die Stille ihres Zimmers hinein, dann legte auch sie den Hörer auf.

Ihr Blick fiel auf das wunderschöne Kleid, das an einer der Schranktüren hing. Sie wusste, dass Helen in ungefähr dreißig Minuten bei ihr erscheinen würde, um sie abzuholen, denn so hatten sie es abgesprochen. Zusammen würden sie dann mit dem Aufzug hinunter in den ersten Stock fahren, wo der Raum lag, in dem Constantin auf sie warten würde. Er hatte schon vor einigen Stunden die Suite verlassen, und sie nahm an, dass er sich seither in den Zimmern von Helen und Fabian aufhielt.

Sophie gönnte sich noch ein paar Minuten der Stille, legte die Beine hoch und streichelte ihren Bauch. Nach einigen tiefen Atemzügen erhob sie sich, zog das Kleid an und schlüpfte in die cremefarbenen Seidenpumps. Sie hatte sich mittlerweile an die weniger angenehmen Begleiterscheinungen ihrer Schwangerschaft gewöhnt, aber sie war trotzdem heilfroh darüber, dass ihre Füße heute ausnahmsweise einmal nicht angeschwollen waren.

„Na wenigstens das wendet sich zum Guten“, bemerkte sie leise und lächelte dabei tapfer ihrem Spiegelbild zu. Als sie die Glocke des Aufzugs hörte, die Helens Ankunft ankündigte, verließ sie die schützende Einsamkeit ihres Zimmers und machte sich auf, um Constantin Afras Frau zu werden.

Der Raum, in dem die Trauung und das anschließende Abendessen stattfinden sollten, war vom Hotelpersonal festlich geschmückt worden. Überall prangten herrliche Blumenarrangements aus rosa und cremefarbenen Rosen.

Sophie holte tief Atem, als Helen leise die Tür öffnete und sie einen Blick hineinwerfen konnten, bevor sie eintraten. Am anderen Ende des kleinen Saals stand ihr Bräutigam und unterhielt sich mit einem fremden Mann, von dem sie annahm, dass es sich um den Standesbeamten handelte.

Als Constantin ihre Schritte hörte, sah er ihr entgegen, und sie spürte, dass ihre Knie weich wurden. Langsam, beinahe andächtig, setzte sie einen Fuß vor den anderen. Sein Gesicht wirkte ernst und fast ein wenig erstarrt, während er auf sie wartete.

Er trug einen schlichten schwarzen Anzug und darunter ein Seidenhemd, das exakt die Farbe ihres Kleides hatte. In der Hand hielt er einen kleinen Strauß cremefarbener Rosen, die von lindgrünem Efeu und zartem apricotfarbenen Schleierkraut eingerahmt wurden. Ein winziger Strauß des Schleierkrauts fand sich auch am Revers seines Anzugs wieder. Sophie stockte wieder einmal der Atem, denn er sah unbeschreiblich anziehend aus.

Während sie auf ihn zuging, verschleierte sich sein Blick, sodass sie immer weniger erraten konnte, was gerade in ihm vorging. Erst als sie direkt vor ihm stand, lächelte er leicht.

„Du siehst sehr schön aus, Sophie“, bemerkte Constantin leise.

„Danke. Du siehst auch sehr gut aus“, hauchte sie.

„Ich hoffe, er gefällt dir“, sagte er, als er ihr den Blumenstrauß überreichte.

Auch sie brachte ein Lächeln zustande, während sie die herrlichen Rosen betrachtete. „Der Strauß ist wunderschön. Ich danke dir.“

Dann hob sie wieder ihre Lider, und ihre Blicke begegneten sich aufs Neue. Unendliche Sekunden lang sahen sie sich in die Augen.

Erst das Geräusch von festen Schritten und die Stimmen der anderen Anwesenden beförderten sie abrupt zurück in die Wirklichkeit.

Sophie wusste nicht, wie sie es schließlich fertigbrachte, ihre Mutter und Johannes angemessen zu begrüßen und ein paar Floskeln auszutauschen. Kaum dass sie sich wieder einigermaßen gefangen hatte, nahmen die wenigen Anwesenden auch schon ihre Plätze ein. Der Standesbeamte ordnete die Papiere auf dem kleinen Tisch, hinter dem er sich positioniert hatte. Noch immer leicht benommen bemerkte sie, dass Constantin ihren Arm nahm und sie zu den zwei Stühlen führte, die direkt davor standen.

Wie erwartet ging alles glatt, und die Zeremonie war im Nu vorüber. Ehe Sophie sichs versah, hatte sie auch schon Ja gesagt und eine Urkunde unterschrieben. Constantin steckte ihr einen schlichten Goldreif an den Finger. Da ihre Hände inzwischen ein bisschen angeschwollen waren, war das nicht ganz leicht.

Der Standesbeamte räusperte sich, lächelte nachsichtig und reichte nun auch ihr die kleine, kunstvoll bemalte Porzellanschale, in der jetzt nur noch der Ring lag, der für Constantin gedacht war.

Sophie zitterte ein wenig, als sie den Ring nahm und ihn über den Finger ihres Mannes schob. Der junge Standesbeamte sagte noch irgendwas, doch Sophie nahm die Worte kaum wahr. Plötzlich aber spürte sie eine gewisse Erwartungshaltung der anderen Personen im Raum, die sie aufzurütteln schien, so als würde sie jemand viel zu grob aus tiefem Schlaf wecken.

Unsicher sah sie zu Constantin auf, der dicht neben ihr stand und sie anschaute. Sein Gesichtsausdruck wirkte undurchdringlich und hart, aber das war ja nichts Neues für sie. Als sie unvermittelt die Wärme seiner Hände auf ihren Schultern fühlte, zuckte sie leicht zusammen. Constantin beugte sich zu ihr herunter, und dann spürte sie, wie sein Mund ihre Lippen berührte. Zuerst schien er den Kuss nur andeuten zu wollen, doch dann hörte sie ihn tief durchatmen, und er zog sie fester an sich. Der Kuss intensivierte sich. Fast automatisch teilten sich ihre Lippen und kamen den seinen willig entgegen.

Die Hitze durchflutete Constantins Körper unerwartet und umfassend. Ihre Lippen waren viel zu weich, viel zu nachgiebig und viel zu süß. Er vergaß praktisch schon im allerersten Augenblick des Berührens, wo er sich befand. Sein Gehirn war blitzartig wie leer gefegt und zu keinem klaren Gedanken mehr fähig. Alles, was er in diesem Moment noch wahrnahm, war die umfassende Befriedigung und das gleichzeitig auflodernde Verlangen nach mehr von diesem berauschenden Gefühl.

Er hatte anfänglich vorgehabt, Sophie einen kurzen Kuss aufzudrücken, um zumindest andeutungsweise die spürbare Erwartung des freundlichen und offenbar sehr romantisch veranlagten Standesbeamten zu erfüllen. Doch nun konnte sein gieriger Mund einfach nicht mehr von diesen süßen Lippen lassen. Als Constantin seine Zungenspitze über den Rand ihrer Unterlippe gleiten ließ, hörte er sich selbst leise aufstöhnen.

Dann, wie aus weiter Ferne, vernahm er ein lautes Räuspern, und sein Verstand setzte auf der Stelle wieder ein. Fast ruckartig unterbrach er den Kuss und rückte von Sophie ab. Er registrierte nur nebenbei, dass sie leicht schwankte und ihr dunkler Blick verhangen und entrückt wirkte.

Der Standesbeamte versuchte offenbar, ein Grinsen zu unterdrücken, als Constantin ihn wieder ansah. Auch bei den obligatorischen Glückwünschen und der anschließenden Verabschiedung fiel es dem armen Kerl noch immer schwer, eine angemessene Miene beizubehalten.

Sophie und Constantin vermieden es von nun an, sich überhaupt nur anzusehen – und daran änderte sich auch während des gemeinsamen Abendessens nichts. Irgendwie brachten sie das Essen, die Unterhaltungen und die Verabschiedung von Fabian und Helen hinter sich, und auch Judith von Wenningen und Johannes Kramer blieben danach nicht mehr sehr lange. Es wollte Sophie und Constantin an diesem Abend einfach nicht mehr gelingen, auch nur annähernd unterhaltsam zu sein.

Wortlos fuhren sie schließlich mit dem Privataufzug nach oben in ihre Suite. Sophie heftete den Blick auf ihren Rosenstrauß, und Constantin starrte die Aufzugtüren an, bis sie sich endlich wieder öffneten.

„Ich werde noch etwas trinken", entschied Constantin, als sie oben angekommen waren. „Was ist mit dir? Noch einen Saft vielleicht? Oder soll ich dir noch einen Tee kommen lassen?"

„Nein, danke." Sophie musste husten. „Ich bin sehr müde und werde mich besser gleich hinlegen."

„Gut. Dann schlaf gut, Frau Afra."

„Danke, du auch." Ihre Stimme klang ebenso belegt wie seine. Für einen winzigen Moment trafen sich noch einmal ihre Blicke, dann wandte sie sich von ihm ab.

„Sophie?"

„Ja?" Etwas zu hastig machte sie auf dem Absatz kehrt und sah ihn erwartungsvoll an.

„Ach, ist schon gut. War nicht weiter wichtig." Er winkte ab und drehte ihr nun seinerseits den Rücken zu. Sophie seufzte leise, dann ließ sie ihn allein.

Zu Sophies großem Kummer veränderte sich ihr angespanntes Verhältnis auch in den ersten Wochen nach der Hochzeit kaum. Constantin hielt sich offenbar bewusst von ihr fern. Die wenigen Gespräche, die er mit ihr führte, waren kurz und drehten sich in der Hauptsache um das Kind und dessen näher rückende Ankunft.

Sophie selbst war inzwischen immer häufiger total erschöpft und ständig müde. Die fortschreitende Schwangerschaft machte ihr nun sehr zu schaffen. Wenn sie nicht gerade mit einem riesigen Kissen im Rücken am Schreibtisch des Wohnraumes saß und arbeitete, lag sie auf ihrem Bett und las. Das Sitzen vor ihrem Laptop fiel ihr immer schwerer. Unterdessen verschlief sie oft ganze Nachmittage. Die kostbaren Stunden, die sie dabei versäumte, taten nur der Autorin in ihr ein wenig leid. Als werdende Mutter wusste sie jedoch instinktiv einzuschätzen, wann ihr Körper dringend Erholung brauchte.

Einige Tage nach der Hochzeit hatte Constantin dem „Diskurs" grünes Licht zur Bekanntgabe ihrer Heirat gegeben. Wie erwartet überschlugen sich die Medien seither mit den abenteuerlichsten Spekulationen über ihre Beziehung. Niemand hatte vergessen, dass ihre Liebe noch vor einiger Zeit als reiner Werbeschachzug abgetan worden war.

Sophie war der ganze Presserummel ziemlich gleichgültig. Genau wie sie es sich vorgenommen hatte, konzentrierte sie sich fast ausschließlich auf ihr Baby und die bevorstehende Geburt. Constantin sah sie ohnehin kaum noch – und sie ertappte sich dabei, dass sie Kellan Manor vermisste. Sie sehnte sich nach der frischen Luft, dem herrlichen Ausblick aus ihrem Schlafzimmer und der kleinen schmiedeeisernen Bank im Rosengarten.

Ihr Bedürfnis nach frischer Luft stillte sie während ihrer abendlichen Spaziergänge an der Alster. Begleitet wurde sie dabei aber nur von ihren Bodyguards. Wenn man einmal von ihrer ständigen Sehnsucht nach Constantin absah, verlief ihr Leben nun ruhiger und geordneter als jemals zuvor.

Natürlich konnte sie nicht abstreiten, dass Constantins Verhalten an ihrem Hochzeitstag und der leidenschaftliche Kuss sie zunächst völlig durcheinandergebracht hatten. Die wilde Hoffnung, die dieser Kuss in ihr geweckt hatte, war aber wieder einmal der Gewissheit gewichen, dass sie zu viel hineininterpretiert haben musste. Ja, im Nachhinein zweifelte sie sogar daran, ob sie die Art dieses Kusses überhaupt richtig in Erinnerung hatte oder ob ihre heimlichen Wünsche ihr nur einen bösen Streich gespielt hatten. Wahrscheinlich war es nur ihre verzweifelte Liebe zu ihm gewesen, die ihr etwas vorgegaukelt hatte.

Manchmal glaubte sie, an dieser unerfüllten Liebe zu ersticken.

Eines Abends, nach einem längeren Telefonat mit Roman Herwig, wurde ihre Sehnsucht nach Constantin so stark, dass sie es kaum noch aushielt. Roman war wie immer verständnisvoll und mitfühlend gewesen, aber auch er hatte ihre tief sitzende innere Einsamkeit nicht vertreiben können.

Nach einigem Zögern schluckte sie ihren Stolz herunter und klopfte schließlich an Constantins Zimmertür. Es war ihr egal, worüber ihr Ehemann mit ihr reden würde, Hauptsache, er tat es überhaupt. Sie wollte ihn sehen und bei ihm sein, nur das war ihr in diesen Minuten noch wichtig.

„Ja?"

„Conny? Hast du einen Moment Zeit für mich?"

Constantin setzte sich auf, als sie eintrat und die Tür hinter sich schloss. Er saß auf seinem Bett, neben ihm lag ein großer Stapel Notenblätter. Jetzt legte er das Blatt zur Seite, mit dem er sich offenbar gerade näher beschäftigt hatte, und erhob sich. Seine Miene blieb jedoch gewohnt verschlossen. „Natürlich, was kann ich für dich tun?"

„Ich … ich dachte, es wird langsam Zeit, dass wir uns über einen Namen für unser Baby einig werden. Es sind schließlich nur noch gut zwei Wochen bis zum errechneten Geburtstermin."

Er räusperte sich. „Die Möbel, die du für das Kinderzimmer ausgesucht hast, sind übrigens unterdessen auf Kellan Manor eingetroffen. Maria hat mich heute darüber informiert. Die Handwerker sind auch fertig."

„Das ist schön."

„Wenn wir mit dem Kind nach Hause kommen, wird also alles bereit sein. Maria wird dafür Sorge tragen."

„Ja, ich weiß."

„Gut. Mhm, ein Name also – hast du schon irgendwelche Vorschläge?"

„Nein. Den einen oder anderen Namen fand ich am Anfang ganz okay, und dann … immer, wenn ich ein bisschen länger darüber nachdenke …" Sie schüttelte den Kopf. „Ich finde, das ist wirklich eine äußerst schwierige Entscheidung."

„Ich verstehe. Setz dich doch erst mal."

„Danke." Sie ging an ihm vorbei zu dem einzigen Sessel in seinem Zimmer und ließ sich darin nieder.

Der Gynäkologe hätte ihnen anhand der Ultraschallaufnahmen schon lange sagen können, ob das Baby ein Junge oder ein Mädchen war, aber Sophie und Constantin waren sich einig, dass sie das Geschlecht erst nach der Geburt erfahren wollten. Sie mussten sich daher über zwei Namen einig werden.

Einen Moment lang trat eine nachdenkliche Stille ein. Sophie genoss es derweil einfach, endlich einmal wieder etwas länger in seiner Nähe zu sein und ihn ansehen zu können. „Wie hießen eigentlich deine Pflegeeltern, Conny?"

Er verzog das Gesicht. „Valerie und Max."

Sophie unterdrückte ein Lachen, allerdings amüsierte sie sich eher über seine Miene als über die beiden Namen. „Ach, Valerie ist doch ganz hübsch", sagte sie schließlich. „Valerie Afra – das klingt gut, oder?"

„Na, ich weiß nicht so recht." Auf seiner Stirn gruben sich die beiden vertrauten Falten tiefer ein.

„Komm, sei ehrlich."

„Gut, wenn du meinst, dann eben Valerie." Er schnaubte.

„Ich glaube sowieso viel eher, es ist ein Junge."

Constantin hob seine dunklen Augenbrauen. „Wie kommst du denn darauf?"

„Och, nur so ein Gefühl."

Dann hellte sich plötzlich seine Miene deutlich auf, und Sophies Herz machte sofort einen kleinen Sprung. „Ich hätte für diesen Fall eine Idee, die mir wirklich gefallen würde." Er machte eine kleine gedankenvolle Pause. „Ja, das gefällt mir sogar sehr."

„Was denn, Constantin? Rede endlich!"

„Leonard! Ja, ich würde es wirklich schön finden, wenn mein Sohn Leonard heißen könnte."

Sophie war sofort gerührt und musste schlucken. „Ja", flüsterte sie. „Ja, das ist es. Leonard Afra, unser Sohn. Oh, das wird auch Helen sehr gefallen, glaub ich." Sie lächelte.

„Na bravo! Wir sind uns einig. Wobei ich über den Namen Valerie wirklich noch einmal nachdenken muss."

„Ach, was, lass uns einfach dabei bleiben."

Er setzte sich wieder zurück auf das Fußende seines Bettes. „Gut, ganz wie du meinst."

„Noch was, Conny …"

Fragend sah er sie an.

„Möchtest du … möchtest du dabei sein, wenn …"

„Ja!" Die Antwort kam schnell und sicher.

„Gut. Dann solltest du vielleicht morgen schon mal zum Arzt mitkommen. Es ist die letzte Vorsorgeuntersuchung."

„Wenn es dich nicht stört, komme ich gerne mit."

„Es stört mich nicht im Geringsten. Im Gegenteil."

„Wann hast du morgen den Termin?"

„Um halb zwei. Ich treffe mich inzwischen mit dem Arzt, wenn die Praxis ansonsten leer ist. Er verzichtet für mich großzügig auf einen nicht unerheblichen Teil seiner Mittagspause. Der Gute holt mich sogar immer persönlich in der Tiefgarage ab."

„Kluges Mädchen."

„Und ein netter Arzt."

„Stimmt. Aber schließlich wird er auch gut genug dafür bezahlt, richtig?" Er grinste, und sie tat es ihm nach.

„Jepp."

Rede weiter mit mir, Conny! Ich liebe es, deine Stimme zu hören.

„Und die Klinik?" Erwartungsvoll hob er erneut seine Augenbrauen. Dieses Mal hatte er sich mit voller Absicht fast ganz aus der Vorbereitung herausgehalten. Er wollte nicht schon wieder von ihr zu hören bekommen, er versuche, sie in irgendeiner Weise zu bevormunden.

„Es ist alles organisiert", antwortete sie. „Eine kleine, aber sehr feine Privatklinik mit einem eigenen, geradezu vorbildlichen Sicherheitssystem. Außenstehende kommen gar nicht erst hinein. Der Chefarzt ist eine Koryphäe und ein guter Freund meines Gynäkologen, der dort ebenfalls tätig ist. Das Personal ist handverlesen und vertraglich zu äußerster Diskretion verpflichtet. Die Klinik ist praktisch auf Patienten, die in der Öffentlichkeit stehen, ausgerichtet. Ich habe mir bereits alles eingehend angeschaut. Es gibt nur Einzelzimmer, jeweils mit einem Vorraum für das private Wachpersonal, das man selbstverständlich mitbringen kann, wenn es nötig ist. Das alles ist natürlich sündhaft teuer, aber dafür werden wir dort absolut sicher sein, Conny."

„Du meinst sicher die Klinik von Professor Dr. Saalheim, richtig?"

Sophie sah überrascht auf. „Du kennst ihn?"

„Zufällig, ja. Die Welt ist manchmal klein. Er war mit meinen Pflegeeltern befreundet. Du hast eine sehr gute Wahl getroffen, Sophie. Ich hätte genauso entschieden. Vorsichtshalber werde ich noch einmal mit ihm telefonieren, wenn du nichts dagegen hast."

„Nein, warum sollte ich?"

„Nun, ich will nur verhindern, dass du mir wieder vorwerfen kannst, ich würde dich wie ein unmündiges Kind behandeln."

Seine Mundwinkel hoben sich leicht.

„Quatsch! In diesem Fall bestimmt nicht."

„Ich werde halt vorsichtig. Sag, hast du schon gegessen?"

Ihr Herz schlug ein wenig höher. „Nein."

Er erhob sich und ging hinüber zum Telefon. „Ich werde uns etwas kommen lassen. Ich habe Hunger wie ein Bär. Worauf hast du Appetit?"

Sie lächelte. „Italienisch wäre toll. Irgendwas mit Pasta."

„Lasagne und Salat?" Er grinste.

„Das wäre fantastisch. "

Einige Zeit später saßen sie sich im Wohnraum gegenüber und genossen gemeinsam die vorzügliche Mahlzeit.

„Die Küche hier ist großartig, oder?", fragte er.

„Stimmt. Es schmeckt himmlisch. Mir war gar nicht klar, wie hungrig ich gewesen bin."

Er schenkte ihr Mineralwasser nach. „Was macht eigentlich deine Arbeit?", fragte er übergangslos, während er aufstand und das Geschirr zurück auf den Servierwagen stellte. Offensichtlich hatte er beschlossen, sich heute Abend geselliger zu geben. Sophie genoss es, aber es verunsicherte sie auch ein wenig.

„Meine Arbeit?" Er hatte sie noch nie nach ihrer Arbeit gefragt. Erstaunt blickte sie zu ihm auf.

„Ja. Ich höre dauernd deine Tastatur klappern. Du schreibst doch ein neues Buch, oder?"

„Stimmt. Ich schreibe inzwischen an einem Roman, aber das weißt du doch."

Constantin schob den Servierwagen zurück in den Aufzug und gab den Code für den Service ein, dann kam er zurück zum Tisch und setzte sich wieder hin. Gemächlich lehnte er sich zurück. „Worüber?"

„Was?"

„Worüber schreibst du?"

„Es ist ein … Liebesroman."

„Soso, ein Liebesroman. Gibt es davon nicht schon genug?" Seine Miene blieb freundlich.

„Ich denke ..." Sophie schluckte. Sie wollte sich nicht schon wieder von ihm irritieren lassen. Insgeheim verfluchte sie seine spezielle Art, ihr Selbstbewusstsein immer wieder zu erschüttern. „Ich denke, davon kann es nie genug geben. Jede Frau und auch sehr viele Männer lesen diese Geschichten sehr gern. Es kommt eben darauf an, es immer wieder neu zu erzählen, nicht wahr?"

„Okay. Wie weit bist du?"

„Noch nicht sehr weit. Es wird wohl noch einige Monate dauern, bis ich fertig bin."

„Mit oder ohne Sexszenen?" Er hob die linke Augenbraue und schmunzelte.

Sophie zog die Unterlippe zwischen die Zähne und musste ebenfalls lächeln. „Sex gehört doch zur Liebe dazu, oder?"

„Ja, da hast du natürlich recht." Er hustete. „Gut, also dann ... Ich bin ziemlich müde, und du brauchst auch deinen Schlaf." Er stand auf.

Sophie erhob sich schwerfällig. Mit beiden Händen stützte sie sich am Tisch ab.

Constantins Blick glitt über sie hinweg. „Das muss doch mittlerweile unglaublich anstrengend sein", stellte er nicht ohne Mitgefühl fest.

„Sagen wir mal, ich bin in der letzten Zeit nicht unbedingt leichtfüßig."

„Wenn du bei irgendwas Hilfe brauchst, dann musst du es mir nur sagen."

„Danke, Conny. Es geht schon. Die letzten Wochen werde ich auch noch schaffen." Sie sah ihm ins Gesicht. „Es war ein sehr netter Abend."

„Ja, fand ich auch. Schlaf gut, Sophie."

„Du auch."

Constantin lag noch lange wach und starrte in die Dunkelheit.

Es fiel ihm immer schwerer, diese Sache durchzustehen. Sein Zustand quälte ihn jeden Tag ein bisschen mehr. Von Minute zu Minute schien irgendein imaginärer Folterknecht die Daumenschrauben noch etwas fester anzuziehen. So langsam musste er sich wohl eingestehen, dass er sich etwas vorgemacht hatte. Er hatte geglaubt, er könne leicht mit seinen Gefühlen fertig werden, solange Sophie nur wieder in seiner Nähe sei, aber er hatte sich geirrt. Gründlich geirrt!

Gerade ihre Nähe stellte inzwischen das größte Problem für ihn dar. Nur deshalb ging er ihr so oft aus dem Weg. Es war absurd. Er sehnte sich nach ihr, hielt es dann aber nicht lange aus, wenn sie tatsächlich bei ihm war, weil er ständig gegen die nackte Gier ankämpfen musste, sie endlich wieder zu berühren.

Er hatte sein Ziel erreicht. Sie war jetzt seine Frau – und er liebte sie nach wie vor leidenschaftlich. Dennoch musste er sich versagen, dieser Leidenschaft erneut nachzugeben. Sie hatte ihn belogen und betrogen. Das durfte er nicht vergessen, und das konnte er auch nicht vergessen.

In Bezug auf ihren Beruf hatte er mit der Heirat ihre messerscharfen Waffen vorerst unschädlich gemacht, das war ihm durchaus bewusst, er war schließlich kein Dummkopf. Andererseits war Sophie eine beeindruckend kluge Person. Nach einer Scheidung hätte sie vielleicht die Möglichkeit, ihr altes Leben als Journalistin wieder aufzunehmen. Aber natürlich würde er das nicht zulassen. Eine Scheidung kam für ihn nicht infrage – niemals! Er würde sie nicht wieder gehen lassen.

Ein bitteres, dunkles Lachen entfuhr ihm. Frustriert setzte er sich auf und rieb sich mit beiden Händen das Gesicht. Sie war hochschwanger mit seinem Kind, und doch begehrte er sie. Tatsächlich wollte er sie jetzt sogar noch viel mehr als am Anfang ihrer eigenartigen Beziehung.

Sie wirkte so empfindsam und dünnhäutig in der letzten Zeit. Immer häufiger wurde er von dem wachsenden Verlangen heimgesucht, sie einfach in die Arme zu nehmen. Und dieses besondere Bedürfnis hatte ausnahmsweise einmal nichts mit seinen sexuellen Begierden zu tun, sondern allein mit dem einzigartigen Gefühl, wenn in ganz bestimmten Augenblicken sein Herz anzuschwellen schien. Er wollte ihr Geborgenheit geben und sie beschützen.

Manchmal wirkte sie so verloren, einsam und unendlich traurig, dass es ihm fast das Herz brach. In seinen Tagträumen ging er dann einfach zu ihr und legte ihr einen Arm um die Schultern, um diese Traurigkeit endgültig aus ihren wunderschönen Augen zu vertreiben. Aber das waren nur Träume. Die Realität holte ihn meist sehr schnell wieder ein. Gleichwohl konnte er oft kaum glauben, dass sie ihn tatsächlich absichtlich hintergangen hatte – und doch hatte sie es getan. Es waren schon immer die Frauen in seinem Leben gewesen, die ihn betrogen und verlassen hatten.

Schon wieder dieses furchtbare Selbstmitleid, ich hasse das! Hör sofort auf damit, Afra!

Fast lautlos erhob er sich schließlich und verließ sein Zimmer, um sich noch etwas zu trinken zu holen. Er knipste das Licht an und ging hinüber zum Barschrank. Einen kurzen Moment lang überlegte er, ob er sich ein Glas Wein genehmigen sollte, aber dann griff er doch nach einer Flasche Mineralwasser und schenkte sich ein.

Er war schon fast wieder in seinem Zimmer, als er ein Wimmern hörte. Sofort ergriff ihn blanke Angst. Ohne zu überlegen, stellte er sein Glas ab und stürmte in Sophies Zimmer. Schon in der nächsten Sekunde stand er vor ihrem Bett. „Sophie! Um Gottes willen, was ist los?"

Ihr Gesicht glänzte vor Schweiß, und ihre Augen waren weit aufgerissen. „Ich glaube, irgendwas … braut sich da zusammen. Ich …" Eine Welle des Schmerzes ließ sie innehalten.

Constantin schloss kurz die Augen und atmete tief durch. „Hör zu, du bleibst jetzt hier liegen. Ich werde mir ganz schnell etwas anziehen. Sag mir, wo die berühmte Tasche für den Ernstfall ist, Liebes."

Sophie nahm in ihrem Schmerz gar nicht wahr, dass er sie

mit einem Kosewort bedachte. Sie hob nur stumm ihre rechte Hand und deutete auf einen kleinen Koffer, der fertig gepackt neben ihrem Kleiderschrank stand.

„Gut. Ich bin gleich wieder bei dir. Atme, hörst du, Baby! Atme!“

„Es ist zu früh, Conny!“

„Mach dir darüber keine Sorgen. Alles wird gut werden.“

Constantin verschwand kurz, stand aber bereits wenige Augenblicke später vollkommen angezogen wieder vor ihrem Bett und half ihr dabei, in einen einfachen Jogginganzug zu schlüpfen. „Kannst du laufen? Verlierst du Fruchtwasser?“

„Ja, ich kann laufen. Und nein, noch kein Fruchtwasser.“

„Gut. Stütz dich ruhig auf mich.“ Während er in der einen Hand den Koffer trug, legte er seinen anderen Arm fest um ihre Mitte. Schon kurze Zeit später saß sie neben ihm im Auto, und sie verließen die Tiefgarage des Hotels.

„Kein Fahrer?“

„Keine Sorge. Ich habe schon vor Tagen dafür gesorgt, dass immer ein Auto für uns bereitsteht, weil ich dich selbst fahren wollte.“ Er warf ihr ein aufmunterndes Lächeln zu.

Während der Fahrt wurden die Abstände der Wehen immer kürzer.

„Schrei ruhig“, forderte er sie auf, als sie sich in die geschlossene Faust biss. „Ich würde auch am liebsten schreien, wenn ich dich so sehe.“

Als die Wehe abebbte, schaffte sie es zu lächeln. „Du machst das wirklich gut, Conny. Sehr souverän.“

„Danke, aber frag besser nicht, wie es in meinem Inneren aussieht.“

Er brauchte das nicht zu betonen. Sie sah und spürte seinen inneren Aufruhr.

Doch als sie endlich das Klinikgelände erreichten, fühlte sie ebenso deutlich, wie seine Anspannung ein wenig nachließ. Offenbar hatte er es in der kurzen Zeit auch noch geschafft, sie telefonisch anzumelden, denn die Tiefgarage der Klinik wurde automatisch geöffnet, als sie vorfuhren. Im Eingangsbereich erwartete man sie bereits mit einem Rollstuhl, in den sich Sophie dankbar fallen ließ.

Schon eine Viertelstunde später lag sie in einem behaglich eingerichteten Kreißsaal und wurde zunächst von einer Hebamme und kurz darauf auch von Professor Saalheim persönlich untersucht. Der hochgewachsene hagere Arzt mit dem schlohweißen Haar und der feinen Goldrandbrille auf der Adlernase strahlte eine nicht zu übersehende Autorität und Kompetenz aus.

Ermutigend lächelte er zunächst Sophie, dann Constantin an und schüttelte ihm erfreut die Hand. „Schön, dich mal wieder zu sehen, Constantin. Euer Kind wird nicht mehr lange auf sich warten lassen."

„Es ist zu früh", warf Sophie leise ein.

„Nur ein bisschen, meine Liebe. Ich sehe keine Probleme. Ihrem Kind geht es gut. Sein Herz schlägt kräftig." Der Professor tätschelte beruhigend ihre Hand. „Zwei Wochen zu früh sind beileibe kein Drama, Frau Afra. Machen Sie sich keine unnötigen Sorgen. Alles deutet auf eine vollkommen normale Entbindung hin. Ihr Kind hat ganz einfach beschlossen, seine Eltern etwas früher als geplant zu beglücken."

Die folgenden fünf Stunden liefen an Sophie vorbei wie ein Film. Neue, nie gekannte Schmerzen, panische Angst und unbändiges Glück nahmen sich bei der Hand.

Dann tat ihr Sohn seinen ersten Schrei – und Sophie sah Constantin weinen vor Glück, als er ihr das Baby auf den nackten Bauch legte. Nichts in ihrem Leben hatte sie jemals so stark berührt wie diese Tränen.

„Er ist so wunderschön", flüsterte sie, während sie vorsichtig den dichten schwarzen Flaum streichelte, der seinen kleinen Kopf bedeckte.

„Ja, aber ich glaube, das sagen alle frischgebackenen Eltern." Constantin lachte, und seine feuchten Augen strahlten, als sich ihre Blicke trafen. „Er ist schön, Sophie! Er ist das schönste Baby auf der ganzen Welt. Mein Sohn!“

„Unser Sohn, Constantin. Er ist unser Sohn.“ Die Erschöpfung stand ihr ins Gesicht geschrieben, aber sie lächelte nachsichtig.

Lachend strich er ihr mit dem Zeigefinger über die Wange. „Natürlich! Wie konnte ich das nur vergessen?“

Nachdem Mutter und Kind medizinisch versorgt waren, verbrachten Constantin und Sophie noch eine gemeinsame stille Stunde zusammen mit ihrem Baby in einem der perfekt ausgestatteten Einzelzimmer der Klinik.

Constantin saß an ihrem Bett und betrachtete mit leuchtenden Augen seinen Sohn. „Du hast das großartig gemacht, Sophie“, flüsterte er. „Ich hatte ein bisschen Angst. Jetzt kann ich es dir ja sagen.“ Er lächelte.

„Ich hatte auch Angst, Conny. Aber schau ihn dir nur an, ist er nicht wundervoll?“

„Ja, das ist er.“

„Ich kann gar nicht damit aufhören, ihn anzusehen.“

„Mir geht es ganz genauso.“

Ihre Blicke trafen sich kurz, doch dann ließ Constantin seine Augen wieder zurück zum friedlich schlafenden Baby wandern. Nach einiger Zeit der Stille klopfte es schließlich an Sophies Zimmertür, und eine lächelnde Krankenschwester kam herein.

„Frau Afra, es wird Zeit, den Kleinen zum ersten Mal anzulegen. Er soll doch möglichst schnell lernen, wo seine Nahrungsquelle sitzt, nicht wahr?“

Constantin hustete trocken. „Ich, ähm, sollte vielleicht …“ Unsicher deutete er auf die Tür.

„Aber warum denn?“, fragte die Schwester erstaunt.

„Bleib ruhig bei uns, Conny.“ Sophies Stimme klang seltsam dünn.

Etwas verunsichert blieb er neben dem Bett seiner Frau sitzen und sah zu, wie die Krankenschwester ihr dabei half, zum ersten Mal seinen Sohn zu stillen.

Zuerst passierte etwas in seinem Kopf, als er wie gebannt das gierig saugende Baby betrachtete, dann reagierte sein Herz – und schließlich sein Körper. Alles geschah in so schneller Folge, dass sein Verstand vollkommen davon überrumpelt wurde. Regungslos saß er da und starrte auf das selig schmatzende Baby und auf den kleinen Milchtropfen, der an den Lippen des Kindes vorbei über Sophies cremeweiße Haut lief.

„Das klappt ja wunderbar", bemerkte die Krankenschwester zufrieden. „Sie werden keine Probleme mit dem Stillen haben. Die Milch scheint ja schon jetzt gut zu fließen. Das Glück hat nicht jede Mutter. Ihrem Kind kann das nur guttun." Sie zog sich etwas zurück und blickte eine Weile aus dem Fenster, um der kleinen Familie ein wenig das Gefühl zu geben, ungestört zu sein.

„Danke für Ihre Hilfe", wisperte Sophie überwältigt. Ihr Blick löste sich von dem sichtbar zufriedenen Baby, um Constantin anzusehen.

Natürlich spürte er, dass sie ihn ansah, aber es kostete ihn eine enorme Anstrengung, ebenfalls seinen Blick zu heben.

„Geht es dir gut, Conny?", fragte sie erschrocken. Sein Gesicht wirkte äußerst angespannt, ja fast zornig, und in seinen Augen flackerte ein seegrünes Feuer.

„Ja." Wieder hustete er, aber seine Stimme klang fremd und erstickt. „Mir geht es gut." Es war sinnlos, er brachte es nicht fertig, ihr länger ins Gesicht zu sehen. Aufgewühlt gab er also seinem inneren Drang nach und starrte zurück auf das saugende Baby.

„Du siehst so … angestrengt aus", flüsterte Sophie.

„Wahrscheinlich bin ich einfach nur müde", beeilte er sich zu sagen, ohne seinen Blick abzuwenden. „Du musst doch erst recht vollkommen erschöpft sein." In seinen Lenden pochte es heiß, und sein Herz raste. Er hasste sich dafür.

Auch Sophie betrachtete nun wieder lächelnd ihren Sohn. „Komischerweise fühle ich mich jetzt topfit. Ich könnte geradezu Bäume ausreißen. Vorhin war das noch anders."

„Das sind die Hormone", warf die freundliche Krankenschwester ein.

„Oh, der Kleine scheint eingeschlafen zu sein." Sophie nahm ihren Sohn vorsichtig hoch und legte ihn sanft an ihre Schulter.

So lautlos wie nur möglich atmete Constantin erleichtert durch, als der Stoff von Sophies Nachthemd endlich wieder ihre feucht glänzende Brustwarze verbarg.

„Sie wollen den Kleinen sicherlich hier im Zimmer behalten, nicht wahr?", fragte die Schwester lächelnd.

„Ja, natürlich."

„Gut. Wenn etwas sein sollte, klingeln Sie einfach, und wir kommen sofort."

Sophie bedankte sich.

„Es war mir ein besonderes Vergnügen, Frau Afra."

Die Krankenschwester nahm Sophie den schlafenden Säugling ab und legte ihn in das Kinderbettchen, das direkt neben dem großen Bett von Sophie stand. Dann nickte sie auch Constantin noch einmal zu und verschwand schließlich.

„Du solltest auch etwas schlafen, Conny. Fahr zurück zum Hotel und ruh dich aus", schlug Sophie vor.

„Ja. Du willst auch sicher ein bisschen allein sein … jetzt." Er erhob sich, warf einen langen Blick in das Babybettchen und sah dann Sophie noch einmal an. „Schlaft gut, ihr beiden."

„Du auch, Conny."

Er zögerte kurz, doch dann beugte er sich rasch zu ihr und drückte ihr einen kurzen Kuss auf die Stirn. „Danke", murmelte er, dann war er auch schon aus der Tür.

Schon in aller Frühe stand Constantin wieder an ihrem Bett. In der Hand hielt er einen riesigen Strauß mit cremefarbenen Rosen. Sofort warf er einen langen Blick in das Babybettchen. Leonard Afra schlief allerdings tief und fest. Sophie hatte ihn erst vor einer halben Stunde gestillt und frisch gewickelt.

„Sag mal, bist du aus dem Bett gefallen, Conny? Die Nacht

war doch ohnehin kurz genug."

Er lächelte verhalten. „Ich hab es im Hotel einfach nicht mehr ausgehalten, ohne … euch."

Wärme pulste durch Sophies Adern. Sie schluckte kurz und deutete dann auf die Blumen. „Sind die für mich?"

„Oh ja. Die und …" Er suchte etwas in seiner Jackentasche. „Das hier auch. Ich hoffe, er gefällt dir."

Verlegen betrachtete sie das kleine Schmuckkästchen, das er lächelnd auf ihre Bettdecke legte. „Oh Conny, du hast doch nicht …"

„Das ist doch Tradition, oder? Es gehört einfach dazu." Er lächelte noch immer.

„Ja, aber …"

„Sieh nach!"

„Du weißt, dass ich keine protzigen, allzu wertvollen Dinge mag. Ich würde …"

„Sieh nach, Sophie!"

Bedächtig nahm sie das Kästchen in die Hand und öffnete zögernd den Deckel. „Oh!" Ihr Hals wurde eng, und sie musste heftig schlucken. Trotzdem konnte sie nicht mehr verhindern, dass sich ihre Augen mit Tränen füllten.

Der Ring war überwältigend. Auf einem schlichten mattierten Goldreif glitzerte ein winziges L aus tiefblauen Saphiren, eingerahmt von zwei etwas größeren Brillanten. Sophie verstand sofort die Bedeutung.

Constantin ließ sie nicht aus den Augen. „Gefällt er dir?"

„Und wie! Ich habe noch niemals zuvor einen so wunderschönen Ring gesehen."

„Er wurde nach meinem eigenen Entwurf gearbeitet. Schau nach, ob er passt. Du kannst ihn auch vor den Ehering setzen, wenn du willst. Er ist gerade noch schmal genug, denke ich."

Sophie nahm das herrliche Schmuckstück aus der Schachtel und schob es über ihren rechten Ringfinger. Der Ring passte genau. Sie drehte ein wenig ihre Hand hin und her und brachte mit dieser typisch weiblichen Geste ihren Ehemann zum Lachen. „Du wirst dich doch noch an Juwelen gewöhnen, Sophie."

Sie strahlte. „Vergiss es! Aus mir wird niemals eine Luxusmaus werden. Aber trotzdem danke ich dir von ganzem Herzen. Der Ring ist traumhaft schön."

„Finde ich auch."

Plötzlich stutzte sie. „Sag mal, du wusstest doch gar nicht, was …"

Er winkte lächelnd ab. „Ich kenne einen sehr guten Juwelier."

„Heißt das etwa, du hast zwei Ringe anfertigen lassen?"

„Du hast mich erwischt. Der Ring mit dem V aus Rubinen ist ja jetzt aus dem Rennen."

„Aber …"

„Das ist allein meine Sache, okay?" Er grinste, und Sophie beschloss, es dieses Mal dabei zu belassen. Er hatte offensichtlich große Freude daran gehabt. Außerdem hatte er recht: Was ging es sie an, wenn er sein Geld für Ringe rauswarf, die niemals getragen werden würden?

„Ich habe vorhin noch mit Helen und Fabian telefoniert. Sie lassen dich herzlich grüßen und gratulieren uns. Genau wie du vorhergesagt hast, war Helen tief gerührt. Sie freut sich wie verrückt darüber, dass sie nun einen Neffen hat, der Leonard heißt."

„Vielleicht schaffe ich es ja nachher, sie selber noch einmal anzurufen."

„Darüber würde sie sich sicher freuen. Aber nun zum Wichtigsten – wie geht es unserem Sohn?"

Der Tag wurde recht turbulent.

Ihre Mutter und Johannes wollten natürlich ihren Enkel sehen und platzten fast vor lauter Stolz. Judith von Wenningen ging vor lauter Freude sogar so weit, ihren Schwiegersohn in die Arme zu nehmen und fest zu drücken. Auch die Jungs von der Band kamen allesamt persönlich vorbei, um den neuen Erdenbürger zu begutachten und der Mutter massenweise Blumen ins Zimmer zu stellen.

Am frühen Abend rief Maria Vargas an und gratulierte ebenfalls.

„Constantin hat mir voller Stolz erzählt, dass der Kleine ihm sehr ähnlich sieht“, verriet Maria ihr lachend.

„Ja, Maria, das tut er wirklich. Die Ähnlichkeit ist schon jetzt frappierend.“

„Ich freue mich so darauf, wenn Sie alle endlich nach Hause kommen, Sophie. Ich habe auch noch eine kleine Überraschung für Sie.“

„Eine Überraschung?“

„Wenn Sie hier sind, zeige ich Ihnen meine neu erworbene Urkunde. Ich habe in den letzten sechs Wochen sehr erfolgreich einen umfangreichen Kurs für Babypflege besucht. Meine kompetente Unterstützung ist Ihnen also sicher.“

„Oh Maria. Sie sind ein wahrer Schatz! Aber das wird doch alles viel zu viel für Sie. Der große Haushalt macht doch schon jetzt genug Arbeit.“

„Wissen Sie, nach Rücksprache mit Constantin habe ich ein Mädchen aus Inverness fest eingestellt, das mich bis jetzt nur ab und zu beim gründlicheren Putzen unterstützt hat.

Kathy arbeitet schon seit einigen Jahren immer mal wieder für uns. Sie ist zuverlässig, diskret und sehr fleißig. Schon nächste Woche wird sie in zwei leer stehende Zimmer einziehen, die direkt neben meiner Wohnung liegen. Außerdem hat sie schon lange eine Schwäche für unseren Jesse, und den kann sie sich dann in aller Ruhe schnappen, nicht wahr?“

Sie lachte. „Ja, und ich brauche dann eigentlich nur noch zu kochen und werde mich ansonsten um das Baby kümmern, dann können Sie auch mal durchatmen und haben immer jemanden für den Kleinen, dem Sie vertrauen können.“

Sophie war gerührt. „Natürlich haben Sie recht, Maria. Mit allem. Es wird mir eine große Erleichterung sein, mein Kind bei Ihnen stets in guten Händen zu wissen. Vielen, vielen Dank.“

„Ach Gott, nicht doch. Ich freue mich doch schon so auf unseren Leonard. Ich kann es kaum noch erwarten, ihn endlich in die Arme zu schließen. Es wird mir eine Freude sein, für Sie und das Baby da sein zu können."

Etwa eine Stunde später waren alle Besuche und Telefonate erledigt, und Sophie war wieder allein mit ihrem Sohn. Auch Constantin hatte sich nach einigem Hin und Her von ihr überreden lassen, für ein paar Stunden Schlaf zurück zum Hotel zu fahren. Leonard schlief friedlich in seinem Bettchen, und Sophie hatte es sich in ihrem Bett gemütlich gemacht und blätterte gerade ein wenig im neuen „Diskurs", als es leise an ihrer Zimmertür klopfte. Sie seufzte. „Herein!"

Einer ihrer Bodyguards steckte seinen Kopf durch die Tür. „Frau Afra, ein Herr Herwig würde Sie gerne sehen. Sein Name steht zwar auf unserer Liste, aber es ist schon ziemlich spät. Ich dachte …"

Sophie strahlte. „Roman? Schicken Sie ihn rein!"

„Ganz wie Sie wollen."

„Hallo, Rehauge!" Romans lächelndes Gesicht erschien zuerst nur im Türspalt, aber dann kam er ganz ins Zimmer und schloss hinter sich die Tür.

Sophie streckte ihm erfreut ihre Arme entgegen. Roman Herwig trat an ihr Bett, beugte sich zu ihr und drückte sie kurz an sich. „Herzlichen Glückwunsch, Sophie", flüsterte er, während er bereits einen Blick in das Babybettchen warf. „Gut gemacht, Mädchen! Der Kleine sieht prächtig aus."

„Ja, zu unserer großen Freude ist er auch gesund und munter."

Roman zog sich einen der Besucherstühle näher zu ihrem Bett und setzte sich. „Ich hatte Spätdienst und stecke bis über beide Ohren in Arbeit", erklärte er. „Deshalb konnte ich erst jetzt herkommen. Deine Mutter hat mich informiert. Ich habe noch nicht einmal Blumen für dich oder so was."

„Ach Roman! Sieh dich doch hier nur mal um. Ich ersticke

ja fast, so viele Blumen stehen hier schon herum. Ich freue mich so, dass du hier bist."

Für einen kurzen Augenblick blieben sie beide still und sahen sich nur an.

„Geht es dir gut, Sophie?"

„Ja."

„Ist er gut zu dir?"

„Es ist okay, Roman."

„Ich kenne deine Augen, meine Süße, und ich habe das Gefühl, dass überhaupt nichts okay ist, wenn ich hineinsehe. Gut, dein Mutterglück kann ich sehen, aber ich entdecke trotzdem noch eine große Traurigkeit hinter dieser Fassade, also mach mir nichts vor. Du sprichst mit deinem alten Kumpel Roman, schon vergessen?" Er setzte sein vertrautes Grinsen auf.

Ihr Blick heftete sich auf das schlafende Baby, und ihre Stimme war kaum noch ein Flüstern. „Manchmal tut es verdammt weh, aber jetzt … jetzt wird alles besser werden. Ich weiß das. Conny ist so glücklich über das Kind."

Roman runzelte die Stirn und folgte ihrem Blick. „Ein Kind ist kein Wundermittel, Sophie. Da haben sich schon andere Paare etwas vorgemacht. Außerdem, es hat sich doch nichts geändert, oder? Sei ehrlich."

Er berührte sie am Kinn und zwang sie so dazu, ihn wieder anzusehen. In ihren Augen glitzerte es verdächtig. „Nein, es hat sich nichts verändert."

Sein Daumen glitt kurz über ihre Wange. „Er misstraut dir also noch immer?"

Sie nickte. „Ja, das tut er. Zudem ist er davon überzeugt, ich hätte praktisch von Anfang an ein Verhältnis mit dir gehabt, obwohl ich ihm beteuert habe, dass wir nur Freunde sind und niemals etwas miteinander hatten. Mein ganz persönliches Problem ist immer noch Melanie, aber das weißt du ja. Es ist ein Teufelskreis. Ich denke, Conny und ich sind beide gefangen in unserem Leid."

Roman Herwig drückte seinen Rücken durch und straffte

die Schultern. „Wenn das noch länger so weitergeht, wirst du daran zerbrechen. Du hast jetzt ein Kind, das dich braucht, Sophie! Diese Heirat war ein Fehler. Du hättest dich niemals darauf einlassen dürfen.“ Als ihre Augen sich mit Tränen füllten, zog er sie an seine Brust.

„Ich kann nicht ohne ihn leben“, schluchzte sie erstickt. „Oh Roman! Ich kann es einfach nicht aushalten ohne ihn!“

12. KAPITEL

Wie bei allen frischgebackenen Eltern, so stellte sich auch bei Sophie und Constantin die erste Zeit mit dem Baby als ziemlich chaotisch und anstrengend heraus. Erst als sie vier Wochen nach der Entbindung endlich wieder zurück auf Kellan Manor waren, stellte sich nach und nach eine gewisse Routine in den Alltag ein.

Leonard Afra war die meiste Zeit ein recht zufriedenes Baby. Er trank gut, schlief sehr viel und war ansonsten gesund und munter. Kaum dass er sechs Wochen alt war, schlief er bereits die meisten Nächte durch.

Sophie fand sehr schnell zu ihrer alten Form zurück. Sie war glücklich mit dem Baby – und sie war froh darüber, dass sich ihr Verhältnis zu Constantin durch das Kind erheblich verbessert hatte. Es war zwar noch lange nicht das, wonach sie sich so sehr sehnte, aber er verhielt sich ihr gegenüber zumindest freundlicher. Allerdings war es auch offensichtlich, dass er ganz besonders darauf achtete, körperliche Distanz zu ihr zu wahren. Seit sie aus der Klinik entlassen worden war, vermied er es grundsätzlich, sie zu berühren.

Um Leonard hingegen kümmerte er sich hingebungsvoll und voller Liebe. Er war der zärtlichste Vater, den sie sich vorstellen konnte. Es bewegte Sophie sehr, wie gefühlvoll er mit seinem Sohn umging, aber es war auch gleichzeitig schmerzhaft für sie, dass er seine Zärtlichkeit ausschließlich dem Kind zukommen ließ.

Einerseits war Constantin Afra ein glücklicher Mensch, seit sein Sohn auf der Welt war, andererseits ging er durch die Hölle. Er litt – und er wusste nicht, wie lange er noch in der Lage sein würde, dieses Leiden weiterhin vor seiner Ehefrau zu verbergen. Es wunderte ihn sowieso schon, dass sie nicht bemerkte, wie er sie manchmal ansah. Oft kam er sich vor wie ein hungriger Wolf, der seiner begehrten Beute auflauerte und sie nicht aus den Augen ließ.

Das Misstrauen, das er ihr entgegengebracht hatte, schien im wabernden Nebel seiner Begierde immer mehr zu verblassen, und er fragte sich, ob das gut für ihn war. Zumindest im Hinblick auf ihr Verhältnis zu Roman Herwig glaubte er inzwischen tatsächlich an eine reine Freundschaft. Kurz bevor sie nach Schottland abgereist waren, hatte Sophie noch einmal mit Roman telefoniert, und er hatte das Gespräch zufällig mitbekommen. Seither glaubte er nicht mehr an ein Liebesverhältnis der beiden. Manchmal musste er die Dinge, die er ihr anlastete, regelrecht aus seinem Gedächtnis hervorkramen. Er wollte sie in Erinnerung behalten, damit er nicht vollends den Verstand verlor.

Sophie war eine tolle Mutter, das musste er zugeben. Ihre Liebe zu Leonard war offensichtlich. Constantin liebte es, sie zu beobachten, wenn sie das Baby versorgte. Zwar trieb es ihn nach wie vor fast in den Wahnsinn, wenn er ihr beim Stillen zusah, aber trotzdem war er so gierig nach diesem Bild wie der Bär nach der Honigwabe.

Hunger! Ja, er hungerte nach ihr.

Er fand sie so wunderschön, dass ihr Anblick ihm gleichzeitig Freude und Schmerz bereitete. Sie war nach wie vor die anziehendste Frau, die er sich vorstellen konnte. Ihre Ausstrahlung war jetzt weicher, femininer und ungeheuer sexy.

Das dunkelbraune Haar, das ihr inzwischen in dicken seidig glänzenden Locken bis auf die Schultern fiel, verstärkte diesen Eindruck um ein Vielfaches. Nur weil er eine Heidenangst davor hatte, gänzlich den Kopf zu verlieren, achtete er peinlich genau darauf, sie ja nicht zu berühren.

In jeder verdammten Nacht lag er lange wach und verzehrte sich nach ihr. Wenn er dann endlich einschlief, verfolgten ihn seine erotischen Fantasien bis in seine Träume hinein. An jedem neuen Morgen war dann diese Kälte wieder da. Die Einsamkeit bedrückte und deprimierte ihn. Dabei war Sophie so nah. Viel zu nah! Nur die Liebe zu seinem Sohn hielt ihn noch davon ab, dieser aufreibenden Situation einfach für eine Weile den Rücken zu kehren. Einige Male war er tatsächlich schon kurz davor gewesen, in aller Eile einen Koffer zu packen und irgendwohin zu fliegen. Weit weg von ihr und der ständigen Versuchung. Aber natürlich blieb er. Nichts könnte ihn jemals wieder von seinem Sohn trennen, auch nicht dessen allzu reizvolle Mutter.

Selbst den Gedanken an eine andere Frau hatte er sehr schnell wieder verworfen. Er brauchte sich nichts vorzumachen – er wollte nur Sophie. Sein tiefes Verlangen, diese demütigende Besessenheit und verzweifelte Begierde würde niemand anderes stillen können. Niemals!

Trotzdem brachte das gemeinsame Leben Situationen mit sich, denen er sich einfach nicht länger gewachsen sah. Da war zum Beispiel ihre neue Angewohnheit, jeden Morgen, nachdem sie das Baby versorgt hatte, ein paar Runden im Pool zu schwimmen. Er nahm an, dass sie nach der Schwangerschaft so schnell wie möglich zu ihrer alten Figur zurückfinden wollte.

Er fand ihren weichen, verlockenden Körper perfekt, aber sie selbst hatte einmal eine Bemerkung darüber gemacht, dass sie noch nicht wieder zufrieden mit sich war. Dennoch zerrte Sophies sportlicher Ehrgeiz an seinen arg strapazierten Nerven. Sein Verstand war einfach nicht mehr stark genug, das Wohnzimmer – und somit den ungehinderten Blick auf den Pool – zu meiden, wenn sie gerade hoch konzentriert ihre schnellen Bahnen im wohltemperierten Wasser zog. Oft dachte er dann an die unbeschwerten Tage zurück, als sie allein in diesem Haus gewesen waren.

Natürlich schwamm Sophie jetzt nicht mehr nackt. Normalerweise trug sie einen schlichten dunkelblauen Badeanzug. Es war kein ausnehmend raffiniertes Modell, das besonders aufreizend wirken sollte, aber es war eben doch nur ein ziemlich kleines Kleidungsstück, das ihren Körper umhüllte wie eine zweite Haut.

Aber damit nicht genug!

Erst gestern war er ihr unerwartet im Ankleidezimmer über den Weg gelaufen – und zu allem Unglück waren sie beide fast nackt gewesen. Constantin hatte ausnahmsweise etwas länger geschlafen und war davon ausgegangen, dass Sophie ihre Morgenroutine schon hinter sich gebracht hatte. Wie gewohnt hatte er sich nach dem Duschen ein Handtuch um die Hüften geschlungen und war dann ins Ankleidezimmer marschiert, um sich frische Sachen zu holen.

Ihn traf fast der Schlag, als sie sich so unerwartet in dem kleinen Raum gegenüberstanden. Auch sie war noch feucht vom Duschen. Unter dem fliederfarbenen Badelaken, das sie sich über dem Busen festgesteckt hatte, zeichnete sich jede Kontur ihres Körpers ab. Mit nassem Haar und betörend duftend stand sie vor ihm und sah ihn mit ihren großen Augen erschrocken an. Die Sekunden vergingen, und doch brachten sie es beide nicht fertig, sich auch nur einen Millimeter von der Stelle zu rühren.

„Oh! Ich dachte, du wärest …"

Innerhalb eines einzigen Augenaufschlags war er so sehr erregt gewesen, dass er glaubte, den Verstand zu verlieren. Sein Atem hatte sich hörbar beschleunigt, und er konnte nur noch an eines denken: Er musste sie endlich haben!

Instinktiv war er einen Schritt auf sie zugegangen, aber dann hörte er sich selbst mit heiserer Stimme irgendeinen Fluch ausstoßen. Ehe er sichs versah, war er allein im Ankleidezimmer gewesen und hatte wie hypnotisiert und bis an die Grenze des Erträglichen erregt ihre geschlossene Tür angestarrt.

Auch Sophie dachte mit Bestürzung an diese Episode zurück, und sie hoffte inständig, dass er nicht bemerkt hatte, wie sehr die Begegnung sie aus der Bahn geworfen hatte.

Sein unerwarteter und faszinierender Anblick hatte sie für mehrere Sekunden vollkommen eingefangen und sofort in heftige Erregung versetzt. Natürlich war ihr seine eindeutige Reaktion auch nicht verborgen geblieben. Erst sein leiser Fluch hatte sie dann wieder zurück in die Realität geholt.

Es war richtig gewesen, vor ihm zu flüchten, bevor sie sich ihm erneut vollkommen ausgeliefert hätte. Denn genau das würde passieren, wenn sie wieder mit ihm schlief, dessen war sie sich sicher. Ihr Verlangen nach ihm war viel zu groß, ihre Liebe zu ihm viel zu tief, um einem eventuellen Vorstoß von seiner Seite widerstehen zu können.

Sie machte sich nichts vor. Constantin war ein gesunder Mann mit ebensolchen Bedürfnissen, der natürlich reagierte, wenn er unerwartet einer halb nackten Frau in einem engen Raum gegenüberstand. Er liebte sie nicht. Er hatte sie in diese Ehe gedrängt, um seinem Sohn ein vollwertiger Vater sein zu können, mehr nicht. Das durfte sie nicht vergessen. Genau deshalb war sie auch froh darüber, dass sie rechtzeitig vor ihm geflüchtet war. Sie hatte ihm im wahrsten Sinne des Wortes die Tür vor der Nase zugeschlagen und damit eindeutig ihren Standpunkt klargemacht, so hoffte sie.

All ihren Schwierigkeiten zum Trotz frühstückten sie fast jeden Morgen miteinander. Am Anfang hatten sie es beide wohl nur getan, um sich gegenseitig zu beweisen, dass sie annähernd so etwas wie eine richtige Familie darstellten. Unterdessen genossen sie insgeheim diese gemeinsame Stunde, in der sie sich in aller Ruhe über ihren Sohn und manchmal auch über andere Dinge des Lebens austauschen konnten.

Nun saßen sie sich wie so oft am Küchentisch gegenüber. Meistens fiel es ihnen nicht besonders schwer, eine belanglose Unterhaltung miteinander zu führen, aber an diesem Morgen war die Stimmung zwischen ihnen deutlich anders.

„Ist Maria schon mit Leo draußen?“, fragte Constantin nach einer ganzen Weile des Schweigens.

„Ja, ist sie. Das Wetter ist herrlich. Du weißt ja, sie liebt es, unten im Rosengarten auf der Bank zu sitzen und ihm beim Schlafen zuzuschauen. Vorhin sagte sie noch zu mir, das sei für sie jedes Mal wie ein kleiner Urlaub." Sophie lächelte. Trotz der anhaltenden Nervosität war sie froh darüber, dass Constantin es geschafft hatte, die belastende Stille zu unterbrechen. „Maria ist ganz vernarrt in unseren Sohn."

Auch Constantins Mundwinkel hoben sich etwas. „Na, ist das ein Wunder? Wie kann man nicht in dieses Kind vernarrt sein?"

„Er ist zur schönsten Zeit des Jahres geboren worden, findest du nicht, Conny? Jetzt ist der Sommer da, und er ist knapp drei Monate alt. Er liegt dort draußen in seinem Kinderwagen, und die Sonne wärmt ihn. Das ist doch toll für ein Baby."

„Sommer, ja." Constantin nahm nachdenklich den letzten Schluck Kaffee und starrte in seinen leeren Becher. „Wir kennen uns jetzt schon über ein Jahr, Sophie."

„Ja, stimmt." Um etwas von der anhaltenden Anspannung loszuwerden, die sie bereits in ihrem Nacken und den Schultern spürte, stand sie auf, um Kaffee nachzuschenken. Das aufreibende Erlebnis im Ankleideraum lag kaum vierundzwanzig Stunden zurück, aber sie hatten es beide nicht mehr erwähnt.

Die sexuelle Spannung schien seither noch immer greifbar zu sein. Constantins Gedanken drehten sich fast nur noch um dieses Thema, und Sophie erging es nicht anders.

„Willst du?", fragte sie mit der Kanne in der Hand.

Sein Kopf schoss hoch. „Was?"

„Noch mehr Kaffee?"

Innerlich fluchend schloss er kurz die Augen und atmete hörbar aus. Dann nickte er und hielt ihr seinen Becher hin. „Ja, bitte." Während sie einschenkte, betrachtete er ihr Gesicht. „Du bist etwas blass heute Morgen. Geht es dir nicht gut?"

„Doch, alles bestens." Sie stellte die Kanne zurück auf die Maschine und genoss den kurzen Augenblick, in dem sie ihm den Rücken zuwenden konnte. Schließlich atmete sie tief ein und setzte sich zurück an ihren Platz. „Ich bin nur etwas müde, das ist alles."

„Leg dich doch noch ein bisschen hin, wenn du Leo das

nächste Mal gestillt hast. Ich übernehme ihn gerne für ein paar Stunden."

Sichtlich bedrückt seufzte sie auf und strich sich mit der linken Hand das Haar zurück. „Meine Milch versiegt, Conny. Das macht mich ein wenig unglücklich. Ich habe schon mit meinem Arzt in Inverness darüber gesprochen, weil ich hoffte, ich könnte Leonard länger stillen als nur diese ersten drei Monate, aber …"

„Das ist doch kein Weltuntergang", unterbrach er sie, während sein Blick für einen Augenblick an ihrem Mund hängen blieb. „Der Junge ist kräftig und gesund. Dann bekommt er eben Fläschchen."

„Es wird wohl nichts anderes übrig bleiben. Jedenfalls werde ich abstillen müssen."

Vor Constantins geistigem Auge tauchte das Bild der stillenden Sophie auf. Nur mit äußerster Selbstbeherrschung schaffte er es, sich etwas Ähnliches wie ein Schmunzeln abzuringen. „Könnte sein, dass ihm der Entzug erst mal gar nicht gefällt." Er hatte es leichthin sagen wollen, aber seine Stimme klang deutlich belegt. Darüber hinaus konnte er nicht verhindern, dass sein Blick unweigerlich über ihren Busen glitt.

Zu Sophies Bestürzung verhärteten sich ihre Brustwarzen. Röte schoss ihr ins Gesicht.

Ihre Blicke begegneten sich, und seine Miene wurde ernst. Postwendend verfluchte er sich in Gedanken für seine unbedachte Äußerung und den eindeutigen Blick.

„Dann kann ich das ja auch … mal übernehmen … äh, das Füttern, meine ich …" *Oh Gott! Du machst es immer schlimmer, du Vollidiot!*

Sein Herz schien in seiner Brust zu galoppieren, und in seinen Lenden wütete ein fast schon schmerzhaftes Pochen. Er atmete tief durch.

Sophie saß da wie gelähmt. Ihr Atemrhythmus zog mit ihrem stürmischen Herzschlag gleich und geriet ins Stolpern. Ein leise schluchzendes Geräusch entwich ihr, und diese unwillkürliche Reaktion brachte nicht nur Constantin endgültig an den Rand der Verzweiflung, sondern machte sie selbst so verlegen, dass sie zusammenfuhr. Als er mit zusammengebissenen Zähnen kaum hörbar aufstöhnte, stand sie ungestüm auf und rannte fluchtartig aus der Küche. Constantin brauchte einige Sekunden, doch dann erhob auch er sich und folgte ihr langsam nach oben.

Er klopfte gar nicht erst an, sondern öffnete einfach die Tür zu ihrem Zimmer, trat ein und schloss sie hinter sich wieder.

Sophie stand mit dem Rücken zu ihm vor der Balkontür und sah hinaus. „Maria sitzt immer noch auf der Bank", hörte er sie mit unsicherer Stimme flüstern.

„Ja, ich weiß." Er kam näher und beobachtete, wie sich ihre Schultern strafften.

Erst als sie seine Hitze an ihrem Rücken fühlen konnte, drehte sie sich um und sah zu ihm auf. Eine kleine Ewigkeit sahen sie sich nur in die Augen, dann endlich berührte er sie. Zaghaft legte er seine Hände auf ihre Schultern und ließ sie langsam über ihre Arme herabgleiten.

„Geh weg", wisperte sie.

„Ich halte es nicht eine Sekunde länger aus, Sophie", gestand er heiser.

Die sanften und federleichten Berührungen seiner Hände auf ihren nackten Armen ließen sie erschauern. Kalte Panik und heißes Verlangen ergriffen gleichermaßen von ihr Besitz. Sie schnappte nach Luft und wollte von ihm abrücken, aber da legte er schon seine Arme um sie und zog sie an sich.

„Nicht!"

„Lauf nicht wieder weg."

„Conny!"

Aber sein Blick schien entrückt, so als hätte er Fieber und würde sie gar nicht mehr richtig wahrnehmen. Schon im nächsten Moment lag sein Mund heiß und fordernd auf ihren Lippen – und Sophies Widerstand schmolz augenblicklich dahin. Der Kuss war ungestüm, heftig und schien nicht mehr enden zu wollen.

Mit einer Hand presste er sie an sich, während er mit der anderen gierig über ihren Körper fuhr. Dann gab er ihren Mund frei, küsste ihre Lider, ihre Wangen und schließlich die empfindliche Stelle unterhalb ihrer Ohrläppchen. „Himmel, ich habe mich so sehr danach gesehnt", flüsterte er schwer atmend, als er ihre Brust mit der Hand bedeckte und ihre Reaktion fühlte.

Sophie war verloren. Sein warmer Mund auf ihrer Haut und das kraftvolle Streicheln seiner Hände vertrieben den letzten klaren Gedanken aus ihrem Kopf. Ihr Atem flog, und ihr Körper verlangte verzweifelt nach mehr von ihm.

„Du bist meine Frau", keuchte er fast entschuldigend zwischen zwei weiteren stürmischen Küssen. „Du bist meine Frau!"

„Ja, Conny, ja, aber … bitte! Wir sollten …" Das Verlangen nach ihm brannte heiß in ihr, und doch fühlte sie noch einen letzten Rest Zweifel in sich aufsteigen.

„Lass mich dich lieben. Oh Gott, lass mich!", stieß er flehend und atemlos hervor. Er ergriff ihre Hand und küsste die Innenfläche. „Ich brauche dich, Sophie!"

Alles in ihr wurde weich, und nun schmolz auch der letzte Widerstand dahin. Sie spürte, wie er den Mund an ihren Hals presste.

„Fühlst du nicht, wie sehr ich dich brauche?", murmelte er.

Sie hatte gar nicht bemerkt, dass er inzwischen den Reißverschluss ihrer Jeans geöffnet hatte. Als er seine Hand ungeduldig unter den Bund ihres Höschens schob, ihre weiche pulsierende Scham sanft massierte, traf es sie wie ein elektrischer Schlag. Augenblicklich geriet alles außer Kontrolle. Unbewusst stöhnte sie laut auf, als er mit den Fingern den sanften Druck erhöhte und in ihre Feuchtigkeit eintauchte. Schon in der nächsten Sekunde fühlte sie ihre Knie weich werden. Überwältigt von dem alles beherrschenden und so lang entbehrten

Gefühl der überschäumenden Lust sank sie hilflos gegen seine Brust – dann kam sie.

Der überraschende, fast brutale Höhepunkt schüttelte Sophies Körper regelrecht durch, und Constantin presste sie aufgewühlt an sich, bis sie in seinen Armen ermattete. Sein keuchender Atem traf heiß auf ihre Haut.

Sophies heftiger und unerwarteter Gefühlsausbruch hatte Constantins Beherrschung auf eine harte Probe gestellt. Langsam zog er seine Hand von ihr fort und konzentrierte sich einige Sekunden nur noch darauf, nicht auch noch selbst den Boden unter den Füßen zu verlieren.

Sophie schnappte noch immer hörbar nach Luft. Sie zitterte in seinen Armen. Etwas Vergleichbares war ihr noch nie passiert.

„Sch … sch …“, flüsterte er mehr sich selbst als ihr zu, doch sein heißes Blut kam nicht mehr zur Ruhe. Wieder suchte sein Mund ihre nachgiebigen Lippen, und er registrierte erleichtert und dankbar, dass ihr Verlangen nach ihm noch nicht gestillt war – im Gegenteil!

Sophie stöhnte leise auf und presste sich an seinen harten Körper. Mit den Händen fuhr sie über seinen Rücken und umfasste schließlich sein festes Gesäß. „Conny!“ Ihre Stimme klang nun drängend und sehr verführerisch.

„Ja, Baby, ja!“

„Geh nicht weg!“

„Niemals!“

Einige kurze Minuten kämpften sie noch schwer atmend mit ihrer Kleidung, doch dann lagen sie zusammen auf Sophies Bett und wurden endlich eins.

Hingebungsvoll widmete Constantin sich mit Händen, Lippen und Zunge ihren Brüsten, während er den Rhythmus, mit dem er sich hart und schnell in ihr bewegte, kaum mehr kontrollieren konnte. Nach einigen wilden tiefen Stößen bäumte er sich stöhnend auf und ergoss sich lange in sie.

Sophie biss sich selbst in die Knöchel der halb geschlossenen

Faust, um nicht laut aufzuschreien, als ihr zweiter Orgasmus durch sie hindurchwogte.

Laut keuchend sank er schließlich auf sie. „Himmel!"

Sophie hatte ihre Arme und Beine um seinen Körper geschlungen und hielt ihn fest umfangen. Auch sie atmete noch immer schwer.

Minutenlang sagten sie kein Wort. Erst nach einer kleinen Ewigkeit lockerte sich ihre Umarmung, und Constantin drehte sich auf die Seite. Ihre gemeinsamen Atemzüge waren das einzige Geräusch im Zimmer. Dann zog er sie plötzlich wieder an sich. Seine glutheißen Lippen pressten sich auf ihre Kehle und glitten langsam tiefer.

„Es ist noch lange nicht genug", stieß er mit rauer Stimme hervor. „Das war zu schnell."

Sophie war noch viel zu überwältigt von ihren Gefühlen. „Oh, ich liebe dich so sehr", flüsterte sie an seiner Schulter.

Fast bedächtig rückte er wieder von ihr ab. So gemächlich, dass sie zunächst noch nicht einmal bemerkte, dass sich etwas in seiner Haltung verändert hatte. Wortlos, mit undurchdringlicher Miene, lag er eine Weile auf der Seite und betrachtete ihr Gesicht. Sein forschend harter Blick ließ sie unruhig werden. Plötzlich erhob er sich wortlos und raffte seine Kleidung zusammen.

Fassungslos sah sie ihm dabei zu. „Conny? Was tust du da?"

„Ich ziehe mich an, das siehst du doch." Seine schönen Augen wirkten seltsam verschleiert, aber er sah sie nicht direkt an, sondern fixierte einen imaginären Punkt irgendwo über ihrem Kopf, während er in seine Jeans schlüpfte. „Ich denke, wir sollten dieses … Intermezzo nicht überbewerten."

Sophies kurzer, heftiger Kampf gegen die tiefe Verzweiflung und den grausamen Schmerz blieb erfolglos. Die Tränen kamen, ohne dass sie dagegenhalten konnte. „Warum tust du mir das nur an?", fragte sie schluchzend, aber da hatte er bereits das Zimmer verlassen.

Vier volle Tage lang bekam sie ihn nicht mehr zu Gesicht.

Tagsüber blieb er in seinem Zimmer, und erst in der Nacht, wenn Sophie bereits in ihrem Bett lag, konnte sie manchmal hören, dass er noch einmal nach unten ging. Sogar die Mahlzeiten ließ er sich von der nun ewig besorgt dreinschauenden Maria auf sein Zimmer bringen.

Sophie fühlte sich verletzt und zutiefst unglücklich. Sie haderte mit ihrem Schicksal, denn sie konnte einfach keinen Grund finden, warum gerade ihr das alles passierte. Den Mut, einfach zu ihm ins Zimmer zu marschieren und ihn noch einmal zur Rede zu stellen, brachte sie nicht mehr auf. Sie fragte noch nicht einmal Maria, wie es ihm ging und was er da drinnen eigentlich den ganzen Tag tat. Den kümmerlichen Rest von Energie, der ihr noch geblieben war, brauchte sie für ihren Sohn.

Sie wusste nur, dass Constantin sich wie ein mieser, rücksichtsloser Schurke aufgeführt hatte. Obwohl sie ihm ansonsten völlig gleichgültig war, hatte er sie verführt, nur um seine sexuelle Begierde zu befriedigen. Anders konnte sie sich sein Verhalten nicht erklären. Um ihre Gefühle scherte er sich nicht, sie waren ihm gleichgültig, und dieser Realität musste sie sich nun endgültig stellen.

Immer wieder gingen ihr die Bilder ihres letzten Zusammenseins durch den Kopf, aber sie verstand einfach nicht, was in dem Mann vorging, den sie geheiratet hatte.

Seine überbordende Leidenschaft und sein Verlangen waren nicht gespielt gewesen, doch offenbar hatte er einfach nur dringend Sex gebraucht, egal mit wem. Es war so leicht für ihn gewesen, ihren Willen zu brechen, dachte sie erschüttert. Sie war sogar so sehr von ihm bezaubert gewesen, dass sie ihm in ihrem Wahn noch eine Liebeserklärung gemacht hatte. Es hatte ihr fast das Herz zerrissen, als er ihr auf grausame Weise klarmachte, was der Liebesakt hingegen für ihn gewesen war.

Ein Intermezzo!

Er hatte das, was für sie der Himmel gewesen war, ein Intermezzo genannt! Sophie hasste sich selbst dafür, dass dieser Mann in der Lage war, ihr ihre gesamte Selbstachtung zu rauben – und sie hasste ihn dafür, dass er es auch tat.

In den vergangenen vier Tagen hatte sich ihr eine Erkenntnis offenbart, die sich nun nach und nach verfestigte: Sie musste weg von ihm! Auch wenn ihr Herz noch immer gegen diese Einsicht ankämpfte, hatte ihr Verstand beschlossen, dass es die einzige Lösung für sie war, wenn sie nicht vollkommen den Boden unter den Füßen verlieren wollte. Roman hatte von Anfang an recht gehabt: Die Hochzeit war ein Fehler gewesen, und sie würde lernen müssen, ohne Constantin Afra weiterzuleben. Doch zunächst war es wichtig, dass sie wieder genug Kraft sammelte, damit sie ihm ihren Entschluss mitteilen konnte, ohne gleich wieder in Tränen auszubrechen.

Constantin saß, die langen Beine weit von sich gestreckt, im Sessel seines Schlafzimmers und bot einen fast schon Angst einflößenden Anblick. Der Reißverschluss seiner Jeans stand offen, und das silbergraue T-Shirt, das er trug, war vollkommen zerknittert und fleckig. Seit Tagen hatte er sich nicht mehr rasiert, und das schwarze Haar fiel ihm wirr in die Stirn. Der düstere Ausdruck in seinem Gesicht und die blutunterlaufenen Augen ließen zudem keinen Zweifel an seinem Zustand aufkommen. In seiner linken Hand hielt er ein Glas, das im Augenblick zur Hälfte mit Wodka gefüllt war.

Träge hob er das Glas an seine Lippen und kippte den gesamten Inhalt mit angewiderter Miene in sich hinein. Dann beugte er sich vor, griff mit unsicheren Bewegungen nach der Flasche, die neben ihm auf dem Boden stand, und schenkte sich nach. Während er weitertrank, beschimpfte er sich selbst: „Idiot! Verdammtes Arschloch! Widerlicher Penner! Gottverflucht!“

Seit fast sechs Jahren hatte er kaum einen Tropfen Alkohol mehr angerührt. Und seit fast vier Tagen trank er nun beinahe ohne Unterbrechung. Er aß wenig, und nur manchmal versank er an Ort und Stelle in einen tiefen traumlosen Schlaf, doch der hielt niemals länger als ein oder zwei Stunden an.

Er hatte entfliehen wollen, aber natürlich funktionierte das nicht, das hätte er vorher wissen müssen. Auch der Alkohol brachte es nicht fertig, Sophies Puppengesicht aus seinem Kopf zu schwemmen. Er brauchte nur seine Lider zu schließen, dann sah er wieder ihre riesigen dunkelbraunen Augen vor sich, diesen herzzerreißenden Blick, kurz bevor er gegangen war.

Constantin stöhnte auf. Gott, er hatte sie viel zu sehr gewollt! Alles hätte perfekt sein können, wenn sie nicht gleich danach wieder gelogen hätte. Er wusste nicht, warum sie sich plötzlich dazu gezwungen sah, ihm eine Liebeserklärung zu machen. Wahrscheinlich hatte sie geglaubt, dass die Situation es erforderte, dass er es hören wollte. Es war verrückt, denn damit hatte sie sogar recht. Und doch hatte sie ihn mit dieser weiteren Lüge mehr verletzt, als er es je für möglich gehalten hatte.

In den vergangenen Jahren hatte er sehr oft darüber nachgedacht, warum gerade die Frauen in seinem Leben, die für ihn wirklich wichtig gewesen waren, ihn belogen und enttäuscht hatten. Angefangen bei seiner leiblichen Mutter, die ihn anscheinend nicht in ihrem Leben gewollt hatte.

Irgendwann war er schließlich zu dem Schluss gelangt, dass er selbst das Problem war – und seitdem quälten ihn wiederkehrend tiefe Selbstzweifel. Mit seinem Verstand versuchte er gegen diese unvernünftigen Empfindungen anzukämpfen, aber das klappte nur selten.

Vielleicht wäre seine erste Ehe besser verlaufen, wenn er nur in der Lage gewesen wäre, seine Frau wirklich glücklich zu machen. Aber weder seine noch Melanies Liebe war stark genug dafür gewesen, und so hatte sie ihn immer wieder betrogen.

Und nun Sophie! Die einzige Frau, die sein Herz wahrhaftig in der Hand hielt, hatte ihn hintergangen, benutzt und versuchte ihm Gefühle vorzuspielen, die sie nicht empfand. Sie trieb ihn langsam, aber sicher in den Wahnsinn. Er hätte wirklich wissen müssen, dass ein Zusammenleben mit ihr nur in eine Katastrophe führen konnte.

Das Haustelefon auf der Kommode klingelte und riss ihn aus seinen trüben Gedanken. Mühsam stemmte er sich aus dem Sessel und hob ab. Es konnte nur Maria sein, denn es war Zeit zum Mittagessen.

„Soll ich Ihnen auch heute wieder einen Teller raufbringen, Constantin?"

Die Stimme seiner Haushälterin hatte einen deutlich vorwurfsvollen Unterton, aber er ignorierte es. „Ja", antwortete er einsilbig. Ihm fiel auf, dass seine Stimme vom vielen Trinken inzwischen rau und heiser klang. Innerlich verspottete er sich selbst. Im Augenblick würde der große Sänger Constantin Afra wahrscheinlich nicht einen einzigen vernünftigen Ton herausbringen. Er räusperte sich. „Aber nur eine Kleinigkeit, Maria."

„Gut. Ich bin gleich bei Ihnen."

Er hörte das Klicken in der Leitung und legte ebenfalls auf. Leicht schwankend ging er hinüber ins Bad, benutzte die Toilette und wusch sich die Hände. Dann fiel sein Blick in den Spiegel über seinem Waschbecken. „Herr im Himmel!"

Verrückterweise dachte er in diesem Moment zum ersten Mal seit Tagen wieder an seinen Sohn, und die Sehnsucht nach dem Kind wurde schier übermächtig. Langsam, mit schleppenden Schritten, schlurfte er wieder zurück in sein Zimmer.

Maria war bereits dabei, ein Tablett auf dem kleinen Tisch neben seinem Sessel zu platzieren. Als er hereinkam, sah sie auf und schüttelte leicht den Kopf. Ihr Blick drückte tiefe Besorgnis aus. Wahrscheinlich hatte sie ihn auch schon in den vergangenen Tagen auf diese Weise angesehen, aber erst jetzt bemerkte er es. Aus irgendeinem Grund fühlte er sich plötzlich stocknüchtern.

„Wie geht es dem Kleinen?"

„Dem geht es prächtig – im Gegensatz zu seinen Eltern.

Essen Sie etwas, Constantin, und dann schlafen Sie endlich mal wieder ein paar Stunden in Ihrem Bett, nicht wieder in diesem Sessel."

„Ja." Er zögerte.

„Kann ich noch etwas für Sie tun, Constantin?"

„Ähm, Maria, ich ..."

„Nein, ich habe diesmal keine neue Flasche mitgebracht. Und das werde ich auch nicht, verstanden?" Der Gesichtsausdruck von Maria Vargas veränderte sich deutlich. Sie mochte und achtete ihren Arbeitgeber sehr, aber wie er sich derzeit verhielt, konnte sie einfach nicht gutheißen. „Warum tun Sie Ihrer Frau das nur an?", fragte sie ihn und sprach damit aus, was ihr seit Tagen auf der Seele lag. „Die Kleine sitzt die meiste Zeit des Tages drüben in ihrem Zimmer, mit dem Baby im Arm, und weint sich die Augen aus dem Kopf. Und Sie sitzen hier, gleich nebenan, und trinken!"

Einen Moment hielt sie inne, weil sie fast schon darauf wartete, dass er sie anschreien würde, die ganze Sache gehe sie überhaupt nichts an. Aber er blieb stumm, sah sie nur mit diesen furchtbar müden und blutunterlaufenen Augen an.

Also fuhr sie mutig fort: „Ich verstehe Sie nicht, tut mir leid, Constantin! Ich weiß nicht, was zwischen Ihnen beiden vorgefallen ist, aber kein Streit der Welt ist dieses Elend wert. Sie müssten sie sehen! Sie isst kaum noch – und obwohl ich versuche, ihr, so oft es geht, den Kleinen abzunehmen, ruht sie sich kaum noch aus. Herrgott, Constantin, das Mädchen liebt Sie doch über jedes Maß hinaus. Was wollen Sie denn noch? Ich kann wirklich nicht verstehen, dass gerade Sie Ihr neues Glück so mit Füßen treten. Haben Sie denn immer noch nicht genug Kummer in Ihrem Leben gehabt, Junge? Reicht es Ihnen noch immer nicht?"

Maria schnaubte ungehalten, um damit ihre Vorhaltungen noch zu untermauern. Nun hatte sie sich unabsichtlich in Rage geredet. Es war zu spät, um es noch zu bedauern. Wenn ihr Arbeitgeber sie in den nächsten Minuten entlassen würde, musste sie das hinnehmen, aber mit jedem Wort, das sie sagte, fühlte sie sich besser.

„Maria, Sie …"

„Ich bin noch nicht fertig! Da drüben sitzt Ihre Frau, die Sie über alles liebt. Sie ist eine gute Frau, ein guter Mensch! Denken Sie doch auch mal an Ihr Kind! Seit Tagen hat Ihre Familie Sie nicht mehr gesehen. Constantin, Sie werden Sophie und Ihren Sohn wieder verlieren, wenn Sie nicht bald etwas tun! Ihre Frau ist am Ende ihrer Kraft, das kann jeder sehen. Ihr wundes Herz hält das nicht mehr lange aus."

Constantin räusperte sich und setzte einen deutlich überheblichen Blick auf. „Sie glauben also tatsächlich, Sophie würde mich lieben?", fragte er fast mitleidig.

Fassungslos sah Maria ihn an. „Meinen Sie diese Frage wirklich ernst?"

„Ja, verdammt!"

Marias dunkle Augen funkelten vor Wut, und ihr spanisches Temperament ließ sich nun endgültig nicht mehr im Zaum halten. „Ich bin fast fünfundfünfzig Jahre alt, *Señor!* Ich bin sehr wohl in der Lage, zu erkennen, wenn ein Menschenkind vor lauter Liebeskummer fast vergeht. Dieses Mädchen liebt Sie mehr, als Sie sich in Ihren kühnsten Träumen nur vorstellen können! Aber Sie scheinen ja blind und taub und dazu auch noch furchtbar dumm zu sein! Pah! Männer! Allesamt dumm wie Brot!"

Ehe er sichs versah, hatte seine Haushälterin das Zimmer verlassen. Die Tür fiel mit einem lauten Knall ins Schloss. Erschüttert ließ Constantin sich zurück in seinen Sessel fallen. Minutenlang starrte er düster und nachdenklich vor sich hin, schließlich erhob er sich wieder und ging noch einmal hinüber in sein Badezimmer. Mehrere Male atmete er tief ein und wieder aus, dann warf er seine schmutzigen Sachen von sich und stieg unter die Dusche. Er duschte lange, und anschließend rasierte er sich den dichten schwarzen Bart aus dem Gesicht, der ihm inzwischen gewachsen war.

Nachdem er frische Sachen angezogen hatte, rief er unten bei Maria an und bestellte sich einen starken Kaffee.

Wortlos nahm seine Angestellte den Auftrag entgegen, kam aber schon kurz darauf mit einem zweiten Tablett herein. Entweder hatte sie damit gerechnet, dass er in den nächsten Minuten nach Kaffee verlangen würde, oder sie hatte ohnehin gerade welchen gekocht. Jedenfalls war er froh darüber.

„Sie haben ja noch gar nichts gegessen", bemerkte sie mit strenger mütterlicher Stimme, ohne auf sein verändertes Aussehen einzugehen.

„Tut mir leid, ich werde es gleich nachholen, Maria. Lassen Sie das Essen ruhig dort stehen."

„Na, wenn Sie meinen. Aber es ist inzwischen alles kalt geworden."

„Das macht mir nichts, wirklich. Sie können beruhigt gehen."

„Gut, ganz wie Sie wollen." Mit anhaltend strenger Miene und kerzengeradem Rücken wandte sie sich ab und marschierte zur Tür.

„Ach, Maria?"

„Ja?" Noch einmal wandte sie ihren Kopf und sah ihn an.

„Keine Ahnung, warum, aber ich habe wohl gebraucht, was Sie mir da vorhin alles an den Kopf geknallt haben. Danke!"

Constantins Lächeln war verhalten, aber ehrlich gemeint, das konnte sie sehen.

„Der Kleine hält gerade seinen Mittagsschlaf. Er wird aber bald aufwachen, und dann gehe ich mit ihm in den Garten. Das Wetter ist wieder herrlich heute, und das ist hier oben ja selten genug der Fall. Ich habe mir überlegt, eine Decke mitzunehmen. Leonard und ich werden es uns dort eine ganze Weile gut gehen lassen", entgegnete sie, dann verließ sie endgültig das Zimmer.

Es erforderte mehrere Tassen Kaffee und noch eine weitere Stunde, erst dann fühlte Constantin sich fit genug, um Sophie gegenüberzutreten. Nach einem sehr tiefen Atemzug klopfte er an ihre Zimmertür, öffnete sie aber sofort, ohne auf eine Antwort zu warten.

Sophie lag auf dem Bett, aber ihre Augen waren weit geöffnet. Als er die Tür hinter sich zudrückte und langsam näher kam, setzte sie sich auf. Ihr bemitleidenswerter Anblick ließ ihn innerlich zusammenzucken. Sie war leichenblass, und tatsächlich sah man ihr nur allzu deutlich an, dass sie stundenlang, vielleicht sogar tagelang geweint hatte. Unter stark geschwollenen Lidern blickte sie ihm nahezu ausdruckslos entgegen. Beißende Übelkeit stieg in ihm auf und ließ ihn kurz husten.

„Sophie …“

„Was willst du?“, fragte sie gedämpft. Mit fahrigen Bewegungen strich sie sich ihre wirren Locken zurück. „Ist dir gerade eingefallen, dass du wieder einmal Sex gebrauchen könntest, Afra?“

„Bitte, Sophie, nicht!“ Sein Mund wurde trocken, dennoch brachte er den Mut auf und machte einen weiteren Schritt auf sie zu. Verzweifelt suchte er ihren Blick. „Ich möchte mit dir reden“, sagte er leise.

„Ach? Reden? Du mit mir?“ Sie schwang ihre Beine von der Matratze und rutschte vom Bett. Fast ein wenig zu hastig ging sie hinüber zu ihrem Schreibtisch, dann drehte sie sich wieder um und sah ihn aus ihren rot geweinten Augen an. „Aber ich will nicht mehr mit dir reden, Conny. Ich kann nicht mehr reden. Ich … kann das alles nicht mehr. Unser kleines Familienglück ist gründlich gescheitert. Ich möchte, dass …“

„Nein!“ Fassungslos starrte er sie an. „Nein, Sophie, sag das nicht!“

„Durch unser – wie nanntest du es doch gleich? Intermezzo! – ist mir schmerzlich klar geworden, dass ich mich deutlich überschätzt habe, Constantin.“

„Hör mir nur eine Minute zu, bitte!“

„Um genau zu sein, ist es mir inzwischen vollkommen egal, was du mir noch zu sagen hast. Ich bin so müde! So entsetzlich zerschlagen von alldem! Weißt du, ich kann noch nicht einmal mehr arbeiten."

Sie wandte sich halb von ihm ab und strich mit ihrem Zeigefinger leicht, fast liebevoll über die Tastatur ihres Computers. „Ich kann nicht ändern, was ich für dich empfinde. Wenn ich es könnte, würde ich es sofort tun, glaub mir. Ich habe alles probiert, aber du kannst noch so gemein sein, es will nicht klappen. Das Schreiben und mein Sohn hielten mich am Leben, Conny. Schreiben kann ich nun schon nicht mehr, also muss ich schleunigst fort von dir, bevor ich auch noch das letzte Quäntchen Energie verliere. In der vergangenen Nacht ist mir das endlich klar geworden. Es gibt keine andere Lösung. Unser Sohn hat es nicht verdient, eine Mutter zu haben, die ständig in einen Sumpf aus Selbstmitleid und Kummer versinkt. Nein, er braucht eine Mutter, die sich vernünftig um ihn kümmern kann, und allein darauf werde ich mich jetzt konzentrieren. Ich möchte zurück nach Hamburg. So schnell wie nur möglich."

„Nein!" Verzweifelt suchte er in seinem Kopf nach den richtigen Worten, aber alles in ihm schien plötzlich leer zu sein.

„Ich werde mich nicht länger von dir kaputt machen lassen. Du kannst Leo sehen, wann immer du willst, aber lass mich … lass uns gehen, Conny." Ihre Stimme war immer leiser geworden, den letzten Teil ihres Satzes hatte sie nur noch geflüstert.

Fassungslos sah er sie an. Die lähmende Panik, die seinen Körper überfiel, ließ eine neue heftige Welle der Übelkeit in ihm aufsteigen. „Tu das nicht!", stieß er krächzend hervor, aber sie schien ihn überhaupt nicht zu hören.

„Ich habe tatsächlich geglaubt, alles würde wieder gut werden, solange ich nur in deiner Nähe sein kann", fuhr sie leise fort. „Aber, wie ich schon sagte, ich habe mich überschätzt." Ihr Blick brannte sich nun förmlich in seine Augen. Energisch hob sie das Kinn. „Ich habe nicht damit gerechnet, dass du … meine Gefühle für dich ausnutzen würdest. Dein Verhalten nach dem … es war wie eine Bestrafung. Ich kann einfach nicht zulassen, dass so etwas noch einmal mit mir passiert, also hole ich mir jetzt meine Würde zurück."

Ihr schwerwiegender Vorwurf und die späte Erkenntnis, dass sie ihn wahrhaftig lieben musste, um derartig zu leiden, trafen ihn wie ein Keulenschlag. Vermutlich brachte er es nur deshalb fertig, sich endlich wieder zu bewegen. Nach wenigen Schritten stand er direkt vor ihr. Ihr Gesicht drückte tiefe Traurigkeit aus, als sie zu ihm aufsah.

„Ich …" Er räusperte sich, dann zog er sie wortlos an sich. „Oh Gott!"

Vollkommen widerstandslos ließ Sophie es geschehen. Ihre Kraft war tatsächlich am Ende. Sie brachte noch nicht einmal mehr die Energie auf, sich ihm zu entziehen.

Zaghaft ließ er seine Hände ihren Rücken hinauf bis zu ihrem Kopf gleiten. Er vergrub die Finger in ihrem Haar und fuhr durch die wilden Locken. Schließlich streichelte er sanft über ihre Wangen und blickte ihr in die Augen.

Ganz langsam fühlte Constantin seine Kraft zurückkehren. Es war ein seltsam warmes Gefühl, das gleichzeitig auch seinen Verstand wieder zum Laufen brachte. „Ich musste wieder mit dir schlafen. Ich habe dich so sehr gewollt, dass ich den Überblick verloren habe", sagte er kaum hörbar.

Sophie schloss ihre Augen. Der vertraute Schmerz bildete sich neu. „Es ist genug! Tu mir doch jetzt nicht noch mehr weh", flüsterte sie.

„Du verstehst mich falsch, Sophie!" Noch einmal berührte er zärtlich ihr Haar. „Ich bin derjenige, der Angst vor neuen Verletzungen hatte. In Wahrheit bin ich unendlich froh darüber, dass du … mir gesagt hast, dass du mich liebst. Aber ich hatte diese lähmende Angst – und dabei habe ich immer wieder nur dich verletzt. Gott weiß, das habe ich niemals wirklich gewollt."

Zögernd öffnete sie ihre Augen und sah ihn verständnislos an. „Ich verstehe überhaupt nicht, was du mir eigentlich sagen willst. Lass mich einfach in Ruhe, Conny."

„Ich habe dich immer geliebt, Sophie! Mehr, viel mehr, als du dir vorstellen kannst. Ich habe niemals aufgehört, dich zu lieben, und das ist die reine Wahrheit. Mein Problem war nur, dass ich dir nicht geglaubt habe und … ich bin mit alldem nicht klargekommen in der letzten Zeit. Es tut mir so unendlich leid, was ich uns mit meinem Misstrauen angetan habe. Ich liebe dich! Ich habe dich von der ersten Sekunde an geliebt und werde es immer tun."

Sie schluckte hart. „Du liebst mich?"

„Wie verrückt!" Er beugte sich vor und gab ihr einen sehr sanften Kuss auf den Mund.

„Aber du hast geglaubt, dass ich …"

„Ich weiß, das war falsch und dumm und ist Schnee von gestern. Du musst mir auch nichts mehr erklären. Ich will nichts mehr davon hören."

Etwas in Sophie setzte sich plötzlich zur Wehr, und sie drückte ihr Rückgrat durch. „So einfach ist das aber nicht, Constantin."

„Natürlich ist es das! Lass uns einfach neu beginnen und alles vergessen, was war. Du, ich und unser Sohn, mehr will ich nicht."

Traurig schüttelte sie ihren Kopf. „Das kann ich so nicht, tut mir leid." Es tat weh, das auszusprechen, aber es entsprach der Wahrheit. Sie durfte einfach nicht mehr zulassen, dass sie sich selbst und damit auch ihm etwas vormachte. Es war so verlockend, sich jetzt einfach nur in seine Arme fallen zu lassen und jeden Zweifel, jedes Problem zwischen ihnen zu verdrängen, aber die Zeit der süßen Illusionen war endgültig vorbei.

Wieder streichelte er ihr Gesicht, strich ihr sanft das Haar hinters Ohr. „Sieh mich an."

Sie tat es und konnte fühlen, wie ihr das Herz anschwoll.

„Du bist meine Frau, und ich liebe dich. Wir vergessen einfach alles, hörst du?"

Ihr müdes Lächeln wirkte fast nachsichtig. „Du hast immer noch nicht gelernt, andere Meinungen und Gefühle zu akzeptieren. Ich sagte gerade, ich kann das nicht – und das habe ich auch so gemeint."

Sein Gesicht wurde starr vor Kummer. „Was willst du mir damit sagen? Du willst doch nicht etwa wirklich gehen? Ich werde das nicht zulassen, Sophie. Du darfst mich nicht verlassen, das wäre ..." Er stöhnte auf und wandte sich halb von ihr ab. „Wir haben es beide gewollt! Du hast es zugelassen und wolltest mich ebenso sehr wie ich dich. Streite es gar nicht erst ab! Baby, ich habe dich nur angefasst, und du bist ..."

„Ja, ich wollte es auch", unterbrach sie ihn rasch. Ihre unvermutet heftige Reaktion auf seine Berührung war ihr noch immer unangenehm. „Ich habe es gewollt, weil ich dich wie verrückt begehre und dich nun einmal über alles liebe, Conny. Aber das ändert doch nichts an all dem, was zwischen uns steht. Es geht mir nicht darum, ob wir wieder zusammen im Bett gelandet sind. Der Sex ist nicht Teil unserer Probleme, er war es nie. Das, was danach passiert ist, allerdings schon."

„Aber ich sagte dir doch gerade, dass ich das jetzt mit vollkommen anderen Augen sehe. Ich war verbohrt und habe mich hinter meinen Ängsten versteckt."

„Schon wieder argumentierst du ausschließlich mit deinen Gefühlen." Sie legte ihren Kopf in den Nacken und seufzte. „Bist du vielleicht schon mal auf den Gedanken gekommen, dass ich mit dir und deiner Vergangenheit auch so meine Probleme haben könnte?"

„Ich verstehe nicht ..."

„Nein, das denke ich mir. Ach Constantin! Die einzige Möglichkeit, die ich für uns beide sehe, liegt einzig und allein in einem ausführlichen Gespräch. Nur wenn wir beide offen und ehrlich über all das miteinander reden, können wir vielleicht ein ganz neues Leben miteinander beginnen – aber auch nur dann."

„Aber wir reden doch gerade."

Sie lachte kurz und bitter auf. „Mach doch die Augen auf! Glaub mir, wenn wir jetzt die Sache nicht ein für alle Mal aus der Welt räumen, wirst du immer wieder an mir zweifeln. Und ich … könnte niemals wirklich glücklich mit dir sein."

Er kam zurück zu ihr und zog sie wieder in seine Arme. „Das stimmt nicht, und das weißt du auch."

„Du verschließt noch immer einen erheblichen Teil deiner Seele vor mir, Constantin Afra. Ich fühle das, seit ich dich kenne, und kann es jeden Tag in deinen Augen sehen. Eine Beziehung, die auf solch tönernen Füßen steht, will ich nicht mehr. Ich muss wissen, was in dir vorgeht und was dich bewegt. Ich möchte einfach alles von dir wissen, auch damit ich dich wirklich verstehen kann. Liebe allein deckt nicht einfach jede Verletzung zu. So zu denken wäre kurzsichtig."

Sie löste sich erneut aus seiner Umarmung, schob ihn ein Stück von sich und ging hinüber zur Balkontür, um auf diese Weise ein wenig Distanz zu schaffen. Wenn er ihr zu nah war, konnte sie nie richtig denken. „Man soll es nicht glauben, Maria und Leo liegen dort unten entspannt auf einer Decke. Sieh mal, sie liest ihm offensichtlich etwas vor. Was für ein friedliches Bild. Ich wünschte, ich könnte malen."

Constantin kam zu ihr. Nach einem schnellen Blick hinunter in den Garten wandte er sich ihr zu und zog sie zurück in seine Arme. „Versuch gar nicht erst, mich von dir fernzuhalten. Ich habe dir schon einmal gesagt, dass das nichts nützen würde. Ich kann dich nicht mehr von mir fortlassen, Sophie. Die Monate ohne dich waren die reinste Hölle für mich. Du wirst schon sehen, ich werde dich immer wieder zu mir zurückholen. Du weißt, dass ich dazu fähig bin."

„Ich will ja auch eigentlich gar nicht gehen. Auch für mich war die Zeit ohne dich furchtbar! Ich halte nur nicht mehr aus, dass du …"

„Oh nicht! Nicht weinen, Baby!"

„Ich kann nichts dafür, ich bin … Und sag, verdammt noch mal, nicht immer ‚Baby' zu mir! Das ist so verflucht … lächerlich!"

Hingebungsvoll ließ er seine Lippen über ihre Mundwinkel

wandern, ihre Wange hinauf, und schließlich küsste er leicht ihre geschwollenen Lider. „Bleib bei mir."

Der Druck seiner Hände verstärkte sich, und sie spürte, dass sein Begehren erwachte. Ein heißes Prickeln lief über ihre Haut, und ihr Magen schien einen kleinen Purzelbaum zu schlagen. In diesem Augenblick hasste sie beinahe die magische Anziehungskraft, die er auf sie ausübte.

Sophie schniefte, löste sich schnell von ihm und suchte nach einem Taschentuch, um sich die Nase zu putzen. Nur allzu gerne hätte sie jetzt ihrem wachsenden Verlangen nach seinen wunderbaren Zärtlichkeiten nachgegeben, aber der quälende Stachel steckte noch immer viel zu tief in ihrem Herzen. So gern würde sie seinen süßen Worten glauben – und deshalb konnte es für sie beide keinen anderen Weg als die vollkommene Wahrheit geben. Bevor sie ihm erneut nachgab, mussten sie unbedingt miteinander ins Reine kommen. Sie würde ihm nicht die Gelegenheit geben, ihre Probleme mit gutem Sex zu überdecken, so wie er es mit Melanie getan hatte. Das würde sie niemals zulassen.

„Wirst du heute Nacht bei mir schlafen?", fragte er lächelnd und mit dieser verführerischen Sinnlichkeit in seiner dunklen Stimme, die ihr jedes Mal aufs Neue den Atem raubte. Es schien fast so, als hätte er soeben ihre Gedanken gelesen. „Wir haben so viel nachzuholen." Wieder kam er näher, aber sie hob abwehrend beide Hände. Tatsächlich blieb er daraufhin an Ort und Stelle stehen.

„Ja, wir haben sehr viel nachzuholen. Aber vorher führen wir noch ein ausgiebiges Gespräch, und dann werden wir sehen, ob es noch eine gemeinsame Zukunft für uns geben kann."

Es war ihm deutlich anzusehen, wie es hinter seiner Stirn arbeitete. Schließlich nickte er. „Okay, Sophie. Wenn unser Sohn heute Abend seine letzte Mahlzeit hatte, werden wir in aller Ruhe miteinander sprechen. Gut?"

Sie nickte. „Gut."

Der Tag verlief deutlich anders als die schrecklichen Tage zuvor.

Constantin wich Sophie kaum noch von der Seite. Immer wieder suchte er nun den direkten Körperkontakt. Oft strich er ihr einfach nur über den Arm, oder er berührte im Vorbeigehen ihr Haar. Die meiste Zeit des Tages aber beschäftigten sie sich gemeinsam mit Leonard, der trotz seiner Stunden an der frischen Luft bis in den Abend hinein wach blieb. Vor allem Constantin hatte wieder seinen Spaß mit ihm. Dann, nachdem das Baby ohne zu murren sein Milchfläschchen getrunken hatte und frisch gewickelt war, fiel es endlich wieder in den tiefen Schlaf, der nur ganz kleinen Kindern vergönnt war.

Sophie stand noch eine Weile an seinem Bettchen, dann löschte sie das Licht. Wie üblich knipste sie das Babyfon an, bevor sie das Kinderzimmer verließ.

Constantin war ein paar Minuten vor ihr nach unten gegangen und erwartete sie bereits im Wohnzimmer. Als sie hereinkam, schenkte er ihr ein Glas Rotwein aus einer Karaffe ein. Er selbst blieb bei Mineralwasser. „Ich habe Maria gesagt, dass wir sie heute nicht mehr brauchen werden. Sie ist schon in ihre Wohnung gegangen."

„Gut." Sophie setzte sich und legte den Empfänger des Babyfons auf den Couchtisch. Unsicher lächelte sie zu ihm auf. „Möchtest du nicht vielleicht ein Glas Wein mit mir trinken?"

„Lieber nicht. Ich habe in den letzten Tagen genug Alkohol konsumiert. Das reicht für die nächsten paar Jahre."

„Oh! Na dann."

Er setzte sich ebenfalls und prostete ihr zu. „Wo willst du anfangen?", fragte er mit ruhigem Blick, nachdem er sein Glas abgestellt hatte.

„Ich würde dir zuerst gerne erklären, warum ich mich damals in Hamburg mit Roman getroffen habe. Vielleicht verstehst du mich dann ein bisschen besser."

„Ich höre."

„Conny, ich möchte, dass du mir zuerst versprichst, dass auch du nichts mehr vor mir zurückhältst und mich nicht anlügen wirst, egal was ich auch sage oder dich fragen werde. Einen anderen Weg wird es für uns nicht geben. Im Gegenzug verspreche auch ich, dir absolut offen Rede und Antwort zu stehen."

Er zögerte nur kurz, dann nickte er. „Versprochen."

„Das ist gut." Sie nahm einen weiteren Schluck von ihrem Wein, dann sah sie ihm wieder ins Gesicht. „Du wirst mir eine Weile zuhören müssen. Unterbrich mich nicht, auch wenn es dir eventuell schwerfallen sollte."

„Fang endlich an."

Sie begann tatsächlich ganz am Anfang. Zunächst erzählte sie ihm etwas stockend von ihren ersten Recherchen über ihn, von dem Foto, das sie so tief berührt hatte, und von ihren zwiespältigen Empfindungen während der vielen Interviews. Sie sprach auch von ihren Ängsten in Bezug auf seine Liebe zu Melanie und von den tiefen Zweifeln, die sie jeden Tag ein bisschen mehr zermürbt hatten. Dann berichtete sie von ihrem Treffen mit Roman Herwig und warum sie schließlich diesen Weg eingeschlagen hatte. Natürlich erwähnte sie auch das alles entscheidende Gespräch mit Maria, das sie letztlich dazu gebracht hatte, auch noch in seinen Sachen zu stöbern.

„Ich bin nicht stolz darauf, das musst du mir glauben. Außerdem, ich weiß im Grunde noch nicht einmal, was ich eigentlich zu finden gehofft hatte. Dann standst du in der Tür, und die Katastrophe nahm ihren Lauf."

Sichtlich betroffen sah er ihr in die Augen. „Mit meiner harschen Reaktion habe ich deine Bedenken auch noch untermauert, nicht wahr?"

Sophie nickte. „Ja, das hast du. Du warst so schrecklich kalt. Ich glaubte damals ... also ich nahm an, du hast den Vorfall als passende Gelegenheit genommen, um mich auf diese Weise wieder loszuwerden. Ich dachte ... nun ja, du bist Sänger, Constantin, ein Mensch, der jeden Tag das Wort ‚Liebe' in den Mund nimmt, wenn er seine Lieder singt. Ich habe angenommen, für dich hätten deine Liebesschwüre einfach eine andere Bedeutung gehabt als für mich."

„Gott, Sophie! Wie kann ich dir nur klarmachen, dass nur du allein die Liebe meines Lebens bist und nicht Melanie. Sie war es nie!"

„Wenn das so ist, sag mir jetzt die volle Wahrheit, Conny. Warum wolltest du, dass Melanie zu dir zurückkommt?"

Er blähte nachdenklich die Wangen auf und stieß laut den Atem aus. „Okay ... Ich habe dir ja schon vor einiger Zeit erzählt, warum ich kaum noch Alkohol trinke."

„Ja, du sagtest mal, du warst kurz davor ..."

„Das ist nur die eine Hälfte der Wahrheit gewesen." Er erhob sich. „Entschuldige, aber ich muss mich bewegen, während ich dir das erzähle. Ich muss nämlich ebenfalls ein bisschen ausholen, damit du verstehst, wie es überhaupt dazu kommen konnte. Ich warne dich, das wird jetzt ziemlich hässlich, und ich komme nicht sehr gut dabei weg."

„Kein Problem."

„Ungefähr ein halbes Jahr bevor er und Melanie starben, flog Leonard für drei Monate in die Staaten. Von einem seiner früheren Professoren hatte er überraschend die Chance erhalten, in New York ein Seminar zu leiten und gleichzeitig ein junges Orchester zu dirigieren. Wegen der monatelangen Trennung von Melanie wollte er das zuerst nicht machen, aber wir haben alle so lange auf ihn eingeredet, bis er dann schließlich doch geflogen ist. Melanie hat noch überlegt, ob sie ihn begleiten sollte, aber sie hasste lange Flüge, und im Grunde wäre das Ganze für sie alles andere als angenehm gewesen. Leo hätte in New York ohnehin kaum Zeit für sie gehabt, also blieb sie hier, und die beiden beschlossen, es einfach durchzustehen. Wir alle waren froh, dass er die Chance ergriff, denn er hatte sich zuletzt nur sehr wenig um seine Karriere gekümmert, weil er am liebsten rund um die Uhr bei Melanie gewesen wäre."

Während er sprach, wanderte Constantin unruhig durch den Raum. „Leo war bereits zwei Monate weg, da habe ich in meinem damaligen Haus in Hamburg eine Party gegeben. Wir hatten eine Nummer eins gelandet. Es ging nicht nur um eine Singleauskopplung, auch das Album preschte an die Spitze. Du kennst dich ja inzwischen gut genug aus, um zu wissen, was das bedeutet. Fabian reiste für ein paar Tage allein an, weil Helens Vater damals krank wurde. Außerdem war Helen zu dem Zeitpunkt bereits mit Charlene schwanger, und es ging ihr selbst nicht besonders gut."

Kurz blieb er stehen und sah Sophie an. „Ich gab also diese Party. Es waren ungefähr fünfzig Leute im Haus, und es ging recht hoch her, deshalb habe ich erst nach einiger Zeit mitbekommen, dass Fabian sehr schnell betrunken war. Dirk erzählte mir später, dass Melanie und mein Bruder sich im Verlauf des Abends gestritten hatten, aber niemand wusste wirklich, worum es dabei gegangen war. Mir selbst war schon am Abend vorher aufgefallen, dass das Klima zwischen den beiden gestört war, aber ich dachte mir nichts dabei, denn das war absolut nichts Ungewöhnliches. Jedenfalls trank Fabian zu schnell und zu viel. Irgendwann war er so sturzbetrunken, dass Lutz und ich ihn gemeinsam ins Obergeschoss in sein Bett beförderten. Weil wir uns ein bisschen Sorgen machten, blieb Lutz sogar noch ein paar Minuten länger an Fabians Bett sitzen, während ich wieder nach unten ging, um mich um meine Gäste zu kümmern."

Wieder nahm er seine Wanderung durch den Raum auf. „Melanie zog unterdessen ihre Show ab. Sie tanzte und flirtete heftig mit jedem anwesenden Mann und tat damit das, was sie sich in all den Monaten zuvor verkniffen hatte. Wie immer trank sie Champagner – und das in Mengen. Kurz gesagt, sie war in allerbester Stimmung."

Constantin machte eine Pause, nahm einen Schluck Wasser und sah Sophie in die Augen. Erst als sie ein Lächeln andeutete, fuhr er fort: „Auch ich habe an diesem Abend viel getrunken. Damals gehörte das Trinken für mich noch dazu. Nachdem ich also einige Longdrinks intus hatte, machte es mich plötzlich ziemlich wütend, wie sie sich aufführte, nur weil Leo nicht dabei war. Vor allem regte es mich ungeheuer auf, dass sie wieder so ungehemmt mit Lutz flirtete. Ich dachte an Leonard und wurde immer wütender. Eigentlich wollte ich diesem Flirt mit Lutz nur ein Ende machen, deshalb tanzte auch ich irgendwann mit Melanie. Ja, und dann … Sie war … Nun, sie ließ mich nicht mehr aus ihren Fängen. Wir tranken gemeinsam weiter, tanzten und … nun ja. Ich weiß nicht, warum, Sophie. Vielleicht war es nur der verdammte Alkohol, aber vielleicht spielte es auch eine Rolle, dass ich damals schon einige Zeit keine Frau mehr gehabt hatte. Sie war plötzlich so …" Wieder stockte er. Sein Brustkorb hob sich unter einem mächtigen Atemzug.

„Du wolltest mit ihr ins Bett", half Sophie aus.

Er nickte und verzog dabei angewidert sein Gesicht. „Ja, das wollte ich. Sie hat mich ziemlich angemacht, aber ich war es dann, der sie zuerst geküsst und bedrängt hat. Mir war alles egal, so betrunken war ich inzwischen. Ich dachte auch nicht mehr an Leo. Betrunken und scharf, das ist keine gute Mischung. Ich war es also, der den Anfang machte, und ich schleppte sie schließlich nach oben in mein Bett. Du siehst also, auch auf meiner Weste gibt es einen unmoralischen Fleck, auf den ich nicht besonders stolz sein kann."

Während Constantin sprach, wurde er von seiner Erinnerung zurückgetragen. Er hielt plötzlich inne, ging zu einem der hohen Fenster hinüber und starrte einige Zeit stumm in die Dunkelheit. In seinen Ohren dröhnten die Musik und die Stimmen der Partygäste, so als würde er sich wieder mitten unter ihnen befinden. Fast körperlich spürte er nun erneut die Folgen des Alkohols. Er konnte sogar fühlen, wie sich seine Sinne vernebelten und sein Körper schwer und gleichzeitig nachgiebig wurde. Mit einem Glas in der Hand stand er am Rande der Tanzfläche und sah Melanie zu, die gerade ziemlich aufreizend mit Lutz tanzte. Widerwille und ein drängendes Gefühl von Verantwortung keimten gleichzeitig in ihm auf, und er dachte unwillkürlich an Leonard.

„Na, Melly scheint ja wieder in Hochform zu sein", hörte er Dirks Stimme, so als würde er wieder direkt neben ihm stehen. „Vielleicht sollte mal irgendjemand eingreifen, bevor sie sich in Teufels Küche bringt", schob der Freund mit einem aussagekräftigen Blick nach, der keinen Zweifel daran ließ, wen er damit meinte.

In seiner Erinnerung sah sich Constantin nicken und leicht schwankend zu Melanie auf die Tanzfläche gehen. Er erkannte die freudige Überraschung in ihren Augen, als er sie von Lutz weg und in die eigenen Arme dirigierte, um selbst mit ihr zu tanzen. „Komm zu mir, meine Schöne, dieser Tanz gehört nur uns." Er hörte sie hell und laut auflachen, und es verblüffte ihn kaum, dass sie ihren Körper sogleich an ihn presste.

Die Empfindungen von damals kamen geballt zu ihm zurück und legten sich wie ein Stahlband um seine Brust. Die Scham über das, was er danach getan hatte, war ebenso bedrückend wie der Kummer über die Folgen dieser Nacht.

„Und? Wie ging es weiter? Ähm … Conny?"

Sophies Frage katapultierte ihn zurück in die Gegenwart. Er räusperte sich, schüttelte sich innerlich und wandte sich vom Fenster ab, um langsam zurück zum Sofa zu gehen.

„Nun, wir hatten Sex, und danach kam die große Ernüchterung, und zwar im wahrsten Sinne des Wortes." Noch einmal beugte Constantin sich herab und nahm einen Schluck aus seinem Glas. Er lächelte bitter. „Ich wollte Melanie davon abhalten, Leo zu betrügen, und dann war ich der Mann, mit dem sie ihn betrogen hat. Tolle Pointe, was? Es blieb aber nicht nur allein bei der Tatsache, dass ich meinen Freund hintergangen hatte, nein, die Sache wurde richtig schlimm." Er holte tief Luft, dann sprach er mit belegter Stimme weiter: „Melanie … sie …"

„Was?"

„Einige Wochen nach dieser Party kam sie zu mir und teilte mir mit, dass sie schwanger sei."

Sophie schnappte nach Luft. „Von dir?"

„Daran konnte es für mich keinen Zweifel geben. Sie war in der Zeit schwanger geworden, in der Leonard in den Staaten war. Der errechnete Termin der Zeugung passte ebenfalls perfekt. Sie hatte es sogar schriftlich und hat mir ihren Mutterpass unter die Nase gehalten."

Ganz langsam begann Sophie zu begreifen. In ihrem Kopf setzte sich ein Bild zusammen, und dieses Bild war ihr vertraut und gefiel ihr überhaupt nicht. „Sie war schwanger von dir", flüsterte sie mehr zu sich selbst, während das Bild in ihrem Kopf immer klarere Formen annahm und ihr bereits jetzt die Kehle zuschnürte.

Constantin ging direkt vor ihr in die Hocke und griff nach ihren Händen. „Verstehst du, Sophie? Ich hätte alles, wirklich alles für dieses Kind getan. Die Frau wäre niemals im Leben eine gute Mutter geworden. Ich kannte sie einfach zu gut. Auf sie wäre niemals Verlass gewesen. Zu keiner Zeit hätte ich es ertragen können, mein Kind allein in ihrer Obhut zu wissen. Ich wollte nicht, dass es ohne Sicherheit und Liebe aufwächst. Deshalb hätte ich mein Leben mit Melanie verbracht. Ich wollte einzig und allein für mein Kind da sein. Als sie dann zu mir kam und mir schwor, sie würde sowieso nur mich lieben, versuchte ich mir sogar einzureden, ich könnte ihr das glauben, nur um mein eigenes schlechtes Gewissen zur Ruhe zu bringen."

Sein schneller Atem ließ ihn kurz husten. „Alles, was ich dir einmal über meine Gefühle für Melanie sagte, entspricht absolut der Wahrheit, Sophie. Ich habe sie niemals so sehr geliebt, wie ich dich liebe."

„Du musst es doch als pure Ironie des Schicksals empfunden haben, als auch ich von dir schwanger wurde", brachte Sophie tonlos hervor. In ihren Augen brannten neue Tränen, aber sie weinte nicht.

„Zuerst ja, aber da gab es einen ganz entscheidenden Unterschied."

„Und welchen?" Ihr Herz tat ihr in diesem Augenblick so weh, dass sie es am liebsten aus ihrem Körper gerissen hätte.

„Ich kann mich nur wiederholen: Ich liebe dich. Und ich liebte dich auch schon, bevor ich von unserem Kind erfuhr."

„Dann hast du es aber in den vergangenen Monaten sehr gut vor mir verborgen. Mir gegenüber hast du so getan … Oh Conny, das, was du damals in meiner Wohnung zu mir gesagt hast, hörte sich verdammt noch mal genauso an, wie …"

„Diese alte Geschichte saß in meinem Kopf und in meinem Herzen und hatte mich vergiftet, verstehst du das denn nicht? Ich kann es nicht anders erklären. Obwohl ich glaubte, du hättest mich benutzt und belogen, wollte ich dich doch zurück in meinem Leben haben. Dich und natürlich auch unser Kind. Nachdem ich dich fortgeschickt hatte, musste ich sehr bald einsehen, dass ich kaum noch existieren konnte ohne deine Nähe."

Nach einem Blick in ihre tieftraurigen Augen hob er hilflos seine Schultern und ließ sie wieder fallen. „Glaub mir das jetzt oder lass es sein. Verflucht noch mal, ich hätte es hier ohne dich sowieso nicht mehr lange ausgehalten. Ich war schon verdammt kurz davor, vor dir zu Kreuze zu kriechen. Ja, und dann erfuhr ich von deiner Schwangerschaft und empfand eine tiefe Erleichterung, weil ich mir einbildete, ich könnte mir auf diese Weise meinen Stolz erhalten." Erschöpft rutschte er schließlich wieder neben sie auf die Couch. Vornübergebeugt saß er da, das Gesicht halb von seinen Händen bedeckt.

Sophie rührte sich nicht. Nur ganz langsam gab der erbarmungslose Schmerz ihr Herz wieder frei. Was er da sagte, leuchtete ihr ein. Es gab manchmal himmelschreiende Zufälle, und manchmal wurde aus diesen Zufällen ein Wink des Schicksals. Es stand in den Sternen, ob Melanie bewusst von Constantin schwanger geworden war, aber Sophie wusste genau, dass es bei ihr nicht so gewesen war. Sie sah herab auf ihre Hände und spielte nachdenklich mit ihrem Ehering.

„Du allein bist die Frau meines Lebens. Wie soll ich dir das nur klarmachen, Sophie?", schob er mit gedämpfter Stimme nach, ohne seine Haltung zu verändern. Dann ließ er langsam die Hände sinken und sah sie an. „Sicher, ich wollte nicht wahrhaben, wie sehr du leidest. Ich hatte mich völlig verrannt. Übrigens, dieses Foto von der Beerdigung, von dem du gesprochen hast – einmal abgesehen davon, dass du als Reporterin eigentlich wissen müsstest, dass Fotos nicht immer die Realität wiedergeben – war dein Eindruck gar nicht so verkehrt. Ich habe in der Tat getrauert, Sophie. Ich habe sogar unendlich getrauert, denn mit Melanie ist auch mein Kind gestorben. Zumindest war ich mir damals noch sicher, dass es mein Kind gewesen ist."

„Was soll das denn nun wieder heißen?" Sophies Augen wurden noch ein wenig größer, als sie es ohnehin schon waren.

„Hör zu, Baby, ich habe dir versprochen, dass ich dir alles erzählen werde, aber jetzt kommen wir zu einem Punkt in der ganzen Geschichte, an dem ich dich noch einmal vorwarnen muss. Das wird jetzt richtig unangenehm."

Sophie zog ihre Stirn kraus. „Okay … Ich will es trotzdem hören."

„Melanie hatte mehrere Affären", setzte er an.

„Ja, das weiß ich bereits."

„Auch mit meinem Bruder." Seine Stimme klang plötzlich hohl, sodass sie ihr ganz fremd vorkam.

„Sie hat versucht, ihn zu verführen, aber Fabian hat widerstanden. Das hat mir Helen erzählt."

Fast hämisch zog Constantin einen Mundwinkel in die Höhe. „Nun, das war die Version, die Fabian seiner Frau unterjubelte, um seine Ehe nicht zu gefährden. Zuerst könnte es auch tatsächlich so gewesen sein. Ich glaube kaum, dass Fabian völlig blind in diese Sache hineingeraten ist."

„Du weißt aber genau, dass es so war, oder?", fragte sie noch immer etwas ungläubig.

„Leider ja."

„Oh mein Gott, Conny! Das ist ja … Er und Helen können doch damals noch gar nicht lange verheiratet gewesen sein, oder?"

„Knapp zwei Jahre."

„Und trotzdem ließ er sich auf eine Affäre mit Melanie ein?"

Sophie war vollkommen fassungslos. Trotz des Gesprächs, das sie kurz vor der eigenen Hochzeit mit Helen über das Thema Liebe geführt hatte, hatte sie die Ehe der beiden für absolut glücklich gehalten. „Wie konnte er das nur tun? Er liebt Helen doch! Er hat doch mit ihr noch die zwei Kinder bekommen! Conny, er liebt sie! Das kann doch jeder sehen!"

„Ich glaube auch, dass er Helen liebt, aber er war damals ... Herrje, Sophie!"

„Spuck es endlich aus, Conny!"

Er verdrehte ein bisschen die Augen und zog die Brauen hoch. „Helen ist toll. Sie ist ohne Frage ein liebes Mädchen. Wohlerzogen und aus sehr gutem Hause. Sie ist vielleicht ein bisschen zu wohlerzogen, wenn du weißt, was ich meine."

„Nein, zum Teufel, ich verstehe überhaupt nicht, was du meinst."

„Okay, dann lass es mich direkter ausdrücken: Fabian liebt sie, aber er ist sexuell nicht richtig glücklich mit ihr. War das klar genug?"

Sophie schluckte betreten. Eine Welle des Mitgefühls für ihre Freundin überflutete sie. Wieder dachte sie an das Gespräch an ihrem Hochzeitsmorgen zurück, und plötzlich sah sie Helens Bemerkungen mit ganz anderen Augen. „Oje!"

„Du sagst es. Und genau diese Tatsache machte meinen Bruder zu einem perfekten Opfer für Melanie. Sie hatte schon immer einen angeborenen Riecher für sexuell frustrierte Männer."

„Hat er dir das einfach so erzählt?", fragte sie hörbar erschüttert.

„Zuerst nicht, aber irgendwann hatte er keine Wahl mehr. Ich kenne meinen Bruder, und ich wusste natürlich auch Melanie sehr gut einzuschätzen. Einige Zeit habe ich mir das ganze Theater angesehen, doch schließlich hab ich es ihm auf den Kopf zugesagt, da ist er dann eingebrochen. Er versicherte mir allerdings, dass er sich erst vollkommen auf sie eingelassen hatte, nachdem meine Ehe mit Melanie bereits gescheitert war. Ich glaube ihm das auch." Constantin griff nach Sophies Hand.

„Ich weiß, das ist jetzt wirklich harter Tobak, aber du wolltest alles wissen."

Sie nickte. „Ja, aber mir tut Helen unendlich leid. Und … ich kann auch nicht verhindern, dass ich Fabian jetzt mit anderen Augen sehe, Conny."

„Damit habe ich gerechnet." Er seufzte. „Mir hat das auch ganz schön zu schaffen gemacht."

Sophies Blick hob sich, und sie sah ihm direkt in die Augen. „Aber du sagtest vorhin, dass du … Melanie ist aber doch nicht etwa von Fabian schwanger gewesen und wollte dir das Kind unterschieben, oder?"

Er schnaubte und verzog den Mund. „Damit hast du so ziemlich den Nagel auf den Kopf getroffen. Zumindest ansatzweise."

„Wie bitte?" Sophie blähte ihre Wangen auf und pustete anschließend hörbar die Luft aus. „Die Frau war wirklich eine Teufelin."

„Das kannst du laut sagen."

„Und wie hast du das erfahren?"

„Das erzähle ich dir gleich. Vorher muss ich allerdings noch einmal auf die Party zurückkommen, von der ich dir vorhin berichtet habe. Wie gesagt, Fabian hatte sehr viel getrunken, und es gab Streit zwischen ihm und Melanie."

„Ja. Du sagtest auch, dass du zusammen mit Lutz deinen Bruder ins Bett befördert hast."

„Stimmt. Lutz blieb bei ihm, weil wir ein bisschen Sorge hatten, dass sich Fabian übergeben könnte. Wie sich später herausstellte, machte Fabian in seinem Suff den Fehler, Lutz von seiner Affäre mit Melanie zu erzählen. Das war ein denkbar schlechtes Timing, denn Lutz war noch immer sauer, dass Melanie ihn zugunsten von Leonard zum Teufel gejagt hatte."

„Meine Güte, die Frau hatte aber auch einen Verschleiß. Da blickt ja kaum noch jemand durch." Sophie schüttelte angewidert ihren Kopf.

„Pass auf, jetzt wird es erst richtig kompliziert. Eine viel gravierendere Rolle spielte, dass Lutz schon immer eine gewisse Schwäche für meine Schwägerin hatte. Also nicht im eigentlichen, erotischen Sinne, er wollte niemals etwas von ihr, aber er hat sie immer ... zutiefst verehrt. Helen ist für Lutz die einzige Frau, die sozusagen einen Heiligenschein trägt."

„Oh! Das habe ich niemals bemerkt."

„Nein, aber wir wissen das alle. Das war schon in unserer Jugend so. Lutz war immer Helens Schutzengel, wenn man so will. Aber wie gesagt, er war nie in Helen verliebt, seine Verehrung für sie spielt sich auf einem anderen Level ab. Ich kann dir das einfach nicht besser erklären."

„Hm, ich glaube, ich verstehe annähernd, was du meinst."

„Okay, dann kannst du dir auch vorstellen, was passierte, als Lutz erfuhr, dass Fabian seine Frau betrog, dazu auch noch mit Melanie. Lutz war außer sich vor Zorn. Wie er mir später berichtete, wollte er auch Melanie zunächst direkt auf der Party zur Rede stellen. Doch als er dann wieder unten bei uns anderen war, überlegte er es sich anders. Stattdessen ging er sogar auf ihren Flirtversuch ein, in der Hoffnung, sie ebenfalls wieder ins Bett zu kriegen. Ihre Aussicht auf ein geordnetes Leben mit Leonard wollte er auf jeden Fall zerstören. Dann kam ich dazwischen und machte ihm erst mal einen Strich durch die Rechnung. Warum er dann letztlich mehrere Monate lang sein Wissen für sich behielt, erfuhr ich erst nach der Beerdigung, so wie alles andere auch."

Sophie saß inzwischen kerzengerade auf der Sofakante und hing an seinen Lippen. „Erzähl weiter!", drängte sie ihn atemlos, als er eine kleine Pause machte, um einen weiteren Schluck aus seinem Glas zu nehmen.

„Einige Tage nach dem Begräbnis von Melanie ist dann die Bombe geplatzt", fuhr Constantin fort. „Ich hatte unterdessen dieses Haus gekauft, und wir Männer fanden uns alle hier ein, um die Einrichtung des Studios zu besprechen. Gleich am ersten Abend kam es zum Eklat. Wie die Sache ihren Anfang nahm, kann ich dir nicht sagen, denn ich war oben, und als ich dazukam, ging Fabian gerade wutentbrannt auf Lutz los. Dirk mischte sich sofort ein und hielt meinen Bruder zurück. Nach einer Weile beruhigten sich beide wieder etwas, aber Lutz machte Fabian weiterhin schwere Vorwürfe wegen seiner Untreue. Er warf ihm alles Mögliche an den Kopf. Wie sich herausstellte, hatte er sein Wissen bisher nur zurückgehalten, um letztlich Helen zu schützen, die ja kurz vor der Entbindung ihres ersten Kindes stand. Lutz machte auch kein Geheimnis daraus, dass er von Melanies Schwangerschaft gewusst hatte. Sie muss es ihm tatsächlich erzählt haben, gleich nachdem sie mit mir gesprochen hatte. Der Himmel weiß, warum."

„Puh! Du hast recht, das ist kompliziert", warf Sophie ein.

„Das dicke Ende kommt noch, glaub mir. Also, du kannst dir denken, dass ich sofort aufgehorcht habe. Ich bin ja schließlich davon ausgegangen, dass erstens niemand aus der Band von Melanies Schwangerschaft wusste, und zweitens, dass ich der Vater von ihrem Baby war. Um es kurz zu machen: Die Affäre von Fabian und Melanie hatte offenbar Bestand – und davon hatte ich natürlich keine Ahnung. Lutz hat mir praktisch die Augen geöffnet. Meinem Bruder war die ganze Geschichte mehr als nur peinlich."

„Er hat Helen immer weiter betrogen?"

„Ja." Constantin schluckte hart.

„Obwohl sie ihr erstes gemeinsames Kind erwartete?"

„Leider ja. Und Melanie hat Leonard betrogen, obwohl wir alle dachten, dass sie mit ihm endlich zur Ruhe gekommen sei. Fabian und Melanie schliefen über mehrere Monate miteinander. Und zwar immer dann, wenn sich die Möglichkeit dazu ergab." Mit gespreizten Fingern fuhr Constantin sich durchs Haar. „Fabian deutete sogar an, dass sie eine heftige und fast schon krankhafte Hassliebe miteinander verband. Er muss Melanie richtiggehend hörig gewesen sein. Du kannst dir sicherlich vorstellen, was das im Nachhinein auch für mich bedeutete. Es hätte nicht viel gefehlt, und die Beziehung zwischen mir und meinem Bruder wäre für alle Zeiten daran zerbrochen."

„Aber warum habt ihr... hast du ...“

„Glaub mir, Fabian musste sich von uns allen eine Menge anhören. Nach einigen heftigen Auseinandersetzungen haben wir schließlich die halbe Nacht in der Küche gesessen und die ganze Sache von allen Seiten beleuchtet. Irgendwann im Morgengrauen fassten wir gemeinsam den Entschluss, dass es keinen Sinn machen würde, Helen auch noch diesen Schmerz zuzufügen. Melanie und Leonard waren nicht mehr am Leben. Nichts konnte sie wieder lebendig machen. Helen hatte die Trauer über den Tod ihres geliebten Bruders zu verarbeiten, dazu kam noch die eigene Schwangerschaft. Und Fabian hat uns natürlich Stein und Bein geschworen, dass er seine Frau über alles liebe und nicht noch einmal betrügen würde.“

„Also weißt du im Grunde gar nicht, ob Melanie mit deinem Kind schwanger war?“

„Ich bezweifle sogar, dass Melanie genau wusste, welcher Afra für die Zeugung ihres Kindes verantwortlich war. Sie hat wie immer den einfachsten Weg eingeschlagen und mich kurzerhand zum Vater ernannt. Sie kannte meine Einstellung und wusste natürlich auch von meinem Kinderwunsch. In den ersten Monaten unserer Ehe hatte es deshalb häufiger Streit gegeben.“

„Vorrangig wolltet ihr also Helen schonen? Ich weiß nicht, ob das der richtige Weg war, Conny.“

„Dessen bin ich mir inzwischen auch nicht mehr sicher, das kannst du mir glauben. Das Wissen um die ganze Geschichte macht mir über die Jahre immer stärker zu schaffen. Du weißt ja, dass ich Helen sehr mag – wir alle mögen sie. Allerdings war die Rücksichtnahme auf sie nicht der alleinige Grund für unser gemeinsames Schweigen.“

„Um Gottes willen, was kommt denn noch?“

Constantin nahm ein weiteres Mal sein Glas und schüttete den letzten Schluck in sich hinein. Danach starrte er noch einen Moment in das leere Glas. „Auch Lutz hatte noch etwas zu beichten.“

„Sag schon!"

„Nur wenige Stunden vor den tödlichen Schüssen hatte er Leonard die ganze Geschichte erzählt."

„Oh nein!"

„Oh doch! Lutz hat ihm aus den verschiedensten Gründen die komplette schmutzige Wahrheit unter die Nase gerieben. Einerseits wollte er Leonard endlich die Augen öffnen, andererseits hat er aber auch zugegeben, dass es eine gewisse Genugtuung für ihn darstellte. Leonard hat getobt – allein das war für ihn schon ungewöhnlich. Er hat sogar geschrien, dass er sie und auch Fabian umbringen würde. Lutz meinte noch, er hätte ihm erst mal vor Augen führen müssen, dass er damit auch das Leben seiner Schwester zerstören würde."

Constantin schüttelte seinen Kopf. „Als Melanie sich an diesem bewussten Nachmittag vollkommen ahnungslos mit Leonard im Ferienhaus traf, hatte sie vor, sich von ihm zu trennen. Sie wollte ihm sagen, dass ich der Grund für die Trennung sei und dass wir unserer Ehe noch eine Chance geben würden. Von der Schwangerschaft sollte er eigentlich erst einmal nichts erfahren. Uns war klar, dass ihn das nur unnötig und zusätzlich verletzen würde. Sie konnte nicht wissen, dass Leonard unterdessen nicht nur von der Schwangerschaft und den Trennungsabsichten, sondern auch von ihrer andauernden Affäre mit Fabian wusste."

Sophie zog ihre Stirn kraus. „Das erklärt eine Menge. Leonard muss vollkommen durchgedreht sein, als er erfahren hat, dass Melanie ihn praktisch von Beginn an betrogen hat. Jetzt wird mir so einiges klar. Und vor allem wird es dadurch zumindest wahrscheinlicher, dass Leonard Kampmann tatsächlich selbst zur Waffe gegriffen hat."

„Stimmt. Das war ein Punkt, der uns alle umgetrieben hat. Wir hofften, dass Helen den Mord und den Selbstmord ihres Bruders hinnahm. Dass sie es letztlich tat, ist auch den eindeutigen Ermittlungsergebnissen der Polizei zu verdanken. Es gab ja wirklich keinen Grund, an Leonards Tat zu zweifeln."

„Ich habe es trotzdem getan", gab Sophie zu. „Ich wusste irgendwie, dass es da noch mehr gegeben haben musste, um Leonard Kampmann so weit zu bringen. An dem Tag, als Helen mich in meiner Wohnung aufsuchte, habe ich mit ihr sogar noch darüber gesprochen."

„Hattest du jemals mich im Verdacht, mit ihrem Tod etwas zu tun zu haben?", fragte er leise.

„Nein. Ich hatte jedoch immer die Befürchtung, dass du mehr zu dieser Sache sagen könntest und dass du Dinge bewusst verschweigst."

Er nickte und zog leicht einen Mundwinkel in die Höhe. „Das Musketier-Syndrom – du erinnerst dich?"

„Ja, der unverbrüchliche Zusammenhalt unter euch Männern." Auch Sophie deutete ein Lächeln an. „Eigentlich war es ja Lutz, der Leonard den Boden unter den Füßen weggezogen hat, und nicht Melanie. Er hat damit dieses … Unglück praktisch erst möglich gemacht. Wie kann er nur damit leben, dass er ihm in seiner Wut den ganzen Mist erzählt hat?"

„Mehr schlecht als recht, Sophie. Sieh ihn dir doch einmal genau an. Zu einem normalen Leben ist er ja kaum noch fähig. Er versteckt seine Gewissensbisse hinter einer aalglatten Fassade. Seine stets aufgesetzt gute Laune und die ständig wechselnden Partnerinnen sind nur Indizien dafür, dass er psychisch seitdem ziemlich angeschlagen ist. Diese ganze Sache hat übrigens auch unserer Freundschaft den Todesstoß versetzt. Lutz' kurzes Verhältnis mit Melanie hatte damit nichts zu tun. Als ich davon erfuhr, bestand meine Ehe nur noch auf dem Papier."

„Ihr hattet Glück, dass Melanies Schwangerschaft nicht an die Öffentlichkeit kam."

„Stimmt, aber was das anging, konnten wir uns auf die Schweigepflicht ihres Arztes und auf die seines Kollegen in der Gerichtsmedizin verlassen. Trotzdem war es natürlich eine Erleichterung, dass nichts davon durchsickerte. Die Presse hat uns damals alle, natürlich besonders mich, gnadenlos gejagt."

„War es so schlimm?"

„Es war noch schlimmer, Sophie. Deine Berufskollegen haben seinerzeit unendlich viel erfunden, gelogen oder falsch interpretiert. Ich erspare dir die Einzelheiten. Jedenfalls konnte und wollte ich das nicht mehr mitmachen. Zudem war das Verhältnis zu meinem Bruder auch auf dem Nullpunkt angelangt, und damit kamen wir beide nicht gut klar. Deshalb zog ich schließlich die Notbremse und nahm die Auszeit in Kanada."

„Aber du hast dich dann doch wieder mit Fabian versöhnt", stellte sie fest.

„Er ist mein Bruder, und Blut ist bekanntlich dicker als Wasser. Wir waren schon immer irgendwie aufeinander angewiesen. Außerdem hat er sein Versprechen gehalten und ist seitdem ein absolut perfekter Ehemann für Helen. Irgendwann habe ich beschlossen, die ganze Sache mit Melanie und Leonard zu begraben. Mein einziges Problem blieb das schlechte Gewissen, das ich meiner Schwägerin gegenüber bis heute habe. Aber das ist nur ein geringer Preis, wenn ich mir ihre kleine Familie so ansehe."

„Na, ich weiß nicht, Conny", warf Sophie nachdenklich ein.

„Was?"

„Ich glaube nicht, dass Helen wirklich glücklich in ihrer Ehe ist. Das hat sich mir allerdings auch erst vor Kurzem erschlossen. Außerdem muss ich bekennen, dass ich ziemlich gnadenlos in meinem Urteil bin, wenn es um Untreue in der Partnerschaft geht. Da kenne ich – im wahrsten Sinne des Wortes – keine Verwandten. Weißt du, ich denke, dass es schon einen Grund haben wird, wenn die zwei im Bett nicht so harmonieren, wie es sein sollte. Vielleicht gehören sie ja einfach nicht zusammen."

„Hmm, möglicherweise hast du recht. In den letzten Monaten habe auch ich manchmal darüber nachgedacht, ob die Ehe von Fabian und Helen wirklich im Himmel geschlossen wurde. Aber ich werde den Teufel tun, mich da einzumischen. Vor allem jetzt nicht mehr, nach all den Jahren."

„Nein, das wäre auch nicht gut. Wenn jemand die Karten

auf den Tisch legen sollte, dann ist das auf jeden Fall Fabian selbst. Dennoch, Helen tut mir unendlich leid. Nicht nur, dass sie auf so schmutzige Weise betrogen wurde – sie kann noch immer nicht wirklich begreifen, dass ihr Bruder diese Waffe abgefeuert hat, das hat sie mir selbst erzählt."

„Wirst du ihr gegenüber mit deinem neuen Wissen klarkommen?", fragte er.

„Erst einmal muss ich in Ruhe darüber nachdenken. Hier geht es schließlich um eine Familie mit kleinen Kindern. Allerdings bin ich eigentlich schon jetzt der Meinung, dass Helen das alles erfahren muss. Aber nicht von mir, sondern von Fabian. Wahrscheinlich wird es letztlich darauf hinauslaufen, dass einer von uns beiden mit ihm reden muss. Glaub mir, wenn ich nicht um Helens Zweifel wüsste, ob tatsächlich ihr Bruder für den Mord verantwortlich ist, und davon überzeugt wäre, dass sie glücklich mit Fabian ist, würde ich daran keinen einzigen Gedanken verschwenden."

Sophie seufzte und legte Constantin eine Hand auf den Unterarm. „Für dich muss es schrecklich gewesen sein, im Nachhinein zu erfahren, dass es höchstwahrscheinlich gar nicht dein Kind war, um das du so sehr getrauert hast."

„Nun, das war … merkwürdig. Schrecklich war es in jedem Fall, das Kind zu verlieren. Ein weiteres unschuldiges Kind, das der Übermacht von Erwachsenen ausgesetzt war und deshalb nicht auf die Welt kommen durfte. Ob nun mein Bruder oder ich der Erzeuger war, ändert daran letztlich nichts. Übrigens ist es mir wichtig, dass du weißt, wie sehr ich deine Einstellung zum Thema Treue und Untreue teile."

Eine Weile saßen sie still nebeneinander, doch dann hob Sophie ihren Blick und sah Constantin direkt an. „Warum hast du dich mit dem Buch einverstanden erklärt, Conny?"

Sein leuchtender Blick verschleierte sich auf die Art, die ihr unterdessen schon vertraut war. „Die Idee war in Ordnung."

„Constantin, bitte!"

Er sah sie an. Unsicherheit spiegelte sich jetzt in seinem Gesicht. Er schien sogar ein bisschen verlegen zu sein, das war ungewöhnlich für ihn. „Du hast mit diesem Buch fantastische Arbeit geleistet. Habe ich dir das eigentlich schon mal gesagt?“

„Nein, bis jetzt noch nicht, und ich danke dir für das Kompliment. Aber danach habe ich dich nicht gefragt.“

Sein kurzes Lachen klang voll und dunkel. „Du bist wirklich einmalig, Sophie.“

„Ich warte“, drängte sie lächelnd.

„Wie du dir denken kannst, habe ich die Idee von Tom zunächst in Grund und Boden gestampft. Nach einiger Zeit gab er es dann auch tatsächlich auf, mich doch noch überzeugen zu wollen, dass dieses Buch eine gute Sache sei. Komischerweise fing ich zeitgleich an, ernsthaft über einige Möglichkeiten nachzudenken, die so ein Buch mir eröffnen würde. Je länger ich das tat, umso stärker verfestigten sich diese Gedanken in meinem Kopf – und schließlich rief ich Tom an und gab meine Einwilligung.“ Constantin machte eine kleine Pause und betrachtete ihr Gesicht.

„Welche Gedanken waren es denn, die deine erste Entscheidung kippen ließen?“, wollte sie wissen.

Er lächelte ein wenig schief. „Während unserer Interviews habe ich gezielt versucht, dein Interesse auf einen ganz bestimmten Punkt in meinem Leben zu lenken, über den ich bis dahin noch niemals öffentlich gesprochen hatte. Ich wollte, dass du nachhakst, mich verstehst und schließlich meine Gefühle so gut es eben geht niederschreibst.“

Sie hob die Augenbrauen, als sie zu verstehen begann, worauf er hinauswollte. „Es ging dir um deine leibliche Mutter, richtig?“

„Ja.“ Er nickte. „Mir ging immer wieder durch den Kopf, dass dieses Buch eine echte und vielleicht die letzte Chance sein könnte. Verstehst du, Sophie, wenn meine Mutter noch lebt, hätte das Buch ihr die Möglichkeit gegeben, eine Menge über uns zu erfahren. Viel mehr, als zuvor in der Öffentlichkeit bekannt war.“

„Du wolltest sie also wissen lassen, dass es euch gut gegangen ist."

„Ja, das auch. Es gab nur zwei Möglichkeiten – entweder hat sie unseren Weg verfolgt, dann würde sie auch das Buch kaufen. Oder sie wusste nichts von unserem weiteren Leben, dann hätte sich durch das Buch nichts geändert."

Mit zitternden Fingern strich er sich das Haar zurück. „Ich weiß, das ist nur eine verschwindend kleine Chance, aber ich wollte sie wissen lassen, dass ich zu keiner Zeit so etwas wie Hass für sie empfunden habe. Du hast mich von Anfang an verstanden und meine Gefühle in die richtigen Worte gepackt. Ich hätte es niemals so ausdrücken können, wie du es in deinem Buch getan hast. Du hast genau den Kern getroffen."

„Im Grunde habe ich nur niedergeschrieben, was du mir gesagt hast, Conny."

Sein Lächeln vertiefte sich, und er griff nach ihrer Hand. „Ich würde jetzt gerne auf uns, auf unsere Beziehung, zurückkommen, Liebes."

Weil sie ihn nur mit ihren großen Augen ansah und stumm blieb, sprach er einfach weiter, aber seine Stimme klang nun hörbar belegt. „Mir bleibt nur, dich von ganzem Herzen um Verzeihung zu bitten, Sophie. Ich habe mich dir gegenüber abscheulich benommen. In meiner Vergangenheit gab es so viele Lügen und noch mehr Betrug. Offenbar hat all das meinen Blick für den Glauben an die Wahrheit nachhaltig vernebelt. Alles in mir war verhärtet und … ich war ungerecht und verbohrt in meinem Wahn. Deshalb konnte ich dir letztlich nicht vertrauen. Allerdings habe ich es zu Beginn wirklich versucht. Zudem war ich richtiggehend getrieben von dem Gedanken, dich um jeden Preis irgendwie an mich zu binden, aber dann … passierte diese dumme Sache mit deinen Recherchen und warf alles wieder über den Haufen. Es tut mir so unendlich leid, dass ich dir all diesen Kummer zugefügt habe."

Als sie wortlos ihre Augen schloss, schluckte er. „Ich liebe dich so sehr", schob er leise nach. „Was kann ich nur tun, damit du mir das glaubst?“

Er wartete darauf, dass sie ihn wieder ansah. Als sie es tat, ließ ihr tiefgründiger Blick sein Herz weit werden, und obwohl sie noch immer keinen Ton von sich gab, fühlte er sich sogleich etwas besser. „Der Tag, an dem du eingewilligt hast, meine Frau zu werden … Ich war unendlich froh, so erleichtert. Dennoch hatte ich eine Heidenangst davor, dir das zu zeigen. Zu dem Zeitpunkt war ich ja noch überzeugt davon, du würdest jede Schwäche von mir für deine Belange schamlos ausnutzen. Niemals wieder werde ich an dir und deiner Liebe zweifeln, das schwöre ich dir. Mein größter Wunsch ist es, dich glücklich machen. Bitte … bitte gib mir noch eine letzte Chance, dir zu beweisen, dass ich es kann. Die Monate ohne dich waren die reinste Hölle. Du allein bist die Frau meines Lebens.“

Constantin beugte sich vor, rutschte langsam vom Sofa, bis er direkt vor ihr kniete, dann nahm er auch noch ihre andere Hand. „Sophie, bitte verzeih mir!“

Sophie versuchte zu antworten, aber ihre Stimme versagte, und sie musste sich räuspern. „Ich … ja …“, flüsterte sie benommen.

„Heißt das, du verzeihst mir?“ Sein Blick wurde klarer, und er richtete sich etwas auf, sodass er ihr direkt ins Gesicht sehen konnte. „Du verlässt mich nicht?“

Wie in Zeitlupe schüttelte Sophie den Kopf. „Wahrscheinlich hätte ich es sowieso nicht geschafft, dich zu verlassen. Ich liebe dich viel zu sehr.“

Sekundenlang starrte er ihr in die Augen, dann erhob er sich und setzte sich neben sie. Irritiert sah Sophie ihm dabei zu. Sie hatte erwartet, dass er sie sofort an sich ziehen und küssen würde, aber er tat es nicht. Ohne den Blick von ihrem zu lösen, strich er ihr schließlich sanft, fast andächtig, mit einer Hand übers Haar und stieß einen lauten, seufzenden Atemzug aus. „Es ist mir wichtig, dass du mir glaubst, dass du die Eine für mich bist.“

„Ich weiß.“

„In meinem ganzen Leben habe ich noch nie ein so tiefes Verlangen nach einem anderen Menschen empfunden. Ich fühle mich nur vollkommen, wenn du bei mir bist. Und wenn du nicht in meiner Nähe bist, kann ich nicht richtig atmen. Ich wünsche mir so sehr, dass du mir vertraust. Du bist alles für mich, Baby", sagte er und lächelte leicht, als er sah, dass sie verstand.

„Das war die Übersetzung einer Strophe aus ‚Sophie's Melody'."

„Jedes einzelne Wort kam schon damals direkt aus meinem Herzen. Ich frage dich jetzt noch einmal: Glaubst du mir, Sophie?" Das Grün in seinen schönen Augen intensivierte sich.

„Ja, ich glaube dir", entgegnete sie leise, aber ohne zu zögern.

Dann endlich legte er seine Hände um ihr Gesicht und küsste sie sanft. Voller Zärtlichkeit streichelte er zunächst ihr Gesicht, dann ihren Nacken. Mit der Zunge strich er langsam über den Rand ihrer Lippen, bevor er den Kuss vertiefte.

Minutenlang verloren sie sich in leidenschaftlichen Küssen und dem erregenden Spiel ihrer Zungen. Irgendwann lag Sophie ganz auf der breiten Sitzfläche des Sofas, und Constantin bedeckte sie halb mit seinem Körper. Fest schlang sie die Arme um seine Mitte. Als sie leise seufzte und er das Beben spürte, das durch ihren Körper ging, lächelte er dicht an ihrem Mund. „Du zitterst ja", flüsterte er rau.

„Ja, das ist albern, oder?"

„Das ist gar nicht albern. Du bist wunderbar. Ich liebe es, wenn ich fühlen kann, wie sehr es dich nach mir verlangt." Er richtete sich etwas auf und strich mit dem Zeigefinger über ihre Wange. „Dieses Gefühl erweckt jedes Mal in mir den Wunsch, alles zu tun, damit du niemals damit aufhörst."

Sie lächelte selig. „Das werde ich nicht, das kann ich dir versprechen."

„Mein Verlangen nach dir ist mindestens genauso stark, das sollte dir klar sein." Sein Brustkorb weitete sich, und mit seinen blaugrünen Augen schien er bis tief in ihre Seele zu blicken. Mit langsamen Bewegungen knöpfte er ihr die Bluse auf und lächelte über ihren schlichten Büstenhalter aus schneeweißer Baumwolle. Im Stillen fragte er sich unweigerlich, was er früher nur an Frauen in aufwendigen Dessous gefunden hatte. „Habe ich dir jemals gesagt, wie verrückt du mich machst, Sophie?"

Laut atmete sie ein, dann hob sie ihre Hände und begann sein Hemd zu öffnen. Schon nach wenigen Minuten waren sie beide vollkommen nackt. Constantin betrachtete sie mit ungezügeltem Begehren im Blick, dann beugte er sich über sie und ließ seinen Mund über ihre herrlichen Brüste wandern.

Sophie erschauerte heftig und stöhnte seinen Namen, als er mit seiner Zunge ihre harten Brustspitzen zu umkreisen begann. Hingebungsvoll küsste er ihren Bauch, dann ihre Hüften und die Oberschenkel. Sie glaubte zu zerspringen vor lauter Wonne, und ihr Stöhnen wurde lauter. Immer weiter schob er sich zurück, bis sein warmer Mund ihre Scham bedeckte. Mit sanftem Druck liebkoste er den pulsierenden Mittelpunkt ihrer Lust. Sophie keuchte auf und hob sich ihm entgegen. Mit beiden Händen umfasste er ihre Hüften, um ihr Halt zu geben. Dann steigerte er das Tempo, während auch seine Erregung an die Grenzen des Erträglichen geriet.

Sophie schrie mehrmals auf, als die erste Erlösung über sie hereinbrach und ihren Körper regelrecht durchschüttelte. „Conny!"

Er umfasste erneut ihre Hüften und streichelte federleicht mit den Daumen über ihre zarte pulsierende Haut. So gönnte er ihr und auch sich eine kleine Verschnaufpause. „Ich werde dich niemals wieder gehen lassen", flüsterte er.

Dann schob er sich über sie, hielt aber noch einen Moment inne, um sie voller Leidenschaft zu küssen. Sein Kuss war heiß wie Feuer und wild wie ein orkangepeitschter Ozean. „Jetzt und für immer!", stieß er keuchend hervor, als er endlich in sie eindrang.

Sophie bog sich ihm entgegen. Eine neue tiefe Lust ergriff

von ihr Besitz. Mit jedem Stoß sandte er Wellen der Wonne durch ihren Körper.

Constantin stützte sich auf seine Hände und sah sie an. Sein sinnlicher Blick war voller Herzenswärme, und Sophie fragte sich für einen Moment, wie sie nur jemals an der Liebe dieses Mannes hatte zweifeln können. Sie erkannte die Anstrengung und die Konzentration in seinem schönen Gesicht und liebte ihn nur noch mehr dafür. Allmählich bewegte er sich schneller in ihr, und sie wusste, dass es jetzt nur noch einer Winzigkeit bedurfte, um seine schwindende Selbstbeherrschung endgültig zum Teufel zu jagen.

„Conny! Ja!“ Als Sophie den nächsten Höhepunkt kommen fühlte, ließ sie ihre Hände langsam über seinen Rücken herabgleiten und umfasste mit weit gespreizten Fingern seinen festen Po.

Constantin ließ einen dunklen, fast grollenden Laut hören, doch dann presste er das Gesicht an ihren Hals, um seine eigene Erfüllung zuzulassen.

Einige Zeit später lagen sie entspannt nebeneinander auf dem Sofa. Constantin hatte einen Arm um Sophie gelegt, und sie kuschelte sich an seine Brust.

„Ich werde gleich morgen mit Fabian sprechen“, sagte er plötzlich. „Mit dir darüber zu reden hat in mir etwas in Gang gesetzt. Ich kann einfach nicht mehr so weitermachen wie bisher. Im Grunde bin ich davon überzeugt, dass es auch für meinen Bruder eine Erleichterung wäre, wenn er Helen diese Sache beichten würde. Er ist nicht mehr er selbst, seit das damals passiert ist. Ich habe oft das Gefühl, dass er vor Helen nur eine Rolle spielt, um sein Gewissen zu beruhigen.“

„Dir ist schon klar, dass Helen von der Band, vor allem aber von dir enttäuscht sein wird, oder? Schließlich habt ihr jahrelang Dinge vor ihr zurückgehalten, die immens wichtig für sie gewesen wären.“

Constantin drehte sich halb zu ihr und stützte sich auf einen

Ellenbogen. „Natürlich ist mir das bewusst. Wenn ich an ihrer Stelle wäre, würde ich wahrscheinlich niemals wieder ein einziges Wort mit mir und den Jungs wechseln." Sanft lächelte er. „Aber ich kenne Helen recht gut. Sie wird es vielleicht nicht gutheißen, aber letztlich doch nachvollziehen können, warum wir so gehandelt haben. Ich hoffe es zumindest." Er grinste. „Außerdem möchte sie doch unbedingt die Patentante unseres Sohnes werden, oder?"

Sophie lächelte ebenfalls und drückte ihm einen schmatzenden Kuss auf sein dunkles Brusthaar. „Dann sollten wir wohl schon mal einen Termin für die Taufe machen."

Constantin zog die Augenbrauen hoch. „In Hamburg oder hier?"

„Auf jeden Fall in Hamburg. Ich bin in einer wunderschönen kleinen Kirche ganz in der Nähe unserer damaligen Wohnung getauft worden, und es wäre großartig, wenn auch Leonard dort seine Taufe empfangen könnte. Meine Mutter wird sicherlich gern alles in die Wege leiten, und du buchst uns das Penthouse im Brehlow, sobald wir einen Termin haben, okay?"

„Und was machst du, Sophie?"

„Ich?" Ihre Hand strich bedächtig an seiner Hüfte entlang. „Oh, ich mach dich glücklich, das reicht ja wohl."

13. KAPITEL

Hamburg, acht Wochen später

„Das war wirklich eine wunderschöne Feier", stellte Sophie am Morgen nach der Taufe ihres Sohnes fest und lächelte ihren Mann über den Frühstückstisch hinweg strahlend an. „Ich bin so unendlich froh, dass Helen sich doch noch mit dir ausgesprochen hat. Du hattest recht, Conny. Sie hat dir letztlich verziehen, das hätte ich zunächst nicht für möglich gehalten, nachdem vor einigen Wochen die Bombe endlich geplatzt ist."

„Na ja, ich denke, ihr Entgegenkommen ist auch der Tatsache geschuldet, dass sie im Grunde schon Bescheid wusste, nicht wahr? Aber das konnte von uns ja niemand wissen." Constantin goss ihnen Kaffee nach und griff nach seiner Tasse. „Sie hat ihre Rolle in all den Jahren wirklich gut gespielt. Ich frage mich nur, warum sie dennoch an ihrer Ehe festgehalten hat."

Sophie zuckte mit den Schultern. „Sie sagte mir, sie hat von Fabians Affäre erst kurz nach der Geburt ihres zweiten Kindes erfahren, nachdem sie Melanies Briefe gefunden hat, Conny. Sie meinte, sie habe es in erster Linie für ihre beiden Mädchen getan – und auch, weil sie von Natur aus viel zu harmoniebedürftig sei. Helen hat ganz einfach die Augen vor der Wahrheit verschlossen. Inzwischen ist ihr klar geworden, dass das nicht immer der richtige Weg sein kann, um wirklich glücklich zu sein." Sie lächelte.

Constantin lehnte sich zurück, verschränkte die Hände hinter seinem Kopf und sah Sophie liebevoll an. „Übrigens wollte ich dir unbedingt noch sagen, dass mir dein Freund Roman tatsächlich sympathisch ist. Offensichtlich ist er wirklich ein Mann, auf den man sich verlassen kann. Ich denke, er wird einen wirklich guten Paten für Leonard abgeben."

Ihr Lächeln vertiefte sich noch mehr. „Ich bin froh, dass du einverstanden warst, ihn den männlichen Part der Patenschaft für Leo übernehmen zu lassen. Mir war das sehr wichtig."

Er grinste. „Nun, der Bursche hat ja auch keinen Zweifel daran gelassen, dass er mich mittlerweile an deiner Seite akzeptiert. Ansonsten hätte das schwierig werden können."

„Er sieht, wie glücklich ich mit dir bin, mein Alphamännchen." Sie lachte. „Sag mal, was meinst du? Wie geht es jetzt eigentlich weiter mit Fabian und Helen?"

„Mein Bruder ist nicht hier. Ich denke, das sagt schon eine Menge aus. Am Telefon blieb er mir gegenüber sehr einsilbig. Hast du noch nicht mit Helen darüber gesprochen?"

„Nein", antwortete Sophie kopfschüttelnd. „Wir hatten noch nicht die Gelegenheit dazu. Schließlich hat sie erst gestern Morgen hier im Brehlow eingecheckt. Allerdings weiß ich nicht so genau, warum. Meiner Information nach ist sie schon seit über einer Woche in Hamburg."

„Vielleicht hat sie alte Freunde besucht und die ersten Nächte bei denen übernachtet. Ein paar hat sie hier ja noch", mutmaßte Constantin.

„Ja, kann sein. Sie sieht großartig aus, oder? Ich meine, man sollte denken, dass sie vor lauter Kummer fast vergeht, aber sie sieht wirklich blendend aus."

„Stimmt, du hast recht."

Als der Aufzug das typische Klingelgeräusch von sich gab, das einen Besucher ankündigte, sahen sie beide auf und unterbrachen ihr Gespräch. Da nur Helen den Code für den Direktzugang zur Penthouse-Suite des Brehlow kannte, blieben Constantin und Sophie entspannt an ihrem Frühstückstisch sitzen, bis sich die Türen des Aufzugs öffneten und Constantins Schwägerin eintrat.

„Guten Morgen", sagte sie und kam näher. „Ich hoffe, ich störe euch nicht."

„Überhaupt nicht", entgegnete Constantin schnell. „Trinkst du noch einen Kaffee mit uns?"

„Ja, gern." Helen zögerte kurz. „Ich muss etwas mit euch

besprechen. Nein, eigentlich muss ich euch etwas mitteilen, und das fällt mir nicht besonders leicht."

Sophie stellte eine dritte Tasse auf den Tisch und schenkte Helen Kaffee ein. „Schieß los", forderte sie ihre Freundin auf.

Helen sah sich um und zeigte dann auf den leeren Hochstuhl. „Wo ist denn mein zuckersüßes Patenkind?"

„Meine Mutter und Hannes haben Leo schon in aller Herrgottsfrühe abgeholt. Sie haben ja sonst nicht so viel von ihm. Deshalb wollten sie gern mit dem Kleinen den Tag verbringen. Hannes geht in seiner Rolle als Opa vollkommen auf. Aber du bist doch nicht hier, um nach Leonard zu sehen, oder?"

„Nein." Helen griff nach ihrer Tasse und nahm einen Schluck von ihrem Kaffee. „Ihr habt wahrscheinlich schon damit gerechnet, aber ich wollte euch beiden noch ganz offiziell mitteilen, dass ich die Scheidung eingereicht habe."

Constantin nickte und bedeckte Helens Hand mit seiner. „Das ist allein deine Entscheidung, Helen. Du brauchst dich vor uns nicht zu rechtfertigen … nach alldem."

Helen lächelte, aber Sophie registrierte sofort, dass es nicht mehr das betont sanfte Lächeln war, das sie von ihrer Freundin kannte. „Ich denke unentwegt an meine Kinder, und deshalb konnte ich mich in den vergangenen Wochen noch nicht entschließen, diesen Schritt zu tun. Vielleicht hätte ich sogar noch länger so weitergemacht, aber vor ein paar Tagen ist dann etwas passiert, das alles für mich verändert hat. Ich … ähm …"

„Helen? Was ist denn los, um Gottes willen?", fragte Sophie alarmiert.

Nun sah Helen Sophie direkt ins Gesicht. „Erinnerst du dich an das Gespräch, das wir beide am Morgen eures Hochzeitstages geführt haben, Sophie? Wir sprachen über die Liebe. Du hast mir erzählt, was du für Conny empfindest, und ich … ich wusste nicht, wovon du da eigentlich redest."

„Ich erinnere mich, wenn auch nicht so, wie du es jetzt darstellst. Ich wusste nicht, dass du …"

„Glaub mir, es war so. All die Monate, auch schon vorher,

habe ich mit angesehen, wie sehr du Conny liebst, wie leidenschaftlich und … ich glaube, du nanntest es ausschließlich, nicht wahr?"

Sophie sah ihrem Mann in die Augen und lächelte. „Ja, ausschließlich." Constantin erwiderte ihr Lächeln. Fragend zog er eine Augenbraue hoch, blieb aber stumm.

Helen nickte. „Derartig heftige Gefühle waren mir vollkommen fremd, aber inzwischen habe ich erfahren, was es bedeutet, wenn genau das mit einem passiert. Und ich weiß nun auch, was du mit dieser Ausschließlichkeit gemeint hast."

„Du willst sagen …" Sophie schluckte. „Du hast …"

„Ja, ich habe mich verliebt. Rettungslos, heftig, leidenschaftlich und innerhalb von ganz kurzer Zeit. Wir begegneten uns, und es passierte einfach. Ich weiß, das klingt jetzt fast ein bisschen … verrückt, aber es ist ganz einfach so geschehen. Und was noch viel schöner ist, dem betreffenden Mann geht es genauso wie mir."

Constantin schnaubte. „Wie lange geht das schon?"

Helen lachte kurz auf. „Conny, spiel hier jetzt nicht den Moralapostel, bitte. Das ist wirklich nicht angebracht. Ich weiß schon lange, dass Fabian mich betrogen hat, ja höchstwahrscheinlich noch immer betrügt. Melanie war nicht die einzige Frau, mit der er etwas angefangen hat."

Ruckartig erhob sich Constantin, aber Sophie hob eine Hand und gebot ihm Einhalt, sodass er sich gleich wieder zurück auf seinen Stuhl fallen ließ.

Helen sah ihrem Schwager direkt in die Augen und fuhr fort: „Es ist leider so, Conny. Mir ist klar, dass auch du davon nichts gewusst hast, aber es ist so, verdammt noch mal."

„Als ich euch kennenlernte, dachte ich noch, ihr würdet eine wahnsinnig glückliche Ehe führen", warf Sophie ein.

„Ja, das dachte ich auch mal. Meine Güte, das muss Lichtjahre her sein." Helen schluckte und blickte in ihre Kaffeetasse, die sie mit beiden Händen umfasste. „Ich dachte, ich würde ihn lieben, aber nun kenne ich den Unterschied."

Sie stellte ihre Tasse ab. „Fabian steht nur allzu gern als Saubermann da. Er liebt dieses Image. Es gibt kaum etwas, das ihm so wichtig ist. Nur deshalb ist er auch immer so furchtbar nett und lieb zu mir gewesen. Besonders wenn andere Menschen dabei waren. Ich Idiotin dachte, ich müsste meine Kinder, meine ganze Familie beschützen und habe sein Spiel all die Jahre mitgespielt. Die ganze Zeit habe ich so getan, als wüsste ich von nichts, damit mir ja meine kleine heile Welt erhalten bleibt. Dabei war sie alles andere als heil. Es tut mir leid, Sophie, dass ich dich damals in dem Glauben ließ, mein Mann hätte Melanie widerstanden. Ich habe dich eigentlich nicht angelogen, sondern dir einfach die Geschichte erzählt, die passierte, lange bevor er sich tatsächlich auf eine Affäre mit Melanie einließ. Damals konnte ich noch nicht anders. Herrje, ich habe mich doch vor allem selbst belogen. Aber das ist jetzt endgültig vorbei."

Helen erhob sich, verschränkte ihre Arme vor der Brust und ging hinüber zum Fenster. Eine Weile starrte sie hinaus, aber dann drehte sie sich wieder um und sah zuerst Sophie und dann Constantin an. Ihre Augen glänzten verdächtig, aber sie weinte nicht. „Jeder Schmerz, jeder Kummer und jede Träne, die ich im Laufe meiner Ehe geweint habe – all das ist nun unwichtig geworden. Mein ganzes Leben hat sich in der Sekunde verändert, als ich … Roman Herwig zum ersten Mal in die Augen sah."

Während Constantin aufstöhnte, schoss nun Sophie von ihrem Stuhl hoch. „Roman?", fragte sie fassungslos.

„Ja, Sophie, es ist Roman", antwortete Helen und lächelte selig. „Dieser eine Augenblick hat alles für mich verändert. Wenn ich nur im selben Raum mit ihm bin, spüre ich eine so tiefe Sicherheit und Zufriedenheit, dass ich weinen könnte vor lauter Glück. In nur einer einzigen Nacht hat dieser wunderbare Mann mir gezeigt, was es heißt, wirklich geliebt und begehrt zu werden." Sie sah wieder Constantin an. „Entschuldige, Conny, dass ich so offen bin, aber ich bin seit vielen

Jahren verheiratet und Mutter von zwei Kindern, und doch ist es Roman gewesen, der mich wirklich zur Frau gemacht hat."

Constantin räusperte sich, und man sah ihm eine gewisse Verlegenheit an. „Ich verstehe."

„Ich werde dieses Prachtexemplar von einem Mann nicht wieder hergeben, darauf könnt ihr wetten."

„Wie …" Nachdem der erste Schock vorbei war, schaffte Sophie es jetzt, ihre Schwägerin anzulächeln. Plötzlich konnte sie nur noch daran denken, wie sehr sie sich über diese unerwartete Entwicklung freute. Ihr bester Freund und ihre einzige Freundin waren ein liebendes Paar geworden, das war einfach wunderbar, fand sie. „Wann habt ihr euch getroffen?"

Helen erwiderte Sophies Lächeln. Ohne Zweifel sah sie ihrer Freundin an, was diese gerade dachte. „Zuerst telefonierten wir miteinander, nachdem wir wussten, dass wir beide die Paten eures Sohnes werden würden. Deine Mutter gab mir seine Telefonnummer, und ich rief ihn an. Schon am Telefon war da etwas zwischen uns, das ich nicht weiter beschreiben kann. Wir kamen ins Gespräch und redeten plötzlich über zwei Stunden miteinander, obwohl wir uns ja überhaupt noch nicht kannten. Als Roman erfuhr, dass ich schon einige Tage vor der Taufe hier in Hamburg ankommen würde, schlug er ein Treffen vor. Er lud mich zum Essen ein, und wir verabredeten uns vor einem Restaurant. Ja, und dann ist es einfach so geschehen. Wir standen uns da im strömenden Regen gegenüber und starrten uns an. Das ist jetzt sieben Tage her." Wieder lächelte sie. „Es waren die glücklichsten sieben Tage meines ganzen Lebens."

„Das … habe ich Roman so sehr gewünscht", bekundete Sophie mit belegter Stimme und feuchten Augen. „Er ist wirklich ein toller Mann, Helen. Ich freue mich so für euch beide."

Eine Weile sprachen sie kein Wort. Helen setzte sich zurück auf ihren Platz, und Sophie tat es ihr nach.

Schließlich ergriff Constantin wieder das Wort. „Man hat

euch gestern gar nichts angemerkt“, stellte er trocken fest.

Helen kräuselte ihre Lippen. „Das solltet ihr auch nicht. Wir haben uns große Mühe gegeben. Ich wollte erst in aller Ruhe mit euch sprechen, und gestern vor der Taufe blieb dafür einfach nicht genügend Zeit.“

„Wo ist Roman jetzt?“, wollte Sophie wissen.

„Er wartet unten in meiner Suite. Ich wollte das Gespräch mit euch gern allein führen. Ihr seid schließlich meine Familie, egal, was in der Vergangenheit passiert ist.“

Noch einmal wandte sie sich Constantin zu. „Conny, du sollst wissen, dass ich wirklich sehr wütend auf dich gewesen bin, weil du all das so lange für dich behalten hast. Nachdem ich eine Zeit lang in mich gegangen bin, habe ich mir allerdings eingestehen müssen, dass ich an deiner Stelle vielleicht sogar genauso entschieden hätte. Nur deshalb konnte ich dir vollkommen verzeihen. Du hast dir selbst und Sophie mit dieser Sache letztlich ja auch keinen Gefallen getan. Mir ist klar geworden, wie vergiftet deine Seele von all den Lügen gewesen sein muss. Die vergangenen Monate haben da eine eindeutige Sprache gesprochen. Ich kenne dich zu gut. Du steckst so was nicht einfach weg. Dein Gewissen ist viel zu stark ausgeprägt. Und ich hoffe … ich hoffe, wir werden für immer eine Familie bleiben.“

Constantin erhob sich, zog Helen von ihrem Stuhl hoch und legte seine Arme um sie. „Ich danke dir, Helen“, sagte er gedämpft, dann drückte er ihr einen Kuss auf die Wange.

Sophie musste heftig schlucken. Sie wusste, wie wichtig es für Constantin war, dass seine Schwägerin ihm tatsächlich verziehen hatte.

„Was bleibt mir übrig“, murmelte Helen, und auch ihre Stimme klang etwas zittrig, aber dann lachte sie. „Meine Mädchen vergöttern dich.“

„Nun, das beruht absolut auf Gegenseitigkeit“, versicherte er schmunzelnd. „So, und nun hol deinen neuen Freund hierher. Ich will dem Mann noch ein bisschen mehr auf den

Zahn fühlen. Schließlich hat er es geschafft, die beiden wichtigsten Frauen in meinem Leben vollkommen für sich einzunehmen." Sophie und Helen lachten.

Da Judith von Wenningen und Johannes Kramer beschlossen hatten, Leonard erst im Laufe des nächsten Tages zurückzubringen, war Sophie und Constantin noch ein ruhiger Abend vergönnt. Sie genossen ein wunderbares Abendessen, und anschließend liebten sie sich leidenschaftlich und ausgiebig. Später öffnete Constantin eine Flasche Wein und schenkte sogar für sich selbst ein halbes Glas ein. Er brachte ihre Gläser mit ins Schlafzimmer, reichte Sophie eines davon und stieß mit ihr an. „Auf uns und unsere Lieben, Wuschelkopf", sagte er grinsend.

Sophie lachte und nahm einen großen Schluck. „Das war ein lustiger Nachmittag mit Roman und Helen, nicht wahr?"

„Ja, das war es. Ich glaube, dein Freund liebt Helen wirklich, so wie er sie mit seinen Augen verschlingt." Constantin lachte. „Zu sehen, wie glücklich die beiden sind, macht die ganze Sache ein bisschen leichter."

„Mir ist schon klar, dass das alles nicht so einfach für dich ist. Fabian ist immerhin dein Bruder", sagte Sophie leise.

„Mach dir darüber keine Sorgen. Er hat viele Fehler gemacht, und das Leben zahlt immer zurück. So ist es nun einmal." Constantin seufzte. „Ja, ich bin sein Bruder, und uns wird so leicht nichts trennen. Bis wir selbst Kinder hatten, waren wir füreinander die einzigen Blutsverwandten, so etwas wirkt sich immer aus, Sophie. Ich denke, das Band zwischen Fabian und mir ist ungewöhnlich stark. Daran wird auch seine Scheidung oder die neue Beziehung von Helen nichts ändern."

„Glaubst du, dass er Ärger macht? Ich meine, wegen Roman und der Scheidung?"

„Nein. So wie ich ihn kenne, hat er sehr viel über alles nachgedacht. Und sicherlich haben er und Helen auch schon einige Gespräche miteinander geführt. Er wird ihr keine Steine in den

Weg legen." Er stellte sein Glas auf den Nachttisch, beugte sich zu ihr und küsste sie leicht auf die Lippen. „Weißt du eigentlich, wie froh ich darüber bin, dass jetzt nicht mehr diese blöde Wand zwischen uns ist und du hier neben mir in meinem Bett liegst, Frau Afra?"

Sie lachte und kuschelte sich an seine Seite. „Oh, ich bin darüber mindestens so froh wie du, Herr Afra."

Sein Blick wurde ernst. „Manchmal befürchtete ich durchzudrehen vor lauter Sehnsucht nach dir", gab er zu.

„Mir ging es ebenso. Du warst manchmal so ... kalt, dass ich glaubte, unter deinem Blick zu erfrieren."

„Das war Selbstschutz in seiner reinsten Form, Liebes. Glaub mir, es hat mir mindestens so wehgetan wie dir." Wieder küsste er sie, doch gerade als er den Kuss vertiefen wollte, klingelte das Telefon. „Was zum Teufel ..."

Sophie lachte. „Lass uns rangehen, Conny. Es könnte meine Mutter sein. Vielleicht will Leo nicht schlafen oder so was in der Art."

Constantin stieß einen deftigen Fluch aus und setzte sich auf, um nach dem Telefon auf dem Nachttisch zu greifen. Er hob ab und meldete sich. Wie gewohnt, nannte er dabei nicht seinen Namen. „Hallo?"

„Constantin, Johannes hier."

„Hannes, was gibt es denn? Ist etwas mit ..."

„Leonard schläft friedlich, und seine Oma guckt ihm beglückt dabei zu. Mit dem Kleinen ist alles in Ordnung. Ich muss trotzdem mit dir sprechen. Es ist wichtig, und wenn ich ehrlich bin, würde ich gerne sofort noch zu euch kommen, wenn das irgendwie möglich ist. Ja, ich weiß, es ist schon spät, aber es ist wirklich wichtig. Es geht nämlich um deine Mutter, Constantin."

Eine halbe Stunde später saßen sie zu dritt im Wohnbereich der Suite. Constantin hatte auch Johannes Kramer ein Glas Rotwein eingeschenkt, und nun schaute er dem Mann, den er als seinen Schwiegervater ansah, aufmerksam ins Gesicht. „Sag schon, was ist los? Du sagtest, es geht um meine Mutter?“

Johannes nickte. „Ich habe erst vor einer Stunde davon erfahren und dich dann sofort angerufen. In der Redaktion ist ein Schreiben eingegangen. Ein Brief, der sich auf Sophies Buch bezieht. Er wurde in der Nähe von Frankfurt aufgegeben. Ein alter Mann hat ihn geschrieben, der dort auf einem Bauernhof wohnt, den seine Tochter und sein Schwiegersohn betreiben. Er schrieb, dass er früher hier oben im Norden gelebt hat.“

„Meine Güte, Hannes, komm zum Punkt! Was hat das mit meiner Mutter zu tun?“

„Geduld, mein Lieber. Die Tochter dieses Mannes hat jedenfalls Sophies Buch über dich gelesen, und irgendwann hat ihr Vater aus lauter Langeweile ebenfalls zu dem Buch gegriffen. Wie sich herausstellte, hat die Langweile eines alten Mannes dazu geführt, dass du nun die Geschichte deiner Eltern erfahren wirst, Constantin.“

„Wo ist der Brief?“, fragte Constantin mit ernster Miene. Sein Atem beschleunigte sich hörbar.

„Ich habe ihn nicht. Er ist noch in der Redaktion. Aber ich habe ihn gelesen, und ich muss sagen, dass alles, was der Mann schreibt, einen Sinn ergibt.“

„Rede, verdammt noch mal!“

Sophie legte beschwichtigend eine Hand auf den Arm ihres Mannes. Es war ihm deutlich anzusehen, wie aufgewühlt er war.

„Ich versuche die wichtigsten Fakten für dich zusammenzufassen. Deine Mutter lebt nicht mehr. Sie kam ums Leben, als du gerade geboren wurdest, Constantin.“

„Sie ist … bei meiner Geburt gestorben?“, fragte er erstickt.

„Nein, deine Eltern starben zusammen. Es geschah kurz nach deiner Geburt bei einem Feuer. Deine Mutter war eine Roma. Sie gehörte zu einer Familie, die durch die Lande zog und als Erntehelfer und Saisonarbeiter ihr Brot verdiente. So lernte deine Mutter deinen Vater kennen. Er war der Sohn eines sehr reichen Großbauern, irgendwo oben an der Nordsee."

Sophie starrte Constantin an. Sofort dachte sie daran, dass sie ihn insgeheim oft mit einem wilden Zigeuner verglichen hatte. Zumindest mit dem klischeehaften Bild, das man sich von einem solchen Mann machte.

„Sie ist also tot", murmelte Constantin. Offenbar musste er sich erst einmal mit dieser Tatsache auseinandersetzen.

„Ja. Die Familie deiner Mutter bekam Arbeit auf dem Hof deines Vaters. Bei einem Erntefest wurde dein Vater auf sie aufmerksam, denn sie soll eine äußerst schöne Frau gewesen sein. Deine Mutter verliebte sich rettungslos in den Sohn des Bauern. Als ihre Familie weiterzog, blieb sie bei ihm. Allerdings sehr zum Leidwesen seines alten Herrn. Er hielt seinen Sohn davon ab, die junge Roma zu heiraten. Offenbar setzte er alles daran, ihn dazu zu bringen, sich wieder von deiner Mutter zu trennen. Daran änderte sich auch nichts, als dein Bruder geboren wurde. Der reiche Bauer drohte damit, deinen Vater zu enterben. Obwohl dein Vater sich nicht entschließen konnte, deine Mutter gegen den Willen seines Vaters zu heiraten, hielt er an der Beziehung fest. Er brachte sie in einer Hütte beim übrigen Gesinde unter und hoffte schlicht auf ein Einsehen seines Vaters. Dort lebte sie zunächst nur mit deinem Bruder gleich neben einer Magd und deren Mann, der als Pferdepfleger dort tätig war. Dieser Mann ist übrigens derjenige, der uns den Brief schrieb."

Johannes griff nach seinem Glas und nahm einen Schluck, bevor er fortfuhr: „Ja, und dann wurde sie irgendwann wieder schwanger, und du kamst auf die Welt. Einige Wochen nach deiner Geburt wollten deine Eltern offenbar einen romantischen Abend in der Hütte deiner Mutter verbringen. Die Magd, die nebenan wohnte, bot an, währenddessen die Kinder zu sich zu nehmen und auch über Nacht bei sich zu behalten. Deine Eltern nahmen das Angebot dankbar an. Dein Vater traf sich nur heimlich mit deiner Mutter. Niemand sonst ahnte, dass er in dieser Nacht bei ihr war. Ja, und dann … brach das Feuer aus. Ihr, du und Fabian, konntet gerettet werden, aber im Haus deiner Eltern war offenbar der Brandherd gewesen. Für sie gab es keine Rettung."

Wieder nahm Johannes einen Schluck Wein. Über den Rand seines Glases sah er Constantin in die Augen. In ihnen schien nun ebenfalls ein Feuer zu lodern.

„Meine Mutter hat uns gar nicht ausgesetzt. Sie war bereits tot, als sie uns fanden", sagte Constantin tonlos.

„Ja. Nach dem Feuer kursierten die wildesten Spekulationen. Offenbar fragten sich einige, warum deine Eltern sich nicht selbst retten konnten. Die Hütte war nicht groß, sie bestand nur aus zwei Räumen. Der alte Mann schrieb mir, dass seine Frau damals annahm, die Tür sei von außen verschlossen worden. Sie verdächtigte den Bauern, der ja nicht wissen konnte, dass auch sein Sohn sich in der Hütte der jungen Roma befand, aber man konnte ihm nichts beweisen. Offenbar war der Vater vollkommen außer sich vor Zorn und gab lautstark deiner toten Mutter die Schuld am Tod seines Jungen. Die Magd und ihr Mann fürchteten um eure Sicherheit, Constantin. Nur deshalb brachten sie euch schließlich in die Stadt und setzten euch an einer Stelle aus, wo man euch auf jeden Fall finden würde."

Sophie liefen die Tränen übers Gesicht. „Meine Güte, ist das furchtbar. Sie haben sich geliebt und mussten vielleicht gerade deshalb sterben."

Constantin griff nach Sophies Hand, sah dann aber gleich wieder Johannes an. „Und warum soll ich glauben, dass es sich bei diesem Paar, das in der Hütte ums Leben kam, tatsächlich um unsere Eltern handelte, Hannes? Dass wir ausgesetzt wurden, steht in Sophies Buch."

„Er beschrieb deine Mutter, Constantin. Sie hatte glänzende schwarze Haare und auffallend helle, blaugrüne Augen. Ihr Name war Afra."

„Nun, auch das kann sich dieser Mann leicht zurechtgelegt

haben", warf Constantin ein. „Mein Gesicht ist ja nicht gerade unbekannt."

„Ihr Vorname war Afra, Conny."

Johannes rief mit dieser knappen Information bei Constantin ein leichtes Stirnrunzeln hervor. „Afra soll also ihr Vorname gewesen sein? Zumindest finde ich es eigenartig, dass mein Bruder und ich niemals über diese Möglichkeit nachgedacht haben. Das ist interessant."

„Der Mann schrieb außerdem, sie hätten absichtlich nur den Vornamen eurer Mutter auf dem Zettel notiert, den sie Fabian in die Hosentasche gesteckt haben. Sie wollten euch unbedingt vor eurem ... Großvater in Sicherheit bringen. Aber der beste Beweis, dass dieser Mann die Wahrheit sagt, ist ein Foto, das er mitgeschickt hat. Es ist zwar nur ein Schwarz-Weiß-Foto, aber es wurde am Tag des Erntedankfestes gemacht. Glaub mir, wenn du dieses Foto siehst, weißt du genau, dass es sich bei dem jungen Paar auf dem Bild nur um deine Eltern handeln kann, mein Junge. Du bist deiner Mutter wie aus dem Gesicht geschnitten und Fabian ... er sieht genau aus wie euer Vater."

Constantin schluckte hörbar. „Warum zum Teufel hast du den Brief und das Foto nicht mitgebracht?"

„Nach kurzer Überlegung habe ich beschlossen, dir das alles besser mit meinen Worten zu erzählen, denn der Brief ist außerordentlich schwer zu entziffern. So war es deutlich einfacher, glaube mir. Der alte Mann ist der Orthografie offenbar nicht wirklich mächtig und hat dazu noch eine grauenvolle Schrift. Aber natürlich habe ich das Bild für dich dabei. Der Brief liegt noch in der Redaktion. Du wirst ihn in jedem Falle bekommen." Johannes griff in die Innentasche seines Sakkos und zog eine kleine Schwarz-Weiß-Aufnahme heraus, dann legte er sie vor Constantin auf den Tisch. „Ich denke, du solltest das auch so bald wie möglich deinem Bruder zeigen."

Constantin nahm das Foto an sich und starrte es eine kleine Ewigkeit stumm und nahezu regungslos an. Dann erhob er sich plötzlich. „Entschuldigt mich bitte einen Augenblick“, brachte er mühsam hervor. Mit dem Bild in der Hand wandte er sich ab und verschwand im Schlafzimmer.

Sophie stand ebenfalls sofort auf, aber Johannes hielt sie zurück. „Gib ihm ein paar Minuten, mein Schatz. Er muss das erst mal für sich allein verarbeiten, glaub mir.“

Nach einem tiefen Atemzug stemmte sich Johannes Kramer aus seinem Sessel hoch. „Ich werde jetzt wieder nach Hause fahren. Wir können ja morgen noch einmal in Ruhe über alles sprechen, wenn wir drüber geschlafen haben. Deine Mutter und ich bringen euch den Jungen im Laufe des Nachmittags vorbei. Vielleicht können wir das mit einem gemeinsamen Kaffeetrinken verbinden, dann sehen wir weiter.“

Sophie nickte nur. Auch nachdem Johannes bereits gegangen war, wartete sie noch einige Minuten ab. Gerade als sie zu Constantin ins Schlafzimmer gehen wollte, öffnete sich die Tür, und er kam wieder heraus. „Geht es dir gut?“, fragte sie besorgt.

Er nickte. „Ja, mir geht es gut.“ Das leise Seufzen, das er ausstieß, klang tatsächlich nach Erleichterung. „Ich habe irgendwie immer gewusst, dass sie uns niemals freiwillig hergegeben hätte. Ohne dein Buch hätte ich das allerdings niemals erfahren.“

Wortlos ging Sophie zu ihm und legte ihre Arme um seinen Nacken. Er beugte sich herab und vergrub sein Gesicht für einige stille Augenblicke in ihren weichen Locken. Schließlich hob er den Kopf und reichte ihr mit glänzenden Augen das Foto. „Sieh dir nur das Bild an, Liebes. Sie ist so wunderschön gewesen und er … Mein Gott, wenn ich es nicht besser wüsste, könnte das auch Fabian auf dem Foto sein, nicht wahr?“

Sophie betrachtete die Aufnahme eingehend. Das Paar lachte glücklich in die Kamera. Offenbar hatte es gerade miteinander getanzt oder tat es noch, denn die Haltung, die es einnahm, ließ darauf schließen. Die junge Frau war auffallend schön. Ihre Augen strahlten hell, und selbst auf der Schwarz-Weiß-Aufnahme wurde deutlich, dass ihr schwarzes Haar wie Seide glänzte. Das Gesicht wirkte zart und mädchenhaft, und doch konnte man ohne große Probleme Constantins Züge darin finden. Besonders die Augenpartie war der von Constantin erstaunlich ähnlich. Der Mann an ihrer Seite war ebenso jung wie sie, sicherlich noch nicht einmal Mitte zwanzig, und doch war Fabian Afra unverkennbar ein Abbild dieses Mannes.

„Das ist wirklich eindeutig“, stellte Sophie etwas atemlos fest. „Sie ist unglaublich schön. Beide sind es.“ Lächelnd gab sie ihm das Foto zurück.

Sein Blick heftete sich noch einmal auf das Bild. „In mir ist plötzlich alles seltsam ruhig“, stellte er fest. „Es fühlt sich irgendwie fremd, aber außerordentlich gut an, endlich zu wissen, wer sie waren. Sobald ich mit Fabian gesprochen habe, werde ich noch einmal persönlich Kontakt zu dem Mann aufnehmen, der den Brief an die Redaktion geschickt hat. Ich möchte so viel wie nur möglich über meine Eltern erfahren.“

„Es klingt nach einer typischen Romeo-und-Julia-Geschichte, oder?“

„Ja. Unendlich traurig, aber aus der Ferne betrachtet eben auch sehr romantisch. So wie es unerfüllte Lieben eben an sich haben.“ Sie hob ihre Hand und streichelte sein Gesicht. „Ich bin so froh, dass es für uns beide ein Happy End gab.“

Er grinste. „Aber es war verdammt knapp, wenn du mich fragst.“

„Tja, du warst ja auch vollkommen verkorkst, mein Schatz.“ Ihr Lachen klang gelöst. „Zum Glück ist dir dann noch gerade rechtzeitig ein Licht aufgegangen.“

„Du hättest wirklich versucht, mich zu verlassen, nicht wahr?“

„Ja, ich war fest entschlossen, diese Liebe irgendwie zu überwinden. Ich konnte deine Kälte nicht mehr aushalten, Conny. Die Grenze war einfach erreicht.“ Sie schluckte hörbar. „Allerdings mag ich mir gar nicht vorstellen, wie ich das überhaupt angestellt, geschweige denn überstanden hätte.“ Wieder lachte sie. „Ich liebe dich so sehr, Conny.“

Er zog sie an sich und küsste sie lange und sehr zärtlich. Als er den Kuss beendet hatte, sah er ihr tief in die Augen. „Ich liebe dich noch viel mehr. Du, unser Sohn und alle Kinder, die wir noch haben werden, gehören für immer und alle Zeiten zu mir, das kann ich dir versprechen, mein süßer Wuschelkopf."

„Was mir bei dem Thema gerade einfällt – hast du eigentlich noch irgendwo den Ring mit dem V aus Rubinen?"

EPILOG

Der Weihnachtsbaum war prachtvoll. Er war so groß, dass der goldene Engel an seiner Spitze fast die Decke des Wohnzimmers von Kellan Manor berührte.

Sophie lag wohlig entspannt in einer Sofaecke und stillte ihre Tochter. Valerie Afra war jetzt schon über drei Monate alt, und ihr stolzer Vater war zutiefst davon überzeugt, dass sie das schönste Geschöpf auf Gottes Erden sei. Ebendieser überaus stolze Mann kam gerade mit einem Tablett herein und stellte es auf dem Couchtisch ab. Erst vor wenigen Minuten waren Roman, Helen und die Mädchen nach oben in ihre Gästezimmer gegangen, und auch Sophies Mutter und Johannes hatten sich bereits zurückgezogen.

Während Sophie das Baby stillte, hatte Constantin seinen Sohn ins Bett gebracht. „Ich habe uns noch schnell einen Kräutertee gemacht“, informierte er sie und deutete auf das Tablett.

„Wunderbar! Den kann ich jetzt gut gebrauchen.“ Sophie lächelte ihren Mann dankbar an. „Sobald Valerie satt ist, können wir auch endlich schlafen gehen, Conny. Ich sollte sie wirklich bald abstillen. Die Fläschchen am Mittag nimmt sie ja auch ohne Probleme. Meine Milch reicht schon seit einigen Tagen nicht mehr aus.“

Nickend erwiderte er ihr Lächeln, setzte sich dicht neben sie und schenkte beide Tassen voll, dann ließ er sich gemütlich in die Polster zurücksinken, um seiner Tochter besser beim Trinken zusehen zu können. Eine Weile genossen sie einfach nur die Ruhe.

„So herrlich still und friedlich, wie es jetzt ist, kann man kaum glauben, dass hier vor knapp einer Stunde noch tüchtig was los war, oder?“, murmelte Constantin schließlich mit müder Stimme.

„Hmm. Schläft Leo?“

„Jepp! Er wollte zwar noch unbedingt weiter ‚dommeln‘, aber ich habe ihn in einem ernsthaften Gespräch von Mann zu

Mann dann doch überzeugen können, das besser auf morgen zu verschieben." Er lachte leise, aber amüsiert auf. „Der Kleine war vollkommen fertig und ist praktisch sofort eingeschlafen. Übrigens, Maria habe ich auch zu Bett geschickt."

Sophie lächelte in sich hinein. „Mit dem Minischlagzeug haben wir wohl einen Volltreffer gelandet. Das wird Fabian gefallen, wenn er zum Jahreswechsel herkommt."

„Stimmt. Vor allem weil es ja seine Idee war. Wie auch immer, unser Sohn hat absolut Rhythmus im Blut." Constantin schmunzelte und sah auf das kleine zufriedene Gesicht seiner Tochter herab. Schließlich beugte er sich ein wenig vor und streichelte mit seinen Fingerspitzen sanft über die dunklen watteweichen Haare des Babys. Er lachte leise, als die Kleine ein lautes Schmatzen ausstieß, und ließ anschließend seine Finger zärtlich über die pralle Wölbung von Sophies Brust fahren.

„Na, na", flüsterte Sophie grinsend. „Der Papa wird doch wohl nicht neidisch sein?"

„Und ob er das ist!" Er sah ihr ins Gesicht, und seine Augen leuchteten hell. „Ich könnte dir eine Geschichte erzählen, Liebste. Mhm, ich denke, du würdest sogar rot werden. Vielleicht sollte ich ein kleines Lied für alle jungen Väter schreiben, die untätig mit ansehen müssen, wie ihre sexy Frau das gemeinsame Baby stillt, während sie selbst langsam, aber sicher dem Wahnsinn verfallen vor Verlangen."

„Du machst mich verlegen, Conny."

„Und du heizt mir ein, Baby." Noch immer lächelnd zog er eine Augenbraue in die Höhe und bedachte Sophie mit einem ausdrucksvollen Blick.

„Halte den Gedanken doch bitte fest, ich kann gerade nicht gebührend darauf reagieren", flüsterte sie und kicherte leise in sich hinein.

„Oh, keine Sorge, dieser … Gedanke ist immer sehr beständig." Er kräuselte die Lippen und nahm einen Schluck Tee. „Weißt du, das war der schönste Heilige Abend in meinem ganzen Leben, Frau Afra."

„Das empfinde ich genauso."
„Ich liebe dich."
„Und ich dich."
„Soll ich dir deine Tasse reichen?", fragte er.
„Nein, warte, unsere Kleine ist gerade eingeschlafen. Ich bringe sie schnell nach oben, und dann können wir noch in Ruhe unseren Tee austrinken."

Als Sophie kurze Zeit später wieder nach unten kam, stand Constantin mit dem Rücken zu ihr, blickte hinaus in den beleuchteten winterlichen Garten von Kellan Manor und telefonierte.

„Hmm, okay, Tom. Nein, mach dir keine Sorgen, du hast uns nicht gestört, wir waren noch auf. Ja, dir auch fröhliche Weihnachten. Bis morgen! Wir freuen uns." Er legte auf und drehte sich zu Sophie um. „Das war Tom. Er wird wie besprochen morgen im Laufe des Vormittags hier landen." Constantin stieß ein Schnauben aus. „Der alte Spinner hat sich bestimmt wieder etwas ausgedacht, um mich zum Weitermachen zu überreden."

„Das letzte Album läuft immer noch sehr gut", bemerkte Sophie schmunzelnd. „Es wäre ja auch verrückt, sein bestes Pferd im Stall so einfach ziehen zu lassen." Sie griff nach der Hand ihres Mannes und zog ihn zurück auf die Couch. Dort kuschelten sie sich aneinander und nahmen dann und wann einen Schluck von ihrem Tee.

„Aber das bist du doch inzwischen, Schreiberling. Ich meine, sein bestes Pferd im Stall. Der Typ verdient sich an deinen Büchern demnächst eine goldene Nase."

Sie lachte. „Du übertreibst, mein Schatz. Eine goldene Nase hat er sich in den vergangenen Jahren ohnehin schon lange verdient, und zwar an dir."

„Jedenfalls wird er bei mir auf Granit beißen. Ich werde keine Konzerte mehr geben, das sollte er doch endlich mal begriffen haben."

„Du hast ihm noch immer nichts von unserem gemeinsamen

Projekt erzählt, oder?“

Constantin schüttelte seinen Kopf. „Wie du ja gerade sagtest, ist es unser gemeinsames Projekt. Du hast die Geschichte geschrieben, und ich habe die Musik beigesteuert. Wir sollten ihm das also auch gemeinsam verklickern, meinst du nicht? Da er vorhat, einige Tage hier bei uns auf Kellan Manor zu bleiben, wird sich schon eine passende Gelegenheit dazu ergeben.“

Sie nickte. „Ja, du hast recht, Schatz.“

„Er wird von der Idee begeistert sein, das weiß ich. Ich habe schon einmal vor Jahren ein Musical geplant, aber mir fehlte einfach die richtige Handlung. Wieder einmal hast du meinem Leben die richtige Wendung gegeben und mir auf die Sprünge geholfen, Liebste.“

„Die Geschichte deiner Eltern ergab ja auch eine wunderbare Vorlage, Conny. Da entwickelte sich die Handlung praktisch wie von selbst. Und deine Musik ist so schön, dass sie einem die Tränen in die Augen treibt. Das kann nur ein Erfolg werden. “

„Du allein bist es, die in mir immer wieder die schönsten Melodien erklingen lässt, und das wird immer so bleiben, Baby.“

„Wenn du noch einmal ‚Baby‘ zu mir sagst, werde ich mich scheiden lassen.“

„Alles leere Versprechungen“, murmelte er lachend. Bevor sie protestieren konnte, zog er sie an sich und verschloss ihr die Lippen mit einem glühenden Kuss.

– ENDE –

Robyn Carr
Gemeinsam stark in Virgin River
Band-Nr. 25619
7,99 € (D)
ISBN: 978-3-86278-461-5
eBook: 978-3-86278-525-4
400 Seiten

Robyn Carr
Zurück in Virgin River
Band-Nr. 25600
7,99 € (D)
ISBN: 978-3-86278-331-1
eBook: 978-3-86278-422-6
384 Seiten

Robyn Carr
Verliebt in Virgin River
Band-Nr. 25583
7,99 € (D)
ISBN: 978-3-86278-304-5
eBook: 978-3-86278-390-8
448 Seiten